달빛수사

달빛 수사

연여름 장편소설

황금가지

차례

차가웠다.

선우를 꽉 끌어안은 채였지만 온기라고는 조금도 느껴지지 않았다. 큼직한 눈송이가 재은의 등에도 천천히 내려앉아 쌓이기 시작했다. 그러나 털어 내며 일어날 수 없었다.

재은이 등진 방향에는 날붙이를 쥔 남자가 있다. 10미터가 채 안 되는 곳에. 몇 초 안에 달려올 수 있는 거리에.

세찬 바람 소리 때문에 다른 소리는 전부 묻혀 버렸다.

그래서 남자가 살의를 품고 다가오고 있다 해도 알아차릴 방법은 없었다. 제 숨소리만 귓가에 커다랗게 맴돌았다.

전진하려는 선우를 멈춰 세워 끌어안고 쓰러진 지 겨우 몇 초가 흘렀을 뿐인데 이 찰나가 영원 같기만 했다. 두려웠다.

입김마저 시야를 방해해 재은은 눈을 감았다. 이제부터 무엇을 어떻게 하면 좋을지 아무것도 떠오르지 않았다. 몸을 일으켜 도망치기에는 이미 늦은 것 같았다. 모든 감각이 본능에만 의지하는 순간이었다.

선우를 더 힘주어 끌어안았다. 당연히 '차단'의 여유 따위는 없다. 그저 찔리지 않기를 바랄 뿐. 품으로 밀려드는 선우의 표지를 그대로 받아들이면서 재은은 스스로에게 질문했다.

기록과 잔상을 쫓아 겨우 여기까지 왔고, 그저 진실이 필요했으며 그것이 지금 여기에 있는데.

대체 어디서부터 잘못된 것일까.

이 겨울은 왜 이토록 차갑고 시리기만 한 것일까.

1
2019년 7월 31일

의뢰인 백가연

책상 위에 놓인 메모에는 '지하 아케이드 베이커리에 있겠습니다. 3시에요.'라는 문구가 쓰여 있었다. 익숙하지 않은 필체였다. 선우는 쓴 사람이 누군지 밝히지 않은 낯선 메모를 한참 바라보았다.

둥글고 단정하면서 약간의 경쾌한 인상까지 담은 필체를 가진 사람은 선우가 알기로 법무지원팀 안에는 없었다. 게다가 메모지는 선우의 책상에 있던 업무용 포스트잇도 아니었고, 개인 노트를 뜯어서 쓴 것이었다.

부재중에 자신을 찾는 사람이 있었는지 동료 직원들에게 물어보았지만 다들 모른다고 대답했다. 아마 점심시간 모두가 동시에 자리를 비웠을 때 다녀간 듯했다. 선우는 점심 식사 후 타 부서 자문 회의에 참석했다가 이제야 사무실에 돌아온 참이었다. 벌써

2시 반이다.

주인을 잘못 찾아온 메모가 아닐까 잠시 생각했지만, 책상 곁 파티션에는 법무지원팀 김선우라는 명패가 눈에 잘 띄게 붙어 있다. 웬만해서는 지나치기 힘든 표식이다. 게다가 처음 메모 위에는 선우의 이름 석 자가 각인된 만년필이 문진처럼 놓여 있었다.

동료들끼리는 보통 인트라넷이나 사내용 메신저를 사용한다. 업무적인 용건이라면 이런 소통 방식은 일반적이지 않다.

조금 낭만적으로 해석해서 고백의 제스처가 아닐까도 가정했다가 이내 고개를 저었다. 지하 아케이드 베이커리는 언제라도 다른 직원들과 마주칠 수 있는 장소고 분위기도 어수선하다. 3시라는 시간도 애매하다. 업무에 꽉 붙들려 있거나 회의를 해야 가장 잘 어울릴 만한 시간 아닌가. 고백하기에 적당한 시간대는 못 된다. 무엇보다 선우는 이곳에서 있는 듯 없는 듯한 존재감으로 근무 중이었다. 애초에 누군가 눈여겨볼 만한 그런 대상이 되는 일 자체가 무리였다.

그렇다면 남은 가능성은 하나였다. 변호사의 감이라고 해야하겠지만, 기록이 남지 않는 방식의 소통을 택한 미지의 상대가 선뜻 드러내기 어려운, 조심스러운 사안을 가지고 있다는 것이다. 아마도 사내 누군가의 개인적인 법률 상담 요청이 아닐까 짐작했다. 그러나 이 통보에 가까운 메모를 남긴 사람이 누구일지는 예측이 어려웠다.

선우는 시간에 맞춰 사무실을 빠져나와 지하 아케이드로 향했다. 내려가는 동안 아는 얼굴은 단 한 사람도 마주치지 않았다.

에이엠에스티는 국내 게임 업계에서 세 손가락 안에 드는 큰 규모다. 모든 부서의 모든 사람을 알기란 애초에 불가능하다. 그렇게 생각하니 지하에 당도했을 때 만나게 될 사람이 누구든 이상할 것도 없을 것 같았다.

그러나 베이커리에 도착해 자신을 기다리는 사람의 정체를 확인하자마자 선우는 그 자리에 굳어 버리고 말았다.

"안녕하세요, 오랜만에 뵙네요."

가벼운 티셔츠에 청바지 차림의 소녀가 자리에서 일어나며 인사했다. 작년 처음 만났을 때는 교복을 입은 모습이었다. 그 후로는 대표와 멀찍이 지나가는 모습을 몇 번 본 게 전부다. 이렇게 가까이 마주하기는 아주 오랜만이자 겨우 두 번째였다.

소녀는 이전보다 키가 훌쩍 자라 있었다. 선우의 어깨높이에 다다를 정도였다. 이 상황도 당혹스럽지만 아이들이 크는 속도 또한 그렇다.

긴장에 휩싸여 소녀 앞에 다다른 선우는 자기도 모르게 허리를 숙이며 인사하고 말았다.

"안녕하십니까."

"으악, 그러지 마세요. 대리님!"

소녀가 양손을 내저으며 주변을 살폈다. 다른 테이블에 손님이 많지는 않았으나 본의 아니게 소녀를 난처하게 만들었다.

"죄송합니다. 그런데 지금은 백가연 씨가 누구인지 알고 있으니까요."

선우 나이의 절반을 조금 넘었을 소녀의 이름은 백가연이다.

선우의 계산대로라면 지금은 고등학교 2학년. 그리고 이 회사 에이엠에스티의 대표 백무현의 막내딸이다. 손아랫사람이고 사적으로 특별한 인연이라고 해도 긴장하지 않을 수 없는 이유다.

"그래도 편하게 말씀해 주세요. 아, 커피 먼저 드시겠어요?"

가연이 자못 어른스럽게 작은 지갑을 챙기며 물었다.

"제가 주문해 오겠습니다."

"아뇨, 뵙자고 부탁드린 건 저니까 제가 대접할게요. 어떤 게 좋으세요?"

가연은 선우를 기다리면서 주스와 케이크 한 조각을 다 먹은 모양이었다. 테이블에는 케이크 크림만 남은 빈 접시와 바닥을 드러낸 유리잔이 놓여 있었다.

몇 번 거절해도 꼭 사고 싶다기에 선우는 마지못해 아이스 아메리카노를 부탁했다. 가연은 계산대에서 주문을 마치고 금세 자리로 돌아왔다.

"수영 클럽 다녀오는 길에 잠깐 들러서 아빠랑 점심 먹었어요. 다음 학원 스케줄 전까지는 여유가 있어서요."

"요즘 학생들은 방학이 더 바쁘다고는 들었습니다."

요즘 학생들 일상 같은 거 알지도 못하면서 그렇게 말했다. 가연이 옅은 미소를 지었다. 말이라도 고맙다는 뜻 같았다.

곧 커피가 도착했지만 선우는 선뜻 입에 대지 못했다. 아직 찾아온 용건도 모르고 상대가 상대이니만큼 회사 일개 직원으로서는 손가락 관절 하나 까딱이는 것도 조심스러웠다.

"죄송해요. 바쁘실 텐데 제가 시간을 빼앗아서요."

죄송하다고는 해도 똑 부러지는 말투였다. 충분한 사랑과 지원을 받으며 자라나며 몸에 배었을 당당함이었다. 그런 한편 약간의 초조함도 언뜻 비쳤다. 뭔지는 몰라도 그게 자신을 불러낸 이유일 거라고 선우는 생각했다.

"아닙니다. 저를 기억하고 계셨다는 게 의외라고 생각했을 뿐이에요."

가연이 샐쭉한 표정을 지으며 벽시계를 확인했다.

"시간은 괜찮으신 거죠? 탁상 달력에 1시에서 2시까지 회의라고 써 놓으셔서, 3시 정도면 괜찮지 않을까 했거든요."

그래서 3시였구나. 시간에 대한 의문 하나는 해결되었다. 탁상 달력까지 훔쳐보고 제멋대로지만 나름대로는 이쪽의 시간을 배려해 준 것이었다.

"네, 잠시라면 괜찮습니다."

"이해해 주셔서 감사해요. 사실은……."

말끝이 늘어지는 걸로 보아 본론인 모양이었다.

"대리님께 의뢰하고 싶은 일이 있어요."

"제게 말입니까?"

제대로 듣긴 했지만 선우는 다시 확인했다.

"네, 언젠가 제 부탁도 한 가지 들어주기로 하셨잖아요. 마침 그게 지금이면 좋을 것 같아서요."

그제야 선우는 컵을 들어 커피를 한 모금 마셨다. 다소 곤란한 기색을 감추기 위해서였다.

선우는 분명 가연에게 빚이 하나 있지만, 정말로 이런 일이 닥칠 거라고는 전혀 기대하지 않았다.

기업가의 딸이라서 이런 계산에는 분명한 걸까. 그런 한편 특별히 아쉬울 것 없을 삶에 '부탁'을 들어줄 전문가라면 분야별로 주변에 넘치도록 많을 텐데 굳이 자신을 떠올려 불러낸 이유가 무엇일지는 궁금했다.

"제 친구를 좀 만나 주세요."

"친구분을요?"

"친구에게 제 이야기를 좀 전해 주세요. 제가 만나고 싶어 한다고요."

가연이 빠르게 덧붙였다. 그 속도가 수면 아래의 초조함을 고스란히 드러냈다.

선우는 그 뜻을 이해할 수 없었다. 선우가 가연의 친구를 만나서, 가연이 만나고 싶어 한다고 전해 달라니. 직접 만나면 될 것이 아닌가.

"조금 자세히 말씀해 주실 수 있을까요?"

문제를 안고 온 의뢰인 같은 얼굴을 보니 말이 먼저 나가 버리고 말았다. 잊은 줄 알았던 직업병이다.

"아무리 방학이라고 하지만 연락이 전혀 안 돼요. 지금 3주째예요. 처음엔 메시지는 씹고 전화도 그냥 부재중이었는데, 지금은 아예 번호도 바뀌었는지 없는 번호라고 나와요. 다른 애들한테도 물어봤는데 마찬가지래요."

"그럴 만한…… 이유는요?"

"하나랑 방학 전에 좀 싸우긴 했어요. 아, 친구 이름이 하나예요. 이하나. 아니, 가끔 싸울 때도 있지만…… 그렇다고 이렇게 연락을 오래 끊어요? 집에 찾아가 봐도 소용없고. 걘 SNS도 안 해서 너무 답답해요."

"그러니까. 다툼 이후로 이하나 씨의 화가 아직 풀리지 않은 상태라고 이해해도 무리는 아니겠네요."

"……아마도요."

목소리가 수그러들었다. 조심스러운 법률 상담이 아니라 다소 평범한 교우 관계 고민이었다. 의뢰의 개요를 대강 알게 되자 솔직히 김이 샜다. 그래도 상대가 편한 사람이라고 할 수는 없으므로 굳이 내색하지 않았다.

"방학이니까 어쩌면 가족 모두 여행 중일 수도 있지 않아요? 해외에 나갔다든지."

"그건 아닐 거예요. 이제 할머니도 안 계시고 엄마 회사 일 때문에 당분간 해외는 나갈 수 없다고 했었어요. 그리고 만약 여행 중이라고 해도 연락은 할 수 있는 거잖아요."

"그럼 곧 개학이니, 조금만 더 기다려 보는 방법도 있겠고요."

듣고 보니 저쪽 친구의 단호한 절교 선언이라는 확신이 들었지만 선우는 그렇게 둥글려 말했다. 가연도 그걸 모를 것 같지는 않았다.

"그게 그럴 시간이 없어서예요."

가연은 고개를 흔들며 말했다.

"제가 보스턴으로 유학 가거든요. 열흘 뒤에요. 그전에는 하나를 꼭 보고 가고 싶어요. 그래야 제 마음이 편할 것 같아요."

선우는 가벼운 한숨이 나오려던 걸 가까스로 참았다.

연장자로서 고민을 들어 주는 시늉도 이쯤 종료해야 할 것 같았다. 이 회사의 피고용인으로서 그만 사무실로 돌아가 보지 않으면 안 되었다.

가연은 그런 선우의 사정은 개의치 않고 제 이야기를 계속했다.

"제 생각엔 집에 있으면서도 절 무시하는 것 같지만요. 그런데 만약에 대리님 말씀처럼 여행 중이라면…… 그러니까 국내요. 혹시 어디 있는지 정도는 찾아봐 주실 방법이 있을까요?"

그야말로 난처한 상황이었다. 선우는 이 자리를 현명하게 파할 방법을 찾고 싶었다.

자신이 이 회사에서 담당하는 업무는 각종 계약서 및 약관 검토와 리스크 관리. 사내 규정 관련한 준법 지원 업무, 내부 교육이었다. 그중에 '사람 찾기'는 해당하지 않는다. 기업 법무지원팀 소속 사내 변호사가 할 일이 아니라는 뜻이다.

"누군가의 소재를 사적으로 추적하는 일에는 사립 탐정이라는 적임자가 있지만……."

"부모님은 모르시면 좋겠어요."

그건 자기도 안다는 듯이 가연이 말했다.

"미성년자니까 부모님 허락이 필요할 테고, 허락 없이도 의뢰를 받아 준다면 그쪽이 더 믿기 어렵잖아요? 전혀 모르는 바깥사람은 저도 불안해요. 어째서 대리님이냐고 물으신다면 이유는 그래서예요."

"그렇지만 저도 바깥사람인걸요."

"네?"

"'미성년자인 따님께서 제게 '부모님은 모르시면 좋겠다'는 의뢰를 해 왔습니다. 허락하시겠습니까?'라고 대표님께 말씀드릴 수도 있을 테니까요."

"정말요?"

가연이 망연한 얼굴로 물었다.

"에이엠에스티의 직원이자 어른으로서 보호자에게 보고드릴 의무가 있지 않을까요."

그 말에 가연은 침을 한번 꼴깍 삼키더니 단호함이 깃든 얼굴로 다시 입을 열었다.

"좋아요. 그럼 만약에, 제가 이대로 나가서 누군지 모를 바깥사람을 고용해 회사가 시끄러워지기라도 하면, 반대로 대리님이 더 곤란하게 되지 않을까요?"

금방 이해하기는 어려운 질문이 날아왔다.

"그런 기사를 읽은 적 있거든요. 미국에 유명한 기업 대표의 자녀가 사설탐정에게 의뢰했다가 사건 해결은커녕 약점을 잡혀서 오랫동안 상당한 돈을 뜯겼다고요."

선우도 예전에 들은 적 있는 뉴스였다. 그 사건의 주인공은 가연과는 비교도 할 수 없는 초거대기업의 자제였고 저지른 범죄가 살인이었다. 다소 극단적인 예이기는 해도 가연의 주장이 일리가 없지는 않았다. 어떤 약점을 빌미로 삼아 걸고넘어져 이상한 요구를 해 오는 검은 손길은 언제든 존재할 수 있다.

기업을 벗겨 먹으려는 시도는 먼 나라나 소설 속 이야기만은 아니다. 기업을 상대로 제기된 크고 작은 소송들이 그 증거라면 증거라고도 할 수 있다. 에이엠에스티의 법무지원팀은 그런 가능성으로부터 회사를 보호하기 위해 존재하기도 한다.

대표 막내딸의 사소한 부탁 하나가 그 시끄러움의 도화선이 되지 않으리라는 보장은 없다. 사실 그보다 더 좋은 핑계는 없을지도 모른다. 일단 관계가 생기고 나면 약점 같은 것이야 악의를 가진 쪽에서 이름 붙이면 그만인 것이다. 완벽한 인간은 없으니.

"제가 백가연 씨를 이용하는 그런 나쁜 놈이라면요. 회사에 대해서도 법에 대해서도 더 잘 아니까요."

"제가 알고 있기로는 대리님 여기 계시기 전에 법률 사무소를 운영하셨다고 들었어요. 대표셨다고요."

가연은 별다른 표정의 변화 없이 말했다.

"네, 보기 좋게 망했지만요. 대표라고 해 봐야 직원은 저 포함 두 명이었고요."

설마 인사팀 통해 이력서를 뒤져 보기라도 한 걸까.

"기분 나쁘셨다면 죄송해요. 하지만 그때 합격하셨는지 아닌지 너무 궁금해서, 개인적으로 아빠 비서님께 부탁드렸었어요. 뒷조사는 아니에요."

가연이 변명하듯 얼른 덧붙였다. 덕분에 김선우는 백가연에게 빚이 있다는 사실을 다시 상기해야 했다.

그 법률 사무소를 폐업한 후 에이엠에스티에 이력서를 내고 서류에 합격해 최종 면접을 보러 왔을 때 로비에 도착해서야 선우는 목에 넥타이가 걸려 있지 않다는 중요한 사실을 깨달았다. 면접 대기실 도착까지 여유 시간은 5분도 채 남아 있지 않았다. 더 빠르게 가려고 잡은 택시는 앞서 사고가 있었던 도로에 묶여 속도를 못 내 결국 중간에 내려서 뛰어온 참이었다.

새로 하나 살 시간도 없고, 면접자들의 간절함은 피차일반이니 빌리는 것도 소용없을 일 같았다. 단 한 사람을 뽑는 자리다. 선우만 해도 이미 여섯 번의 탈락 후 일곱 번째 도전이었다.

그냥 넥타이 없이 들어가 볼까. 사풍은 자유롭다 했으니 복장이 조금은 느슨해도 괜찮지 않을까. 상황이 긍정적으로 변할 리는 없으니 기분이라도 긍정적으로 바꿔 보려고 할 때였다. 작고 하얀 손이 눈앞으로 군청색 넥타이를 불쑥 내밀어 왔다. 보안 게이트 앞에서 휑한 가슴 부분만 원망스레 더듬대던 선우는 시선을 넥타이보다 좀 더 높은 곳으로 들어 올렸다.

"넥타이 필요하신 거죠?"

눈앞에는 베이지색의 교복을 입은 고등학생이 있었고 그때는 이름을 몰랐던 그 소녀는 가연이었다. 출입 명부 등록 후 받은 게스트 목걸이를 보고서 상황을 대충 짐작한 듯했다.

"여기요, 가끔 그런 분들이 계시더라고요."

가연이 내민 넥타이는 교복에서 흔히 보는 이미 모양이 잡힌 넥타이에 끈을 연결해 사용하는 제품이 아니라, 처음부터 끝까지 손으로 묶어 매듭을 지어야 하는 진짜 넥타이였다. 방금 막 풀어냈는지 매듭지었을 부분에 구김마저 선명했다. 교복의 구성품이라는 생각은 들지 않을 만큼 도톰한 실크 재질의 고급품이었다. 그러고 보니 교복의 품질 역시 예사로 보이지 않았다.

"이거 쓰셔도 모를 거예요. 어른들 거랑 비슷하거든요."

"아니, 나는."

절실한 상황이지만 낯선 호의를 냉큼 받을 수는 없어 망설이는데 넥타이를 쥔 손이 한 걸음 더 가까이 다가왔다.

"저는 또 있으니까 괜찮아요. 입학할 때 여분으로 다섯 개나 맞췄거든요. 쓰세요."

"……고마워."

넥타이는 어느덧 선우의 손바닥 안에 있었다.

"나중엔 제가 신세 질 거니까요."

"으응."

"참, 성함 여쭤봐도 돼요?"

"김선우. 법무지원팀. 합격한다면."

그땐 가연이 누구인지 알 도리도 없었으니 급한 마음에 곧장 면접장으로 달려갔을 뿐이다. 결국 선우는 최종 면접에 합격해 여덟 번째 회사를 찾아 떠날 수고는 덜었다. 그다음 달부터는 정말이지 오랜만에 그럴듯한 급여를 받았다.

가연의 정체를 알게 된 건 몇 개월 후 중앙 회의실 근처에서 그를 멀찌감치 발견했을 때다. 업무 구역에 교복을 입은 고교생이 드나드는 일은 잘 없어서 그 자체로 눈에 띄었다.

반가운 마음에 알은체라도 할까 했는데 곁에 있던 법무지원팀 김진희 과장이 가연을 가리키며 '대표님이 가장 애지중지하는 늦둥이 막내딸.'이라고 귀띔해 주어서 그만두었다.

넉넉한 사람의 호의니까 고마운 마음으로 잘 받았으면 됐다고,

저쪽은 벌써 잊어버리고도 남았을 거라고 스스로 결론 지었다. 그 넥타이는 동네 의류 기부함에 넣었다.

그로부터 한 해가 흐른 뒤 그 빚을 고스란히 갚아야 할 날이 올 거라고는 생각도 안 했다.

"김선우 대리님은 저를 이용하려는 그런 나쁜 놈은 아닐 거예요."

입사의 추억에 잠시 빠져 있던 선우를 테이블 맞은편의 가연이 다시 끌어 올렸다. 가연은 이 의뢰를 꼭 성사시키고 싶은 눈빛이었다.

"개인 사무소 운영하실 때 억울하고 어려운 사람들 돕기가 주업무셨다면서요. 좋은 일 많이 하셨다고요."

당연히 자기소개서에 적힌 내용이 사람의 전부를 알려 주진 않지만, 아빠의 비서님이란 사람은 가연에게 김선우 변호사의 이력을 꽤 상세히 전달한 모양이었다. 어쩐지 새로운 면접장에 와 있는 기분이 되었다. '나는 당신이 생각하는 그런 사람이 아닙니다, 조금도.'라고 말하고 싶었다.

"그때 증인들 찾아내고 설득하는 데 뛰어나셨다고도 들었고요."

"그건."

선우는 무심코 하려던 말을 삼켰다. 사람 찾아내 설득하는 데 뛰어났던 사람은 자신이 아니었다.

한동안 잊고 있던 이름을 입에 올릴 뻔했다. 한재은. 그러나 가연에게 재은의 이야기까지 꺼낼 필요는 없었다.

이 고객은 창구를 잘못 찾았다. 은혜를 반드시 갚아야 한다면 다른 방법은 없느냐고 묻고 싶었다.

"부탁드려요, 대리님. 한국 떠나기 전에 화해하고 싶어요. 이렇게 흐지부지 헤어지는 건 말도 안 돼요. 하나는 저한테 제일 중요한 친구예요. 정말로 저를 만나고 싶지 않은 거라면, 대신 사과라도 전해 주세요. 다 진심은 아니었다고 제가 이렇게 미안해한다고요. 네? 부탁드려요. 의뢰인을 대신해 주는 게 변호사잖아요."

가연은 지금까지 없었던 간곡한 목소리로 선우에게 말했다. 난감했다. 법률 상담도 아닐 뿐더러 이거야말로 자신의 입장을 이용한 터무니없는 요구다. 그러나 제 운명의 흐름을 바꿔 주었던 은인을 매몰차게 내치는 어른이 될 배짱은 또 없었다. 적절한 합의가 필요했다.

"친구분의 집은 가 보셨다고 했죠?"

"네!"

질문이 마치 청색 신호가 된 듯 가연이 반색하며 대답했다.

"일부러 무시한다고 짐작하시는 근거는요?"

"보안실에서부터 막혀서요."

"보안실요?"

"호출 눌러도 응답이 없어서 직접 올라가 보려고 했거든요. 그래서 1층 현관 통과하게 해 달라고 보안실에 호수를 말했는데 무조건 안 된다고 해서요. 거주자 동의 없이는 못 들어간다고 그렇다는데 왠지 하나가 미리 말해 둔 게 아닌가 해서……."

찾아가도 소용없었다는 건 그런 뜻이었다.

"그럼 학원 같은 곳은요? 학교 동아리나."

아무리 방학이라고 해도 온종일 집 안에서만 지내지는 않을 것이다. 선우는 이하나라는 친구와 가연이 겹치는 다른 활동 범위가 없는지 물었다.

"동아리는 원래 안 했고 학원도 안 나온대요, 요즘."

다른 반 아이에게 전해 들은 내용이라고 했다. 가연이 유학 대비 공부를 시작하면서 방과 후 공부는 각자였다.

"음."

선우는 이 기묘한 의뢰에 대한 제 나름의 합의 조건을 전하기로 했다.

"그럼, 제가 한번 가 볼게요."

"정말요?"

"친구분이 집에 있다면 백가연 씨의 말을 전할게요."

의뢰인을 대신해 유감을 전하는 일도 변호사의 업무 중 하나라고 한다면 이 정도 보답을 못 베풀 것도 없었다.

"하지만 그렇지 못할 상황이라면, 그건 제 능력 밖의 일이라는 걸 먼저 말씀드려야 할 것 같습니다."

"하지만……."

그걸로는 부족하다는 얼굴로 가연이 선우를 바라보았다. 아무리 그래도 기약 없는 일에 괜한 기대를 품게 할 수는 없다. 이제는 회사에 소속된 몸이다.

"자리를 너무 오래 비울 수 없어서요, 그만 올라가겠습니다. 여기."

선우는 재킷 안쪽 주머니에서 명함을 꺼냈다. 이제는 예전처럼 영업용 명함을 뿌리고 다닐 일 없는 회사원이라 오랜만에 한 장을 소비하게 되었다.

“사건 수임하겠습니다. 이 번호로 친구분 주소 보내 주세요. 오늘 퇴근하고 들러 볼게요.”

‘커피 잘 마셨습니다.’라는 인사까지 잊지 않고 선우는 베이커리를 나와 업무로 복귀했다.

사무실은 고요했고 각자의 업무에 여념이 없는 동료들은 새삼 평화로워 보였다. 이 사람들은 과연 자신에게 어떤 야근 업무가 생겼는지 과연 짐작이나 할까. 숙제를 짊어지고 온 선우는 괜히 원망스러운 마음마저 들고 마는 것이었다.

2
달빛수사

0일

시킨 사람이 누구든 야근은 싫다.

개업 변호사로서는 꿈도 못 꿀 퇴근 이후의 여유에 익숙해진 현재 선우에게 야근이란 조금도 반갑지 않은 것이었다. 개인 사무소를 정리한 후, 몇 가지 대안 중에서 사내 변호사를 선택한 이유는 오로지 안정 하나였다. 시간과 경제, 심리적 안정을 통틀어서.

변호사라는 직업에 커다란 명예나 수입을 기대하기란 어려워진 지 오래다. 그 숫자는 매해 증가하는 추세고, 의뢰인들은 규모가 크든 작든 조금이라도 알려진 로펌을 선호해 개인 사무소는 월 한두 건 수임하기도 힘든 실정이다.

물론 김선우 법률 사무소가 깨진 가장 큰 이유는 제 욕심으로 재은과의 관계를 망쳐서였지만 그게 전부는 아니었다. 그만 다 내려 두고 싶었던 마음이 있었다. 책임이나 부담감이라고 부를 만한 것들을.

잘 다니던 로펌을 뛰쳐나와 개업하겠다던 초심에서는 아주 멀리 떨어진 선택이지만, 선우는 그게 당시 나의 최선이었다고 변명하고 싶었다.

회사 생활에서 가장 좋은 걸 하나 말해 보라고 한다면 저녁이 있는 삶이었다. 가끔 야근이 있긴 해도 공식적으로 저녁 6시에 퇴근할 수 있는 삶. 집에 돌아와 영화 한 편을 끊지 않고 통으로 보는 삶도 존재한다는 사실을 그전에는 완전히 잊고 지냈다.

따라서 오늘 저녁 7시 15분, 선우의 야근은 그 자체로 상당히 오랜만이었다. 해가 긴 여름이라 아직은 어둡지 않아도 야근은 야근이다. 차는 지금 몇 가지 부품 교체가 필요해 정비소에 맡겨 둔 상태라 전철로 이동했다.

가연이 알려 준 주소로 들어섰을 때 선우는 고개를 높이 들어야만 했다. 독채로 지어진 유명한 건설사의 프리미엄 아파트가 눈에 들어왔다.

건물 전체를 감싼 외부 유리의 맑은 광택이 마치 화려한 액세서리처럼 오렌지빛 노을을 반짝이고 있었다.

가연이 재학 중인 이람고등학교는 이 동네 학군에서도 경쟁이 가장 치열한 곳이었다. 재학생은 대부분 부유층의 자녀들로 유명 기업 또는 중소기업 대표의 자녀들, 그리고 부동산 임대업, 소위 말하는 건물주 자녀들이 다수라고 했다. 이하나의 집안 역시 의류 관련 중소기업을 운영한다고 가연에게 들었다.

보안실에서 막혔다던 가연의 말은 아파트 앞에 도착하자마자 곧장 이해했다.

아파트 1층에는 규모 있는 보안실이 자리 잡고 있었고, 보안키나 생체 정보를 인증해 입구를 통과해야 하는 출입 시스템이었다. 보안실 내부에 근무 중인 인력도 제복을 갖춰 입은 선우 또래의 사람들이었다. 노인 경비원이 근무하는 선우가 사는 복도식 아파트의 풍경과는 무척 달랐다.

외벽에는 공중파에서 광고하는 유명 보안업체 로고가 새겨진 패널이 부착되어 있었다. 에이엠에스티에 입주한 보안 회사와 같은 곳이다. 당연히 경비는 삼엄하고도 까다로울 것이다.

"어떻게 방문하셨습니까."

보안실 창가로 모습을 드러낸 남성 요원의 태도는 친절하고 활기찼다. 경험상 이런 인상의 사람일수록 더 엄격할 확률이 높았다.

웬만한 허풍은 안 통할 것이다. 주민인데 지문이 안 먹힌다거나 지인에게 전해 줄 것이 있다거나 하며 어설프게 시도하는 것보다는 오히려 뻔뻔하게 나가는 편이 나을 것 같았다.

"실종 신고가 있어서 잠시 조사 나왔습니다."

거짓말도 아니다. 분명 사람을 찾는 중이니까.

"실종이요?"

요원이 미간을 찡그리며 물었다. 표정만으로도 그런 일은 전달받은 적이 없다고 말하는 듯했다. 그는 안쪽의 다른 요원들에게 아는 바가 있느냐고 먼저 확인했다.

"네, 일단 거주 여부만 확인하려고 합니다."

"어느 기관에서 나오셨죠?"

'몇 호를 찾아오셨습니까?'를 먼저 물을 줄 알았는데 오산이었다. 요원은 이미 경계를 시작했다. 안쪽 자리의 다른 요원들도 하나둘 이쪽으로 다가오기 시작했다.

기관이라 한다면 에이엠에스티지만 당연히 그렇게 대답할 수는 없었다. 말문이 막힌 사이 보안 요원에게 순서를 내주고 말았다.

"관련 서류나 영장 소지하고 계시면 기관에 확인 먼저 하겠습니다."

"아직 영장을 발부받을 단계는 아니라 현장 조사 먼저 나가 보라는 지침이 내려왔습니다."

"죄송하지만 외부인 출입은 불가능합니다. 확인 가능한 다른 서류는 없으십니까?"

정말로 서류가 필요한 게 아니었다. 수상한 용무를 가진 사람은 그만 사라지라는 경고였다. 방법을 잘못 고른 모양이었다. 이야기를 더 이어 나가면 이쪽이 불리해질 것 같았다.

"알겠습니다. 다시 오겠습니다."

선우는 일단 정원을 향해 걸음을 물렸다.

이제부터 어떻게 하는 게 좋을까. 잠시 기다렸다가, 현관을 통과하는 주민이 나타났을 때 입주민인 척 함께 들어가는 고전적인 방법을 써야 할까. 하지만 이미 한 번 보안실에 얼굴도장을 찍었고 곳곳에 CCTV도 있으니 발각은 시간문제였다.

그때 아파트 현관 안쪽에서 어슴푸레한 인영이 눈에 들어왔다. 외출하려는 입주민이다. 현관이 열릴 때 몰래 들어갈 수 있으면 좋을 텐데. 하지만 보안 요원이 아직 창가에 머물러 있었다. 눈에 띄지 않고 저 앞을 지나가기란 불가능했다.

위잉 소리와 함께 자동문이 열리자 이제 막 초등학생이나 되었을까 싶은 남자아이가 혼자서 걸어 나왔다. 보안실 방향의 눈치를 살피며 가까이 오기를 기다렸다.

"저기, 꼬마야."

부름에 아이가 가던 걸음을 멈추고 선우를 올려다보았다. 손에는 작은 플라스틱 그릇에 담긴 사료가 들려 있었다.

"그거, 길고양이 밥이야?"

선우는 미소와 함께 허리를 살짝 숙이며 물었다. 아이는 경계하는 표정으로 고개만 끄덕였다. 유치원이나 학교에서는 낯선 사람과 대화하지 말라고 가르칠 것이다. 조심스러웠다.

"그렇구나. 어느 쪽에 있어?"

아이는 대답하지 않았다. 선우가 사라지기 전까지는 이곳에서 한 발짝도 안 움직일 태세였다.

"나도 보고 싶어서. 고양이 좋아하거든."

아이는 반응이 없었다. 어쩌면 고양이를 해코지하려는 사람으로 오해받고 있는지도 모른다. 선우를 노려보는 것 같기도 했다.

아이들이 세상을 경계하도록 만든 건 결국 어른들일 텐데, 지금 다른 의도를 가지고 고양이 운운하는 자신도 어쩐지 그 한통속처럼 느껴졌다.

"아니, 사실 고양이는 관심 없어. 고양이가 아닌 사람을 찾고 있어."

선우의 고백에 아이의 눈이 동그래졌다.

"혹시, 너 11층에 사는 이하나라는 누나 알아?"

원하는 대답을 들을 요량으로 본론에 들어간 건 아니었지만, 밑져야 본전이었다. 이 높은 건물에서 이하나를 알고 있는 사람이 한 번에 걸릴 확률이 얼마나 될까. 그러나 주어진 기회를 가만히 흘려보내지는 말아야 했다.

"실례합니다."

아까 한 번 들은 굵직한 남자의 목소리가 들려왔다. 그 보안 요원이 성큼성큼 걸어오고 있었다.

선우는 아이를 향해 숙였던 허리를 펴며 꼿꼿이 섰다. 제 나름은 당당하다는 뜻이었으나 요원에겐 그렇게 보이지 않은 모양이었다.

"말씀드렸잖습니까. 외부인 출입은 불가하다고요."

"행인에게 잠시 질문했을 뿐인데요."

"여긴 사유지입니다."

보안 요원은 아이를 제 뒤로 보내며 말했다.

"실종 사건 관련해서는 서류 갖추시면 재방문하십시오."

"그럼요."

선우가 곤란해진 사이, 아이는 정원 안쪽으로 서둘러 달아나 버렸다. 얼마나 다급했는지 멀어지는 걸음을 따라 사료가 조금씩 튀어 바닥에 떨어졌다. 저 사료를 따라가면 고양이가 어디에 있는지는 알 수 있을 것이다. 하지만 선우가 알아야 할 건 고양이의 위치가 아니었다. 그렇다고 어떻게든 무리수를 두어 저 아파트 안으로 들어가고 싶은 것 또한 아니었다. 솔직히 출입구 통과에 실패한 덕분에 일을 덜어 내 다행이라고 생각했다.

선우는 역을 향해 걸으며 오늘 새로이 저장한 가연의 번호를 불러냈다. 가연의 부탁에 따라 번거로움을 무릅쓰고 직접 현장을 방문해 출입하려는 시도도 분명히 했으니, 지난 은혜에 대한 보답은 이만하면 충분하다고 여겼다.

"대리님!"

신호가 두 번을 채 맺기도 전에 가연의 목소리가 들려왔다. 기대에 가득 찬 목소리였으나 이제부터 대리님은 실망스러운 소식을 전해야 했다.

"확인하셨어요?"

"네, 지금 이하나 씨의 집 앞이에요. 그런데…… 역시 어렵네요."

선우는 방금 있었던 일들을 가연에게 간단히 설명했다. 싫은 소리를 듣고도 남을 것이 분명한 결재를 마지못해 받는 일과 비슷했다.

실망으로 한 풀 꺾인 음성이 전해져 왔다.

"그 아파트는 원래 그렇다니까요. 그래서 저도 못 들어갔다고 말씀드렸잖아요. 다른 방법을 찾아보실 줄 알았는데."

"그래도 성인이 방문하면 다를 수 있으니……."

"그래서 다음은요?"

"네?"

"다음에는 어떻게 하실 건데요?"

선우의 말을 중간에 자르며 가연이 물었다. 다음 계획이란 이하나의 화가 풀어지기를 가연이 기다리는 것이다.

"제 역할은 여기까지라고 말씀드렸습니다만……."

긴 침묵이 흘렀다.

단순히 말을 하지 않는 것인지 전화가 끊어진 것인지 구별할 수 없어서 선우가 '여보세요.'라고 한 번 확인을 해야 했다.

"그냥 제 부탁에 적당히 장단만 맞출 생각이시면 저도 됐어요. 시간도 없는데."

이윽고 들려온 목소리에는 약간의 화가 묻어 있었다.

"위험 부담이 있어도 대리님보다는 좀 더 성의 있는 분을 찾는 게 나았겠어요. 고등학생 의뢰라고 무시하지 않는 분으로요."

여기서 그만 손을 떼고 싶은 마음은 분명한 사실이었지만, 이래서는 어쩐지 원점만도 못한 상황이 되었다.

"뭐든 좋으니까, 제가 모르는 뭔가를 기다렸는데. 실망스럽네요."

집으로 가는 방향이 바로 여기라는 듯 저 앞에서 전철역 출구가 조명을 반짝였다. 하지만 선우는 그 자리에 우뚝 멈춰 서고 말았다. 대표가 애지중지하는 막내딸의 기분 하나 적당히 못 맞춰서 이도 저도 아니게 되어 버린 상황이라서는 아니었다.

제가 모르는 뭔가를 기다렸는데. 그 말 때문이다.

뒤통수가 아릿했다. 변호사 시험 합격 후 로펌에서 실무 실습 기간, 아버지처럼 따르던 대표 박상수가 입버릇처럼 했던 말이 순간 겹쳤다.

—내가 모르는 얘기를 해 봐. 새로운 증거, 새로운 증언. 둘 다 없다면 새로운 관점. 그게 내가 너라는 변호사를 인정할 가치야.

"후."

자기도 모르게 선우는 전화에 대고 한숨을 뱉었다. 그 시절을 떠올리면 어쩔 수 없었다.

그 시절뿐 아니라 에이엠에스티 이전의 과거를 하나하나 떠올릴 때마다 나올 한숨을 모아 두면 거기에 질식하고도 남겠다는 생각도 종종 한다.

과거로부터 영원히 벗어나는 방법이란 존재하지 않았다. 선우는 어느덧 재은을 생각하고 있었다. 박 대표의 로펌을 나와 손잡았던 동료. 애착과 부채감이 복잡하게 뒤엉킨 기억들.

그동안 어떻게 지내고 있을까. 몇 번 연락해 볼까 했지만 용기를 내지 못했다. 지우지 못한 번호를 가만히 바라보다가 화면을 끄기만 수 차례였다. 그렇게 1년 반 넘게 시간이 흘렀다.

아마 재은이라면 이 의뢰인이 모르는 무언가를 전해 주고도 남았을 것이다. 분명히.

어른의 탄식에 가연도 멈칫했는지 아무 말이 없었다.

이제 제법 어둑어둑해진 거리는 가로등 빛으로 밝혀져 있었다. 선우는 무언가 결심한 듯이 나직이 말했다.

"조사를 위해 필요한 게 있습니다. 그게 전화를 드린 이유고요. 제 힘만으로는 역시 부족한 부분이 있어서요."

적당히 손 떼려고 했던 마음은 처음부터 없었던 척, 선우는 새로운 용무를 전했다. 저쪽에서 눈을 빠르게 깜빡이고 있을 가연을 머리에 그리면서.

"……뭔데요?"

"물건이 하나 필요해요. 대신 조건이 있어요."

다시 이야기를 시작하며 선우는 전철역으로 들어가는 대신 도롯가 벤치에 앉았다. 여름밤의 온풍이 목덜미를 지나갔다.

"제가 필요한 물건은 백가연 씨의 물건이 아니라 이하나 씨의 물건이에요. 이왕이면 이하나 씨의 손때가 묻은 물건이요."

"……하나의 물건이라고요?"

이해가 안 된다는 듯 가연이 물었다. 선우의 의중을 모를 입장에서는 당연한 반응이었다. 찾는 건 사람인데 갑자기 그 사람의 물건을 달라니, 이상하게 들릴 것이다. 선우도 안다.

"친한 친구끼리는 서로 책이나 물건 같은 거 빌리고, 빌려주거나 하지 않나요?"

선우의 학창 시절을 떠올려 보면 그랬다. 그렇게까지 친하지 않더라도 한 번쯤은 교과서나 정리 노트를 빌리기도 했고 만화책을 돌려 보기도 했다. 지우개나 펜 하나가 필통에 잘못 섞일 때도 간혹 있었고, 그런 물건 중 이하나의 물건이 하나쯤은 있지 않을까.

"글쎄요."

가연은 시큰둥했다.

"그런 거 없는 거 같은데요."

"한 가지도요?"

"네."

곰곰이 생각해도 정말 떠오르는 게 없는 모양이었다.

하긴, 빌리고 빌려준다는 개념이 이 아이들에게는 조금은 다르겠다는 생각이 들었다. 요즘은 손에 닿는 실물보다 디지털에 더 의지하는 세상이다. 게다가 이 아이들은 물질적으로도 부족함은 없을 것이다.

그 좋은 예로 지난해의 그 넥타이도 빌려준 게 아니라 그냥 준 것이다. 이런 넥타이 하나쯤 없어도 아무런 상관없다는 뜻으로.

"아."

덕분에 새로운 생각이 떠올랐다.

"선물 받으신 건요?"

"선물이요?"

"뭐, 꼭 선물이 아니라도요. 굳이 가져도 상관없다고 준 물건이라든지. 그 넥타이처럼요."

가연은 다시 생각에 잠겼다. 선우의 등 뒤로는 퇴근길 차량이, 앞으로는 사람들의 발걸음이 부지런히 교차했다. 오늘을 마무리하는 사람들. 선우는 그 가운데 멈춰서 새로운 일을 시작하려는 중이었다.

어느덧 하늘은 완전히 캄캄해졌다. 달만이 밝았다. 선우는 가연의 대답을 기다렸다.

"생일 선물로 받은 게 있긴 한데요."

오래 생각한 것치고는 확신이 부족한 목소리였지만 일단 들어보기로 했다.

"블루투스 이어폰요. 아시죠?"

"그럼요."

"커스텀 제품이에요. 제 이름도 각인되어 있고요."

전문가용 오디오를 한 세기 제작해 온 유럽 회사의 신제품이었다. 음악 애호가라면 누구나 집착하는 브랜드인데 구매 대기 예악이 상당하다고 소문으로만 들었다. 거기에 커스텀까지 했다면 꽤 고가일 것이다. 선우는 잠깐 할 말을 잃었다.

"근데 이건 하나가 제게 줬지만 하나의 손때는 안 탄 새 제품이었으니까요. 포장이야 손때를 좀 탔을 수도 있겠지만 그건 옛날에 벌써 다 버렸는걸요."

목소리에 확신이 없었던 이유를 알았다. 그렇지. 선물이란 특별한 경우가 아니라면 손때가 묻지 않은 새 물건을 준다. 그리고 손을 좀 탔어도 포장지 따위는 그리 도움이 안 된다. 스쳐 가듯 잠시 손을 탄 물건에서는 '읽을 것'이 많지 않다고 재은은 말했다.

"아!"

그때 활기를 찾은 목소리로 가연이 외쳤다.

"단주가 있어요!"

"단주요?"

이번에는 선우가 되물었다. 처음 들어 보는 단어였다. 가연이 설명했다.

"아, 염주라고 하면 아시려나요? 불교에서 팔찌처럼 손목에 거는 염주는 단주라고도 한대요. 저는 종교가 없어서 정확히는 모르지만요."

괜찮은 물건이었다. 기도하면서 구슬 하나하나를 매만졌다면 그만큼 손때가 탔을 테고 단순히 액세서리로 차고 다녔어도 승산은 있을 것이다.

"그건 하나가 갖고 있던 걸 저한테 준 거예요. 어떠세요?"

"언제 받으셨는지 기억하시나요?"

"4월이요. 날짜까진 기억 안 나요."

건네받은 시점도 비교적 최근이라 더 좋았다.

"괜찮을 것 같습니다."

"정말요?"

"네."

"그런데, 그게 하나와 연락하는 데 대체 무슨 도움이 된다는 거예요? 설마 분실물이라고 해서 접근하거나 그런 건가요?"

"그런 건 아니에요."

"그럼요?"

"성공하게 되면 방법을 말씀드릴게요."

장담은 어려웠다. 이 일을 하려면 재은이 필요하다. 재은이 응해 줄지는 아직 알 수 없다. 일단 마음의 움직임을 따라 발을 디딜 뿐이다.

"제가 지금 그 단주를 받으러 가도 될까요?"

3
달빛수사

1일

"리필해 드릴까요?"

"감사합니다."

늦은 시간이었지만 선우는 거절하지 않았다. 이 집 핸드드립 커피 맛이 좋기도 했고, 재은이 도착하기까지는 좀 더 느긋하게 기다려야 할 것 같아서였다.

약속 장소로 정한 곳은 광화문과 경복궁 사이 골목길에 숨어 있는 작은 카페였다. 단골이 아니고서야 찾아오기는 어려운 위치로 길을 잃은 사람이나 우연히 들어올 것 같았다.

선우도 지도 앱을 켜서 사방을 두리번거리며 찾아왔다. 가게 앞에 놓인 작은 흑판형 입간판에는 분필로 그린 파도 그림 위에 카페의 이름인 '포말'이 단정한 글씨체로 적혀 있었다.

내부는 말끔한 실험실 같은 분위기였다. 자리를 지키고 있다

나름대로는 농담이었지만 아무도 웃지 않았다.

"주소록에서만 삭제했어."

"그렇구나."

"무심결에 받은 거야."

역시 그랬다.

"그래서 무슨 용건이야?"

재은이 먼저 물었다. 피로가 깃든 목소리였다. 용건 같은 거 있어도 말하지 말라는 배수진 같기도 했다.

"꼭 용건이 있어야만 연락하는 건 아니잖아."

"그럼 이제 와서 안부 전화야?"

"그건……."

선우는 얼버무렸다.

"그럼 이제 와서 시간 낭비하지 말자. 나 지금 바빠."

역시 재은은 스몰 토크와는 거리가 멀었다. 의뢰인들에게는 조금 달랐지만 선우에게만은 나무토막처럼 늘 무뚝뚝한 편이었다. 하지만 재은의 그 무뚝뚝함은 견고함의 다른 말이기도 했다. 그때는 몰랐지만 돌이켜보았을 때는 분명 그랬다.

"그만 끊을게. 나 지금 미팅 도중이야."

"아니, 끊지 마. 잠깐만!"

정말 끊고도 남을 게 분명했기에 목소리로 다급하게 붙잡았다. 휴게실에 있던 사람들이 일제히 돌아보았고, 선우는 머리를 조아리며 그곳을 빠져나와 복도 구석으로 걸음을 옮겼다. 어차피 듣는 귀가 많은 곳에서 할 성격의 대화도 아니었다.

“알았어. 본론부터 말할 테니까. 잠시만 들어 봐. 내가 오죽하면 너한테 전화했겠어.”

다시 침묵이었다.

“갑자기 연락해서 이런 부탁 구차한 거 알아. 네가 좀 봐 줬으면 하는 게 있어.”

일단 밝혀 놓은 용건에 대한 대답을 기다리며 선우는 복도 막다른 벽에 등을 기댔다.

여전히 대꾸는 없었다. 어찌나 고요한지 제 숨소리조차 유난히 커다랗게 느껴졌다.

“물건이야?”

재은이 짧게 물었다.

“응. 물건. 당연히 사례는 할 테니까.”

그 정도 염치는 있다는 덧붙임이었다.

“역시.”

재은이 중얼거렸다. 긍정도 부정도 아닌 애매모호한 대꾸였다.

“역시라니?”

“용건 없는 연락이라니 너한테 안 어울린다고.”

반박할 말은 없었다.

“거절할게. 어떤 사건인지는 모르겠지만 정공법으로 승부해. 보통 변호사처럼.”

“잠시만. 한재은. 이거 사건이 아니라.”

그러고 보니 서로가 현재 어떤 일을 하고 있는지도 밝히지 않은 채였다.

그때였다. 구체적인 상황을 더 말하려는 그 찰나, 우아하고 환상적인 선율의 멜로디 한 토막이 복도에 울렸다. 에이엠에스티에서 만든 게임 '달빛수사'의 사운드트랙이었다.

사내 공지 방송이 있을 때 흐르는 인트로인데, 5초의 짧은 음악이 끝나자 오후에 예정된 엘리베이터 점검으로 한 개의 라인은 사용 불가라는 안내가 흘러나왔다.

덕분에 대화는 잠시 중단됐다.

"너 요즘 무슨 일 해?"

방송이 끝나자마자 재은이 물었다. 뭔가 미심쩍다는 목소리였다. 선우는 있는 그대로 대답했다.

"사내 변호사야."

잠시간의 침묵 후 재은은 언제가 좋겠냐고 물었다.

어째서 마음을 바꿨는지 알 수 없었지만 선우는 오늘 당장이라고 했다. 아무리 늦어도 상관없으니 재은의 모든 편의에 맞춰 근처에서 대기하겠다고.

현재 선우가 포말에 앉아 있게 된 오늘 낮의 경과는 그랬다.

"안녕하세요."

드디어 카페의 유리문이 열렸다.

1년 반 만에 나타난 아는 얼굴은 선우가 아니라 카페 주인을 향해 먼저 미소 지었다. 카운터 앞에서 서로의 안부를 나누는 대화가 살짝 길어졌다. 단골집인 모양이었다.

왜인지 번호표를 뽑고 대기하는 기분이 되었다. 그런 한편 재은도 선우와 마주하기 전까지 일부러 시간을 버는 중인지도 모른다는 생각이 들었다.

오늘의 만남은 재은 차원에서도 마음의 준비가 필요했을 것이다. 그 겨울, 그렇게 헤어지고 나서 처음이다. 양쪽 모두에게 급작스럽고 어색한 만남인 것은 부정하기 어려웠다.

"안녕."

비로소 이쪽을 향한 인사가 들려왔다.

편안할 안(安), 편안할 녕(寧). 전혀 편안하지 않다. 그렇다고 그보다 나은 다른 인사가 떠오르지는 않았다.

"응. 안녕."

"여기 내 단골 겸 작업실이야."

"그런 거 같네."

"이 시간이면 다른 손님들도 없어서 집중하기도 좋고."

일일 작업실로도, 물건을 읽기에도 좋을 것이다.

카페 주인이 커피 한 잔을 더 가져와 재은의 앞에 내려놓았다. 바로 어제 헤어졌다 다시 만났다고 해도 좋을 만큼 재은의 모습은 그 전과 변함이 없었다. 그간의 공백이 오히려 거짓말 같기만 했다.

"아직 기자 일 하는 거지?"

"응, 프리랜서."

대답하며 재은은 커피를 맛보았다.

"여전히 자유로운 영혼이구나."

"너는 다시 회사로 돌아갔고."

무덤덤한 말속에는 뾰족함이 들어 있었다.

"로펌은 아니잖아. 안전하기도 하고."

선우는 자신을 변호하듯 적당히 미지근해진 커피잔을 두 손으로 감싸 들었다.

"그러게. 에이엠에스티라니. 그건 좀 의외였어."

재은의 그 말에 선우는 자기도 모르게 커피잔을 테이블에 떨구듯 내려놓았다. 사내 변호사라고만 했고 회사 이름은 말하지 않았는데. 두 손도 어느새 테이블 아래로 내려와 있었다. 본능적인 움직임이었다.

그러나 아차 싶은 마음에 선우는 다시 커피잔으로 손을 가져갔다. 재은의 힘이 필요해서 먼저 연락해 불러냈으면서, 그 힘을 경계하는 모양새가 불쾌했을 것이다.

재은은 제 커피잔을 가만히 내려다보며 말했다.

"아무것도 읽은 거 없으니까 안심해. 증거가 필요하다면……."

"아니, 그게 아니라."

"아까 통화할 때 거기 안내 방송 소리 들었거든. 그 앞에 나오던 음악."

"뭐?"

"그거 게임 음악이잖아. 아냐?"

조금 놀랐다. 단순하면서도 귀에 잘 들어 온다고 여기저기에서 짜깁기로 소비될 정도로 널리 알려진 음악은 맞는데, 회사 이름까지 알고 있다니. 사람들 대부분 멜로디는 알아도 정확한 출처나 제목은 모른다. 심지어 거기서 일하는 선우도 입사 전까지는 몰랐다.

"니 혹시 게임해?"

의심스레 묻자 재은은 뜻 모를 웃음만 지었다.

과거의 재은에게 게임이라는 취미는 없었다. 기억이 틀리지 않다면 함께 일했던 기간 게임에 대해서 언급한 적은 단 한 번도 없었다.

1년하고도 반이라, 짧다면 짧고 길다면 긴 공백이지만 그동안 서로 많은 게 달라진 모양이었다. 마치 과거도 공백도 이 자리와 관계없는 것처럼 수많은 의뢰인 중에 하나를 대하듯이 재은이 물었다.

"아까 사건이 아니라고 했는데, 맞아?"

서로 무엇이 얼마나 달라졌는지에 관하여 재은은 구태여 말하고 싶지 않은 것 같았다. 재회를 요구한 사람으로서 선우는 지난 일의 감정을 먼저 갈무리해야 한다는 부담이 막중했는데 바로 본론으로 들어가도 괜찮다면 오히려 일이 쉬워지는 셈이었다.

하지만 정말 이대로 괜찮은 걸까 자문하면서 선우는 가방에서 자그만 상자를 꺼냈다.

"의뢰는 이거."

상자를 재은 쪽으로 밀어 건넸다. 누군가 이 상황을 본다면 오랜 연인에게 귀중한 선물을 준비한 사람으로 보일 것 같았다. 재은이 상자를 열자 고급스러운 광택의 검은색 구슬 팔찌가 나타났다. 가연에게 받아 온 단주다. 일반 액세서리로 착용해도 상관없을 만큼 단순하면서도 세련된 디자인이었다. 중간에 제 손이 타지 않도록 하려고 선우가 따로 준비한 상자에 넣었다.

단주를 내려다보며 재은이 물었다.

"회사 일이야?"

"굳이…… 분류가 필요하다면."

"게임 회사 법무팀 사내 변호사의 워라밸도 호락호락하진 않은가 보네."

"어떻게 알아?"

"단주라니 너무 개인적인 물건이잖아. 그런데 회사 일이라니."

"하긴."

"상사야? 배우자 외도? 내부 고발?"

"아니, 그런데 상사라고 하면 상사인 셈인가."

"무슨 말이야?"

"의뢰인이 대표의 막내딸이거든."

"회사 직원이야?"

"심지어 아니야."

"그럼?"

"고등학생이야."

선우는 작년 면접 날 있었던 일과 어제의 의뢰에 대해 짧게 설명했다. 물론 높으신 분 자제의 부탁이라 간단히 거절하기 어렵다는 부분에 방점을 두었다. 그래야 이 만남의 당위가 그나마 지켜질 것 같아서였다.

"세상 부조리와 싸우고 싶었던 그 친구는 이제 없나 보네. 대표 가족 사생활까지 기꺼이 관여해야 하고."

"마음껏 놀려. 직장인이 되기로 한 시점에 타협은 끝났으니까."

"정말?"

"당연하지."

선우의 단언에 재은은 잠시 침묵을 지키다 물었다.

"뭘 찾으면 돼?"

선우는 자세를 한 번 고쳐 앉았다.

"이 단주 첫 번째 소유자에 대한 거라면 뭐든지. 가장 필요한 정보는 현재 있는 장소겠지만."

"기억하는지 모르겠는데, 그런 것까진 알 수 없어."

"알아. 그러니까 대략의 활동 범위를 간추려 보고 싶어. 집 외에 빈번하게 가는 곳. 그리고 시간대 정도면 적당할 것 같아."

가연과 하나는 입시 방향이 각자 달랐고, 덕분에 지난 학기 이하나의 학교 바깥 생활 패턴에 대해서 가연도 아주 정확하게는 모르는 듯했다. 이 단주는 그걸 알지도 모른다.

"첫 번째 소유자."

"응. 첫 번째."

백가연이 아니라 이하나니까. 두 번째가 아닌 첫 번째 소유자의 정보가 필요하다. 이름으로 설명하는 것보다 그편이 재은이 이해하기 더 편할 것 같았다.

재은은 잔을 감싸 쥐고 있던 손을 상자로 옮겨 갔다. 그리고 조심스럽게 단주를 꺼내 왼손바닥 가운데 내려놓고서 살며시 그러쥐며 말했다.

"잠깐 기다려."

"응."

시작이다. 덩달아 긴장한 선우의 목울대도 울렁거렸다.

"다녀오겠습니다."

눈을 감으며 재은이 중얼거렸다. 특별한 의미가 있는 말은 아니다. 재은은 선우의 맞은편에 여전히 앉아 있다. 어디론가 자리를 비우지 않는다. 그저 재은의 의식이 잠시 다른 곳으로 떠날 뿐이다.

이 카페, 이 테이블, 맞은편의 선우를 떠나 단주 속의 과거로. '다녀오겠습니다'는 이 일을 시작할 때 재은이 출발을 알리는 신호다.

한재은은 사이코메트리다.

물건에서 소유자의 잔상을 읽는 초능력을 가진 그 사이코메트리. 물건에 한하여는 그렇지만 재은의 한계는 거기까지가 아니다. 더 나아가 사람과 닿으면 상대의 기억과 생각, 감정까지 고스란히 읽는다.

내가 모르는 무언가를 원한다는 가연의 요구에 적합한 답을, 재은이라면 가져올 것이다. 언어 간 소통에서 생략된, 또는 감춰진 진실이라고 해야 할까. 물론 적법한 채증이 아니니 증거 능력은 없으나 지금 일에는 무관한 사안이다.

재은의 커피에서는 이제 김이 피어오르지 않았다. 그렇지 않아도 둘뿐이라 조용한 카페는 음악 소리만이 더욱 도드라졌다. 말없이 마주 앉은 두 사람을 카페 주인이 이상하게 보지 않을까 해서 선우는 카운터 쪽을 바라보았으나, 그는 머신과 선반을 닦고 정리하는 데 여념이 없었다.

재은의 감긴 눈가는 살짝 찡그려졌다가 느슨해지기도 했고, 단주를 쥔 왼손에는 힘이 들어갔다가 빠지기도 했다 바로 앞에 있는 사람만이 알 수 있는 미묘한 변화다. 누군가 한 발짝 멀리서 보고 있다면 앉은 채로 잠들어 있다고 생각할지도 모른다.

시간이 얼마나 걸릴지는 알 수 없다. 경우에 따라 다르다. 하나의 물건이나 한 공간을 여러 날 걸쳐 읽을 때도 있고, 원하는 정보가 아주 구체적이라면 몇 분 만에 찾아내기도 했다.

선우는 그저 기다릴 뿐이다. 재은이 가져올 진실을 듣기 위해.

사실 처음에는 이렇게 초연하지 않았다.

재은이 자신의 이상하고도 특별한 재능에 대해서 처음 털어놓았던 날의 기억은 아직도 생생하다. 재은에게 한 발 더 나아가려던 걸음이 뒷걸음질로 변한 날이었다. 평범하게 뛰고 있던 심장은 재은의 고백에 곧장 바닥으로 내리꽂히는 느낌이었다.

결코 알지 못할 무언가를 가져오는 힘.

그것은 다르게 말하면 내가 알리고 싶지 않은 것을 마음만 먹으면 아무 때나 들여다볼 수 있는 힘이기도 했다.

혼란스러웠다. 발가벗겨져 법정 한가운데 내던져진 것 같았다고 해야 할까. 불과 몇 분 전까지만 해도 확신했던 재은을 향한 애정은 한순간에 두려움과 이질감으로 변했다.

그 반응을 고스란히 겪은 재은의 얼굴 또한 여전히 기억한다. 너만 이렇게 반응하는 건 아니라는 듯 선우를 보던 담담한 표정.

그조차 당시엔 반칙이라고 생각했다. 지금까지 해 온 기만을 아무렇지도 않게 여기는 태도라고. 그때 선우를 떠나며 재은은 이렇게 말했다.

"내가 말하지 않는다면 상대방은 평생 모를 테고, 결과적으로 어쩌면 그게 더 낫다고 여길 수도 있겠지. 하지만 나는 말하지 않으면 반칙이라고 생각해. 적어도 좋아하는 사람한테는."

만약 다시 그때로 돌아갈 수 있다면 자신은 결국 똑같이 반응하게 될까. 부질없는 자문을 해 보았다. 그 후로도 상황은 조금도 변하지 않았고, 결국 어리석게 헤어지고 말았으니까.

과거는 바꿀 수 없다.

그렇다면 지금은? 지금 해야 하는 일은. 마치 우리에게는 아무 일도 없었다는 듯 태연한 대화를 이어 나가기보다, 그날을 돌이켜 제대로 마주해야 하는 게 아닐까. 그리고 상당히 늦었지만 나는 정식으로 사과해야 하는 게 아닐까.

의식의 흐름 끝에 선우는 새삼 백가연이 대단하다는 생각이 들었다. 사이가 틀어진 친구를 찾고 싶은 이유가 사과라고 했다. 고작 그런 일로 자신을 난처하게 한다고만 생각했지, 사과라는 게 제법 용기가 필요한 일이라는 사실은 간과했다. 고작이 아닌 것이다.

"죽은 것 같은데."

그때 재은의 목소리가 끼어들었다. 어느새 눈을 열고 선우를 바로 바라보는 중이었다. 그런데 죽었다니.

"무슨 말이야?"

"이 단주, 첫 번째 주인은 사망한 것 같아."

재은은 어느 시점에 감정을 고정한 눈빛이었다. 농담이 아니었다. 죽음이라는 단어의 부피가 과거의 불편한 잔상을 순식간에 밀어내 버렸다.

"그럴 리가. 사망 시점을 정확히 본 거야?"

재은은 아직 놓지 않은 단주를 다시 한번 더 읽었다. 그렇다고 했다. 함께 일할 때 곤란에 처한 의뢰인들의 이야기를 들어 주던 그 얼굴이었다.

선우는 이해할 수 없었다. 골치 아픈 일에 휘말리고 싶지 않은 속내는 둘째치고, 말이 되지 않기 때문이었다.

"아니, 들어 봐. 사망한 사람이 선물을 할 수는 없잖아?"

"선물?"

"이 단주는 현재의 소유자가, 그러니까 내 의뢰인이 원래 소유자한테 선물로 받은 거라고."

재은은 잘 모르겠다는 표정이었다. 선우가 설명을 더했다.

"내 기억이 틀리지 않다면 네가 그랬잖아. 물건은 그 사람이 만지거나 소유하고 있을 때의 상황만…… 뭐라고 했지?"

"저장."

"그래. 저장한다고. 그러니까 이 커피잔을 예로 들면."

선우는 제 앞의 잔을 들어 보였다.

"내가 지금 여기서 커피를 마시고 너랑 대화하는 상황은 저장되겠지만, 내가 어제 어디를 다녀왔는지, 오늘 회사에서 뭘 했는지 같은 과거나, 내가 여길 떠난 다음 집에 가서는 뭘 할 건지의 미래는 저장이 안 되는 거. 맞잖아?"

"응. 잘 기억하고 있네."

물건이 소유자의 시공간을 초월하지 않는다는 법칙이다. 그 물건을 소유자가 지니고 있거나 만지고 있는 시간에 한해, 마치 곳곳에 설치된 렌즈로 그 순간을 보는 듯한 시야가 펼쳐지는 거라고 선우는 이해하고 있다.

"즉, 네가 이 단주를 통해 사망 시점을 읽었다면, 소유자가 죽을 때 이 물건을 몸에 지니고 있었다는 거야."

"맞아."

"그런데 이미 사망한 사람이 어떻게 현재의 소유자에게 선물을 건넬 수 있지?"

선우는 휴대폰을 꺼내 가연이 보내 준 사진 한 장을 열었다. 가연과 하나가 소풍 갔던 놀이공원에서 함께 찍은 사진이다. 선우는 재은을 향해 화면 방향을 바꿔 보이며 이하나를 가리켰다.

"이 애가 단주의 첫 번째 주인이야. 의뢰인이 찾고자 하는 사람. 이 애가 확실해?"

사진을 확인한 재은은 가벼운 한숨을 뱉었다.

"아니. 너 정말 진짜. 첫 번째 소유자라고 했잖아."

"왜."

"사진부터 보여 주지 그랬어."

재은은 단주를 다시 상자에 내려놓았다.

"첫 번째 소유자는 노인이야. 80세 내외의 할머니. 임종을 본 건 맞아."

"노인이라고? 이 애가 아니고?"

선우는 다시 이하나를 가리켰다.

"노인과 고등학생 정도는 정확히 구분해. 이 단주의 첫 번째 주인은 할머니고, 아직 정정하실 때 직접 상점에서 구입했어."

이하나에 앞서 다른 소유자가 있었다. 또래 친구를 찾는 의뢰인데 어째서 노인이 등장하는지 재은도 탐색하면서 조금 의아했다고 말했다. 그러나 선우가 첫 번째 소유자를 강조했기에 이유가 있을 거라고 생각하고 일단은 요구에 따랐던 것이다.

"이 아이의 얼굴은 할머니와 함께 있는 모습으로 드문드문 보이긴 했지만. 많지는 않았어."

"공간은?"

"대부분 가정집. 할머니는 이 단주를 집 안에서 기도할 때만 사용한 것 같아. 임종 공간인 병실에서는 이 아이가 마지막으로 할머니에게 채워 드린 거야."

"집은 이미 살펴봤는데."

조금 허탈해졌다.

"만약 할머니의 사후 이 애가 이 단주를 가진 거라면, 착용하지 않았던 상태를 거쳐서 지금의 주인에게 넘어온 거지."

물건이 보여 주는 잔상은 당연히 소유자의 손을 얼마나 타느냐에 비례한다. 휴대폰이나 안경처럼 일상에서 빈번하게 사용하는 물건에는 정보 값이 많은 반면, 그저 곁에 두기만 하는 물건의 경우는 그렇지 못하다. 예를 들면 꽃병이나 벽에 걸린 액자 같은 물건은 잔상을 읽는 데 큰 도움이 되지 않는다. 더불어 오랜 과거보다는 최근의 일이 우선적으로 보인다는 말을 들은 기억도 났다.

노인은 아마도 하나와 가족일 테고. 하나가 돌아가신 할머니의 유품을 챙겨 아주 잠시간만 소유하고 있다가 친한 친구인 가연에게 선물로 주었다고 보아야 했다.

이 단주는 하나의 물건이 아닌 셈이었다. 결국 원점이다.

"김선우."

재은이 선우를 불렀다.

"이 애 것도 읽어도 돼? 이 애가 네가 말한 두 번째 주인이지?"

아직 꺼지지 않은 액정은 가연과 하나의 사진을 환하게 빛내고 있었다. 재은은 웃고 있는 두 아이 중에 가연을 가리켰다. 손가락은 휴대폰에 닿을락 말락 한 미묘한 거리를 유지하고 있었다.

조심하는 것이었다. 타인의 물건에 제 손이 직접 닿지 않도록. 나는 너의 기억을 함부로 읽지 않는다는 암묵적인 자기변호이기도 했다. 오래전, 이 힘을 경계했던 선우를 위한 재은 나름의 배려였다.

"이미 읽은 거 아니었어?"

"아니, 첫 번째 소유자라고 했으니까."

이미 읽었을 거라고 넘겨짚은 자신이 어쩐지 비겁하게 느껴졌다.

선우도 머리로는 알고 있다. 재은은 분명한 필요가 있을 때만 읽는다는 것을. 다른 사람을 함부로 읽지 않는다는 원칙은, 당시에도 재은이 몇 번이나 강조했던 것이다. 선우가 온전히 신뢰하지 않았을 뿐이었다.

이 카페에서만 해도 커피잔이나 테이블 따위를 일일이 읽지 않는다. 단주에서도 요구받은 범위의 기억만 탐색하고, 불필요한 호기심을 뻗치지 않도록 힘을 통제한다. 그걸 뜻하는 말이 있었는데 기억은 나지 않았다.

재은의 두 번째 탐색은 빠르게 끝났다.

"소리까지는 들리지 않는 것도 알고 있지?"

"응. 예전에 말했어."

글자는 당연히 정보 값 그대로 읽히지만, 물건의 잔상에서 소유자를 비롯한 등장인물의 말소리는 들리지 않는다. 상황과 표정으로 당시의 분위기를 해석할 뿐이다.

"네 의뢰인은 이걸 선물로 받은 순간에는 기뻐했지만, 사실 갖고 다니지는 않았어. 그날 바로 서랍에 넣어 버리고는 잊고 지낸 거 같은데. 마음에 들진 않았나 봐."

"음."

싸움의 이유는 묻지 않았지만, 어쩌면 그게 원인이 되었을 수는 있겠다고 생각했다. 건넨 사람과 받은 사람의 마음이 다른 비극이라고 할까. 이 의뢰의 해결점과는 무관하지만.

"그래서, 의뢰인에게는 뭐라고 보고할 거야?"

재은은 약간의 호기심이 동한 얼굴이었다.

새로운 단서를 발견했다면 알아낸 방법까지 밝히지 않아도 그럭저럭 넘어갔을 텐데 이렇게 되었으니 적당한 일지를 창작해야 했다. 분실물 핑계를 이용해서라도.

"이제부터 생각해 봐야지. 나와 줘서 고마워 오늘. 피곤할 텐데 데려다줄게."

단주를 다시 상자에 넣어 정리하는 사이 재은이 자리에서 먼저 일어나며 말했다.

"괜찮아. 너 차도 없잖아 지금."

그 말대로지만 선우는 택시를 불러 데려다줄 생각이었다. 그리고 자신이 차를 정비소에 맡겼다고 재은에게 이야기했는지 기억을 되짚어 보았다. 그렇지 않다면……

"갈게. 문자 메시지 보안은 좀 신경 쓰고."

그 말에 선우는 휴대폰을 내려다보았다. 정비소에서 보낸 차량 수리 완료와 픽업 안내 메시지가 정면에 떠 있었다. 재은은 이미 카페를 떠났다. 선우는 얼른 그 뒤를 따라 나갔다.

"한재은."

뜬금없는 부탁에도 결국은 나와 줬으면서, 다시는 안 볼 것처럼 앞으로만 성큼성큼 걸어가는 이의 이름을 불렀다.

"미안해. 널 신뢰하지 않았던 거. 사건 모두 망친 거. 오늘 그 말은 하고 싶었어."

지금이 아니면 앞으로도 기회가 없다는 예감이 들어서였다.

재은은 걸음을 멈추고 천천히 선우를 향해 돌아섰다. 변함없이 무덤덤한 표정이다.

"의뢰를 기회 삼아서 말이지."

그리고 건조한 목소리로 받아쳤다.

"그래. 기회 삼아서. 알아. 비겁한 거."

선우는 전부 수긍하기로 했다. 가연이 밀어 넣은 이 상황이 아니라면 정말로 없었을 기회일지도 모른다. 흐름을 이용했다.

"응. 김선우 비겁해. 정말 비겁하고 타이밍도 지나치게 늦었어."

저 앞에서 꼿꼿하게 선 채로 이쪽을 향해 재은이 말했다.

선우는 천천히 그 앞으로 다가갔다.

"알아. 사과 받아 주지 않아도 어쩔 수 없다고 생각해. 이것도 어쩌면 내 자기만족이겠지만, 아무튼 그 건도 너도, 내 그릇으로는 감당 못 할 일이었어. 날 떠난 네 선택은 옳았던 거야. 진심이야."

그리고 조심스레 손을 내밀어 악수를 청했다.

"조심해서 가. 오늘 시간 내 줘서 정말 고마워."

먼저 내민 손에 의아했는지 재은은 잠시 망설이다 손을 뻗어왔다. 가볍게만 스쳤다고 할 수 있는 악수는 빠르게 끝났고, 선우는 재은을 앞서 골목을 빠져나왔다.

재은의 뒷모습을 보며 과거의 한숨을 누적하는 것보다, 가연에게 보고할 내용을 궁리하는 편이 그나마 더 나을 것 같아서였다.

골목을 빠져나와 큰길로 나왔을 때 휴대폰이 진동했다. 상황을 궁금해하는 가연인가 싶었는데 뜻밖의 이름이었다. 아직 멀지 않은 곳에 있을 재은이었다.

"아까 집은 살펴봤다고 했잖아."

받자마자 다짜고짜 들려온 말이 그래서 선우는 잠시 그게 무슨 뜻인지 생각해야 했다. 이하나의 집 이야기였다.

"응. 왜?"

"내가 다시 살펴보면, 다른 단서 한 가지 정도는 찾아낼 수 있지 않을까."

선우는 걸음을 멈췄다.

"더 도와주겠다는 거야?"

"허위 보고서 만들 거 뻔히 아는 마음도 편하지는 않아서. 그것도 아이를 상대로."

만약 재은의 도움으로 그 아파트의 입구를 통과할 수 있다면, 다른 장소를 찾아볼 필요도 없이 그걸로 가장 좋은 해결책이었다.

"하지만……."

"대신 사례는 분명히 해 줘."

선뜻 대답이 나오지 않아 얼버무리는 사이 재은이 거래를 제안했다. 들어는 보기로 했다.

"뭔데."

"에이엠에스티 베타 클럽 5년 회원."

"뭐라고?"

베타 클럽은 에이엠에스티 게임 유저 중 까다롭게 선별된 소수의 충성 고객을 위한 서비스다. 출시 예정인 모든 게임의 베타 버전을 가장 먼저 플레이할 수 있는 권한이 주어지고 회사에서 주최하는 각종 이벤트에 우선 초청된다. 게다가 1년 단위 선발이 원칙이니 5년 보장이라면 특혜 중 특혜일 거다.

재은이 베타 클럽까지 알고 있다니 상당히 놀랐지만 전화 너머 들린 사운드트랙만으로 회사가 어디인지도 파악했으니 영 이상한 일은 아니었다. 그저 게임하는 재은이 머릿속에 전혀 그려지지 않을 뿐이었다.

"어때?"

"그건 확인이 필요할 것 같은데……."

"네 의뢰인 그만한 권력은 있지 않을까."

그럴지도 모르지만, 어떤 결과를 가져가느냐가 더 먼저일 것이다. 방향이 어디로 향하는지 확신은 못 한 채로 선우는 제안을 수락했다.

어쩌면 오늘의 사과가 완전히 무의미한 일은 아니었다는 대답 같기도 해서, 다소 마음이 부푼 탓이었는지도 모른다.

4

2013년 가을

꿈을 닮은 사람

잠을 설쳤다. 일부러 일찍 잠을 청했는데도 수면의 질은 기대에 전혀 못 미쳤다. 오랜만에 지독한 꿈을 꾼 탓이다.

모로 누운 자세로 눈을 뜨자 앞에 벼락이가 있었다. 7살 된 코리안 숏헤어 삼색고양이다. 악몽을 꾸는 재은을 지켜보고 있었던 모양이다.

"너밖에 없지. 내 마음 읽는 건."

벼락이를 품에 끌어안자 화답하듯 이야옹 울었다. 재은은 손바닥으로 벼락이의 털을 쓰다듬으며 뭉근한 체온을 느꼈다. 서서히 안정감이 찾아왔다.

물건이나 사람과는 다르게 동물은 재은에게 아무런 정보도 전하지 않았다. 읽히지 않는다. 읽기를 스스로 억제하는 '차단'을 하지 않아도 편안하게 부대낄 수 있는 존재는 이 집에서 벼락이가 유일했다. 그래서 매일 이렇게 꼭 끌어안는 시간을 잠시 갖는다.

"꿈을 꿨어. 현서 꿈."

이야옹.

"영안실에서 차갑게 식어 있는 현서가 눈물을 뚝뚝 흘리는 꿈이었는데."

이야옹.

"오랜만에 꾸는 꿈이라 또 정말인 줄 알았어."

고양이에게 한참 독백을 늘어놓고 있을 때, 바깥에서 '벼락이, 어딨니.' 부르는 소리가 들렸다. 순임이었다. 그 목소리에 벼락이는 재은의 품을 빠져나갔다. 재은도 그만 일어나야 할 시간이었다.

거실로 나가자 순임은 평소보다 푸짐하게 아침 식사 준비를 해두었다. 시험 기간에는 든든히 먹어야 한다며 괜찮다고 해도 꼭 이렇게 신경을 쓴다.

"긴장 많이 된다더니 잠은 푹 잤어?"

"그럼요."

거짓말을 했다. 순임에게는 벼락이에게 하듯 '현서 꿈을 꿨어요.'라고 말할 수 없다. 꿈이 아니더라도 평소에 현서 이야기는 잘 꺼내지 않는 편이었다. 자식을 먼저 떠나보낸 엄마와 그 아이에 대한 이야기를 나누기란 그리 쉬운 일이 아니다. 현서는 순임의 하나뿐인 자식이었다.

재은에게도 순임은 엄마와 같은 존재지만 피가 섞인 관계는 아니다. 순임은 재은을 낳아 준 엄마의 친구로, 엄마가 세상을 떠난 후 재은을 기꺼이 맡아 준 유일한 사람이었다. 순임은 자기 멋대로 엄마의 자리를 차지하지는 않겠다며 후견인이 되어 주었다. 양자가 되고 싶다면 언제든지 말해 달라면서. 그렇다고 순임이 엄마가 아니라는 생각은 한 번도 해 본 적 없지만, 그와 별개로 현서 이야기는 조심스럽다. 가장 아픈 상처란 가장 가까운 곳에 존재하는 사람이 무심결에 더 잘 내는 법이라는 사실을 늘 잊지 않으려 했다.

순임에게는 미안하지만 복잡한 마음으로 입 속에 밀어 넣은 아침밥의 맛은 어땠는지 기억할 수 없었다.

현서가 오랜만에 꿈에 나타난 이유는 오늘의 모의 형사 재판 시험 때문이다. 준비해 오던 내내 마음을 괴롭히던 무의식이 결국 꿈까지 미끄러져 들어온 것이다.

서둘러 옷을 갖춰 입고 학교로 향했다. 어느덧 로스쿨 네 번째 학기였다.

재은은 대본의 표지만 뚫어져라 내려다보았다.

곧 개정할 텐데 들어가고 싶지 않은 까닭은 제 손으로 쓴 이 모의재판 시나리오가 한 번도 마음에 든 적이 없었기 때문이다.

내용은 완벽히 숙지했다. 기존 판례에 따라 흐름이 꽉 짜인 성격의 재판이라 연습 과정에서도 보완할 사항은 많지 않았다.

이 모든 과정은 잘 연출된 연극과 다름없었다. 무대공포증이랄 것도 없고, 임기응변을 발휘해야 할 상황도 없을 테니 긴장을 놓치지 않고 연습한 대로만 하면 어렵지 않을 시험이었다.

하지만 개정 직전까지도 자신의 역할이 불편한 것은 이 재판이 건드리는 현서의 기억 때문이었다.

“재은아, 이제 시작한대.”

수감복을 입은 지수가 법정 문을 열고 고개를 내밀었다. 지수는 재은이 변호해야 할 피고인 역할로 이 재판으로 한 팀이 되어 그나마 조금 가까워진 유일한 동기였다. 동갑에다 타고난 붙임성이 좋은 성격이었다. 다른 사람에게는 없는 힘 탓에 기본적으로 혼자가 마음 편한 재은은 로스쿨 안에서도 친하게 지내는 사람이 없었다.

지수는 모기 한 마리도 못 잡을 것처럼 유약한 인상인데 살인 사건의 피고인이라니, 도무지 안 어울리는 배역이었다. 역할은 공평하게 사다리 타기로 정해졌다. 그렇게 재은도 도대체 마음에 들지 않는 역할인 변호인이 되었다.

시나리오는 살인을 저지른 피고인의 고의성 입증이 어려워 상해치사로 결론이 난 사건이었다. 왜 하필 교수는 그 많은 형사 사건 중에 이 판례로 재판을 구성하게 했을까.

재은도 그 이유는 알고 있었다. 공소장 변경이 가능한 범위, 공소장 변경 없이 법원이 인정할 수 있는 사실의 범위, 과잉방위와 상해치사의 관계 등 수많은 법적 쟁점에 대한 법원의 답을 알려준 유명한 판결이었기 때문이다.

현서의 사건과 너무나 비슷해 준비하는 내내 화가 치밀어 견디기 힘들었다. 이 재판이 마음에 안 든다고 엎을 수도 없는 노릇이었다. 그나마 위안이 되는 일이라면 검사 역할이 고인의 억울함을 열정적인 연기로 대변한다는 점 하나였다.

"한 번 더 읽어 보느라. 들어갈게."

힘 때문이라도 남들보다 훨씬 엄격하게 공사를 구분해야 한다고 언제나 스스로 다짐하면서 살았다. 하지만 그건 재은과는 조금도 상관없는 일에만 가능한 다짐이었다.

연습을 거치면서 감정은 무뎌지도록 충분히 담금질했다고 생각했는데 아침부터 현서의 꿈을 꾸었다. 오산이었다.

법정으로 들어갔다.

다른 학생들은 모두 제자리에 착석한 상태였고 재은도 서둘러 피고인석에 앉았다. 그러나 맞은편 검사석은 비어 있는 채로 분위기가 어수선했다. 지수가 곁에서 알려 주었다.

"맹장염이라고 응급실 갔대. 방금 연락 왔나 봐."

"그럼 시험은?"

어쩐지 김이 새 버렸다. 날짜를 연기하게 되는 걸까. 어차피 해야 하는 일이라면 하루라도 빨리 해치워 버리는 편이 나았다.

"대타가 온다는 거 같은데."

"실례하겠습니다."

지수의 말이 끝나기 무섭게 법정 입구로 새로운 사람이 등장했다.

그 순간 재은은 온몸의 피가 얼어붙는 것 같았다.

다름 아닌 현서가, 이미 몇 해 전 세상을 떠난 현서가 이쪽을 향해 성큼성큼 다가오고 있었다. 무릎 위에 놓여 있던 대본이 미끄러져 바닥에 떨어지는 것도 몰랐다.

설마 이거 꿈인가. 아직도 꿈인 걸까. 꿈인지도 자각 못 할 정도로 지독한 꿈?

심장이 빠른 속도로 뛰기 시작했다.

"일단 착석할까요. 시험은 예정대로 진행합니다."

술렁이는 분위기를 교수가 정돈했다. 이 상황이 꿈이 아니라면, 얼굴 생김새도 체구도 현서를 꼭 닮은 저 남자가 오늘 재판의 검사 역할 대리인 모양이었다. 법복을 입고 검사석에 앉은 그가 피고인석을 향해 고개를 까딱하며 인사했다.

"대타치고는 화려한데."

지수도 고개를 살짝 숙이며 중얼거렸다.

"무슨 말이야?"

겨우 입을 뗐다. 이래서는 개정해도 한마디도 못 할 것 같았다.

"김선우 선배가 친히 납실 정도의 자리는 아니잖아. 겨우 대타로."

"김선우?"

낯선 이름이 들리자 아주 약간은 현실의 감각이 찾아오는 듯했다.

"설마 몰라? 김선우를?"

"응."

"유명한데. 박상수가 이뻐한다고."

전관 출신 로펌 대표인 박 교수는 강의를 수강한 적 없어도 이름의 유명세로 알지만 김선우는 금시초문이었다. 자발적 아웃사이더로서 같은 기수도 다 모르는데 선배 기수까지 파악할 오지랖은 없었다.

세상 어딘가에는 서로 꼭 닮은 사람이 하나쯤은 존재한다고 하지만 보면서도 믿기지 않았다.

그리고 타이밍이 나빠도 이토록 나쁠 수 없었다.

저렇게 꼭 빼닮은 사람이라니. 그렇게 허망하게 가 버린 현서와. 이 재판의 사건처럼 피고인의 범행으로 하루아침에 싸늘한 시신이 되어 버린 현서와. 그것도 피고인의 공정한 처벌을 구하는 이 재판에서.

손끝이 떨리기 시작했다.

"모두 자리에서 일어나 주십시오."

경위의 어색한 대사가 들려왔다. 개정이다.

선우는 빠르게 살피던 대본을 내려놓았고, 재은은 한 박자 늦게 일어나고 말았다. 판사가 피고인을 호명하자 방청석에 잠시 대기하던 지수도 곁에 나란히 섰다.

선우가 공소장 낭독을 시작했다. 재은은 떨어져 있던 두 손을 앞으로 모아 잡았다. 불안정한 상태에서는 차단이 잘 안 될 때가 있다. 만약에라도 부주의하게 지수를 읽고 싶지 않았다.

"피고인 의견 진술하세요."

판사의 요청에 피고인 지수는 자신의 정당방위를 간단히 주장하고 난 뒤에 재은에게 자그맣게 물었다.

"괜찮아?"

지수에게도 요동이 전해지는 모양이었다.

괜찮지 않았다. 이 사건은 정당방위가 아니었다. 그건 피고인의 비겁한 변명이자 거짓말이었다.

"한재은."

"괜찮다니까."

엉뚱한 방향으로 차가운 대꾸가 나가고 말았다.

"그럼 오늘도 잘 부탁해요. 변호사님."

지수는 개의치 않고 능청스럽게 말했다. 부러운 재능이었다. 재은은 맞은편의 저 검사가 현서가 아닌 것을 알면서도 도무지 울컥함이 꺼지지 않았다.

채택된 증인들의 신문이 시작됐다.

선우는 작성된 대본에 충실하게 매끄러운 흐름으로 증인 신문을 진행했다. 조곤조곤한 어조와 목소리였다. 조곤조곤하다 못해 다정하게 들릴 정도였다.

원래 검사 역할이었던 동기의 방식과는 완전히 반대였다. 연습 때의 분위기와는 전혀 달라 이질적이었지만 검사이니 검찰 측 증인에게는 그럴 수 있다고 생각했다.

그러나 피고인 측 증인 신문에서도 그 방법은 그대로 이어졌다. 사망한 피해자를 위해 싸워 줄 의지라곤 전혀 느껴지지 않는 태도. 피고에게 유리한 증언을 하는 피고 측 증인들의 진술을 들을 때도 선우의 표정은 평온하기만 했다. 피고인 직접 신문에서도 마찬가지였다. 재은은 부아가 치밀었다.

원래의 현서는 상냥하고 온화한 사람이었다. 하지만 지금은 아니잖아. 너 왜 그래. 차현서. 널 죽게 한 사람을 벌주려는 거잖아. 지금 친구와 다툰 아이 타이르는 자리가 아니야. 차현서, 넌 죽었다고.

좀 더 몰아붙이고 반박하고 압박해도 좋을 텐데. 검사 선우는 그렇지 않았다. 오로지 대역으로서, 비워 둘 수 없는 곳에 잠시 빌려준 존재감 이상으로 벗어나지 않았다. 영혼이 없다는 표현이 여기보다 더 잘 어울리는 데가 없을 것 같았다.

재판의 결말은 정해져 있다. 고의성 입증 어려움. 상해치사. 검찰 구형은 8년에 대법원 판결은 3년 형. 피해자에겐 처음부터 무력한 시나리오다. 현서의 재판도 그랬다. 항소에서 형량은 더 줄어들었다. 사람을 죽인 건 저쪽인데 공정을 호소하는 것도 어쩐지 저쪽이었다.

그 저쪽을 지금 재은이 연기하는 중이었다. 암기했던 대사는 잘 떠올라 주지 않았고 대부분 곁눈질로 보고 읽어야 했다. 좋은 평가는 기대할 수는 없을 것 같았다. 준비 부족으로만 보일 게 뻔했다. 최악이었다.

"수고 많았어요."

재판 후 교수의 간단한 피드백까지 마친 뒤 자리를 정리할 때 선우가 다가왔다. 그 역시 아직 재학생에 불과하면서 마치 부하 직원을 격려하러 온 사수처럼 말했다. 재은은 일부러 그를 똑바로 올려다보았다. 현서와는 다른 사람이라는 걸 분명히 하고 싶은 고집이기도 했다.

"그래도 시험인데 조금 아쉽겠어요. 준비할 시간이 부족했나 봐요."

"얘가 긴장해서 그래요. 선배."

지수가 대신 대답했다.

"연습하던 동기가 아니라서 그런가. 그렇다면 괜히 미안한데요."

"김선우 씨."

이름을 부르자 선우의 얼굴에 웃음기가 사라졌다.

"피고인을 처벌하고자 하는 의지는 있는 거예요?"

흐트러짐 없는 시선으로 재은이 물었다.

"이건 고의예요. 원한에 의한 확정적 고의. 기소대로요."

"압니다."

선우가 대답했다.

"그런데 피고인 신문인지 고객 상담인지 구분도 안 되는 그런 재판을 해요?"

"고객 상담이요?"

"입증하겠다는 의지가 전혀 없어 보여서요."

"그럼 안 됩니까?"

선우가 반문했다. 얼굴에는 다시 여유가 깃들어 있었다.

"이건 수업이잖아요."

"아뇨, 제 말은."

"불타는 정의는 나중에 실무에 꺼내 써도 늦지 않습니다."

선우는 시험을 망친 네 자괴감을 다 이해한다는 표정이었다. 그게 아닌데 준비 미흡을 순순히 인정하지 않으려 엉뚱한 곳에 화풀이하는 사람처럼 되고 말았다.

"지금은 힘 좀 빼요. 그러다 부러지겠어요."

협상 상대를 다독이듯 말하며 선우는 돌아섰다. 재은은 법정 바깥으로 그 모습이 완전히 사라진 뒤에야, 우리도 그만 가자는 지수의 말에 내내 맞붙들고 있던 손을 풀었다.

모의재판 이후로 교내에서 선우와의 접점은 없었다. 나이는 같았지만 기수로는 선우가 하나 선배여서 겹치는 수업 일정이 없었다. 지나치게 가까운 친구를 만드는 일은 재은이 선제적으로 피했기에 스터디나 모임 따위에서 마주칠 일도 없었다. 지금까지 모르는 존재로 지내 온 게 무리도 아니었다. 현서를 닮은 그 얼굴을 한 번이라도 보았다면 기억하지 못할 리가 없다.

다만 그의 존재를 인식하고 난 후로는 그에 관한 이야기가 자주 들려왔다. 이제까지는 들어도 몰랐겠지만 이름을 알게 되어서인가. '선우가', '선우 선배가'라는 말로 시작하는 지나가는 대화들이 귀에 감겼다.

학부는 국내 최고 국립대 경영학과 출신. 집안에 대한 이야기는 듣지 못했다. 그러나 실력도 열정도 남다르고 싹싹해 교수들이 좋아하는 학생, 만년 장학생이라고 했다.

다른 건 몰라도 싹싹함만은 재은도 인정했다. 아무리 공강이었어도 교수의 급 호출 한 번에 후배들 모의재판에 날아와 주다니 보통 싹싹함은 아니다. 법무법인 박연의 대표이기도 한 박상수 교수가 이미 그를 점찍어 놓았다는 것도 모두 아는 사실이었다. 아직 1학년도 다 마치기 전에 난 채용 컨펌이었다.

더불어 지수는 선우가 은근히 인기 있는 편이라고 알려 주었다.

매너도 곧고 치열한 경쟁 속에서도 여유를 잃지 않는 모습을 좋게 보는 애들이 많다고. 구김살이나 열등감이라곤 이만큼도 없는 사람 같은데, 정말로 없든 있는 걸 잘 다스리든 어느 쪽이든 대단한 건 맞지 않느냐고 했다. 어쩐지 잘못된 시공간에서 첫 대면을 한 재은에게만 바람직하지 않은 첫인상을 남긴 모양이었다.

그러나 본의 아니게 그의 채용 상황을 알게 되자 모의재판에서의 그 태도에는 수긍이 갔다. 박 교수의 법무법인은 의뢰인에게 유리한 재판 결과를 잘 이끌어내는 것으로 유명했다. 그 의뢰인 중 절대 다수는 소위 말하는 힘있는 사람이었다.

물론 변호사 윤리로는 무결하다. 의사가 환자를 살려야 할 때 그 사람의 범죄 사실 유무를 따지지 않듯이. 하지만 재은은 현서 사건을 겪으면서 결심했다. 오직 약한 사람의 편에만 서자고.

만져 읽은 적 한번 없는데도 김선우에 대한 정보는 천천히 누적되었다. 그만 알고 싶어질 정도였다. 현서와 같은 모습을 가진 그가 제 삶의 대척점에 있다는 사실이 유쾌하지 않았다.

그런 선우를 다시 본 건, 그가 변호사 시험을 얼마 남겨 두지 않았을 겨울의 어느 날이었다. 연말까지 미뤄 두었던 건강 검진을 끝내고 병원을 나와 도착한 버스정류장에서였다. 열 걸음 정도 떨어진 곳에 그가 서 있었다.

현서를 닮은 모습 탓에 빠르게 눈에 들어와 버린 것이겠지만 처음 보았을 때처럼 마음이 번잡해지지는 않았다.

닮은 건 그저 닮은 것 그 이상도 이하도 아님을 깨달은 그 순간, 모의재판 후 그에게 쏘아붙인 일이 새삼 민망해져 차가운 바람 속에서도 얼굴이 푹해졌다.

가급적 이쪽을 알아보지 않으면 좋겠다고 생각하며 재은은 감고 있던 머플러를 코까지 끌어올렸다. 다행히 10분 넘게 버스를 기다리는 동안 선우는 재은을 알아차리지 못했다.

그러나 재은뿐이 아니었다. 선우는 주변에 전혀 신경을 기울이지 않고 있었다. 몸은 거기에 있지만 의식은 아니었다.

전원이 꺼진 로봇 같다고 해야 할까, 어딘가 구멍이 뚫려 속이 텅 빈 것 같다고 해야 할까. 눈꺼풀만 가만히 깜빡일 뿐. 기다리던 버스가 도착해 문이 열린다 해도 꼼짝 않을 것 같았다. 애초에 버스를 기다리는 게 맞는지조차 불분명했다. 다소 무방비한 모습이었다.

딜레마나 걱정 따위는 한 톨도 없을 것 같은 사람이 무슨 수심에 저렇게 잠겨 있는 걸까 문득 궁금했다. 그러나 재은은 잠시 후 도착한 버스에 올라 그가 차창 밖 소실점으로 천천히 멀어져 가게 두었다.

잠잠한 호수의 수면이 얼마나 아름답게 반짝이든 물 아래 깊은 곳의 사정과는 무관하다. 누구나 수면 아래에는 각자의 침전물을 품은 채 사는 법이다. 그 무게를 잊다가 자각하기를 이따금 반복하면서.

그날 이후 재은이 선우를 다시 우연히 마주한 것은 두 해가 지나서였다.

5
달빛수사

2일

"실례합니다."

재은의 노크에 보안실 창문이 열렸다. 낯선 얼굴의 요원이 나타났다.

"무슨 일로 방문하셨습니까?"

재은보다 한 걸음 뒤에서 선우는 내심 안도했다. 이 요원도 상당히 까다로운 인상이기는 했으나 적어도 어제 자신을 제지했던 그와는 다른 사람이었다.

금요일 퇴근 후 저녁, 선우는 재은과 함께 이하나가 사는 아파트에 다시 방문했다. 오늘도 야근이었다. 그러나 동업자가 생긴 야근이다.

"이게 방명록이지요?"

재은은 요원의 질문에 대답하는 대신 아래 놓인 파일을 가리키며 질문을 되돌렸다. 초록색 하드커버의 파일에는 끈에 묶인 볼펜이 매달려 있었다. 흔히 보는 노크식 볼펜이다. 재은이 볼펜을 집어 들었다.

"네, 거기 방문하신 세대와 시간, 성함, 소속 작성해 주시면 됩니다. 그런데."

이 요원은 어제의 그 사람보다는 융통성이 있어 보였다.

"어디서 나오셨습니까?"

다만 엄격한 신원 확인은 오늘도 피할 수 없었다. 요원이 재은의 대답을 기다렸다.

오늘은 재은과 역에서 만나 아파트를 향해 걸어오는 사이, 나름대로 출입 허가를 받기 위한 작전을 논의했다. 재은의 명함을 이용한 방법이었다.

프리랜서라고 해도 재은은 기자·리포터 직함이 찍힌 명함을 사용한다. 취재라는 게 상호 간 시일을 조율해 이루어지기도 하지만 그렇지 않은 경우도 빈번하니 상황 자체는 자연스럽게 구성할 수 있었다. 그렇다고 보안실에서 순순히 문을 열어 줄 거라고는 당연히 기대하지 않았다.

"윤이화 씨의 취재 어때."

재은이 제안했다. 선우는 전혀 모르는 이름이었다. 그 아파트에 거주 중인 어느 유명인의 이름인가 싶었다.

"윤이화?"

"단주의 원래 주인. 돌아가신 할머니."

"할머니 이름은 어떻게 알았는데?"

정작 묻고 나서야 선우는 어리석은 질문이었음을 깨달았다. 어떻게 알기는. 재은이 단서를 얻을 곳은 단주뿐이다. 첫 번째 소유자의 잔상을 읽어 달라고 의뢰했던 게 김선우 본인이었다.

"임종 장소가 병실 같다고 했잖아. 침대 곁에 인적이 적힌 명찰이 있었어."

물건의 잔상에서 텍스트는 가장 객관적인 정보다. 소리는 들리지 않고, 상황은 보는 관점에 따라 엉뚱한 방향으로 읽힐 수도 있지만 글자는 그 형태 그대로다.

취재 내용은 노년층의 문화생활에 대한 릴레이 탐방으로 하자고 했다. 이런 아파트에서 노후를 보낼 수 있을 정도라면 세련된 취미 하나쯤 있을 만하기 때문이라며, 실제로 몇 개월 전 비슷한 기획 기사를 진행했다고 말했다.

"그런데 할머니는 돌아가셨다며. 입주민 명부도 엄격히 관리할 것 같은데, 보안실에서도 그 정도는 알지 않을까?"

"실례가 안 된다면 이왕 방문했으니 유족을 뵙고 조문 인사드리고 싶다고 하면."

"그럴듯한데."

불행인지 다행인지 그렇게 준비한 시나리오는 조금도 빛을 발하지 못했다. 재은이 다른 즉흥 작전을 시도했기 때문이다.

"아동 보호 센터요?"

"네, 지난주에도 방문했었는데요, 1101호 건으로."

기억을 더듬는 얼굴로 재은이 말했다.

대체 무슨 소리인가 싶어 선우는 한 걸음 앞으로 나아가 재은이 방명록에 적은 내용을 슬쩍 확인했다. 필수작성란 중 이름 칸은 한재은이었지만, 소속 칸에는 신문사의 이름이 아닌 아동 보호 센터라는 여섯 글자가 적혀 있었다.

어째서 갑자기?

몹시 궁금했으나 선우가 할 수 있는 일은 이 협상의 끝을 인내심 있게 기다리는 것뿐이었다. 만약에라도 보안 요원이 수상함을 느끼지 않도록 태연한 인상을 유지하면서.

"며칠이셨죠?"

"목요일이니까…… 7월 25일이네요. 그날은 이성진 복지사가 방문했어요. 아시겠지만 저희는 업무 특성상 정확한 현장 평가를 위해 미리 고지하고 방문하지는 않아요. 소속 관련 서류는 그날 다 확인드렸고요."

재은이 내민 신분증은 눈대중으로만 확인하고서 요원은 방명록을 앞으로 몇 페이지를 넘긴 후 그 내용을 한참 살폈다. 이내 천천히 고개를 끄덕였다.

"네, 있군요. 이성진."

"필요하시면 센터로 전화하셔서 확인해 보셔도 좋고요. 확실해서 나쁠 건 없으니까요."

"아닙니다. 수고 많으십니다. 차량 가져오셨습니까?"

"아뇨, 그리 먼 거리는 아니라서요."

평소에는 보기 힘든 사람 좋은 웃음으로 재은이 대답했고 보안 요원은 일일 방문증을 건넸다. 치밀한 설정은 좋다지만 정말로 전화해 보겠다고 하면 어쩌나 했던 조마조마함이 겨우 잦아들었다.

도무지 들어갈 방법이 없을 것만 같던 그 문이 열렸다. 재은의 뒤를 따라 건물 안으로 발을 딛는 순간 선우는 어쩐지 뒷골이 서늘해졌다.

등 뒤에서 자동문이 도로 닫히고 난 다음에야 비로소 입이 떨어졌다.

"무슨 말인지 하나도 이해 못 했지만, 일단 고마워."

"후우."

재은은 엘리베이터 상행 버튼을 누르며 긴 한숨을 뱉았다. 내심 긴장했던 모양이었다.

높은 층에 있던 엘리베이터는 눈 깜짝할 새 1층에 당도했다. 내부는 방문증인 플라스틱 카드를 태그해야만 원하는 층의 버튼을 누를 수 있는 방식이었다. 현관을 몰래 통과했다고 해도 원하는 층으로 올라가기는 다른 문제였음을 뒤늦게 깨달았다.

"볼펜에서 뭔가를 읽은 거지?"

11층을 누르며 선우가 물었다.

"응."

재은이 설명을 시작했다.

"최근 방문 경향을 확인했어. 공식적인 방문객이라면 다들 저 펜을 사용했을 테니까."

그래서 보안 요원과 대화가 시작되자마자 볼펜부터 잡은 것이었다.

"글자는 비교적 빨리 눈에 들어오니까 1100으로 시작하는 호수가 있는지 먼저 찾았어. 잔상에 마침 1101호 기록이 보였고."

짧은 틈이라 면밀하게 살필 여유는 없었지만, 하나네 집인 1102호의 숫자는 보이지 않아 가장 가까운 호수의 정보를 이용했다. 결과적으로 11층에 도달할 수만 있다면 숫자의 끝자리는 중요하지 않다.

"아동 보호 센터에서는 무슨 일이었는데?"

"그건 모르지만, 실사까지 나올 일이라면 글쎄. 좋은 일은 아니었을지도."

선우는 씁쓸한 표정으로 중얼거렸다.

"안 어울린다."

"뭐가?"

"화려하고 보안 철저하고. 세상 여기보다 풍요롭고 안전할 곳 없을 것 같잖아."

"겉모습만으로는 전부 알 수 없으니까. 사람도, 집도."

어쩐지 뼈가 있는 말이었다.

빠른 속도 덕분에 11층에는 금방 도착했다. 엘리베이터에서 내리자마자 망설임 없이 1102호 방향으로 향했다.

넓은 한 층에는 1101호부터 1104호까지 네 가구가 전부였고 각 세대 현관 사이의 거리는 아득했다. 복도 길이만으로도 내부의 상당한 면적을 추측할 수 있었다.

"여기다."

눈앞에 드디어 1102호의 명패가 나타났다. 아파트 입구를 무사히 통과하며 잠시간 풀렸던 긴장이 다시 찾아왔다.

이제 이곳과 저 안을 가르는 벽은 이 현관문 하나뿐. 저 문 안에서 어떤 응답을 내놓지는 아직 미지수지만 건물 통과도 못 했던 첫날에 비하면 급진전을 맞은 셈이었다.

선우는 심호흡하며 생각했다.

자, 이제 초인종을 누를 것이다. 뭐라고 해야 좋을까.

일단 초대받은 손님이 아니니 어색한 대면은 예정된 일이다. 보호자가 문을 연다면 아이를 찾는 낯선 성인 두 사람은 그야말로 수상하겠지. 응답하는 사람이 누구든 간에 에이엠에스티와 백가연의 이름을 빠르게 내세우는 편이 가장 그럴듯할 것이다.

아니면 재은의 작전대로 윤이화를 소개받았다고 해야 더 자연스러울까? 아무리 자식이라고 해도 부모의 인간관계를 다 알 수는 없다. 죽은 자는 말이 없으니 확인할 방법도 없을 테고.

"잠깐만."

아직 분명한 결정은 못 내린 상태로 초인종을 막 누르려 할 때였다. 재은의 손이 빠른 속도로 끼어들며 문고리를 붙잡았다.

그대로 돌려 여는 줄로만 알고 선우는 깜짝 놀랐다. 물론 번호키 작동 방식이라서 그대로 열리는 일은 없었겠지만. 순간 놀란 선우는 소리를 낮춰 물었다.

"뭔데."

재은은 한 손으로 문고리를 붙잡은 채로 잠시 가만히 있다가, 대답하는 대신 다른 손으로 초인종을 꾹 눌렀다.

"부재중 같아."

"……어?"

정말이었다. 10초 넘게 인터폰을 받는 사람도, 문 안에서 대꾸하는 사람도, 문을 여는 사람도 없었다. 선우가 한 번 더 눌러도 마찬가지였다. 재은이 말했다.

"포장 이사 회사 직원 유니폼."

"유니폼?"

"방금 '표지'에서 읽은 거야."

'표지'란 재은이 읽은 물건에서 가장 먼저 보이는 잔상을 의미한다. 물건에 저장된 잔상이 더 최근의 것일수록 더 빠르고 선명하게 보인다고 했다. 방금 손잡이를 잡았을 때 최초로 읽힌 장면이 포장 이사 회사 직원의 유니폼이라는 뜻이었다.

재은은 휴대폰으로 검색 결과 이미지 하나를 선택, 확대하여 선우에게도 보여 주었다.

"이 회사."

초록색과 노란색이 교차하는 배색의 조끼형 유니폼. 유명한 프랜차이즈 업체다.

"이런."

그럼 단순 부재중이 아니라 지금 저 안이 빈집이라는 건가.

들여 온 수고에 비해 허탈한 결론이었다. 그러나 이조차 재은이 아니었으면 못 알아냈을 정보였다.

이하나를 만나지 못했다는 점에서는 마찬가지지만 그 이유가 그냥 문을 열어 주지 않은 것과 이사를 나가 집이 비어 있었다는 사실에는 큰 차이가 있다.

즉, 의뢰인에게 내세울 결과 자체는 얻어 낸 셈이었다. 가연이 모르던 무언가를 지금 찾아냈으니.

가연은 하나의 이사 사실을 몰랐다. 알았다면 일부러 찾아와 보안실에서 퇴짜 맞는 일은 굳이 당하지 않았을 거다.

선우의 약속은 이하나의 집에 방문해 보겠다는 것, 그리고 만나게 되었을 경우 사과를 대신 전하는 것까지였다. 제대로 방문했고, 사과는 전할 수 있는 상황이 아니다.

다만 사소한 것들이 마음에 걸렸다.

아무리 싸웠고 방학이라 해도 그렇지, 보통 친한 친구라면 그런 걸 모르지 않기 마련이다. 한쪽이 일방적으로 감추지 않는 이상. 다툰 후 이렇게까지 연락을 피한다는 게 일반적일까?

아니, 애초에 연락을 두절한 이유가 그 싸움이 아니었을지도 모른다. 이사 자체가 원인일 수도 있다. 전화도 부재중에서 번호 없음으로 바뀌었다고 했다.

재은이 무슨 생각 하느냐는 듯이 선우를 바라보고 있었다. 너무 오래 입을 다물고 있었나 보다.

"아니, 지나친 생각인지도 모르지만."

선우는 단어를 신중히 골라 보려다 포기했다.

"미묘하게 도주의 냄새가 나는 것도 같아서."

재은의 미간이 좁아졌다. 설마라는 표정이다.

"혹시 이사 날짜를 확인할 단서가 있을까."

선우의 물음에 재은은 문고리를 다시 한번 체크하고는 고개를 저었다.

"안 보이네. 그것까지는."

"음."

닫힌 문을 바라보며 선우는 아까 엘리베이터에서 나눈 대화를 떠올렸다.

겉모습만으로는 전부 알 수 없으니까. 사람도. 집도.

그리고 안다고 해서 감당할 수 있는 것도 아니다. 이 이상은 선우와 무관한 영역이었다.

넥타이를 빌린 보답으로는 이 정도면 스스로에게도 부끄럽지 않았다. 아무리 회사 대표의 자제라 한들, 고교생의 어리광에 가까운 부탁에 사흘의 야근으로 시간을 할애해 주었다면 그걸로 충분하다. 아니 과분하다.

"그래서. 어때?"

그런데 재은이 뜬금없이 그렇게 물었다.

"뭐가."

"네 의뢰인한테 베타 클럽 5년권 제안할 수 있을 만한 결과야?"

선우는 잠시 할 말을 잃었다. 오늘 베타 클럽에 대해서는 까맣게 잊고 있었는데. 물론 재은이 다시 그 말을 꺼낼 거라고도 생각하지 않았다. 그것도 이런 분위기에서.

"그건 어렵지 않을까."

그래도 협력에 대해서는 다른 걸로 보상할 테니 베타 클럽만은 봐 달라고 말하려던 참이었다. 재은이 1102호의 현관 번호 키를 꾹꾹 누르기 시작했다.

"너 뭐 하려고."

오늘 이어지는 재은의 즉흥 작전은 선우에게 당황의 연속이었다.

짧고 경쾌한 멜로디와 함께 철컥하는 해제 소리가 들려왔고 재은이 문을 당겼다. 선우는 얼른 그 문을 붙잡았다.

"잠깐만. 이건 나중에 문제 되면 정말 곤란해."

"빈집인데 뭘."

이미 열린 현관을 통해 세간이 없는 빈집 특유의 냄새가 서서히 흘러나오기 시작했다. 정말로 아무도 없는 집이었다.

"이런다고 베타 클럽 보장 못 해."

"신경 쓰이잖아, 너."

"뭐?"

"이 집 상황 말이야. 아니야?"

재은이 다시 문을 잡아당기며 물었고 선우는 대답하지 못했다.

"여기까지 왔는데, 이사 날짜나 알아보자."

앞장서는 재은을 따라 선우도 결국 집 안으로 발을 디뎠다.

신발을 벗을 필요도 없었다. 거실 바닥은 이미 희미한 발자국들이 가득 남아 있었다. 확실히 커다란 집이었다. 짧은 복도를 지나 나타난 뻥 뚫린 거실에서는 테니스라도 칠 수 있을 것 같았다. 사람도 가구도 없으니 더 광활해 보였다.

천천히 거실을 가로지르자 통유리창 바깥으로 빛나는 야경이 펼쳐졌다. 여행지 숙소에서 바깥을 내다보는 기분과 비슷했지만 조금도 감탄스럽지는 않았다.

"읽을 수 있는 게 없잖아. 이렇게 휑해서는."

목소리가 벽을 타고 울렸다.

"아예 없는 것도 아니니까."

그렇게 대꾸하며 재은은 읽을 만한 것을 찾아 눈으로 먼저 이곳저곳을 살폈다.

그래 봐야 뻔한 것들이다. 문고리나 손잡이라든지 창틀, 인덕션 다이얼, 조명 스위치 그 정도뿐이다. 결정적인 도움을 기대하기는 어렵다. 아까 현관에서 읽은 포장 이사 회사 정보보다 더 나은 게 과연 나올까 생각하면서 선우도 거실을 천천히 살폈다.

"이 건이랑 관계없는 질문이긴 한데. 요즘도 이런 방법으로 관여할 일이 있어?"

부엌을 들여다보고 있는 재은의 등을 향해 선우가 물었다. 이런 방법이란, 당연히 사이코메트리의 힘이다.

"아니."

재은은 간단히 대꾸했다. 부엌 조명 스위치를 만지는 중이었다.

"전혀?"

"기사 작성을 위한 인터뷰에서 굳이 그럴 필요가 있을까."

프리랜서로서 재은은 잡지사 및 홍보대행사 몇 군데와 끈끈한 인연을 맺고 있다. 이전에 선우와 함께 일하던 시절에도 그랬다. 기업의 사보와 웹진 작업에 많이 참여한다고 했다.

재은은 잘 알려져 있거나 귀감이 될 만한 인물을 심층 취재해 기획 기사를 쓰는 일을 주로 해 왔고, 그런 인터뷰는 사건성 짙은 탐사 보도와는 성격이 달랐다.

사람들과 살갑게 지내지 않는 성격이면서도 그 일을 계속해 나가는 이유는 부조리를 대면하는 것과 거리를 두고 싶어서일 것이다. 오직 관조하기만 해도 괜찮을 대상을.

"그냥. 가끔은 그러고 싶을 때도 있지 않을까 해서."

"없어. 입 밖으로 말하지 않는 내용까지 굳이 알고 싶지도 않고."

"그렇구나."

그러고 보니 오래전에는 물을 엄두조차 내지도 못했던 질문을 태연하게도 했다. 부끄러운 과거지만, 그때는 그저 재은의 힘을 경계하는 데에만 온 신경을 기울였기 때문이다. 재은이 무엇을 원하고, 무엇을 고민하는가에 대해서는 궁금해하지 않았다.

당시에는 재은도 선우에게 자기의 힘이 작동하는 방식만을 간략하게 밝혔었다. 탐색이나 저장, 표지, 확장, 차단 같은 개념들을. 마치 제품 설명서를 읽듯이.

예전의 과오가 다시 떠오르자 선우는 얼굴이 살짝 화끈거렸다. 그래서 다시 이 의뢰로 돌아오기로 했다.

"뭔가 있어?"

재은은 거실과 부엌 사이에 난 덧문을 살피고 있었다. 다용도실과 연결되는 문이었다. 저장 식료품을 쌓을 수 있는 선반과 세탁기가 들어갈 수 있는 자리가 보였다.

자주 쓰는 살림살이가 있던 공간이니 여러 기억이 저장되어 있을 것 같기는 했다. 재은은 잔상으로 무엇을 읽었는지 문고리에 손이 닿자마자 눈가를 찡그렸다.

"왜?"

"싸움인가? 이하나와 그 애 엄마 같아."

문을 거칠게 닫으며 언쟁하는 모습, 그리고 엄마가 하나의 뺨을 때리는 장면이 이어진다고 했다. 곁에 이사를 돕는 직원들이 있는데도 거리낌이 없었다. 하나의 엄마는 40대에서 50대 사이로 우아한 생김새가 윤이화와 확실히 닮은 얼굴이라고 했다.

그러나 그의 겉모습이 어떠하든 이 경우 '싸움'보다는 '폭행' 쪽에 가까웠다. 선우는 긴 한숨을 작게 내쉬었다. 굳이 되새기려 하지 않는 어린 시절이 섬광처럼 지나간 탓이었다.

재은은 다른 문고리와 손잡이도 하나씩 꼼꼼하게 만져 읽었다. 각 방문, 붙박이장의 문 등등. 주로 단조로운 일상들이 읽힐 테지만 재은이 새로이 발견할 무언가를 선우는 기다려 보기로 했다.

"글자 같은 게 있으면 좋을 텐데."

재은은 작은 방의 붙박이장 손잡이를 붙잡았다. 그리고 수첩과 펜을 꺼내 단순한 선의 그림을 그려 선우에게 보여 주었다. 가연이 재학 중인 이람고등학교의 교표였다. 선우는 가연의 교복에서 본 적이 있었다.

이 방은 하나의 방이었다. 하지만 달리 특별한 점은 발견 못 했다.

다음 방으로 향할 때였다. 주머니 속 휴대폰이 드르륵 울렸다. 가연의 메시지였다.

— 오늘 달빛수사 상황은 어떠세요?

어제도 똑같은 메시지가 왔었다.

다만 어제는 카페 포말에서 나와 재은과 통화까지 마친 후였으니 제법 늦은 시각이었는데, 오늘은 그 시간까지 기다릴 마음의 여유가 바닥난 모양이었다.

어제는 메시지를 받자마자 곧장 전화를 걸었다. 어째서 이 의뢰의 이름이 에이엠에스티 판매율 1위의 게임 타이틀과 같은 건지도 궁금했기 때문이다.

"퇴근 후의 일이니까요. 조사이기도 하고. 왠지 '달빛수사'랑 잘 맞는 거 같아서요."

달빛수사는 무슨. 무급 야근이다.

"달빛수사 좋아하세요?"

마침 베타 클럽에 대한 압박도 있었으니, 자연스레 게임 이야기를 할 수 있게 된 기회라 치고 어른의 속내는 감추며 물었다.

"아뇨. 언니랑 오빠는 좋아하는데 저는 사실 게임 전혀 안 해요. 제목만 몇 개 알죠. 대리님은요?"

"네. 저도요."

통화를 마무리하며 선우는 비공식적인 루트로 단서를 수집하는 데 소질이 있는 동료에게 도움을 요청해 두었으니 하루만 더 기다려 주면 좋겠다고 말했다. 베타 클럽 얘기는 안 꺼냈다.

"그분은 설마 탐정 같은 건가요?"

의심이 다분히 섞인 목소리로 가연이 물었다. 바깥사람을 신뢰할 수 없어 김선우 대리에게 개인적으로 부탁한 일인데, 결국 끼어들게 된 사람은 안전한지 확인하고 싶은 눈치였다.

"아니에요. 평범한 변호사입니다."

일부러 '평범한'을 강조했다. 너무 많은 기대는 하지 말아 달라는 뜻이었다.

재은이 탐색을 이어 가는 동안 선우는 오늘의 답장을 써 내려가기 시작했다.

— 친구분의 가족은 이사했다고 합니다. 그 집에 이하나 씨 가족은 거주하고 있지 않습_

쓰던 손가락을 멈췄다. 재은이 다시 수첩에 무언가를 끼적이고 있었다.

메시지 작성은 미뤄 두고 선우는 재은에게 다가갔다. 이번에는 선우가 전혀 모르는 마크가 그려져 있었다. 나무 세 그루를 심플하게 형상화한 로고였다.

"뭔데."

"청목요양원."

이 방의 문을 열었던 낯선 사람의 유니폼에서 명찰이 보였다고 했다.

정확한 시일은 알 수 없지만 요양원 유니폼을 입은 사람 둘이 다녀간 날의 잔상이 남아 있었다. 두 사람이 윤이화를 휠체어에 앉도록 도와 이 방을 떠났고, 그 후로 이 방을 다녀간 사람 중에서 윤이화의 얼굴은 찾을 수 없었다.

"단주에서 본 건 병원 같았는데, 어쩌면 요양원일 수도 있겠다. 아니면 임종 전 병원으로 이송했을 가능성도 배제할 수는 없고."

"그건 언제쯤일까."

"표지에서는 멀었고, 옷차림으로 보아서는 봄 아니면 가을."

아주 최근은 아니라는 뜻이다.

"아버지는 원래부터 없는 것 같아. 어느 잔상에서도 안 보여."

"음."

"이제 윤이화 씨는 안 계시니 모녀 둘민 살기에는 지나치게 큰 집이니까 이사할 이유로는 적당한 것 같기도 한데."

재은도 뭔가 시원치 않다는 표정이었지만 탐색으로 나타난 추가 정보는 없었다. 집 조사는 그만 마무리하기로 했다.

그리고 1102호를 나와 내려가려고 기다리던 엘리베이터의 문이 열렸을 때다.

"……어?"

안에 타고 있던 승객이 두 사람을 보고 놀라 멈춘 채로 내릴 줄을 몰랐다. 지난번 아파트 입구에서 만났던 그 남자아이였다. 오늘은 학원 가방을 든 채 선우를 경계하는 눈빛이었다.

"안녕. 11층에 사니?"

재은이 엘리베이터 문을 붙잡아 주며 물었다. 아이는 쭈뼛쭈뼛 엘리베이터에서 내렸다.

"나는 변호사야. 이름은 한재은이라고 해."

"그게 뭔데요."

"음. 고민이 있는 사람들 이야기를 듣고, 싸울 힘이 없을 때 함께 도와주는 일이랄까."

대답과 함께 재은이 물었다.

"혹시 옆집에 살던 누나랑 최근에 이야기한 일 있어?"

아이는 서둘러 고개를 저었다. 그러다 들고 있던 가방을 떨어뜨렸다. 재은이 가방을 주워 건넸다. 무언가 읽으려는 걸까. 건네는 손과 받는 손이 가볍게 닿았다가 떨어졌다.

"……그 누나네는 갑자기 이사 갔나 봐요."

아이가 작게 대답했다. 거의 들리지 않을 정도의 목소리였다.

"언제였는지 기억해?"

"토요일인가 일요일부터 안 보였어요. 아마 내가 학원 갔다 온 사이였나 봐요."

"그랬구나."

"그걸 몰라서 고양이들이 계속 굶었어요."

"그래서 그 누나 대신 네가 챙겨 주게 되었고?"

아이는 '어떻게 알았어요?'라는 표정으로 재은을 올려다보았다.

"나도 고양이 키우거든. 있잖아, 고양이랑 친한 사람한테는 고양이 냄새가 나는데, 그거 알아?"

"정말요?"

"당연하지. 얼마나 멋진 냄샌데."

아이는 그 말에 즉시 팔을 들더니 제 코를 묻었다. 선우는 괜히 천장을 한 번 올려다보았다. 진실의 경계란 어디쯤일까, 천장에서 그 답을 찾아보기라도 할 듯이.

"그러니까 앞으로도 고양이들 잘 돌봐 줘."

뜻밖의 칭찬에 은근히 기쁜 얼굴로 아이가 고개를 끄덕였다. 재은은 얼른 집에 들어가 보라며 아이를 보냈다. 벌써 다른 층으로 떠나 버린 엘리베이터를 다시 기다려야 했다.

"왜 읽었어?"

다시 하강 버튼을 누르며 물었다. 싸우자는 건 아니고 단순히 궁금해서였다.

타인을 멋대로 읽지 않는다는 것이 원칙이기도 하거니와, 굳이 말하지 않는 것까지 알고 싶지 않다고 아까 저 안에서 말했던 사람이 재은 아니었던가.

"안심하고 싶어서."

"뭘."

"1101호. 아동 보호 센터."

그러고 보니 아이는 1101호 방향으로 사라졌다.

"잠깐 엿본 것뿐이지만, 괜찮은 것 같아. 적어도 몇 가지 표지에 괴로운 일은 전혀 없었거든. 고양이들이 가득한 걸 보면."

재은의 말에 선우는 곤두세웠던 신경을 풀었다. 순간 정말로 1101호의 사정을 살피고 돌아가는 업무 담당자가 된 기분이었다. 거기에 1102호의 사정까지 덤으로.

"네 말이 맞아. 그러고 싶을 때가 아예 없지는 않아."

이어 재은이 말했다.

"내가 할 수 있는 일은 없어도, 안도라도 하고 싶을 때가 있나 봐. 이기적이게도."

그런 거라면 선우의 이기심도 마찬가지였다. 결국 1102호에 들어간 이유도 그와 다르지 않으므로. 그러나 안심과는 거리가 먼 결과였다.

1101호 아이의 말이 맞는다면 이사는 고작 며칠 전이고 갑작스러운 기운이 다분하다. 이사 당일까지도 다투던 모녀는 지금 어디에 있는 것일까. 지금 이하나는 괜찮은 걸까?

도착한 엘리베이터에 나란히 올랐다. 이제 정말로 떠날 시간이었다.

"만약에 말이야."

선우가 물었다.

"네가 내 상황이라면. 그래서 여기서 한 걸음만 더 이기심을 뻗친다면, 어디를 먼저 탐색할 거야?"

오래 생각할 것도 없다는 듯 재은이 대답했다.

"이삿짐센터와 요양원 중 하나겠지."

선우의 생각도 마찬가지였다.

휴대폰을 꺼내 쓰다 만 메시지를 마저 작성하기로 했다.

— 친구분의 가족은 이사했다고 합니다. 그 집에 이하나 씨 가족은 거주하고 있지 않습니다. 오늘은 시간이 늦었으니 내일 이삿짐센터에 몇 가지 확인 후 최종 보고를 드릴게요.

재은이 단주에서 읽은 단서에 따르면 윤이화는 이미 고인이므로, 요양원보다 이삿짐센터의 이야기를 먼저 들어 보는 것이 나을 것 같았다.

"같이 갈까."

엘리베이터가 1층에 당도했을 때 재은이 물었다. 시선은 앞을 향한 채였다. 순간 솔깃하지 않았다면 거짓말이지만 그 정도로 염치없는 인간은 아니었다. 빚은 과거만으로도 충분했다.

"아냐. 이제 내가 마무리할게. 더는 내가 불편해."

선우는 제 말에 아차 했다.

"아니, 네가 불편하다는 게 아니라. 이 이상 신세 지기가 뭐해서야."

"알아."

해명한다고 급히 덧붙인 말에 재은은 담백하게 대꾸했다.

"베타 클럽도 장담 못 하고. 그건 임직원에게도 예외 없이 까다로운 규정이라서."

"흐음."

알 수 없는 콧소리를 흘리며 재은이 앞장서 아파트를 벗어났다.

"흐음은 뭐야."

"까다롭긴 진짜 까다롭구나 싶어서."

"뭐가."

"그래도 사내 변호사는 최소한 과장 입사가 인지상정인데, 대리라니. 말 다 했지."

아픈 곳을 찔렸고 반박의 여지는 없었다. 사실은 사실이다.

그렇게 반걸음 정도 앞서 걷던 재은이 다시 물었다.

"내일 같이 가 줄 수 있어. 이번에도 거절하면 다시 묻지 않을게."

단호한 그 마지막 호의는 거절하지 않았다.

재은의 재능에 빗져, 선우는 딱 한 걸음만 더 이기심을 뻗쳐 보기로 했다.

6
2015년 겨울

재회

책상을 정리하고 사무실을 떠나면서 재은은 당분간 좀 쉬기로 마음을 정했다. 사직서를 제출하기 전부터 그렇게 생각했다. 이 일을 계속해 나가는 게 과연 옳은지, 다시 한번 생각할 시간이 필요하다고.

두 명의 변호사가 공동 대표로 있는 사무소였다. 두 번째 회사였지만 전 회사와 마찬가지로 그리 오래 머물지는 못했다.

로스쿨 입학은 재은의 의지였다. 회사 생활을 하면서도 열심히 준비해 합격했다. 동기라고 한다면 현서의 죽음이었다. 그 일을 겪고 난 후, 그저 누군가의 말을 듣고 서술하는 일로 끝내는 것보다 이왕 가지고 태어난 힘을 사용해 억울한 입장의 편에 서서 적극적으로 돕고 싶다는 의지였다.

그러나 이 일이 생각보다 제게 맞지 않을 수도 있음을 로스쿨

3년에 걸쳐 조금씩은 인지하고 있었다. 그동안 인정하지 않으려고 했던 고집을 이제는 내려놓아야 할 때가 온 것 같았다.

맨 처음 수습을 거친 회사에서는 채용 의사가 없다는 통보와 함께 신념이 확고하니 개업을 하는 게 어떻겠냐고 조언했다. 크게 속상하지는 않았다. 형사 전문 사무소였는데 처음부터 수습 기간을 보내는 것 이상의 기대는 없던 곳이기도 했다.

이번 사무소에서도 겨우 6개월을 보냈다. 사직서를 제출할 때 그래도 한 번은 붙잡지 않을까 했으나, 대표는 알았다면서 인수인계만 잘 부탁한다고 했다. 마치 나가 주기를 바랐던 것처럼. 그래서 재은도 마음에 없는 미소를 지으며 그렇게 하겠다고 했다.

어떤 곳에 자연스레 '섞인다'는 것은 재은에게 한 번도 쉬웠던 적 없는 과제였다. 무언가를 기대하는 삶도 마찬가지였다.

6살 무렵 집안에서 자신에게만 있는 이상한 힘을 감지했다. 사람들은 처음엔 네가 그걸 어떻게 아느냐며 놀랐고 나중에는 같은 공간에 있을 때면 부모님을 제외한 이들은 약속이라도 한 듯이 슬금슬금 자리를 피했다. 조금 쓸쓸해지는 순간은 있었지만 괴롭게 여긴 적은 없었다.

부모님이 살아 계셨을 때는 크고 작은 기대가 있었다. 오늘 저녁 메뉴나 다음 주말의 가족 소풍, 두렵지만 궁금하기도 한 장래 희망에 대한 기대들이. 그러나 초등학교 3학년의 어느 날, 고속도로 추돌 사고로 두 사람을 하루아침에 잃고 말았다. 이겨 낼 수 있는 슬픔이 아니었다. 거기에 친인척 누구도 자신을 맡으려 하지 않는다는 사실을 알았을 때는 세상은 나를 환영하지 않는다는 차가운 현실을 받아들여야만 했다. 처음으로 배운 체념이었다.

현서의 죽음 이후에는 체념의 의미를 좀 더 깊이 깨달았다고 할 수 있다. 어쩌면 앞으로는 세상과 섞일 수 있고 사랑할 수도 있겠다며 틔웠던 기대의 싹은 뿌리째 뽑혀 나갔다. 그저 사람이 어디까지 무력해질 수 있는가를 재차 확인했을 뿐이다.

물론 지금의 엄마인 순임은 고마운 사람이다.

이상한 힘을 알면서도 친척들이 모두 거부한 재은을 피하지 않았던 엄마의 친구. 순임은 우리 집은 자기와 현서 둘뿐이라 적적했다며 네가 와 주었으면 좋겠다고 했다. 피 한 방울 섞이지 않았는데도 우리 집으로 기꺼이 섞여 들어오라고 손짓해 주었던 유일한 사람이었다.

그 순임이 언젠가는 든든하게 의지할 수 있는 존재가 되고 싶었다. 이제는 현서도 없고, 자신이 유일한 순임의 자식이 되었으니까. 그것만은 체념해서 안 된다는 부담이 항상 있었다.

그런데 제 그릇이 너무나 작아 그 기대에서도 점점 멀어져 가는 듯했다.

저녁을 먹고 나서야 사직서를 냈고 잠시 휴식 시간을 갖고 싶다는 말을 비로소 꺼냈다. 순임의 눈에는 염려가 가득했지만 이유는 묻지 않았다. 물어도 대답할 수 없는 것들이 더 많다는 걸 벌써 알고 있기 때문이다. 이왕 생긴 시간이니 오랜만에 여행이라도 다녀오면 어떻겠느냐고만 했다.

합격한 후에는 지원과 응원을 아끼지 않았지만, 사실 순임은 재은이 처음 로스쿨에 가겠다는 의사를 밝혔을 때 걱정을 먼저 했다. 타인의 이야기를 들어 주는 것으로 그치지 않고, 대신 싸우기까지 하는 일은 체급이 다르다면서.

남다른 힘을 가진 재은이 맞닥뜨릴 딜레마를 앞서 내다본 것이리라. 말해지지 않은 진실을 알았을 때 찾아올 딜레마들을. 정년을 맞을 때까지 학교 교사로 일하며 숱한 고민을 지켜보고 상담했을 전문가의 선견지명이었다.

재은은 이 재능을 이용해 진실에 가까워질수록 공정에 더 근접할 수 있을 거라 장담했지만 현장은 달랐다. 진실과 공정은 결코 가까이 있지 않았다.

첫 로펌에서는 주어진 사건을 진행하기 위해 자신을 기만해야 할 때가 많았다. 어느 사건은 공범이 되어 간다는 죄의식을 견딜 수 없기도 했다.

이 힘은 바라던 방식으로는 도움이 되지 않았다.

이번 퇴사는 두 대표의 개인적인 문제 때문이었다. 의미 있는 일을 여럿 성취해 내며 인망을 쌓아 온 그 두 사람이 각자의 가정을 둔 채로 외도 중이라는 사실을 얼마 전 알았다.

잔상을 읽은 것이 아니라 현장을 직접 본 것이었다. 그럴 리가 없다고, 내가 잘못 본 거라고 믿고 싶었다. 한 사람이라도 읽어서 그게 아니었음을 확인하고 싶다는 생각이 한 달 내내 꺼지지 않았다.

그러다 문득 지금 대체 뭘 하고 있는 걸까 회의에 빠졌다.

이 모든 내적 전투가 대체 무슨 의미가 있는지, 어디서부터 잘못된 것인지. 현서가 그렇게 허망하게 가야 했을 때도, 지금도, 이 힘은 평정심을 흩트려 놓기만 할 뿐 정작 아무런 도움도 되지 않았다.

차라리 아무것도 모르는 채로 산다면, 몰라도 된다면 삶이 이보다는 수월했을 텐데.

그 순간 어쩐지 오랫동안 잊고 있었던 김선우가 생각났다. 현서를 닮은 얼굴로, 불타는 정의는 실무에 꺼내 쓰라며 힘 좀 빼라고 했던.

다시 생각해도 분하지만 바로 지금이 그러다가 보기 좋게 부러진 꼴 같아서였다.

"어, 오랜만이에요."

그 겨울, 우연히 김선우를 마주친 순간에 재은은 이건 분명 운명이 자신을 비웃는 거라 확신했다. 바로 얼마 전 스스로 자존심을 뭉개며 떠올렸던 그가 눈앞에 나타났을 때 달리 무슨 생각을 할 수 있었을까.

서초동에 위치한 한 법조 타운 입구에서였다. 여러 법무법인과 개인 사무소가 전층에 고루 자리를 튼 커다란 빌딩이었는데 그가 일찌감치 컨펌되었다던 박상수 대표의 법무법인도 이곳에 있었다.

재은은 이전에 일했던 잡지사 선배의 소개로 취재 일을 다시 시작했고, 오늘 인터뷰 하나를 마치고 돌아가던 길이었다. 인터뷰가 있던 곳은 이 건물에 입주해 있는 은행의 지점으로, 사보 기획 취재였다.

어깨를 부딪힌 뒤 사과하면서 먼저 알아본 쪽은 공교롭게도 선우였다. 다만 '어, 오랜만이에요.' 다음의 말을 잇지 못하다가 '아, 기억 못 하려나.'라고 중얼거렸다. 그도 재은의 이름까지는 기억 못 하는 듯했다.

재은에게 그 얼굴은 당연히 망각할 수 있는 것이 아니었다.

처음 보고 놀랐을 때도, 모의재판 중에 화가 치밀었을 때도, 한참 뒤 버스정류장에서 혼자 멀찌감치 지켜보았을 때도. 모두 기억한다.

"기억나요. 김선우 씨였죠?"

"역시. 설마 이 빌딩에 있었어요? 어느 펌이에요?"

"아뇨. 저는 취재 왔어요."

선우는 재은의 목에 걸린 방문자용 목걸이를 보았다.

"취재라니 무슨."

길게 설명하고 싶지 않아 재은은 명함을 꺼내 내밀었다. 변호사 정체성을 보류 중인 이유는 굳이 설명할 필요도 없고, 김선우가 그걸 알아야 할 사람도 아니었다.

"이쪽 일은 아니네요."

선우는 두 팔로 안고 있던 박스를 고쳐 들며 말했다. 복사 용지 상자였는데 내용물은 잡동사니였다. 재은의 눈높이에서는 탁상 달력의 스프링과 텀블러의 입구만 언뜻 보였다. 등에는 묵직한 백팩을 메고 있었다. 외근치고는 쓸데없는 짐이 많아 보였다.

"네. 전부터 하던 거라서요. 김선우 씨는요?"

"저는……."

선우는 박스를 바닥에 내려다 두고 재킷 주머니에 손을 넣었다. 그리고 명함을 한 장 꺼내 거기에 펜으로 뭐라고 급히 적기 시작했다.

뭐지. 명함이란 꺼낸 그대로 건네는 것이 보통 아닌가.

잠시 후 약간의 편집을 거친 명함을 건네받았을 때 재은은 고개를 갸웃했다. 법무법인 박연의 이름도 직함도 모두 두 줄이 그어져 있었는데 그 옆에는 선우의 자필로 이렇게 고쳐 쓰여 있었다.

김선우 법률 사무소. 대표 김선우.

"개업하려고요."

재은은 고개를 들었다. 의외의 대답이었다.

"그만뒀거든요. 방금."

그 말을 듣고 보니 지금 선우는 몇 달 전 자신이 퇴사하던 날과 크게 다르지 않은 모습이었다. 그럼 법무법인 박연을 나온 거라고? 게다가 방금?

"방금이요?"

재은이 확인하듯 물었다.

"네, 방금요."

이해할 수 없었다. 이 사람은 박상수가 스카우트해 간 인재 아니었던가. 여기에 있으면 앞날은 그럭저럭 탄탄대로일 텐데. 자신도 그걸 바랐을 텐데 고작 몇 년도 안 되어 개업이라니 어째서.

그리고 퇴사할 때 보통 이렇게 한낮에 나가던가? 적어도 그날의 일과는 마무리하고 업무를 종료하지 않나?

재은에게 김선우는 타산에 밝고 전략적이면서, 타인의 시선이야 어쨌든 자기 목표가 견고한 사람이었다. 그런데 지금은 즉흥적인 분위기가 풍겼다.

"아무튼 반가웠어요. 번호는 그대로니까 혹시 필요한 거 있으면 연락해요."

선우도 재은에게 자세한 사정을 설명할 생각은 없는지 그렇게만 말하고는 도로 박스를 챙겨 건물 바깥으로 나가 버렸다.

재은은 선우의 등이 완전히 보이지 않을 때까지 그렇게 서 있다가 로비 1층에 있는 카페로 향했다. 다른 때라면 방금 따 온 인터뷰의 녹취를 푸는 일부터 했겠으나 오늘은 아니었다. 재은은 선우의 명함을 손바닥에 놓고서 고쳐 쓴 글씨를 가만히 바라보았다.

일상에서 재은은 항상 '차단' 상태다. 순임은 물론 누군가에게 제 손이 닿아야 할 때, 상대방을 함부로 읽지 않기 위해서다.

많이 어렸을 때는 원하는 대로 통제가 되지 않아 두꺼운 장갑을 착용하기도 했지만, 15살 무렵부터는 불가항력의 상황이 아니면 충분히 조절할 수 있게 되었다.

사람은 피부와 피부가 맞닿는 상황에서 읽는 것이 가장 빠르다. 그러나 중간에 옷이나 모자 같은 다른 매개체가 존재해도 방해물로 작용하지는 않는다.

만약 서로 연필 한 자루의 끝과 끝을 쥐고 있는 상태라면 물건의 잔상을 한 번 걸러 내야 하니 시간이 약간 더 소요될 뿐, '확장'해 읽기는 가능하다. 결국 장갑도 궁극적인 차단법은 아니었기에 결국 스스로 통제하는 편이 가장 낫기도 했다.

재은이 정한 차단의 원칙은 두 가지였다. 아끼고 사랑하는 사람은 절대 읽지 않는다. 그리고 단순한 호기심으로 상대방을 읽지 않는다. 첫 번째는 상대방을 위해서지만, 사실 두 번째는 상대를 배려해서라기보다는 자신을 위해서였다. 탐색해 버리는 순간 호기심은 많은 경우 무거운 짐이자 책임, 때로는 실망으로 변하곤 했다.

그러나 어느덧 재은은 왼손 위의 명함이 구겨지지 않도록 오른 손바닥을 가만히 포개 덮으면서 눈을 감고 있었다. 누군가 어째서냐고 묻는다면, 한 번도 돌아보지 않고 걸어 나가던 선우의 뒷모습이야말로 그에게 어울리지 않게 부러져 버린 것처럼 보여서였다. 이유를 알고 싶었다.

"다녀오겠습니다."

기도하는 사람처럼 두 손을 모았다. 그리고 재은은 팽팽하게 잡아당기고 있던 활시위를 놓듯이 차단을 풀었다.

선우가 재은에게 이 명함을 건네는 잔상이 담긴 표지를 지나 과거로 빠르게 향한다. 그 순간은 높은 곳에서 끝없는 저 바닥으로 한없이 추락하는 느낌이다. 의식이 어디론가 뚝뚝 떨어진다. 아니, 솟는다고 해야 하나. 방향이 구분되지 않는 비정상적인 속도감이 의식을 휘감는다.

빠른 속도로 많은 것을 읽어야 할 때는 멀미가 치솟기도 한다. 도중에 어지럼증에 빠지지 않으려면, 기억의 협곡 중간쯤 어딘가 솟아 나온 돌부리나 나뭇가지 같은 잔상을 붙잡아야 한다. 그곳을 중심으로 차근차근 탐색해 나간다.

잠깐.

붙잡았다. 현재로부터 아주 멀리 미끄러져 나가지 않도록, 선우의 표정이 유난히 어두웠던 순간을 기준으로 주변을 살피기로 했다.

항상 품에 지니고 있었을 명함이 선우의 회사 생활을 비췄다. 천천히 업무 동선을 따라갔다.

수임이 쉼 없이 밀려든다. 개인 민사, 형사부터 기업 자문, 회사 단위의 대형 소송까지. 아직 경력이 얼마 되지 않는 선우도 크고 작은 몇 개의 사건을 동시에 진행 중이었다. 상담과 회의가 번갈아 이어지고 기업체와 외부 미팅도 잦다.

60대로 보이는 세련된 인상의 남자가 외부 인사들에게 선우를 자랑스럽게 소개한다. 아마도 그가 박상수일 거라고 짐작했다. 재은은 그에게 수업을 들은 적이 없어 실제로 그를 대면한 적은 없었다.

잔상 속 그는 고위 공무원부터 기업체 임원까지 인맥이 두터워 보였다. 당연하다. 그는 검찰 출신의 전관이다. 현직에서도 유명했고 개업 제한 시기를 벗어나자마자 법인을 세웠을 때는 업계가 떠들썩했다. 국내 형사 재판 승소율은 법무법인 박연이 최고라는 게 정설이다.

흰 가운을 입은 또래의 여성 의사가 몇 차례 보인다. 어쩌면 여자 친구일지도 모른다. 관련 잔상은 읽지 않고 넘겼다.

선우는 일이 주어질 땐 묵묵했고 그것을 실행할 땐 활기찼다. 여유를 잃지 않는다던 그 모습 그대로인 한편, 그래서 속으로는 대체 무슨 생각을 하는지 통 모르겠다고 할 수도 있을 것 같다.

아무튼 경력을 착실히 쌓아 이곳에서 중요한 인물이 되는 것은 시간문제로 보였다.

그런 선우의 얼굴에 초조함이 깃들기 시작한 것은 이 빌딩 앞에 어느 1인 시위자가 나타나고부터였다.

그 시위자는 몸의 앞뒤로 호소 내용을 빼곡히 적은 큼직한 패널을 붙이고 빌딩 앞에 서서 사람들의 이목을 끌고 있었다. 호소 상대는 박 대표와 그 법무법인이었다. 패널의 내용은 '의료소송 패소'와 '아내를 두 번 죽인 살인자', '살인자의 편 박상수'였다.

시위자는 두 볼이 푹 꺼진 초췌한 중년 남자였다. 하지만 눈빛만은 날카롭게 빛나고 있었다. 외근을 다녀오던 선우는 그 시위자와 눈이 마주쳤다. 선우도 놀라고 시위자도 놀라며 어색한 분위기로 둘은 인사했다. 구면이다. 아주 오랜만에 만났거나 뜻밖의 만남인 듯했다.

선우와 이야기를 나누자 시위자의 살기등등했던 표정은 자취를 감췄다. 심지어 미소마저 띤다. 선우도 웃었다. 아니, 자연스럽게 우러나오는 웃음은 아니다. 애쓰는 중이었다.

곤란해 보였다. 아니나 다를까 시위자의 분노가 향한 대상은 자신의 은사이자 상사니까. 선우는 그에게 자신이 그 법무법인 소속임을 밝히지는 않은 것 같았다. 그랬다면 그가 멀어져 가는 선우에게 웃으며 손을 흔들 리 없을 것 같았다.

그 후로 선우는 매일 그 남자를 보았다. 그는 가만히 서 있는 날도 있고, 때로 난동이 일어나 경찰에게 저지당할 때도 있었다. 선우는 멀리서 지켜만 본다. 그를 피해 출입구를 멀리 돌아갔다.

그가 이쪽을 알아보지 않기를 바라는 것 같았다.

선우는 이따금 사무실 창밖으로 그의 모습을 확인하곤 했다. 남자는 비가 쏟아지는 날에도 변함없이 자리를 지켰다. 빗물이 덥수룩하게 자란 머리카락 끝에서, 낡은 패널의 끝에서 눈물처럼 뚝뚝 떨어졌다.

그리고 이어서 선우는 사무실 안 사람들의 모습을 살폈다. 흰 셔츠 깃. 광택이 빛나는 타이. 모니터를 바라보는 시선. 김이 피어오르는 커피를 마시는 입술. 힘을 가득 실은 손으로 의뢰인과 악수를 나누는 박상수의 얼굴. 그 얼굴에 새겨진 자신감 넘치는 웃음. 어쩌면 남자를 지옥으로 빠뜨렸던 그 상대에게도 똑같이 지어 주었을 웃음.

매일의 사소한 변화는 바로 곁에서는 자각하기 어렵다. 사무실 동료들은 선우의 변화를 잘 몰랐을 것이다. 하지만 재은에게는 선우에게서 서서히 빠져나가는 활력이 빨리 감는 영상처럼 선명하게 보였다.

눈이 내리는 어느 날 선우는 남자를 피하지 않았다.

남자는 보는 것만으로도 시큼한 냄새가 끼쳐 올 것만 같았고 얼굴의 주름, 손의 마디마디가 검고 거칠어져 있었다. 노숙인이라 해도 믿을 정도였다.

선우는 그를 데리고 근처 식당에 갔다. 뜨거운 김이 오르는 설렁탕이 두 개 식탁에 올라왔다. 주변 테이블의 몇 사람이 둘을 곁눈질로 흘긋댔다. 남자는 그 근방에서 이미 유명 인사인지도 모른다.

두 사람은 별다른 대화 없이 식사했다. 선우를 보는 남자의 시선은 여전히 온화했다. 선우만이 가진 특혜가 있는 듯했다. 식사를 마치고 둘은 계산대 앞에서 잠시 실랑이를 벌였다. 서로 계산하겠다고 고집을 부리다가 재미있게도 계산은 결국 남자가 했다. 선우는 차마 거절하지 못한다.

그리고 더 이상 남자는 보이지 않았다. 그만 시위를 포기한 것일까. 선우와 어떤 이야기를 긴히 나눈 것 같지는 않았는데, 어쨌든 선우가 시위를 멈추도록 설득해 낸 것일까. 거기까지는 알 수 없었다.

이제 표지와 가까운 잔상까지 왔다.

선우는 사직서를 제출하고, 박상수는 선우에게 호통을 치고 있다. 책상에 그의 명패가 있어 이번에는 이름을 확인할 수 있었다. 선우는 모의재판 때와 다르지 않은 얼굴로 박 대표에게 몇 마디 했다.

대표의 사무실을 나선 선우는 곧장 책상으로 향했다. 이내 재은에게도 익숙한 물건이 하나 등장했다. 빈 복사용지 박스. 선우는 제 물건을 그 안에 담기 시작한다. 업무 중이던 동료들이 하나 둘 일어나 그 모습을 본다. 그러나 선뜻 그에게 다가가는 사람은 없었다. 선우는 뒤 한 번 돌아보지 않고 사무실을 걸어 나왔다. 엘리베이터를 기다리는 사이 눈가에 고이는 눈물을 흐르기도 전에 빠르게 닦아 냈다.

끄트머리에서 제 얼굴이 나타나자 재은은 눈꺼풀을 열었다.

시계를 확인하자 벌써 30분이 넘게 흘러 있었다.

"……개업은 무슨."

재은은 체온을 품은 명함을 테이블에 내려놓으며 중얼거렸다.

"허풍이잖아."

그러나 그 명함의 손글씨에서는 눈을 뗄 수 없었다.

김선우는 앞으로 뭘 하려고 하는 걸까. 명함은 거기까지 보여주지는 않는다. 선우를 직접 만진다면 알 수 있겠지만 그럴 일은 없을 것이었다.

재은은 명함을 주머니에 넣었다.

그날 저녁, 지수에게 연락이 왔다.

"우리 어쏘 뽑는다는데 이력서 한 번 안 넣어 볼래?"

해마다 오는 연말 인사인가 했더니 이쪽의 취업 사정을 걱정해 주는 연락이었다. 지수는 여전하다.

지수는 나름 인지도 있는 중형 로펌에 있는데, 이번에 몇 사람이 개업하며 퇴사한다고 했다. 재은은 고사했다.

한동안은 취재 일에만 몰입할 생각이었다. 변호사 정체성은 재능 기부로 활동하는 '마을변호사와의 상담'으로 충분했다.

"너희 형사 전문이잖아. 어차피 나 뽑아 주지도 않을 거야."

"내보지도 않고 어떻게 알아."

"만약 네가 추천하는 거라면 마음은 고맙지만, 무리 안 해도 돼. 진심이야."

대답이 없었다.

"그래도 물어봐 준 건 고마워. 다음에 너 덜 바쁠 때 밥이나 한 번 먹자."

평범한 연말 인사로 주제를 바꿨다. 그래도 끊기 전 지수는 만일 생각이 바뀌거나 소개해 줄 사람 있으면 언제든 연락을 달라고 했다. 인간관계 좁은 재은에게 '소개해 줄 사람'은 반쯤 그냥 붙인 말이겠지만 퍼뜩 생각나는 사람이 있었다. 김선우.

개업은 절반 이상이 허풍이었을 테니 지금 절실하게 새 일자리가 필요할 것이다. 그러나 짧은 고민 끝에 괜한 말은 하지 않는 게 옳다는 결론에 모르겠다 하고 통화를 종료했다.

명함에서 읽은 이미지만으로 정확한 퇴사 이유는 알 수 없어도 제 일에 염증을 느낀 것만은 어렴풋이 추측할 수 있었다. 지수네 회사 분위기는 법무법인 박연과 크게 다르지 않다. 왜인지 지금의 선우가 거길 당장 선택할 것 같지는 않았다.

물론 재은은 선우를 잘 알지 못했다. 그가 비슷한 분위기의 회사로 가지 않을 거란 추측은 단지 재은의 희망 사항일지도 몰랐다.

재은은 거실로 나와 식탁에서 독서 중인 순임의 맞은편에 앉았다. 퇴직 후, 도서관에 있는 모든 큰글자책을 한 번씩은 대출해 오는 게 순임의 취미 중 하나였다. 벼락이는 순임의 무릎 위에 동그랗게 웅크려 잠들어 있었다. 재은은 바구니에 있던 귤을 하나 집어 들었다.

방 세 개짜리의 오래된 이 빌라는 벌써 재은이 스무 해 넘게 살아온 곳이다. 어린 재은을 따스하게 맞아 주었던 곳이면서 현서를 잃은 기억을 고스란히 간직한 곳이기도 했다.

"엄마는 살면서 누군가랑 꼭 닮은 다른 사람을 만나 본 적 있어요? 그 사람은 아닌데, 정말 닮은 사람이요."

고개를 드는 순임에게 재은은 껍질을 깨끗이 벗긴 귤을 건네며 물었다. 외피를 단단히 두르지 않아도 괜찮은 유일한 사람에게 혼자서만 오래 간직하고 있던 이야기를 털어놓고 싶었다.

"도플갱어 같은 거?"

골똘히 생각하던 순임이 나름 최선의 답변을 내놓았다.

"비슷해요. 실은 조금 놀랄 일이 있었어요."

"어떤?"

"학교 동문 중에 현서를 꼭 닮은 사람이 있어요."

순임의 눈이 동그래졌다. 현서와 닮은 사람에 대한 이야기라서보다는, 재은이 먼저 그 이름을 꺼내서였을 것이다. 시간은 많이 흘렀어도 평소 재은이 먼저 현서를 언급하는 일은 지극히 드물었다.

"그래?"

들어 줄 준비가 된 순임에게 재은은 그때의 모의재판 상황과 오늘 있었던 일을 적당한 선에서 이야기했다. 명함을 읽은 이야기는 당당하지 않았으니 생략했다.

초점은 그렇게 알게 된 선우를 지수네 회사로 연결해 주는 게 어떨까 생각하면서도, 사적으로 영 탐탁지 않아 뒤숭숭한 제 속마음이었다.

"현서랑 닮은 건 닮은 거고, 남이야 어떻게 살든 내 알 바 아닌데. 내가 이상한 거 맞죠?"

"음……."

"심지어 친구도 아니잖아요. 엄마한테 말하니까 결론이 나오네. 그냥 소개해 줘도 되겠어요."

"혹시 말이야."

귤의 마지막 조각을 삼키며 순임이 입을 열었다.

"그 사람의 무언가를 읽었고?"

돌발 질문이었다. 재은은 천천히 고개를 끄덕였다.

"친구는 아닐지 몰라도, 무관심한 건 아닌가 보구나?"

대답을 아꼈다. 어떤 대답을 하든지 결과는 그런 셈이니까.

"그럼 본인 생각을 직접 들어 보는 게 가장 낫지 않아?"

순임의 의견에 이번에는 재은의 눈이 동그래졌다.

"뭐 하러요? 사건도 아니고."

그럴 만한 사이 역시 아니다.

"먼저 들여다봤잖니."

이번에는 순임이 껍질 벗긴 귤을 재은에게 건넸다. 질책은 아니지만 책임은 한 번 짚어 주는 어조였다.

"어차피 마음 쓰이는 건 오래 두고 못 보잖아. 그렇지, 벼락아. 너도 그래서 우리 집에 왔으니까."

순임이 목덜미를 간질이자 벼락이가 기분 좋게 가르랑거렸다.

방으로 돌아온 재은은 선우의 명함을 꺼내 휴대폰의 키패드를 눌렀다. 몇 번의 연결음이 흐른 후 목소리가 들려왔다. 전화로 처음 듣는 선우의 목소리는 낯설었다. 그는 이 연락이 그저 뜻밖이라는 기색이었다.

"이렇게 빠른 연락은 상상도 안 했는데요."

그건 재은 본인도 마찬가지였다. 그리고 재은이 진심으로 묻고 싶은 내용은 사실 지수네 회사 이야기가 아니었다.

"괜찮다면 김선우 씨 개업 계획에 대해서 조금 자세히 들어 보고 싶어서요."

"왜요?"

선우는 정말 그럴 생각으로 한 이야기는 아니었던 것처럼 약간 당황한 목소리였다.

재은이 말했다.

"실은 저도 요즘 고민하고 있어서, 참고가 될 만한 이야기를 나눌 수 있을까 하고요."

그의 퇴사 순간만큼이나 급작스러운 선언이었지만 거리낌은 없었다.

잠깐의 침묵 후에 선우의 차분한 목소리가 들렸다.

"여전히 힘이 빠지지 않았네요. 한재은 변호인은."

다음 날 취재처 가까운 카페에서 선우를 만났다.

특별한 힘에 대한 부분은 당연히 생략하고 제게 있는 딜레마를 재은이 먼저 말했다. 그러자 묻지 않았는데도 선우는 자신의 퇴사 경과를 밝히며 그 시위자의 이야기를 꺼냈다. 역시 그 남자가 선우의 퇴사에 결정적인 영향을 준 사람이었다.

재은이 읽은 것처럼 아내를 사망에 이르게 한 의료 사고 소송이 발단이었다. 박상수가 병원 측을 대리했고 남자는 대법원까지

가서 패소했다. 의사는 해당 병원을 폐업하고 잠적했다.

거기까지는 재은도 대강 알던 정보였다. 그러나 그다음부터는 아니었다.

"그분은 제 중학교 3학년 담임선생님이었어요."

선우는 잠시 숨을 고르며 말했다.

어쩐지. 그제야 선우를 향한 그의 상냥한 얼굴이 설명이 됐다.

"당시 가정 형편이 썩 좋았던 편은 아니어서 밥도 거의 굶고 다니는 처지였는데, 선생님 부부가 절 먹여 살려 주시다시피 했어요. 집에서 실컷 얻어맞다 도망 나와서 잘 곳 없으면 댁에서 재워 주시기도 했고요. 그해 내내. 선생님이 아니었다면 솔직히 고등학교 입학도 포기했을 겁니다. 어쩌면 인생 자체도요."

"은인이셨네요."

"맞아요. 아버지 같은 분이었어요."

식사비를 기어코 양보하지 않으려던 남자의 행동도 이해가 됐다. 그래도 재은은 처음 듣는 것처럼 선우의 다음 말을 기다렸다.

"선생님이 그러시더라고요. 정말 잘 컸구나, 라고."

그 말을 듣자 차마 자신이 일하는 곳이 법무법인 박연이라고는 말할 수 없었다고 했다.

당신께서 시위하고 있는 그 상대가 지금 내가 충성스럽게 따르고 있는 스승이라고. 그의 눈에 든 이상 나는 성공하고 싶다고.

그런 말로 옛 스승에게 칼을 꽂을 수 없었다.

"그런데 글쎄요. 뭘까요. 잘 컸다는 건."

선우는 자신에게 칼을 꽂듯 중얼거렸다.

박연 소속이라는 걸 선생님이 알아차리기라도 할까 봐 내내 조마조마했다고 했다. 사실 멀지 않은 때 시위를 포기하고 더 이상 보이지 않기를 바랐으나 시위는 여섯 달간 이어졌다. 회사에서는 그를 명예훼손과 업무방해로 고소했다.

선우는 그와 함께 식사한 이야기는 생략했다. 그러나 명함에서는 읽을 수 없었던, 남자가 곧 보이지 않게 된 이유는 알려 주었다.

"선생님은 스스로 목숨을 끊으셨어요."

"……네?"

"제 분야도 아니고 의료 분쟁은 피해자에게 대체로 불리하지만, 해당 판결은 아무리 이해하려고 해도……."

선우는 말을 끝맺지 않았다. 침묵을 덧입은 분노가 머물다 사라졌다. 그리고 재은은 새삼 깨달았다. 동기들이 여유라고 부르던 껍질이 지금 그에게는 없다는 것을.

그의 졸업 전, 버스정류장에서 보았던 그런 무방비함은 아니지만 비슷한 모습이었다.

잠시 후 선우가 다시 입을 열었다.

"사건을 선별해서 수임하고 싶어요."

이 의지만은 허풍이 아니었다.

"그러려면 역시 개업해야겠죠."

명료한 눈빛으로 재은을 향해 또박또박 말했다.

"물론 배부른 소리라는 건 압니다. 아니 굶어 죽기 좋은 소리라고 해야 하나요."

"그러게요. 보기보다 대책이 없으시네요."

"네?"

본인이 그렇게 말해 놓고 막상 이쪽에서 긍정하자 선우는 무슨 말이 그러냐는 듯 눈을 커다랗게 떴다. 그 순간만 해도 선우는 그보다 더 크게 눈을 뜰 수 있었는지 아마도 몰랐을 것이다.

재은이 '괜찮다면, 우리 같이 일해 보면 어때요.'라고 말하기 직전까지는.

7
달빛수사

3일 오전

"더 알려 드릴 수 있는 게 없어서 죄송하네."

트럭 기사가 시동을 걸며 말했다. 얼굴에는 미안함이 아니라 아쉬움이 묻어 있었다. 말해 줄 게 더 있어서 한 푼 더 챙겼어도 나쁘지 않았겠다는. 기사는 선우에게 앞으로 수고하라는 말을 남기며 트럭과 함께 사라졌다.

토요일 오전, 이하나의 집 이사를 담당했던 이삿짐센터 영업소에서 부부인 척 견적 상담을 요청했다.

지인 소개를 통해 예약하는 경우 소정의 할인을 받을 수 있다는 내용을 홈페이지에서 확인하고 그 아파트 1102호 소개로 왔다고 하자 영업소장은 기록을 확인하더니 잘 오셨다고 하면서도 뭔가 미심쩍은 표정이었다. 이런 상담은 일반적으로 전화로 이루어지니 직접 찾아온 두 사람을 다소 낯설게 보는 것도 무리는 아니었다.

아니나 다를까 영업소는 수시로 전화벨이 울려 대고 유니폼을 입은 현장 직원들이 불시로 드나드는 어수선한 분위기였다. 뜨거운 기온의 여름 한낮, 굳이 이런 곳까지 찾아와 상담하려는 고객은 드물 것이다.

구체적인 견적은 실제로 댁에 방문한 후 알 수 있다며 소장은 가능한 날짜와 시간을 요청했다. 선우는 일정을 확인한 후 다시 연락하겠다면서 넌지시 물었다.

"1102호 분들 이사 가신 지역이 경북이었죠? 기억이 가물가물하네요."

"아이고, 저희는 워낙 여러 고객님들 만나다 보니 다 기억은 못하죠. 그렇게 들으셨다면 사장님 말씀이 맞으실 겁니다."

마주 앉은 테이블에 손바닥을 올려두고 있던 재은은 가만히 고개를 저었다. 테이블을 매개로 '확장'해도 소장에게 읽히는 것이 없다는 뜻이었다. 소장은 적당히 장단만 맞추는 것뿐이었다.

그렇게 별다른 정보 없이 영업소를 나올 때, 주차장 쪽 흡연 구역 그늘에서 어떤 트럭 기사가 이쪽을 향해 손짓했다. 한 손에는 담배를 한 손에는 종이컵을 들고 있었다. 오늘의 일터로 출발하기 전 막간의 휴식 시간인 듯했다. 풍성한 머리카락을 올려 묶은 여자였다.

가까이 다가가자 기사가 물었다.

"지난주 토요일에 짐 뺀 이현동 아파트 사람들 행선지가 궁금한 거지? 11층 2호."

그가 알고 있는 정보는 맞았으나 선우는 대답을 아꼈다. 재은도 마찬가지였다.

"소장은 영업소에만 있어서 어차피 현장은 몰라. 민원이라도 들어왔으면 모를까 일일이 머리에 안 담아 두지. 교통비 좀 주면 그 집 어디로 갔는지 내가 알려 줄 수도 있는데."

기사는 재를 떨며 말했다.

"직접 이사를 담당했습니까?"

선우가 물었다.

"아니. 그래도 오가면서 듣는 건 좀 있지."

"정확한 정보인지 어떻게 알고요."

"에이, 사장님들도 진짜 부부는 아니잖아. 피장파장이지."

선우는 지갑에서 5만 원 권 네 장을 꺼내 그에게 내밀었다. 기사는 실소를 터뜨렸다.

"출퇴근 기름값도 안 나오겠네. 관둬."

당장 재은에게 이 사람 좀 읽어 달라 하고 싶은 충동을 가까스로 잠재우며 두 장 더 꺼내 얹었다. 기사는 여전히 마음에 안 찬다는 얼굴이었지만 지폐를 챙겨 트럭에 오르며 말했다.

"그 집은 이사 간 게 아니라 짐만 컨테이너에 장기 위탁한 거야."

"네?"

"당장 갈 곳이 정해져 있지는 않다는 뜻이지. 아니면 한곳에 진득하게 머물 처지가 아니거나. 뭐, 집집마다 사정은 다 있는 법이니까."

존재하지 않는 정보에 비용을 요구했다니 기가 막혔다. 어쩐지 더 흥정하지 않는 게 이상하다고는 생각했다.

"에이, 그런 표정 하지 마. 사장님."

기사가 충고하듯 말했다.

"두 사장님도 받을 게 있든 줄 것이 있든, 아무튼 이유가 있으니 그 집 뒤꽁무니 쫓는 거잖아. 그리고 사장님들도 나도 시간이 금인 사람들이고. 봐, 이 찌는 날에. 이사 경로 캐 봐야 시간 낭비라고 내가 분명히 알려 준 정보 값으로는 저렴하지. 안 그래?"

트럭이 떠나고 난 뒤 가만히 듣던 재은이 물었다.

"백가연은 이하나의 이사에 대해서는 몰랐던 게 확실하지?"

"응."

어제 메시지를 보내자 가연이 전화를 걸어 왔다. 이사라니 말도 안 된다며 도리어 선우에게 정말이냐고 재차 물어 댔다. 연기라고 보기는 어려웠다.

한낮의 태양이 뜨거웠다. 주차장 구석에 세워 둔 차를 향해 걸음을 옮기며 선우가 말했다.

"유복한 집안의 아이들이잖아. 이하나든 백가연이든."

재은도 보폭을 맞췄다.

"10대 아이들이 고가의 선물도 일상적으로 주고받을 정도였으니 집안 경제 상황으로 걱정해 본 일은 없을 거야. 언제나 당연하게 존재하는 안전한 배경 정도인 거지."

기사의 말이 사실이라면 갈 곳이 마땅치 않을지 모른다는 그의 추측도 일리가 있다. 그렇다면 적어도 이하나에게는 그 안전한 배경이 현재 진행형이 아닐지도 몰랐다.

"그런데 만일 대물림받은 부의 바깥을 고민해 본 적 없는 아이의 집에 경제적 위기가 생긴다면 또래들에게 내색할 수 있었을까?"

선우라면 최대한 태연히 굴었을 것 같았다. 하나가 가연에게 이사 소식을 일부러 숨겼다면 그런 이유가 아닐까 생각했다. 재은도 동의하며 말했다.

"그렇다면 도주 가능성을 간과할 수는 없겠는데."

물론 아직은 전부 추측에 불과하지만, 만약 가연이 이하나의 엄마에 관한 정보를 알려 줄 수 있다면 경영 중인 기업의 재무 상태를 대강은 파악할 수 있다. 만일의 경우 부도라도 난 상황이라면 이후로는 선우과 재은이 나설 차원의 일이 아니게 된다.

하지만 과연 이런 소식이 가연이 원했던 답일까. 가연의 바람은 자신이 멀리 떠나기 전, 다툼이 불러온 죄책감이나 슬픔을 지워 줄 수 있는 화해의 결말 정도였을 것이다.

"요양원으로 가는 거지?"

차에 오르며 재은이 물었다. 마치 우리에게 다른 계획은 없었다는 듯한 목소리였다. 선우도 시동을 걸며 내비게이션에 청목요양원의 주소를 입력했다.

"응. 1시간쯤 걸리겠다."

갓 흐르기 시작한 에어컨 바람 덕에 조금은 숨통이 트였다. 가연에게 어떤 결말을 전할지는 요양원을 살핀 후 결정 짓기로 했다.

청목요양원은 경기 외곽의 사설 요양원이었다. 홈페이지를 간략히 살펴본 바로는 경제적으로 넉넉한 어르신을 대상으로 운영되는 곳이었다. 소개 글과 이미지에서도 고급스럽고 안락한 환경을 최우선으로 자랑하고 있었다.

"이미 사망한 경우니 남아 있는 물건을 기대하기는 어렵겠지?"

조수석 창밖에 시선을 둔 채로 재은이 물었다.

"이야기는 좀 들어 볼 수 있겠지."

함께 살던 가족 외에 다른 친인척이 왕래했는지 아니었는지 정도는 파악할 수 있을 것이다. 그러나 그곳도 그 이상의 정보 제공은 어려울 테니, 관계자들의 이야기에 의지해야 할 가능성이 컸다.

사실 가연에게는 지금이라도 컨테이너 위탁에 대해 통보하고 조사를 종료해 버리면 그만이었다. 가연도 염치가 있다면 선우에게 그 이상 뭔가를 요구할 수는 없을 것이다. 그럼에도 불구하고 다음 장소로 다시 한번 이동하는 까닭은 백가연이 아닌 이하나 때문이라고 해야 했다.

달빛수사에서 물러나 일상으로 돌아가면 곧 유학을 떠날 가연은 머지않아 잊히겠지만 아는 것이라곤 사진 속 얼굴 하나뿐인, 목소리도 성격도 모르는 이하나라는 아이는 오히려 아주 생생한 모습으로 의식의 그물에 오래도록 걸려 있을 것만 같았다. 그때 그 아이는 어떻게 되었을까 하고.

어쩌면 이하나는 이사 계획을 알면서 가연에게 숨긴 게 아니라 당일 엄마에게 일방적으로 통보받았는지도 모르겠다는 생각이 선우를 스쳤다. 그 과정에서 서로 감정이 격해져 재은이 잔상에서 읽은 것처럼 손찌검으로 이어졌을 가능성도 있다. 그러나 선우가 아는 한 대부분의 폭력은 일회성이 아니었다.

세상엔 상식적이지 않은 보호자도 존재한다. 피붙이보다 더 고마운 은인 같은 어른도 있는 한편 지나가는 타인만 못한 보호자도 많다. 아이보다 더 제멋대로인 양육자도 마찬가지다.

당장은 이하나의 보호자가 그렇지 않았기를 바랄 뿐이었다.

"엄마는 건강하셔?"

안부로는 이미 한참 늦었지만 더 늦기 전에 물었다. 비록 여러 가지 일을 겪어 왔어도 재은이 피붙이보다 더 고마운 분을 만나 살고 있다는 것만은 다행이라고 생각하면서.

"응. 작년에 은퇴하고 한숨 돌리시는 중. 여행도 가시고, 모임도 많고. 바쁘셔."

"다행이네. 벼락이는?"

"시력이 나쁘긴 한데, 그래도 노묘치고 건강해. 우리 집의 유일한 걱정거리는 나 하나지."

"네가 어때서."

"수당도 불확실한 추가 근무 뛰는 인생이 뭐 좋을 게 있겠어. 그것도 주말까지 연장 근무."

재은은 무심하게 정곡을 찔렀다. 어쩐지 조금 으스스해져 선우는 에어컨 온도를 조절했다.

오늘은 바닷가나 여행지에 있어야 어울릴 그런 날씨였다. 다른 사람이 본다면 둘이서 주말여행이라도 떠나는 커플처럼 보이겠으나 안타깝게도 실제 상황은 그와 거리가 멀었다.

"뭐…… 그런데 솔직히 정말 나와 줄 거라고는 기대 안 했어."

이 역시도 조금 늦은 고백이었다. 내내 창밖을 향해 있던 재은의 시선이 선우에게 옮겨 왔다.

"전화해서 받아 주면 다행이고 아니어도 어쩔 수 없다고 마음의 준비는 해 뒀으니까."

재은이 작게 웃었다.

"그게 마음의 준비까지 필요한 일이었어?"

"……아니야?"

선우는 설마 우리가 마지막으로 함께 있던 날이 어땠는지 그 사이 잊은 거냐고 반문할 뻔했다. 그러나 지금 그날을 언급하고 싶지는 않았다. 시간이 좀 더 필요했다.

재은이 말했다.

"하긴. 사과라는 부담에는 경중이 없지."

"그럼 이번에 한재은 씨께서 기꺼이 나와 주신 까닭은 공식적인 사과를 받기 위해서였군요."

그 사과조차 카페 앞에서 헤어지기 직전 겨우 결심한 거라고 말할 수는 없어서 그렇게 대꾸했다.

"그것도 포함."

베타 클럽 요구와 더불어 사과도 포함이라는 뜻으로 선우는 알아듣기로 했다. 그러나 여전히 에이엠에스티의 게임을 하는 재은은 전혀 상상이 안 됐다.

서울의 경계선을 막 벗어났다.

예전에도 증거와 참고인들을 찾아서 이렇게 함께 곳곳을 누비고 다니던 때가 있었다. 재은의 힘에 대해 알게 된 이후부터는 '함께'라는 단어가 좀처럼 어울리지 않을 분위기가 되기는 했지만, 사무소를 벗어나 많은 곳을 둘이서 다녔다.

그때의 선우는 지금처럼 재은의 힘을 천연하게 대하지 못했다. 고슴도치처럼 바늘을 예민하게 세우고 물리적으로도 심리적으로도 거리를 두고 견제했다.

그 힘에 대해 전혀 모르고 있다가 갑작스럽게 통보받는 입장이라면, 누구라도 그렇게 반응하지 않을 도리가 없다고 그때는 생각했다. 유일한 조력자를 신뢰할 수 없게 만든, 처음부터 정직하게 밝히지 않은 재은의 반칙이라 믿었다.

재은을 좋아했다. 그러나 두려웠다.

저 밑바닥을 읽히기라도 할까 봐. 어쩌면 벌써 읽혔을까 봐.

누구에게도 드러내 보이고 싶지 않은 바닥 중의 바닥이라 해도 마음만 먹으면 읽어 낼 수 있는 힘이라니 불편하고 두려웠다.

사람들은 선우에게 때때로 말했다. 사람 좋게 웃고 있긴 한데 자기 얘기는 통 하지 않아 속으로는 무슨 생각을 하는지 어떤 사람인지 모르겠다고. 그럴 때 선우는 그런 거 없다고, 자긴 보이는 그대로 투명하기 짝이 없는 인간이라고 하면서도 그들의 말이 정답이라고 생각했다. 드러내고 싶은 배경도 뿌리도 인격도 무엇 하나 없기 때문이었다. 가까스로 빠져나온 어린 시절의 끝에서 백지부터 하나하나 스스로 그려 넣은 것들만이 자신을 설명할 수 있는 전부라 믿었다.

통제할 수 없던 어린 시절과는 다르게 그렇게 그려 나가는 그림만은 결코 훼손되어서는 안 됐다. 그러나 재은의 힘이 그것들을 순식간에 흩트릴 것만 같아 두려웠다.

예의 그 무심한 얼굴로 하고 싶은 말을 툭툭 내뱉는 재은은 그 당시에도 지금과 비슷했다. 특별한 힘에 대해서는 일정 기간 숨겼지만, 다른 것들은 처음부터 스스럼없이 밝혔다.

일찌감치 부모님을 잃은 것. 엄마의 친구였던 순임이 기꺼이 후견인이 되어 준 것. 순임의 아들 현서에 관한 이야기까지 재은은 담담하게 털어놓았다.

그날은 사무소 개업을 하루 앞둔 저녁이었다. 대표로서 맥주 한잔 쏘겠다고 하자 재은은 그 돈 아껴서 명함이나 한 통 더 파라고 하면서도 느릿하게 재킷을 챙겨 따라 나왔다.

사무소 위치는 마포로 정했다. 법조 타운이 아니라 일반 상가 빌딩 중층의 작은 임대 사무실로 학원, 의원, 미용실, PC방 등 온갖 시설이 한데 모인 빌딩이었다. 1층부터 꼭대기 층까지 명함은 모두 돌려 두었다. 주력 분야는 박연에서도 다루었던 부당 해고와 산업 재해, 학교 폭력 관련 민사였다.

"앞으로도 잘 부탁드립니다. 사무장님."

"나도. 변호사님."

유리잔이 소리를 내며 부딪쳤다. 멀리 갈 것도 없이 얼굴도장 한 번 더 찍을 겸 1층의 맥주집으로 왔다.

"그런데 사무장은 여전히 진심이야?"

선우가 물었다. 약 2개월 개업을 준비하는 사이 말은 편히 주고받게 되었다.

"응. 그러니까 이제 그만 물어도 돼. 한 번만 더 물으면 1000번째야."

재은이 땅콩 한 알을 입에 넣으며 말했다.

함께 투자하고 준비했지만 사무소의 이름은 김선우 법률사무소로 정했고, 대표도 김선우였다. 재은은 공동 대표를 거절하고 사무장 역할을 자처했다.

"전에도 얘기했지만. 나는 이 일에서 그럴듯한 수입은 기대하지 않아."

현재로서는 선우의 생각도 크게 다르지 않았다. 그러나 이제부터 잘해 보자고 의욕을 다지는 자리에서 꼭 그걸 강조할 필요는 없었다. 뭐라고 대꾸하기도 애매해서 선우는 땅콩만 오독오독 씹었다.

"그러니까 저쪽 업무해야 할 땐, 적당히 좀 봐줘."

저쪽 업무란 기자 일이었다. 그건 선우도 이미 동의한 바였다.

"너 정말 나랑 일하고 싶은 마음은 변함없는 거지?"

반 농담 삼아 묻자 재은은 자못 진지한 얼굴로 대답했다.

"내가 도움이 안 되지는 않을 거야. 김선우 변호사."

그 말을 듣던 순간에는 사실 근거 없는 대단한 자신감이라고 생각했다. 그러나 돌이켜 보았을 때 자신의 능력을 가장 정확하게 표현한 말이었다.

"그런데 우리 사무장님은 어떻게 한 번도 나를 선배님이라고 안 불러 주지."

"내가 왜 그래야 돼?"

분위기나 가볍게 할 겸 화제를 바꿔 보려 했으나 실패였다. 언제부러져도 이상하지 않을 나무토막 같은 성정에 선우도 많은 걸 기대하지는 않았다.

"그 모의재판 때도 그렇고. 진심으로 내가 뭐 잘못한 줄 알았다니까."

모의재판 이야기에 재은은 잠시 주춤했다가 입을 열었다.

"맞아. 넌 잘못한 거 없어."

"그럼 왜 그렇게 찬바람 불었는데."

"그 케이스로 시험 보는 게 너무 싫었거든."

"왜."

"비슷한 일을 겪었어."

그리고 이야기가 시작되었다.

"이름은 현서야. 차현서. 우리 엄마의 진짜 아들."

사망 당시 스물다섯이었던 그는 생명과학부 대학원생이었고, 교수의 연구비 횡령과 논문 저자 순위 문제로 내부 고발을 고려하던 중이었다. 낌새를 차린 교수와 언쟁이 몇 번 있었다. 사건은 한밤중, 캠퍼스 정원에서 일어났다. 다툼이 격해지며 교수는 차현서를 밀쳤고 그는 넘어지면서 화단 끝에 머리를 부딪쳐 즉사했다. 목격자는 없었다.

재은은 감정을 섞지 않고 법정에서 사건을 요약하듯 말했다.

고의성 입증 부족으로 교수는 징역 3년을 선고받았다. 횡령 의혹 또한 여러 증언과 서류를 앞세워 무죄를 주장했고, 사법부는 인정했다.

선우는 잠시 할 말을 잃었다.

"왜 지금까지 얘기 안 했어?"

"뭐 좋은 일이라고."

재은이 어깨를 으쓱이며 덧붙였다.

"그리고…… 하필 네가 현서랑 굉장히 닮아서였어."

재은은 지갑을 열어 작은 사진을 하나 꺼내 보여 주었다. 대학 졸업식 풍경이었다. 학사모를 쓴 재은을 가운데 두고 양쪽으로 중년의 여성과, 재은 또래의 남자가 있었다. 선우와 꼭 닮은 얼굴로 미소를 짓고서.

"셋이 함께 찍은 게 이 사진뿐이라."

제 사진이라고 해도 이상하지 않아 선우는 솔직히 놀라지 않을 수 없었다.

"그래서 더 화가 났어. 그 재판. 현서의 얼굴을 하고서, 현서를 구하지 않는 검사한테."

무심한 얼굴에 슬픔이 언뜻 머물다 사라졌지만 침묵은 길어졌다. 그 순간만큼은 선우를 바로 바라보기 어려운 듯 시선이 테이블에만 고정되어 있었다. 거의 손대지 않은 맥주는 아직도 컵에 가득하기만 한데 귓가가 발그레했다.

재은이 다 말하지 않은, 생략된 이야기 하나가 있는 듯했다. 아마도 재은은 그 차현서라는 사람을 좋아했을 것이다. 재은이 정식으로 순임의 양자가 된 것은 아주 최근의 일이라고 했다. 순임이 조심스레 제안해서 그러자 했다고.

침묵을 맺고 재은이 고개를 들었다.

"이 얘기 사건 관계자들 말곤 너한테 처음 하는 거야. 그러니까

너도 비밀 하나 말해 봐."

다시 무뚝뚝한 표정으로 돌아온 재은의 목소리가 한결 가벼웠다.

"나는 글쎄……."

반대로 선우의 목소리는 가라앉았다.

비밀이란 말할 수 없으니 또는 말하고 싶지 않으니 비밀 아닌가. 선우에게는 털어놓고 싶은 이야기가 없었다. 그게 상처든 치부든.

그래서 적당한 대답으로 무마했다.

"알았어. 작년에 좋아하던 사람이 있었는데 차였어. 로펌이랑 같은 건물에 있던 가정의학과 의사. 배탈 나서 갔다가 반했거든. 예뻤어. 진짜."

재은이 느릿하게 고개를 끄덕였다.

"그런데 차인 게 아니라 내가 찼다고 거짓말하고 다녔어. 그걸 나중에 사무실 사람들이 다 알아 버렸고."

정말이다. 그해의 가장 굴욕적인 일이긴 했다.

재은은 뭐가 재미있는지 쿡쿡 웃으며 물었다.

"왜 차였는데?"

"이유야 많지만…… 내가 너무 시간이 없기도 했고. 살아 온 환경도 달랐고. 이것저것 사소하게 안 맞았어."

1년 조금 넘게 만났을 때, 감기약 처방전과 이별 통보를 동시에 받았다.

"차면서 그러더라. 넌 누군가를 사랑하기에는 겁이 너무 많다고."

'그래서 잘 생각해 보면 너는 날 사랑한 적이 없었을 테니, 이 이별이 그렇게 아픈 건 아닐 거야.'라는 말을 이어서 들었다는 이야기는 생략했다. 그 말이 틀리지는 않았기 때문이었다.

재은은 잘 모르겠다는 듯 고개를 기울일 뿐이었다.

나중에야 알게 되었으나 그날 재은도 자신의 모든 것을 온전히 털어놓은 것은 아니었다. 그러니까 사이코메트리의 힘에 대해서.

재은의 힘을 알게 된 건 그로부터 1년도 훨씬 지나서였다. 고백을 듣자마자 선우는 재은을 경계했고 그 후의 몇 달은 살얼음판 같은 나날이었다.

잠시 과거의 기억에 머물러 있던 사이 어느덧 목적지에 꽤 가까워졌다. 요양원까지 이제 15분이 남아 있었다.

"있잖아. 엄마는 나에게 한 번도 무언가를 부탁한 일이 없어. 아주 사소한 것 하나도."

재은이 말했다.

"이 물건을 읽어 달라거나. 저 사람의 생각을 알고 싶다거나."

"단 한 번도?"

"응. 가끔은 내가 지극히 평범한 인간이라는 착각이 들 만큼 이 힘에 무관심하달까. 누구보다도 잘 알고 있으면서 말이야."

"어렸을 때 주변에 몇몇은 알았다면서. 그 사람들은?"

"어차피 왕래가 끊겼기도 하고, 대학 때 길에서 우연히 같은 반이었던 애를 만났었는데 여전히 그러냐고 묻기에 12살이 되면서 그 힘은 사라졌다고 했지."

일부러 안타까운 표정으로 말해 주었다고 했다.

"그래서. 엄마를 제외하면 이 힘을 알고 있는 사람은 네가 유일하고."

그 사실을 모르지는 않았는데도 이렇게 들으니 새삼스러웠다.

"전화 받고 어처구니없던 건 사실이지만, 만나러 나가지 않았다면 글쎄."

재은은 사과받는 것 이전에, 난데없는 부름에 나와 준 진짜 이유를 밝혔다.

"내가 나로 존재할 수 있는 곳을 한 군데 포기하는 셈이었겠지."

"아아, 나를 위해서가 아니라 너를 위해서였다는 건가."

내가 나로 존재할 수 있는 곳이라는 말에 어쩐지 아릿해진 마음을 뒤로하고 선우는 일부러 짓궂게 반응했다.

"그럼 뭘 기대했는데. 여전히 너를 좋아한다거나 그런 거?"

"설마. 그 정도로 뻔뻔하지는 못해."

못 믿겠으면 지금 이 양심에 증거가 있으니 기꺼이 읽어 보라고 선우는 조수석으로 오른손을 건넸다. 반쯤은 장난삼아였다. 그런데 재은은 정색하며 선우를 빤히 바라보았다.

이래서는 농담이 농담이 아니게 되는데 방향을 잘못 잡았나 자책할 무렵, 재은은 그 무심한 얼굴로 돌아와 있었다.

그리고 손끝으로 가볍게 선우의 손을 밀어내면서 별로 궁금하지 않으니 내비게이션이나 가리지 말아 달라고 했다. 곧 도착한다고.

정말로 지도의 진행 방향 앞에 나타난 삼거리를 지나면 바로 목적지였다.

8
달빛수사

3일 오후

요양원 입구 통과는 어렵지 않았다.

홈페이지 내 언론 보도 게시판 덕분으로, 거기에는 여러 기업 및 기관에서 봉사 활동을 다녀간 기록이 있었다.

기업은 사회적 이미지를 제고하며 홍보에 이용하고, 요양원은 일손과 좋은 프로그램을 동시에 얻는 윈윈 전략이었다. 주방일이나 청소, 정원 손질 같은 도우미 활동도 하지만, 일대일 말벗 되어주기와 음악회, 연극처럼 작은 공연을 선보이는 아마추어 프로그램을 진행하는 곳도 있었다.

그중에 한 곳을 골랐다.

봉사 활동에서 일대일 말벗을 했던 어르신의 안부가 항상 궁금했는데 근처를 지나던 김에 들렀다고 했더니, 프론트 직원은 어르신이 무척 좋아하시겠다며 성함을 알려 달라고 했다. 윤이화라고 하자 재원 명단 검색을 마친 직원의 얼굴이 어두워졌다.
어떤 말을 할지는 듣지 않아도 알았다.

가기 전, 쓰시던 방을 다시 한번 보고 싶다는 감상적인 부탁에 다른 직원이 안내를 도와주었다. 하나의 할머니, 즉 윤이화가 머물던 방은 2인실이었는데 그 층 담당 매니저라고 했다.

윤이화의 자리는 이제 다른 어르신의 차지였고, 다른 한 자리는 이전과 같은 분이 사용 중이라고 했다. 물건은 당시 유족이 모두 정리해 남은 것이 없다고 알려 주었다.

지정 면회 대상은 이미 고인이 되었으므로 요양원 측에서는 유감을 먼저 전했다. 모르던 소식을 알게 된 것처럼 선우도 조의를 표했다. 윤이화의 사망은 올봄이었다. 집에서는 간병할 사람이 마땅치 않아 장기 요양차 이곳에 오신 건데, 가볍게 앓던 질환이 갑자기 악화된 상황이었다고 했다.

윤이화가 요양원에 머문 기간은 6개월 정도였으며, 그 기간 정기적으로 매월 꼬박 면회를 온 가족은 손녀가 유일했던 모양이었다. 하나의 엄마는 처음 이곳에 윤이화의 동행해 왔을 때, 그리고 윤이와의 사망 후 단 두 번 방문했고 무척 바쁜 사람 같았다는 것이 매니저의 설명이었다.

유족을 찾아뵙고 조문하고 싶은데 연결해 줄 수 있느냐는 부탁도 거절하지 않았다. 다만 번호를 직접 알려 드릴 수는 없으니 바로 통화하여 뜻을 전하겠다고 했다. 그러나 통화 시도는 실패였다. 없는 번호라는 안내가 들려왔다.

그런데 매니저가 선우와 재은보다 더 실망스러운 얼굴이 되어 말했다. '미수'가 있는데, 라고.

"장례가 끝나고 비용 정산하실 때, 따님께서 당장은 돈 나갈 곳이 몰린 바람에 한 달 후에 입금하겠다고 하셨거든요. 벌써 3개월이 지났는데……."

선우와 재은은 잠시 서로를 마주 보았다.

"규정상 아마 6개월까지는 기다려 드릴 테지만, 좀 당황스럽네요. 물론 연락을 주실 거라고 생각하지만요."

예상대로 이 요양원은 정부 지원 없이 오직 본인 부담금으로 지낼 형편이 되는 고객층을 위한 시설이었다.

그래서 미수금 발생은 드문 일이라고 덧붙이면서도 고객에 대한 괜한 험담을 했다고 생각했는지 매니저는 아차 하는 얼굴로 금세 표정을 바꾸며 말했다.

"아, 별 도움은 안 되시겠지만 제가 마지막으로 짐 정리 도와 드릴 때, 어느 절에 있는 납골당에 모실 거라는 말씀을 들었어요. 절 이름까지는 기억 못 하지만요."

재은은 한 손으로 윤이화의 자리였다던 침대의 헤드를 붙들고 있었다. 그 자리의 현재 주인은 산책을 나가 부재중이었고 다른 자리의 할머니는 자리에 기대 젊은 두 사람을 눈으로 좇고 있었다.

"침대도 가구도 엄청 깨끗하네요, 여기."

재은의 말에 매니저는 얼마 전에 1인실에 이어 2인실도 가구를 전면 업그레이드 교체했다고 자랑스럽게 말했다.

그만 방을 나섰다. 매니저는 상담실로 돌아갔고 엘리베이터를 기다리던 도중이었다. 재은은 잠시만 기다리라며 선우를 남겨 두고 다시 그 방으로 향했다. 무언가 깜빡 두고 왔겠지 싶어 복도에 놓인 벤치에 앉아 기다렸다. 재은은 10분이 지나도록 나타나지 않았다. 읽을 것도 없을 텐데 오래 걸렸다.

선우도 결국 걸음을 되짚어갔다.

방문 앞에 서자마자 입이 벌어졌다. 재은은 같은 방 다른 침대의 주인인, 즉 윤이화의 룸메이트였을 할머니의 침대에 마주 걸터앉아 화투를 치는 중이었다.

"뭐…… 하는 거야 지금?"

빨갛고 화려한 그림들이 두 사람 사이에 펼쳐져 있었다. 할머니 앞에 놓인 화투장의 숫자가 조금 더 많았다.

"민화투, 너도 할래?"

마침 잘 왔다는 얼굴로 재은이 선우를 올려다보았다.

"……안 해, 그런 거."

"그런 거라니. 이만한 엔터테인먼트가 어디 있다고."

"엔터?"

마주 앉은 할머니가 물었다.

"놀이요. 놀—이—."

귀가 어두운 할머니를 위해 재은이 큰 목소리로 대답했다. 할머니는 놀이 상대가 생겨서 한껏 들뜬 몸짓으로 고개를 끄덕였다.

"이럴 필요까지 있어?"

선우가 속삭여 물었다.

"신랑도 이리 와요, 못 하면 내가 알려 줄게."

룸메이트 할머니가 손짓했고 선우는 어설프게 웃으며 고개를 흔들었다.

"정말 못 하나 보네. 그림만 맞추면 되는데. 이 재미도 모르고 인생 헛살았다 김선우. 그쵸, 할머니."

"아유 그러게."

장단이 잘 맞는 게 벌써 사이가 좋아 보였다. 시도는 좋으나 과연 노인의 기억력에 어디까지 기대할 수 있을지는 미지수였다. 직접 탐색한다면 모를까, 현재 두 사람 사이에는 화투장과 침대라는 매개가 있긴 했다.

"달다구리한 걸 그렇게 좋아해, 그이는."

"네, 아까 말씀하셨어요."

"손주 올 때마다 과자를 한 보따리씩 사 온다니까."

"할머니, 그 손주 오면 혹시 얘기 많이 했어요? 학교나 친구 얘기."

"아유. 애들처럼 단 게 그리도 좋았을까. 호호."

순조로운 대화는 아니었다.

결국 윤이화의 소소한 취향 수집이 전부였다. 이하나에 대해 다시 물어도 룸메이트 할머니가 반복하는 대답은 키가 자그만 여자애라는 것뿐이었다.

문가에 기대 있던 선우는 다시 복도로 나가 벤치에 앉았다. 재은이 저 프로그램을 끝낼 때까지 기다리기로 했다. 그사이 가연에게 연락해 이하나 엄마에 관한 정보를 물어 회사 상태라도 확인해 봐야겠다고 생각할 때였다.

"선우야."

갑자기 부르는 목소리에 깜짝 놀랐다. 재은이 문밖으로 고개를 내밀고 있었다.

"지금 단주 가지고 있어?"

가연에게 아직 돌려주지 못한 단주를 가방에서 상자째 꺼내 주었다.

"조금만 더 기다려. 이제 오래 안 걸릴 거야."

무언가 원하는 목표점에 거의 도달한 듯 말하며 재은은 다시 방으로 사라졌다. 오래 안 걸린다더니 30분이 더 지나서야 끝났다. 구부정한 허리로 일어나 문을 붙잡고서 또 오라고 몇 번이나 인사하는 할머니에게 화답하느라 복도를 빠져나오는 것도 오래 걸렸다.

"룸메이트 할머니한테 뭔가 읽었어?"

요양원 로비를 나서며 물었다.

"아니, 그러고 싶어도 잘 안 됐어."

시도는 했다는 뜻이었다.

"할머니 치매가 있으셔. 우리가 알고 싶은 건 할머니의 감정이나 오래전의 기억들이 아니라, 최근의 객관적인 정보잖아. 그런데 이 몇 년의 기억이 불안정해."

"그게 불안정한 기억인지는 어떻게 판단해?"

"윤이화 씨가 돌아가신 걸 알면서도 때때로 여전히 옆자리에 있다고 생각하시는 것 같아. 할머니 최근 기억에 윤이화 씨가 있는데 벽걸이 달력은 지금 그대로 올해 8월이었거든."

오늘은 8월하고도 겨우 3일이다. 윤이화의 사망은 봄이라고 했다.

"그런데 할머니, 돌아가신 거 아시죠 하고 여쭤보니까 또 그렇다고 하고. 나도 이만큼 나이 든 분을 읽기는 처음이라서, 조금 당황하기는 했어."

"그럼 이건 만약인데, 의도적으로 왜곡된 생각을 품고 있다면 너를 속일 수도 있다는 건가."

문득 선우는 궁금해졌다. 재은은 간단히 아니라고 답했다.

"그럴 때 내가 읽게 되는 건, 상대가 나를 속이려 한다는 의도와 감정이야. 의도라면 악의인지 선의인지. 감정은 수치심일 수도 있고 뻔뻔함일 수도 있고. 사람에게 표지는 현재의 감정이거든. 구체적인 기억은 그 아래에 있고."

"……그런 건 어떻게 알았는데?"

"나도 궁금했으니까. 현서와 테스트해 본 적이 있어."

현서라는 이름에 괜히 멋쩍어졌다. 이어서 단주는 왜 찾았느냐고 물으려 할 때 휴대폰이 진동했다. 백가연 세 글자가 액정에서 빛났다.

아까 통화를 한번 시도했을 때 부재중이었는데 이제 확인한 모양이었다.

"테니스 레슨 중이었어요. 이삿짐센터 다녀오신 거예요?"

받자마자 다급한 목소리가 쏟아져 나왔다. 선우는 통화를 스피커 모드로 전환했다.

당신의 의뢰는 최선을 다해 조사했으며 이사를 떠난 것 외에 다른 정보를 발견할 수 없었다고, 유감이지만 이하나 쪽에서 연락해 오기를 기다리는 게 좋겠다는 결론을 내린다면 적당한 마무리였다.

그러나 선우는 이사가 아닌 컨테이너 장기 위탁인 것과 일련의 흐름으로 미루어 보아 집안에 다른 문제가 발생한 건 아닌지 우려되는 마음을 덧붙였다.

그 단주는 원래 이하나의 할머니 유품이었는데, 요양원도 살폈으나 이쪽에서도 하나의 엄마와 연락이 되지 않아 곤란해하고 있음 또한 말했다.

"대리님 추측이 정말이라면…… 저는 짐작도 못 했어요. 하나한테 그런 일이 있을 거라고는요."

가연의 목소리에도 당황과 의구심이 섞여 있었다.

"할머니 돌아가신 건 당연히 알지만 다른 얘기는 전혀 없었는걸요. 그냥 평소 같았어요. 올해 좀 까칠해진 것도 할머니 때문이라고 생각했고요."

그 이유도 없지는 않을 것이다. 면회를 꼬박꼬박 온 것도 그렇고, 이하나는 할머니와의 관계가 무척 돈독했던 것으로 보였다. 그 부재가 쉽지 않았을 것이다.

"아무리 가까워도 전부 이야기할 수 있는 건 아니니까요. 어쩌면 부끄럽다고 생각했을지도 모르고요."

"그런데 말하지 않으면 어떻게 알아요? 상대방한테 알 기회조차 안 주면 그게 친구예요?"

가연은 왠지 선우에게 쏘아붙였다.

선우는 머리를 긁적였다. 어쩐지 과거의 자신을 질책하는 소리처럼 들렸기 때문이다.

"싸운 것도 그래서예요. 할머니 돌아가셔서 슬픈 건 이해하지만 몇 달 내내 저한테도 다른 애들한테도 쌀쌀맞았으니까. 기분 별로라고 연락 씹거나 약속에서도 멋대로 빠지고, 별것도 아닌 걸로 신경질 내고. 왜냐고 해도 모른다고 그러고. 그러다가는…… 아니에요. 어쨌든 제가 언제까지나 다 이해해 줘야 되는 건 아니잖아요?"

가연은 자기 속내를 격앙되게 늘어놓고서는 잠시 침묵을 지켰다.

선우가 물었다.

"이하나 씨의 부모님은 함께 사업을 하셨는지 혹시 알고 계십니까?"

"……그건 아닐 거예요."

다소 누그러진 소리로 가연이 말했다. 이하나의 부모님은 아주 오래전 이혼했으며 해외에 있는 아버지와는 전혀 연락하지 않는다고 들었으니 어머니의 사업일 거라고 했다. 회사 이름은 바로 알려 주었다. 시젠 어패럴. 재은이 메모했다.

그런데 잠시 후 축 가라앉은 가연의 목소리가 들려왔다.

"사실 하나가 한 번은…… 울면서 죽고 싶다고 한 적이 있어요. 다 지긋지긋하다고요. 우울해했어요. 그래서 저는……."

목소리에 물기가 어렸다. 가연이 다시 말을 잇지 않자 재은이 차분한 목소리로 물었다.

"친구분이 스스로 목숨을 끊었을까 걱정되는 거죠?"

"……누구세요?"

"선우 도와주고 있는 동료 변호사예요. 한재은입니다."

문득 선우는 이하나의 집 앞에서 만났던 그 아이의 얼굴을 떠올렸다. 지금 가연이 그런 표정을 하고 있을 것 같았다.

재은이 물었다.

"그 이야기는 언제 나눈 건지 물어도 될까요?"

"할머니 돌아가시고 얼마 안 되어서요."

하나의 엄마는 사업으로 지나치게 바빠서 집안 일을 거의 챙기지 않는다며, 하나에게는 윤이화가 엄마 같은 존재나 다름없었다고도 알려 주었다.

"윤이화 씨의 장례식 무렵이었다면 이미 몇 개월 전이네요. 그 후로도 죽음에 대해 이야기한 적이 있었나요?"

"아뇨. 그날 한 번이었어요. 그 뒤론 까칠하게 굴기만 했어요. 그래도 그 말이 자꾸 마음에 걸려요."

한 청소년의 몇 개월 전 죽고 싶다는 언급 하나로는 경찰이 움직일 리 없다. 그랬다면 선우가 10대였을 때 그의 집에는 언제나 경찰이 들락거렸을 테다.

그리고 만에 하나 그 가족이 실제로 도주 중이라면, 이 일로 경찰에 도움을 요청하는 자체가 신고 행위가 된다. 냉정한 판단을 해야 할 시점이었다.

"국내 다른 지역에 있을 만한 짐작 가는 곳은 없을까요? 이하나 씨가 친척 집이나 특별한 여행지 언급한 기억도 없고요?"

"왕래하는 친척은 없었어요. 엄마 성격이 불같아서 다 등졌다고 했거든요. 아무튼 명절에도 항상 세 식구끼리만 보냈고 휴가도 늘 셋이서 해외로 갔어요. 적어도 할머니가 건강했을 때까지는요. 그래서 올해는 나갈 수 없다고 한 말이 기억에 남아 있는 거예요."

가연이 설명하는 사이 선우는 재은의 휴대폰을 빌려 기업 보고서를 검색해 보았다. 마지막 업데이트가 반년 전이기는 해도 재무 상태는 일단 양호했다.

"저는…… 떠나기 전에 그냥 하나가 괜찮은지 알고 싶어요. 사실 화해까지도 안 바라요."

지하 아케이드에서 만났을 때 느꼈던 그 초조함의 윤곽이 이제야 선명해졌다. 불안이었다. 그리고 그 불안을 지우고 싶은 마음.

어째서 그때 더 자세히 말하지 않았는지 물으려다 선우는 그만두었다. 넥타이에 대한 보답은 차치하고, 이야기가 이렇게 흐를 줄 알았다면 처음부터 거절했을 것이다. 그러나 결국은 이하나의 행방을 분명하게 확인하지 않으면 선우의 속도 편하지 못하게 되었다.

"시젠 어패럴의 상황은 우리가 한 번 체크해 볼게요. 그리고 추가로 학교도요."

재은의 계획에 가연은 잠시 머뭇거리다 말했다.

"하나의 학교생활을 그나마 제일 많이 아는 사람이 저예요. 그리고 지금은 어차피 방학이라 가셔도 그다지…… 그러니까 궁금한 건 저한테 물어보시는 게 제일 빨라요."

"좋아요. 그럼 두 가지 다 하죠. 학교도 살펴보고 백가연 씨의 이야기도 들어 볼게요. 유학 준비로 바쁘겠지만 학교 조사를 마친 후에 잠시만 시간을 내 주세요."

"저, 선생님이나 다른 애들이 제가 이렇게 조사하고 다닌다는 걸 아는 건 싫은데요."

재은은 조사 중 가연을 언급할 일은 없을 테니 염려하지 않아도 된다고 강조했다. 지금까지도 그랬다면서.

"아까, 말하지 않으면 모르는 일이라고 했죠? 백가연 씨는 못 들었던 이야기들을 어쩌면 찾아낼 수 있을지도 몰라요. 지금처럼요."

가연은 잠시 입을 다물고 있다가 물었다.

"그런데 언니는…… 왜 도와주세요?"

재은은 선우만 알 수 있을 정도의 아주 엷은 미소를 지었다.

"백가연 씨와 같아요. 안심하고 싶어서요. 지금의 우려는 모두 기우였고 결국 이하나 씨는 괜찮을 거라고요."

그리고 특유의 무뚝뚝한 어조로 덧붙였다.

"선우랑 약속한 것도 한 가지 있고요."

"약속…… 이요?"

"나중에 알게 되실 거예요."

선우는 아랫입술을 가볍게 깨문 채로 통화를 종료했고 재은은 조수석에 오르면서 말했다.

"백가연은 우리에게 아직 말하지 않은 게 더 있는 거 같아."

"말하지 않은 거라니?"

전화상으로는 그 힘도 소용없을 텐데 무슨 뜻일까 싶었다.

"너한테 듣기로는 처음부터 친구의 생사가 걱정된다고 밝히지 않았던 것 같은데. 단순한 싸움 중재처럼만 말했지."

"그랬다면 내가 그리 가볍게는 안 나섰을 테니까."

"글쎄. 그건 지금 네가 다시 생각해 보니까 그런 거고. 그게 가장 불안한 부분이었다면 의뢰인 입장에서는 조금이라도 더 절실하게 보일 수 있는 무기이기도 하잖아?"

"그렇긴 해도, 그랬다면 더더욱 내가 할 일이 아니라고 선을 그었을 거야. 그 정도는 예상했겠지."

"아니면, 숨기고 싶은 무언가가 있거나."

"예를 들면?"

"그건 모르겠어. 하지만 학교 조사를 탐탁지 않아 하는 것도 그렇고, 이게 부모님이 몰랐으면 하는 일이란 것도 이해가 좀 안 되고."

가연이 내세운 바깥 사람 이론이 있기는 했지만 재은의 말도 틀리진 않았다.

"아, 그런데 아까 단주는 왜 찾았어?"

통화 때문에 잠시 잊고 있던 것이 떠올랐다. 재은도 이제야 생각이 났는지 아, 소리를 내며 시동을 걸어 달라고 했다. 내비게이션을 써야겠다고.

"윤이화 씨를 모신 납골당 위치 알아."

"뭐? 어떻게?"

재은은 검색창에 '은현사'를 입력했고 목적지까지 2시간 거리의 결과가 나왔다. 반대편의 경기도 외곽이었다.

재은이 설명했다.

"화투 원래 주인, 그 할머니가 아니라 윤이화 씨였어."

임종 후 유족들이 물건을 정리하러 오기 전 룸메이트 할머니가 몰래 챙겨 둔 것이었다. 할머니는 여기 사람들이 물건을 멋대로 치워서 그랬다고, 나중에 '이화 그이'가 다시 오면 돌려줘야 하니 비밀로 해 달라며 신신당부했다고 한다.

그렇게 꺼낸 화투였다.

화투에서 재은이 본 잔상은 두 할머니가 함께 지낸 짧은 시간이었다. 두 사람은 제법 마음이 맞아 보였다. 재은은 혹시 다른 물건은 없느냐고 물었다. 화투의 잔상은 이 방에만 한했기 때문이다.

할머니는 침대 곁에 놓인 서랍을 열어 '이건 그이가 나 준 거야.'라며 플라스틱 빗을 꺼냈다.

초콜릿 바 사이즈의 휴대용으로 사용해 온 시간이 충분히 느껴지는 빗이었다.

가져가 버리는 거 아니지? 연신 묻는 할머니에게 재은은 그럼요, 그럼요 몇 번이나 다짐하며 빗을 건네받아 빠르게 탐색했다. 요양원에 입소하기 전 외출과 관련된 잔상부터 확인했다. 그중에 낯익은 공간이 하나 나타났다.

"단주에서 본 기억이 있는 풍경이었어. 구입처가 일반 상점이 아니라 절이었던 거야."

물품 정돈이 상당히 가지런하게 되어 있던 곳이라 재은은 불교용품 전문 판매점으로만 생각했다고 했다. 윤이화가 단주를 산 뒤 바로 착용하지 않아 잔상이 거기서 멎었기에 공간을 더 넓게 볼 수 없었던 탓이었다.

바로 그곳이 머리빗의 잔상에서도 나타났다.

단주가 있는 판매처에 들어가기 전, 윤이화가 바람에 헝클어진 머리를 한번 정리하는 잔상이었다. 판매처 앞 진열대에 어디선가 본 기억이 있는 탱화 부채가 놓여 있었다. 선우에게 다시 받은 단주로 재확인했다. 같은 부채, 같은 공간이었다.

하지만 빗에서도 단주에서도 절의 이름은 발견할 수 없었다. 좀 더 살피고 싶었으나 할머니가 빗을 얼른 되찾고 싶은 눈치였다. 예쁜 빗 잘 구경했다고. 이화 할머니도 만나고 갔으면 정말 좋았을 텐데 아쉽다며 재은은 빗을 돌려주었다. 그때 룸메이트 할머니가 말했다.

'그이를 보고 싶으면 은현사로 가 봐. 나중에는 거기서 쉬고 싶다고 했으니까.'라고.

퍼즐의 한 조각이 맞아 들어간 순간이었다. 이 달빛수사의 방식으로만 맞출 수 있는 퍼즐이.

선우는 부드럽게 핸들을 감았다.

주차장을 빠져나와 다시 길을 달리기 시작했다. 이제 가로수와 전봇대의 그림자가 제법 길어졌다. 무척 긴 하루다.

실은 이곳을 끝으로 조사가 마무리된다면, 선우는 재은에게 오늘 근사한 저녁을 사고 싶었다. 생각만으로도 사치였다. 아직 점심도 못 먹었고 그마저 챙겨 먹을 수 있을지 모를 일정이었다. 꼬르륵 소리가 배 속에서 연달아 진동했다.

그러다 문득 하나라는 아이는 점심을 먹었을지, 잠은 편히 자는지, 다치거나 아픈 데는 없는지 생각하지 않을 수 없었다. 괜찮을 거라고 믿고 싶었다.

선우는 잠시 운전에 집중하다 재은에게 나지막이 물었다.

"너 달빛수사도 플레이해?"

재은은 휴대폰 검색을 잠시 멈추고 선우를 보았다.

"왜?"

"사실 해 본 적은 없는 게임인데, 왠지 낯설지 않다는 생각이 들어서."

달빛수사의 메인 스토리는 잃어버린 마법의 서를 찾아 나서는 마법 경찰들의 모험과 경쟁이다.

마법의 서는 낮에는 보이지 않고 오직 밤에만 온전한 제 형태를 갖추는데, 그 책으로 인도하는 예언을 남기는 정령들 또한 밤에만 나타난다. 낮에는 각 마법 경찰들이 다른 마법인의 도움을 받아 힘을 비축하고 기술을 보강한다. 밤이 되면 그 힘으로 서로 돕거나 견제하면서 정령들에게 책에 관한 단서를 얻고자 고군분투한다.

어쩐지, 지금의 여정이 가연이 적당히 붙인 그 이름에 꼭 어울리게 되어 버린 것만 같았다.

9
2016년 여름

김선우 법률 사무소

"수고 많으셨습니다. 모으기 쉽지 않으셨을 텐데요."

하나하나 살펴 확인한 서류를 가지런히 하면서 선우가 격려를 건넸다. 승희는 시큰둥하기만 했다. 피곤해 보이기도 했지만 큰 기대가 없는 얼굴이었다.

"정말 도움이 될까요. 이게."

"그럼요. 훨씬 구체적으로 반박할 수 있는 증거고 재판부도 면밀하게 검토할 겁니다."

"네……."

마지못한 대답이었다.

의뢰인 전승희는 30대 중반 여성으로 김선우 법률 사무소의 첫 번째 의뢰인이었다. 사건은 부당 해고 무효 소송으로 현재 항소심 중이다. 1년을 넘긴 공방 끝에 1심에서 재판부는 결국 사측의 정당성을 인정했고, 항소심은 이제 일곱 달째로 접어드는 중이었다.

전승희의 소송은 노동 법률 분쟁의 흔한 사례 중 하나였다. 1심의 변호사도 대리인으로서 열과 성으로 투쟁까지 했다고 볼 수는 없어도 그 나름대로의 최선을 다했음은 서면을 통해 알 수 있었다. 기일마다 자신들에게 유리한 입증을 착실히 해 나가는 피고 측인 회사의 의지가 약간 더 투철했을 뿐이다.

1심 판결이 나온 후에 승희는 며칠 항소를 고민하다가 새로운 대리인을 찾았다. 이 빌딩에서 보습 학원을 운영 중인 친구를 찾아왔다가 간판을 보고 올라왔다고 했다. 2심은 변호사를 바꿔서 다시 해 보고 싶다면서.

승희는 인지도 있는 마케팅 회사 소속 9년 차 영업부 과장이었다. 한때는 차장 승진까지 꿈꿨다. 그러나 어느 날 회사는 실적 부진과 근무 태만을 이유로 승희를 해고했다.

그 회사에서 일한 지난 9년 실적은 해마다 편차가 있었고, 해고 연도의 실적이 그 가운데 최저는 아니었음에도 회사의 입장은 확고부동했다. 근무 태만에 관하여도 그랬다. 영업부 특성상 외근이 잦은데 업무와 관계없는 사적인 일로 근무 시간을 소비한 정황 등을 근거로 승희의 근태가 바람직하지 않았다고 주장했다.

승희에게는 남다른 애사심으로 젊은 시절을 고스란히 바친 회사였다. 한순간에 내쳐진 배신감은 상당했다. 그러나 거기서 끝난 것도 아니었다. 회사에서는 승희가 새로 입사를 지원하는 곳마다 채용을 방해하는 입김을 넣기도 했다.

경력자의 자질에 대한 의견을 구하고자 이전 직장에 연락을 취하는 일은 흔하지만, 이 경우는 의도적 방해로 느껴졌다. 3개월째 새 직장을 구하는 일에 난항을 겪자 더 참기 어려워 소송을 결심했던 거라고 승희는 말했다.

"전승희 씨, 정말 열심히 일하셨잖아요. 그러니까 거래처에서도 이렇게 기꺼이 자료를 만들어 주는 거고요. 이 한 장 한 장이 전부 클라이언트가 의뢰인을 신뢰했다는 증거입니다."

많지 않은 페이지를 한 장씩 넘겨 보이며 선우가 강조했다. 갑작스러운 해고였기에 당시 승희는 자신의 실적을 구체적으로 증명할 수 있는 자료를 충분히 챙길 여력이 없었다. 1심 중에는 거래처들이 승희의 자료 요청에 미진하게 반응하기도 했다.

사측이 제시한 증거는 해고 정당성 입증에 무리가 없었다. 해고 연도가 전승희의 최악의 실적은 아니라 해도 하향세는 틀림없었다는 것, 근무 태만에 대한 구체적인 정황과 증거도 제출했다.

사무실에서보다 외근으로 더 많은 시간을 보내는 영업 사원은 업무와 휴게 시간의 경계가 불분명하다. 태만의 경계도 마찬가지였다. 거래처 간 이동 중에 짬을 내 잠시 은행이나 관공서에 들르거나, 약 처방을 위해 감기 진료를 받는 일 등이 거기에 포함되었는데 사측은 그 전부를 직무 태만 행위의 근거로 내세웠다. 승희에게 유리한 증거라고는 입사 4년 차까지 탁월하던 실적 외에는 달리 없었고 그건 큰 도움이 되지 않았다.

이번 증거는 4년 차 이후의 거래처 담당자들과 접촉해 받은 것들이었다. 당시 승희가 피고 측의 이익을 위해 최선을 다했음을 나타내는 자료를 일일이 찾아가 읍소해 수령해 왔다. 모두 세 군데였다.

“오늘 주신 것 말고도 더 확보할 수 있는 증거가 생각나시면 반드시 알려 주세요. 다시 말씀드리지만 이건 안 될 거라고 미리 포기하지 마시고요.”

이번에는 재은이 말했다.

이른 아침부터 찾아 온 두통에 머리가 깨질 듯이 아팠지만 힘껏 미소를 지었다.

반년이 조금 넘은 사무소. 아직 수임이 많다고 볼 수 없는 데다 모두 진행 중인 사건뿐이라 성공 보수도 없었다. 그러나 실망할 필요도 없었다. 그저 한 건 한 건 더 깊이 들여다보면서 의뢰인의 편에 서고자 함이 사무소가 존재하는 이유의 전부였고, 승희도 그중 한 사람이었기 때문이다.

“그럴게요. 감사합니다.”

일어나는 승희를 재은이 사무실 바깥까지 배웅했다.

지금까지는 사무실 안에서 배웅해 왔는데, 그간 수차례의 서면과 변론 기일을 거치며 이제 분명히 확인해도 좋지 않을까 싶은 일이 있어서였다.

“저, 사실 한 가지 여쭤보고 싶은 게 있어요. 여자들끼리요.”

“……네?”

승희의 눈동자가 미세하게 흔들렸다. ‘여자들끼리’라는 단서를 붙인 탓에 무엇을 물어볼지 짐작한 눈이었다.

“어디까지나 제 예감일 뿐이지만, 전승희 씨께서 피고 측의 부당 행위에 대해서 더 말씀하고 싶은 게 있지 않은가, 그런 느낌이 들어서요."

"무슨…… 말씀이신지."

어정쩡한 미소로 승희가 물었다.

"말하고 싶지만 그러기 쉽지 않은 문제라든지요."

승희는 말을 아꼈다. 아니면 잠시 할 말을 잃었거나.

사실 이 의뢰인은 최초 소송을 제기한 사람치고는 의욕이 아주 적었다. 1심에서 결과를 얻지 못해 한풀 꺾인 탓도 있겠지만, 항소까지 결심했다면 그래도 틀린 건 내가 아니었다는 판결을 간절히 원하는 것이리라. 하지만 정말로 승소를 바라는 게 맞는지 의구심이 들 만큼 승희는 어딘지 모르게 항상 미온적인 태도였다.

최초 상담에서 승희의 첫 마디는 '변호사를 바꿔서 다시 해 보고 싶어요.' 였다. 대리인 변경이 전혀 의미 없는 일은 아니지만 해결책의 전부는 아니었다. 그것도 의뢰인이 가장 하고 싶은 말을 꽁꽁 감추고 있다면 더욱.

오늘도 승희는 가져온 증거에 커다란 관심도 기대도 없다는 듯이 머릿속으로는 전혀 다른 생각에 사로잡혀 있었다.

"이건 만약이에요. 전승희 씨. 혹시 근무하시면서 실적과 근태 문제에 대한 지적을 받은 것 이외에 사적으로 불미스러운 일은 없었는지 알고 싶어요."

재은은 말이 없는 승희에게 다시 물었다. 그리고 기다렸다.

표지를 통해 이미 알아 버린 답이지만 승희에게 직접 듣고 싶었다. 발화되지 않은 진실은 증거가 되지 않는다. 더 이상 숨 쉬지 않던 현서의 몸에 남은 기억들이, 재은만 알 수 있는 그것들이 법정에서는 입증될 수 없었듯이.

승희는 겨우 입을 열었다.

"불미스럽다는 건……."

"더 구체적으로 말씀드리면, 성범죄요."

다시 침묵이 찾아들었고 재은이 설명을 덧붙였다.

"통계상 적지 않게 발생하는 비공식적인 해고나 사직 사유 중 하나예요. 해고 통보서에 기재되는 경우는 당연히 없겠죠. 보통 가해자는 사측이고 위계형이니까요."

상담이 있을 때마다 승희에게 변함없이 읽히는 표지는 분노와 원망이었다. 그 아래 잔상에는 승희에게 거리낌 없이 신체 접촉을 하며 친근하게 행동하고, 또 한편으로는 매섭게 다그치기도 하는 어떤 남자가 있다. 상사로 보이는 중년 남성이다.

그리고 한 사람이 더 있다. 승희보다는 약간 나이가 많은 여성으로 상사 같지는 않다. 영업 사원과는 다르게 회사 유니폼을 입고 있다. 내근직 동료로 보이는데 승희를 보는 시선에 날이 서 있고 기가 막힌다는 표정으로 고개를 젓고 있는 모습이 보였다. '너 정말 안 되겠다.'라는 말에 어울리는 얼굴이라고 할까. 경멸 같기도 했다.

승희는 그 둘에게 사로잡혀 있으면서도 재은과 선우에게는 단 한마디도 하지 않았다. 이 소송과 관련 있는 인물이 틀림없는데도.

그래서 그러한 사례가 특수하지 않으니 편히 고백해도 좋다는 뜻으로 운을 뗐으나 승희의 표정은 어둡기만 했다.

"아뇨. 그런 일은 없었습니다."

말하고 싶지 않은 모양이었다.

물론 숨기는 이유가 있을 테고 더 깊이 탐색하면 그것도 찾아낼 수 있겠지만 당연히 그렇게까지 하지는 않는다.

"그렇다면 다행이고요."

재은은 좀 더 기다리기로 했다.

사무실로 돌아오자 상담 테이블 위에 아까는 없던 약 두 알이 놓여 있었다. 집어 들어 보니 소화제였다.

"이 약 뭐야?"

"사내 복지. 두통 있다며."

파티션으로 가려 둔 소박한 탕비 구역에서 선우의 목소리와 함께 정수기 물 따르는 소리가 났다.

비록 약에 착오가 있지만 마음만은 고맙게 받기로 했다.

"우리 회사 응급실 위치는 어딘데?"

"4번 캐비닛. 왜?"

"아아. 두 알로 안 될 거 같아서."

캐비닛을 열고 소화제는 넣어 둔 뒤 상자에서 진통제를 찾아 꺼냈다.

재은에게 두통은 종종 찾아오는 불청객이었다. 보통 현서가 꿈에 나타난 날에 그랬다.

선우와 함께한 지도 어느덧 두 계절. 더 이상 그의 얼굴에서 현서를 발견하는 일은 없었다. 애써서 보지 않으려고 하는 게 아니라 전혀 보이지 않게 됐다. 저 얼굴 말고는 현서와 비슷한 부분이 조금도 없음을 인정하는 데는 단 며칠로 충분했다. 김선우는 김선우였다.

과거를 돌이켜 보면 현서에게는 '무슨 생각을 하는지 통 모르겠네.'라는 생각을 한 번도 품어 본 적이 없었다. 선우를 보면서 뒤늦게 깨달은 것이었다.

선우는 친절하고 융통성도 뛰어났다. 업무에는 좋은 자질이었다. 여섯 달 함께 지내 본 소감을 한마디로 정리하자면 '한결같다'다.

그런데 그야말로 한결같기만 해서 제 생각이나 감정을 특별히 드러내는 모습을 본 기억이 없었다. 협업을 결정했던 그날 들은 선생님 이야기가 유일무이한 그것이었다.

방금 4번 캐비닛 안쪽에서 우연히 본 약통도 마찬가지였다. 수면을 돕는 정신과 처방약인데 병원을 찾을 만큼 어려움이 있다는 말을 꺼낸 적도, 심지어 피로한 기색조차 비춘 적도 없다. 이 사무실에서 쪽잠을 잘 때도 빈번하면서.

진통제를 한 알 입에 물고 나오자 테이블 위에 물컵이 놓여 있었다. 선우는 벌써 책상 앞으로 돌아가 승희의 자료에 몰입해 있었다.

"밤에 잘 못 자나 봐."

재은도 책상 앞으로 돌아가면서 일부러 대수롭지 않게 물었다. 순간 타자 소리가 잠시 멈췄다 다시 이어졌다. 괜히 알은척을 한 걸까 했는데 선우는 이내 아무렇지 않게 대꾸했다.

"한 번씩. 너무 피곤할 때는 오히려 정신이 말똥말똥해져서 그대로 밤을 새울 때가 있거든. 그럴 땐 강제 종료 해야 돼."

"맞아. 뭔 줄 알아."

"그래도 최근에는 잘 자는 편이야. 개업 초기에 조금 그랬고."

"다행이네."

"아무튼 너, 하나뿐인 직원이 아프면 곤란하니까 건강만은 잘 챙겨 줘. 그게 내 복지니까."

그렇게 결론을 맺고 선우는 다시 일로 돌아갔다.

선우는 평소 농담도 곧잘 하고 묻는 이야기에는 대답도 친절하게 해 준다. 다만 지금처럼 그 이상 더 깊이 들어가지는 않는다. 좋게 말하면 담백한 성격이고, 조금 다르게 말하면 속내를 알기 힘든 사람이었다.

하지만 재은이라고 다를 것은 없었다. '내가 도움이 안 되지는 않을 거야.' 정도로 얼버무리며, 그 이상의 진실은 감추고 있는 자기야말로 가장 솔직하지 못한 인간이었다.

의뢰인 상담 회차가 쌓여 갈수록 명확한 방향성을 띠고 대화를 이끌어 가는 재은을 보며 선우는 자주 감탄했다. 의뢰인들과 신기할 정도로 말이 잘 통하고, 빠르게 공감한다고.

자신의 표지를 부정하는 승희 같은 경우도 있지만, 의뢰인 대부분은 '맞아요, 제 말이 그거예요.'라며 재은과 매끄러운 대화를 이어 갔다.

사실 그건 말이 통한다기보다 의뢰인이 진술하기 편안한 길을 미리 닦아 놓는 것뿐이라고 해야 했다.

재은은 이 힘에 대해 누구에게도 말하지 않을 거라고 아주 오래전 다짐했었다. 순임과 현서를 끝으로 더는 없을 거라는 결심이었다. 어려운 일은 아니었다. 그 사실을 털어놓아야 할 만큼 가까운 인연은 없었고, 만들고자 하지도 않았다.

친구든 연인이든 특별한 인연을 만들지 않는 이유가 타인을 믿을 수 없어서, 즉 누군가 그걸 두려워하거나 이용하려 할까 봐서냐고 묻는다면 절반은 맞다.

다른 절반은 마음의 재판을 읽게 될까 봐 두려워서다.

적당한 거리를 두고 지내는 관계에서는, 나에 대한 상대의 평가가 그리 궁금하지도 않고 안다 해도 그 결과에 큰 영향을 받지 않는다.

하지만 생각과 감정, 일상이 빈번하게 포개지는 가까운 이의 마음에서 일어나는 자신에 대한 판결도 과연 그렇게 담담히 받아들일 수 있을까. 재은은 그럴 수 없을 것 같았다.

인간의 마음에는 사랑만큼 미움 또한 존재한다는 걸 알고 있어도 단순히 그 사실을 아는 것과 눈앞에서 살아 날뛰는 질감으로 대면하는 일에는 차이가 있다.

누군가는 읽지 않으면 그만이라고 말하겠지만, 정말 한 번도 그런 욕망에 사로잡히지 않을 수 있을까. 한 번도 나를 어떻게 여기는지 궁금해하지 않을 수 있을까. 그럴 수 있는 사람은 순임 정도 아닐까.

그래서 재은은 인간관계의 휴정 상태를 가장 선호해 왔다. 사랑도 증오도 없는 그런 상태를.

선우 역시도 그 범위에서 벗어날 거라고 여기지 않았다.

그러나 사무소 안팎에서 함께하는 시간이 늘어갈수록, '나는'보다 '우리는'이라는 단어에 더 어울리는 거리가 되어 갈수록 마음이 산란해졌다.

이 사무소에서, 이 관계에서 신뢰라는 것을 제외하면 무엇이 남게 될까. 과연 남는 것이 있기는 할까. 처음부터 그것 말고는 아무것도 없지 않았나. 그런데 솔직히 말하지 않은 채 이대로 너희는 정말 괜찮은 걸까.

어제 꿈에 난데없이 등장한 현서의 질문이었다. 대체 네가 그런 걸 왜 묻느냐고 꿈속의 재은은 화를 냈다. 깨고 나니 두통이 찾아와 있었다.

"오늘 저녁 먹고 갈 거야?"

잠깐 기지개를 켜며 선우가 물었다.

"아니. 인터뷰 있어. 30분 뒤에 일어나 봐야 해."

"아, 그랬지. 오늘은 누군데."

"어떤 심리학 박사님. 새로 쓴 책이랑 연구실 소개."

"말만 들어도 만만치 않을 거 같다. 심리학 박사의 저술 심리."

"아무리 그래도 이 업무보다는 낫지."

"글쎄. 과연."

선우는 '탐색의 부담이 존재하지 않는 상태'를 영영 이해하지 못할 것이다. 재은은 더 이상 대꾸하지 않았다.

"안타깝지만 그럼 메뉴만 네가 정해 주고 가. 맛있게 먹는 건 1시간 뒤의 내가 할 테니까. 나는 메뉴 선정이 제일 어려워."

"그게 왜."

"한꺼번에 떠오르는 게 너무 많아서? 이것도 식탐인가."

"정작 대식가도 아니면서."

"그래서 세계 평화와 시간 절약을 위해 다른 사람 취향에 맞추는 게 나아."

시선을 다시 모니터로 옮기면서 선우는 농담을 섞어 말했다. 그런데 선우의 저 엉뚱한 제안 때문에 재은은 문득 어떤 충동에 휩싸였다.

힘에 대해서 바로 지금 말해 버릴까 하고.

이렇게 아무렇지 않게 흐르는 대화의 중간에, 그야말로 일상적인 순간에 아주 능청스럽게. '사실 나는 마음만 먹으면 네가 지금 무엇을 먹고 싶어 하는지 바로 맞힐 수 있어. 그게 몇 가지든.'이라고 장난스럽게 운을 뗀 다음 '조금 놀랐겠지만 알고 보면 별것 아니야.' 설명을 시작하면서.

언젠가 반드시 털어놓아야 한다면, 진지한 분위기에 작정하고 말하기보다 이 방법이 훨씬 낫지 않을까. 그래야 듣는 사람의 충격도 덜하지 않을까.

터무니없는 희망 사항임을 알면서도 마음이 흔들렸다. 한동안 잊고 지낸 어떤 기대 또는 욕심 때문이다.

자신을 있는 그대로 이해해 주는 존재가 하나 더 생긴다는 것은 재은에게 기적 같은 일이었다. 순임과 현서에 이어 그런 기적을 한 번쯤은 다시 얻고 싶었다.

그러나 목구멍까지 올라온 목소리를 다시 눌러 삼켰다. 선우의 반응은 예측이 어려웠다. 무슨 생각을 하는지 모르겠다는 건, 예측이 어렵다는 의미와도 다르지 않았다.

재은의 머릿속에 나는 괜찮다고 대답하는 선우의 모습은 도무지 그려지지 않았다.

순임과 현서는 괜찮다고 말했다.

그 집에 처음 맡겨져 며칠이 지나도 집 안에서 장갑을 벗지 않는 재은에게 순임은 아무것도 묻지 않았다.

이미 실컷 애물단지 취급을 받다 왔으니 순임도 대강은 알고 있었겠지만 재은이 먼저 편히 말하기를 기다렸던 것 같았다. 동갑인 현서는 첫날부터 얼굴에 궁금하다고 대문짝만하게 쓰여 있었는데, 순임이 단단히 주의를 주었는지 모르는 척하느라 애쓰는 게 안쓰러울 정도였다.

그다음 주가 되어서야 재은은 자기의 힘에 대해서 두 사람에게 정식으로 알렸고 집에서는 장갑을 벗어도 되겠느냐고 부탁했다. 이 장갑을 벗어도 순임도 현서도 읽지 않으니 믿어 달라고.

순임의 대답은 '괜찮아. 끼고 있든 벗고 있든.'이었다. 재은이 해야 할 부탁은 이런 게 먹고 싶다, 어디에 놀러 가고 싶다, 어떤 옷이 입고 싶은데 사 달라는 것이라고 일러 주었다.

그리고 너라는 존재에 대해 세상의 허락을 구할 이유는 없다고 했다.

10살 무렵에 그 말은 그리 커다랗게 와닿지는 않아서 재은도 현서도 고개를 갸웃할 뿐이었다. 다만 집 안에서는 장갑 착용에 자유로울 수 있고, 원하는 건 부담 없이 말해도 된다는 사실 하나만은 무척 기뻤다.

무엇보다 '괜찮다'는 말에 안도했다. 그 한마디를 오래도록 기다려 온 제 마음을 순임에게 듣고 나서야 비로소 깨달았다.

그러나 22살의 여름, 현서에게 들은 괜찮다는 말은 안도가 아니라 두려움이었다.

"안 돼. 다 읽어 버릴 거 같아."

적어도 재은에게는 괜찮지 않았다. 현서의 입술이 가볍게 잠시 닿았을 뿐, 손으로 만진 것도 아닌데 표지가 빠르게 쏟아져 들어왔다. 당장 현서를 한 걸음 바깥으로 밀쳐 냈다. 긴장이 느슨해진 상태에서 차단은 전혀 작동하지 않았다.

"아야. 아프다. 야."

담벼락에 등을 부딪친 현서가 앓는 소리를 냈다.

좋아한다고 먼저 고백한 주제에 미안하지만 어쩔 수 없었다. 통제되지 않는 힘에 가장 놀란 건 자신이었다. 마음만 먹으면 온전히 차단할 수 있다는 믿음이 송두리째 흔들리는 순간이었다.

현서의 표지는 온통 재은을 향한 애정과 다정함뿐이었다. 그의 겉과 속은 그야말로 꼭 같았다. 가족은 아니어도 한집에 지내는 이상 사소한 다툼은 때때로 있었지만, 긴 시간 지켜봐 온 현서는 사려 깊고 재미있고 또 의지하고 싶은 사람이었다.

그가 아르바이트를 마치고 돌아올 느지막한 시간에 골목 앞에서 기다렸다가, 오랜 시간에 걸쳐 천천히 녹아 온 제 마음을 재은은 무뚝뚝하게 고백했다.

현서는 그리 놀라지 않았다. 이미 알고 있는 이야기인 것처럼 다소 지루한 표정으로 다 듣더니 재은을 가만히 끌어안았다. 잠시 그렇게 있다가는 '그럼 앞으로도 잘 부탁드려야겠네요.'라고 장난스럽게 말할 뿐이었다. 로맨틱한 상황과는 전혀 거리가 멀어진 바람에 재은은 킥킥 웃음을 터뜨리고 말았다. 그 순간까지도 차단은 이상 없었다.

그러나 거기까지였다.

입술이 닿자마자 현서의 표지와 오늘 하루 그가 만난 사람들의 얼굴이 차례로 나타났다. 즉시 차단하려 했지만 힘이 평소처럼 말을 듣지 않았다. 당혹스러웠다.

"조금 읽는다고 어때서. 난 괜찮은데."

현서의 말에 재은은 동의할 수 없었다. 조금이 아니다. 이 편안함은 느슨함이 되고, 느슨함은 긴장을 앗아 간다. 제대로 차단하지 못하면 결국 기억의 저 아래 밑바닥까지 들여다보게 될 것이다. 현서가 다시 다가왔다.

"오지 마! 나는 안 괜찮으니까!"

현서에게 소리치며 당장 두 손을 얽어 맞잡았다. 아무것도 만지지 않으려고.

현서가 성난 짐승을 달래듯이 말했다.

"아니, 솔직히 들여다봐도 특별한 것도 없고 재미도 없을 거잖아. 우리 기억이 거의 비슷할 테니까. 서로 모르는 게 있어 봐야……."

"너 나중에 후회할 거야."

재은은 이미 후회하는 중이었다. 고백은 무효였다. 현서의 기억을 지우거나 시간을 되돌릴 수 있으면 좋겠다는 생각뿐이었다. 그런 와중에 현서가 말했다.

"모르는 게 있긴 있네. 한재은."

"……뭐?"

"내가 살면서 후회하는 딱 한 가지가 있긴 한데 그걸 이길 건 세상에 없어."

진지한 얼굴이었다.

"저번 겨울 에스메랄다 한정판 오픈런에 늦은 거. 하필 왜 그날 늦잠을 잤을까. 지금까지 문제없던 내 폰은 어째서 그날만 알람을 울리지 않았나. 어째서 나는 에스메랄다를 신을 수 없게 되었나. 대체 어디서부터 잘못된 문제인가. 다시 생각해도 열 받아."

유명 브랜드의 농구화 이야기였다.

그 시시한 독백을 듣는데 눈물이 고이는 이유를 설명할 수 있는 적절한 단어는, 아마도 죽을 때까지 찾지 못할 거라고 재은은 생각했다.

어느덧 현서는 한 걸음 좁혀 와 있었다.

재은은 스스로 묶어 두었던 손을 풀었다. 다시 팔 하나 팔 하나 차례로 조심스럽게 현서를 감싸 안았다. 천천히 밀려드는 그의 잔상을 저항 없이 받아들였다.

방금 전 읽었던 재은을 향한 감정 그대로였다. 뜨겁지는 않지만 차가웠던 적 또한 없는, 재은도 알고 있는 보통의 포근한 온도,

그리고 오랜 시간에 걸쳐 익숙해진 베개의 편안한 촉감을 닮은 그런 감정이었다.

표지 너머의 기억도 그랬다. 이 담벼락 아래에서 오래전 현서와 함께 하던 날이었다.

고등학교에 입학하고 얼마 지나지 않았을 때, 봄비와 함께 벼락도 쏟아지던 오후의 기억이었다.

하굣길 재은과 현서가 각자의 우산을 하나씩 들고서 고개를 쳐들고 담벼락 위를 바라보는 중이었다. 그 위에 푹 젖어 바들바들 떨고 있는 삼색 아기 고양이가 있다. 어떻게 올라갔는지 몰라도 내려오기는 정작 겁이 나는지 웅크린 채 꼼짝 않고 두 사람을 내려다보기만 했다. 고양이의 오른쪽 눈가에는 제법 깊은 상처가 보였다.

잔상에서 들리는 소리는 전혀 없지만 그날의 빗소리, 고양이의 울음소리, 주고받은 말들을 재은은 고스란히 떠올릴 수 있었다.

—아무래도 못 내려오고 있는 거 같지?

현서에게 물었다.

—그런 것 같네. 어떻게 할까.

재은이 자기 우산을 땅바닥에 내려 두자 현서도 똑같이 따라 했다. 우산 두 개가 활짝 펼쳐진 채 바닥에 놓이고 두 사람도 고양이처럼 푹 젖어 버렸다.

—준비됐어?

재은이 묻고 현서는 무릎을 구부려 자세를 낮췄다. 그 어깨에 오르자 너 왜 이렇게 무거워졌냐고 볼멘소리하면서도 현서는 재은이 흔들리지 않도록 두 손으로 무릎을 지지하고서 느리게 몸을 일으켰다. 턱 끝과 팔꿈치에서 굵은 빗방울이 뚝뚝 떨어졌다.

현서가 무릎을 곧게 폈을 때, 재은의 눈높이가 드디어 담벼락 위 고양이와 맞았다.

— 같이 내려갈래, 야옹아?

고양이는 여전히 움직이지 않았다. 그 상태로 재은의 두 눈을 응시하기만 했다. 정말로 나를 맡겨도 좋을 존재인지 판단하는 듯이. 침묵 속에서 믿음에 관한 치열한 공방이 오갔다. 천둥소리만이 요란했다. 고양이는 몇 분이 더 흐른 후에야 재은을 향해 머리를 기울였다.

그 잔상에 이어 놀란 순임의 얼굴이 나타났다. 멀쩡한 우산을 갖고 있는 두 녀석이 몽땅 젖은 채로 웬 고양이를 데리고 왔으니 무리도 아니었다.

재은이 말했다.

— 엄마, 얘는 벼락이에요.

'키워도 돼요?' 묻는 대신 이름부터 내밀었다.

— 벼락 치는 날 담벼락에서 만난 애라 벼락이라나.

현서가 곁에서 수건으로 머리를 털며 설명을 거들었다. '다녀왔습니다.'를 말하는 투로.

— 우리가 좀 봐 줄까 봐요. 다친 거 같아서요.

— 괜찮죠?

— 괜찮죠?

— 네?

연이은 괜찮죠 공세에 어처구니없어하는 순임에게 벼락이가 야옹 소리를 냈다. 마치 자기가 '난 여기 있어도 괜찮아.' 도장을 찍듯이. 벼락이가 처음으로 낸 목소리였다.

이후 많은 시간이 흐른 뒤에도 재은 역시 그날을 종종 떠올리곤 했다. 손에 꼽게 좋아하는 기억이었으니까. 현서에게도 마찬가지인 모양이었다.

동일한 기억을 타인의 잔상으로 읽는 행위는 그 순간을 몇 배는 더 강렬하게 되새기게 하는데, 재은에게는 현서만이 그럴 수 있는 유일한 존재였다.

현서의 시간은 재은이 25번째 봄을 맞았을 때 싸늘하게 멈추었다. 입버릇처럼 괜찮다고 말해 주던 존재가 조금도 괜찮지 않게 세상을 등졌다. 그런 그가 어제는 오랜만에 꿈에 나타나 이대로 너희는 괜찮은 거냐고 물었다.

꿈에서 못한 대답이 숙제처럼 남았다.

괜찮으냐고? 모르겠어.

마치 담벼락 위에서 이쪽을 탐색하던 벼락이처럼 재은도 신중하게 선우를 응시하는 중이지만 아직 잘 모르겠다.

머리는 여전히 아프다. 두통약은 아직 효과가 없었다.

그리고 역시 오늘은 아닌 것 같다고, 멋대로 부풀어 오르던 마음을 멈춰 세웠다.

"그럴 때는 생각난 메뉴 중에서 세 번째로 먹고 싶은 걸로 해."

"하필 왜 세 번째?"

"기대가 적으면 결과가 어떻든 실망도 덜할 테니까."

10
달빛수사

3일 저녁

긴 토요일이었다.

오전 이삿짐센터에 이어서 청목요양원 그리고 저녁은 은현사까지. 파편 같은 단서의 또 다른 파편을 찾아 다음 장소로 이동하는 강행군이었다. 어제까지만 해도 선우는 휴일을 이렇게까지 부지런히 보낼 생각이 없었다.

늦은 점심이자 이른 저녁은 요양원에서 은현사까지 최단 거리로 달려가던 도중 발견한 기사 식당에서 해결했다. 식사를 마치고 밖으로 나오자 한낮보다 더위는 누그러져 있었다. 출출한 속을 달랜 덕분에 다시 일정을 정리하며 논의할 기운도 올라왔다.

"월요일에 시젠 어패럴 상황부터 확인할게."

모바일 웹을 살피며 재은이 말했다.

시젠 어패럴은 의류 제조 및 수출입 기업으로 주 고객은 국내

외 타 기업이었다. 본사 겸 콜 센터의 주소는 서울, 제조 공장은 지방이었다.

온라인상 업무는 정상적으로 이루어지는 중이었다. 최근까지 신상품 등록이나 상담 게시판 응대는 충실히 되어 있었다. 회사 소개에 대표 사진까지는 없었지만 사업자 이름은 김연주로 되어 있었다. 하나의 엄마일 것이다.

그리고 현재는 회사 전체 여름휴가 기간으로 공지되어 있었다.

7월 27일 토요일이 휴가의 시작이자 하나네가 이사를 떠난 날이었다. 휴가의 끝은 내일인 8월 4일 일요일. 주말을 포함했다 해도 장장 9일이다. 업무 개시일은 모레인 8월 5일 월요일이었다.

사업체 대상 사업이라 가능한 일정이었지만 올해가 특별한 경우는 아니었다. 공지 사항을 거슬러 올라가 보니 이 회사는 매년 7월 말에서 8월 초에 항상 이렇게 해 왔다.

"월요일 본사에서 휴가 마치고 복귀한 이하나의 엄마를 만나게 된다면 가장 좋은 결말일 테고. 당신 대체 뭐 하는 사람인데 남의 뒷조사하고 다니느냐 욕을 좀 먹을 수는 있겠지만."

"그렇겠지."

선우의 짧은 대꾸에 일정표를 확인하다 말고 재은이 고개를 들었다. 대답에서 낙관이라고는 조금도 느껴지지 않아서인 듯했다. 사실이었다.

단순히 이 공지 사항만 놓고 보자면 이 가족은 휴가 중일 테니 업무 개시일을 기다리는 것이 가장 상식적인 결정일 것이다.

그러나 휴가와 동시에 시작된 이사, 모녀의 다툼, 컨테이너 위탁, 없는 휴대폰 번호, 요양원의 미수금, 해외에 '나가지 않는다'가 아니라 '나갈 수 없다'고 했던 하나의 말까지.

긴 여름휴가라는 자유롭고도 사치스러운 이름에 그러한 정황은 어울리지 않았다. 선우는 어깨를 으쓱였다.

"아니, 나도 월요일에 이 조사가 전혀 무의미했고, 오지랖 넓은 어른 둘의 기우이자 해프닝에 불과했다는 허탈한 결과를 맞이하고 싶어. 공권력의 도움을 기대해야 하는 결과보다는."

넥타이에 대한 보답의 무게는 딱 그 정도여야 했고 선우 역시 조금이라도 이르게 일상으로 복귀하고 싶었다.

"그런데 시젠 어패럴이든, 이람고등학교든 뭔가 확인하려면 이틀을 꼼짝없이 기다려야 하잖아. 왠지 남은 주말이 좀 아득해져서. 시간이 무척이나 더디게 갈 것 같달까."

"미안하지만 그렇게 여유가 있는 편은 아니야, 우리."

"응?"

"납골당 상황에 따라서 물론 약간의 차이는 있겠지만."

그런 걱정이라면 접어 두라는 것처럼 재은은 걸음을 옮기기 시작했다.

그러고 보니 재은이 납골당에서 어떤 정보를 기대하는지 선우에겐 아직 짚이는 그림이 없었다. 납골당 이용을 위한 계약서는 작성했을 테니 시설 측에서 연락처를 포함한 유족의 정보는 소유하고 있겠지만, 요양원의 상황과 별반 다르지 않을 것 같았다.

"어떤 상황?"

"일단 유골함의 안치 여부. 없다면 어떤 다른 유품이 있는지.

그 유품에 잔상이 얼마나 저장되어 있을지."

재은의 계획은 납골당 탐색이었다.

"함께 여행을 다녔다고 했잖아. 여행은 여름휴가에만 가는 건 아니니 모든 여행이 해외는 아니었을 테고, 윤이화 씨는 하나와 사이가 가까웠으니까 여행 외에도 함께 했던 추억이 있을 거야. 그런 장소를 찾아보려고."

"그럼 유골함보다는 유품들이 더 도움 되겠네."

유골함은 장례 절차에서 구매했을 확률이 높으므로 손때가 덜 탔을 거라고 생각해 그렇게 말했다. 유품도 유품 나름이기는 하겠으나.

그러나 재은은 고개를 저었다.

"아니기를 바라지만. 결과는 가 보면 알 거야."

"아니기를 바란다고?"

"응. 유골함을 제대로 읽을 수 있다면 그게 제일 좋으니까."

'그러니까 유골함은 장례 절차 도중에…….'라고 꺼내려던 말을 멈추고 선우는 설마 하며 물었다.

"골분을 읽는다는 거야?"

유골함이 아니라 그 내용물 말이다.

"맞아."

대답하며 재은이 먼저 차에 올랐다. 선우도 서둘러 시동을 걸었다.

"당사자의 기억을 직접 탐색하는 게 가장 정확하잖아. 지금 우리가 접촉할 수 있는 유일한 이하나의 혈육이고. 윤이화 씨가."

"……진심이야?"

접촉할 수 있는 유일한 혈육이 윤이화라는 데는 100퍼센트 동의하지만 문제가 있다면 당신이 돌아가셨다는 사실이다. 살아 숨 쉬는 사람이 아닌 망자. 재가 되어 버린 상태에서도 그 기억을 탐색할 수 있는지 선우는 확인하지 않을 수 없었다.

"아니, 내 말은. 그게 가능하냐는 거야. 물리적으로 말이야."

물리적이라는 단어는 맞지 않는 상황이지만 다른 표현이 떠오르지 않았다. 그래도 재은은 잘 알아들었다.

"나도 아직은 몰라, 사실 그렇게까지는 해 볼 기회가 없었으니까."

재은도 확신이 어려운 얼굴로 한 번 숨을 고르며 말했다.

"현서에게서는 읽혔거든. 이미 화장한 유골은 다를 수도 있지만."

재은은 그의 시신에서 마지막 기억을 읽었다고 했다.

그때 본 죽음 직전의 잔상을 재은이 설명했다.

"현서랑 교수는 언쟁 중이었어. 좀 더 과열되어 있는 사람은 교수보다 현서였고, 오히려 교수는 현서를 찬찬히 설득하려는 것처럼 보였어."

법정에서 교수의 주장은 피해자가 먼저 폭력을 행사하여 자신은 방어하기 위해 우발적으로 그를 밀쳤다는 것이었다. 그러나 그 잔상에서 현서는 흥분해 있었어도 결코 먼저 공격하지 않았다.

현서의 기억은 이러했다.

잔상에서 두 사람은 언쟁 후 잠시 휴전한다. 입을 열지 않고 꽤 긴 시간 서로 가만히 노려보기만 했다. 잠시 후 현서가 먼저 뭐라고 통보하듯 말하며 돌아섰다. 교수는 멀어지는 현서를 응시하다가 갑자기 빠른 걸음으로 그의 뒤를 바짝 쫓았다.

현서가 돌아보는 순간 교수는 그를 밀쳤다. 그의 표현은 '밀쳤다'였지만 사실은 달랐다. 현서의 머리가 바닥에 내리꽂히듯 충돌하도록 겨냥하여 힘을 실은 가격이었다. 그 방향의 끝에는 인도와 화단을 가르는 벽돌 턱이 있었다.

그리고 암전처럼 캄캄해진다.

목격자는 없었고 그곳은 CCTV 사각지대였다. 오로지 재은만 아는 현서의 마지막 기억이었다. 그 기억을 발견할 수 없는 타인에게는 결코 입증할 수 없는.

선우에게는 이전에 미처 다 말하지 않았던 내용이었다. 그때의 선우는 재은의 힘에 대해서 전혀 짐작도 못 할 때였다.

"그럼 가 보기 전까지는 모를 일이네."

선우는 그렇게 대꾸할 수밖에 없었다.

이제 익숙해졌다고 생각하면서도 가끔 현서의 이름을 들으면 과속방지턱을 넘어가듯 마음이 한번 출렁거리곤 했다. 아무리 무심하게 말한다 해도 그를 언급할 때 재은은 결국 쓸쓸한 얼굴이 되어 버리기 때문이었다.

은현사는 하계 야간 개장 중이었다.

저녁 시간이라 납골당으로 향하는 길이 한적할 거라는 짐작은 빗나갔다. 내비게이션이 목적지에 가까워질수록 같은 방향으로 향하는 차들이 하나둘 늘어나기 시작했고, 절 입구 맞은편 공영 주차장에 차를 세우고 난 다음에는 적지 않은 방문객 틈에 섞여 안으로 입장해야 했다.

일주문을 지나자 머리 위에서 색색의 연등이 어둑어둑해진 길을 밝혀 주었다. 들뜬 분위기의 인파를 따라서 완만한 오르막길을 지나 좌우로 소나무가 우거진 돌계단을 오르기 시작했다. 두 번째 문인 천왕문으로 향하는 길이었다. 도중에 다른 무리의 대화에서 주말 저녁 연등 축제와 함께 큰스님의 설법이 있다는 이야기가 들려왔다. 납골당은 설법이 있을 대웅전 근처였다.

"어쩐지 축제 한가운데 들어와 버렸네."

재은이 고개를 들어 연등을 살피면서 중얼거렸다. 선우는 이 여름밤의 운치가 나쁘지는 않았다. 연등을 바라보는 눈에 여유가 깃든 걸로 보아서는 재은도 그런 것 같았다.

"회사 생활은 어때? 이제 저녁의 여유 같은 건 좀 챙기고 사는 거야?"

재은의 물음에 선우는 웃음부터 났다.

"뭐라고 해야 하나. 진심으로 그러고 싶었는데 말이야."

그러고는 양팔을 좌우로 펼쳐 보였다. 지금 이 상황을 보라는 듯이.

"그러게. 주말 야근 중이지, 지금."

바로 알아들으며 재은이 수긍했다.

"애초에 여유 따위 사치인 운명이야. 나랑은 어울리지도 않고."

"학교 다닐 때 다른 애들은 그 여유가 부럽다고 했는데."

"그게 무슨 말이야?"

뜬금없는 과거 소환에 선우가 물었다. 험상궂은 얼굴의 사천왕 조각상을 모신 천왕문을 막 지났을 때였다.

"뭐라고 했더라. 구김살도 열등감도 없는 여유라는 이름의 인간 쿠션이라고 그랬나."

"쿠션?"

"뭘 던져도 생채기 하나 안 입고 태연하게 튕겨 낼 것 같다고."

"설마."

일부러 제 껍질을 단단히 하려고 부단히 애쓰던 때이기는 했지만, 다른 사람의 입을 통해 그 시절의 모습을 되새기자니 좀 멋쩍어져서 당장 사천왕 뒤에라도 숨고 싶었다.

"그게 전혀 아니라는 건 이제 한재은 씨가 제일 잘 알겠지만. 뭐."

"내가?"

"우리가 어쩌다 갈라섰는지 보면 명백하지. 네가 증인이잖아."

침묵이 찾아왔다. 스스로 무덤을 파는 꼴과 다름없는 자학 같은 증거 제시였지만 사실이었다.

눈이 아주 많이 내렸던 그날, 현장에서 재은은 틀림없이 선우에게 무언가를 읽었고 그대로 걸음을 돌려서 떠났다.

재은이 어떤 표지와 잔상을 읽었는지는 사실 선우도 모른다. 이성이 제대로 작동하지 않은 순간이었고 당시 자신을 지배했던 감정이 무엇이었는지 스스로도 정의하기 어려웠다. 그저 가장 밑바닥을 읽혔다고 해도 어쩔 수 없다고 생각할 뿐이었다.

3일 전, 포말에서의 재회는 그날 이후의 첫 만남이었다.

그날에 대한 언급은 사실 선우로서는 마무리 못 했던 매듭을 이을 각오로 꺼낸 것이기도 했다. 언젠가는 나눠야 할 대화였기에.

그런데 재은은 그날의 기억 대신 선우가 모르는 새로운 이야기를 꺼냈다.

"사실 나, 졸업 전에 너 우연히 한 번 본 적 있어. 너는 나를 못 알아봤지만."

"뭐? 언제?"

"너희 기수 변호사 시험 얼마 안 남은 날. 병원에 갔다가 근처 버스정류장에서."

선우는 기억을 서둘러 되짚었다.

"아픈 것 같지는 않았고 넋이 좀 빠진 모습이었는데. 적어도 그 날은 쿠션 같은 건 안 보였어."

"응. 아마 그랬을 거야."

"언제인지 알아?"

"시험 전에 넋 빠질 일이라면 하나밖에 없었거든."

"뭔데."

"아버지가 돌아가셨어. 그날."

놀란 얼굴로 바라보는 재은에게 선우는 어색하게 웃어 보였다.

벌써 7년 전 일이다.

대웅전을 향한 마지막 관문인 불이문을 지나면서 선우는 그날의 기억을 시작으로 천천히 자신의 과거를 털어놓았다. 아버지에 대해, 그리고 다른 아버지들로 이어지는 이야기였다.

6살 무렵의 어느 날, 어머니가 자취를 감췄다. 한낮에 술에 취한 아버지가 어머니의 목을 졸랐던 며칠 뒤였다. 그날부터 아버지와 살아온 시간은 변함없는 전쟁이었기에 어머니의 선택을 이해하면서도 원망했다. 그 후로 십수 년은 집 안의 물건과 제 몸이 번갈아 부서지고 다치는 날의 연속이었다. 충분하고 편안하게 먹고 자는 삶은 없었다. 음식도 잠도 매일 부족했다. 처음에는 크게 울었고 나중에는 고인 눈물이 흐르지 않게 하려고 눈을 부릅뜬 채로 오래 깜빡이지 않게 되었다.

공포는 체념이 되고 체념은 절망이 된다. 절망의 감각을 설명하라고 하면 선우는 누구보다 잘할 자신이 있었다. 그건 느끼지 못하는 것이다. 좋은 것을 좋은 것으로, 슬픔을 슬픔으로, 아픔을 아픔으로 분노를 분노로. 세상과 시간에 무뎌진다. 자기의 존재감도 이것이 삶이라는 것에서도. 절망은 침묵과도 많이 닮았다.

오늘 밤을 마지막으로 눈뜨지 않으면 좋겠다는 소원을 가장 자주 빌었다. 세상에는 많은 신이 있다고 하는데 어느 신도 그 소원을 들어주지는 않았다. 16살이 되었을 때도 몸에 든 멍의 숫자는 그다지 줄어들지 않았다.

그해에 만난 담임 선생님은 여름에 들어선 지 한참인데도 겨울 교복을 입고 등교하는 선우를 유심히 지켜보다가 오늘 선생님 집에 와서 숙제하고 저녁을 먹고 가라고 했다. 그날 선생님 부부는 몸의 상처에 대해 물었고 선우는 넘어지고 부딪힌 것뿐이라는 답으로 일관했다. 그러자 필요하면 언제든지 여기에 와도 좋다고 말했다. 식사나 잘 곳이 필요하거나, 하다못해 조용히 공부할 장소가 필요하면 편히 오라고.

언제든지.

누군가 자신에게 그런 단어를 건넨 적이 있었는지, 아무리 생각해 보아도 전혀 기억이 없었다.

신기했다. 그리고 이상한 일이었다. 여름방학이 시작되면 학교 따위 이제 신경 쓰지 않고 이 집으로부터 어딘가 멀리 도망치는 게 좋겠다고 작정한 날이었기 때문이다.

그런 날에 어째서 진짜 아버지가 아닌 타인이 아버지 같은 말을 하는지, 이해할 수 없으면서도 슬펐고 기뻤다. 제 안에 슬픔이나 기쁨이 남아 있다는 사실에 조금 놀랐다. 그리고 보통의 아버지라면 이렇겠다고 처음으로 느꼈다.

방학이 끝나고도 학교에 갔다. 마음을 잡고 공부를 시작했고 선생님은 때때로 선우를 대신해 아버지와 싸워 주었다. 덕분에 중학교를 졸업했다.

고등학교 2학년이 되었을 때 키가 아버지를 따라잡았다. 선우를 향한 폭력은 줄어들었으나 그는 스스로를 망가뜨리기 시작했다. 술에 취해 온전한 정신일 때가 많지 않았다. 몸집이 커진 아이에게 손을 대기는 어려워지니 욕설이 더 거칠어졌고, 길에서 모르는 사람과 싸움을 했다. 때로 자해도 했다.

물건은 변함없이 자주 부서졌다. 이전에는 부지런히 집을 치우던 선우도 나중에는 깨지고 망가진 그대로 내버려 둔 채 신경 쓰지 않았다. 이곳은 더 이상 제 집이 아니었으므로. 어른이 되기 전까지 잠시만 견디다 벗어나야 할 곳에 애착 같은 건 없었다. 망

가져 버린 저 물건이나 아버지나 전혀 다르게 보이지 않았다. 시간이 조금만 더 빠르게 흘러 주기를 바랄 뿐이었다.

그런 아버지라는 사람은 건강을 완전히 잃어버리고 난 후 침묵 그 자체가 되었다. 돌아가시기 전 몇 해를 반 식물 상태로 병원에서 지냈는데 그 치료비를 부담한 사람이 박상수 대표였다. 이미 성적 우수자로 장학금을 수령 중인 선우에게 자기가 추가로 제안하는 특별 장학금이라고 했다. 나중에 박연에서 일해 주는 걸로 은혜는 갚으면 된다는 농담과 함께.

새로운 아버지였다.

선우는 그 농담에 진심으로 응하기로 했다. 그가 마음에 들어서라기보다는 그러지 않을 이유가 없었기 때문이다. 이제 제게 필요한 아버지는 넉넉하고 자상한 품을 가진 사람이 아니라 힘과 세상을 가진 사람이어야 했다.

아버지가 세상을 뜬 그날, 의료진에게 잠시만 바람을 쐬고 오겠다 하고 나선 길 버스 정류장에 한참 서 있었다. 달리 어디론가 갈 생각은 아니었고 걸음이 멈춘 곳이 거기였다.

아버지면서 아버지가 아니었던 그의 영원한 침묵에, 도무지 무엇을 느껴야 할지 알 수 없었다. 그 텅 빈 감각이 구역질났다. 그리고 무뎌질 대로 무뎌져서 돌이킬 수 없이 단단해진 제 껍질의 두께만 실감해야 했을 뿐이다.

"어쩌면 네 말이 맞을지도 몰라. 그 쿠션."

성질은 전혀 다르지만 무감각하다는 의미로 통하는 부분이 없지는 않았다.

"그때 회사 앞에서 선생님을 만나지 않았다면, 나는 지금도 박연에 있었겠지."

그리고 재은을 만날 기회도 없었는지 모른다. 어쩐지 그 삶은 지금 와서 상상하기가 어려웠다.

"그럴지도 모르지만, 아닐지도 모르지."

지금껏 가만히 귀를 기울이고만 있었던 재은이 말했다.

"너는 스스로 생각하는 것만큼 그렇게 무감각한 인간은 못 되거든."

"글쎄."

"그랬다면 지금 이 조사를 할 이유가 없을 테니까. 안 그래?"

꼭 그렇다고 할 수는 없지만 반박을 위한 적당한 단어도 달리 떠오르지 않았다. 그냥 재은 방식의 위로라고 생각하기로 했다.

그리고 오랫동안 궁금했던 것을 드디어 물었다.

"그런데 이건…… 맹세코 추궁은 아닌데, 너 이거 전혀 모르던 내용이야? 정말 궁금해서 물어보는 거야."

물론 지금도 모든 이야기를 낱낱이 한 것은 아니지만 알고 싶었다.

"네 어린 시절 이야기? 너한테서 읽은 적이 있느냐고 묻는 거야?"

재은이 담담하게 되물었다. 그걸로 이미 전혀 아니라는 대답이 됐다.

"그럼 그날은 대체 뭘 읽었는데?"

"그날?"

"아니. 못 들은 걸로 해 줘. 들었어도 대답하지 마. 적어도 지금은."

"싱겁기는."

재은이 걸음을 멈췄다. 연등길 끝자락에 두 갈래의 길이 나타났다. 오른쪽은 곧 법회가 있을 대웅전, 왼쪽은 납골당이다. 사람들은 모두 오른쪽 길로 향했다.

대웅전 앞에는 시주를 할 수 있는 불전함이 보였고, 방문객들은 촛불을 하나씩 밝히며 소원을 적어 저마다 조용히 기도를 올리는 중이었다.

연등과 촛불, 달빛이 깃든 사람들의 얼굴에는 저마다의 간절함이 비쳤다. 눈을 감고 귀를 기울이면 그 마음에 일렁이는 소원들이 여기까지 들려올 것도 같았다.

남의 꿈을 엿보듯 잠시 그 풍경을 바라보다가 왼쪽으로 걸음을 돌리려 할 때였다.

"우리도 촛불 켤래? 납골당에서 뭔가 좋은 정보를 찾게 해 달라고."

재은의 물음에 선우는 웃었다.

"월요일까지 기다릴 것도 없이, 오늘 당장 이 사건을 종결할 수 있는 단서라도 달라고?"

"어, 그게 좋겠는데."

그 소원 진심으로 마음에 든다는 얼굴로 재은은 앞서 대웅전 앞마당으로 향했다. 그리고 이건 부처님께 드리는 경건한 정보 값이라며 불전함에 시주하고 초를 꺼냈다.

재은은 줄지어 있는 촛불 행렬에 새로운 초를 더한 다음 두 손을 모았다. 선우도 곁에서 마지못해 따라 하면서도 내심 정말로 그러길 빌었다. 만일 그렇지 않다고 해도, 지금 이하나를 안전하게 지키는 일만은 틀림없이 부탁한다고. 열여섯의 김선우를 선생님이 지켰던 것처럼.

기도를 끝내고 걸음을 돌려 왼쪽 길로 향했다.

축제가 아닌 일상으로. 현재가 아닌 과거로. 드러난 빛이 아닌 그림자로 들어가야 할 시간이다.

연등은 사라지고 드문드문 놓인 방범용 가로등만이 발 앞을 비춰 주었다. 인파의 웅성거림도 멀어져 은근한 풀벌레 소리만이 남았다.

마침내 납골당이 모습을 드러냈다. 현대식 건물로 사찰 개장 시간에는 언제든 자유롭게 오갈 수 있는 곳이었다. 입구 곁에 딸린 관리실은 닫혀 있었는데 필요한 사항은 아래로 문의하라는 인디폰 번호가 부착되어 있었다. 축제와 법회로 저쪽이 무척 바쁜 까닭 같았다.

내부는 바깥에서 짐작한 것보다 널찍했다. 두 사람 외 다른 방문객은 보이지 않았다. 다소 늦은 시각이니 다녀갈 사람들은 이미 다 다녀간 후일 것이다.

윤이화의 안치단은 어린아이의 눈높이에 맞을 만한 약간 낮은 쪽이었다.

그 안에 이름이 새겨진 유골함이 있었다. 흰 도자기에 금빛 장식이 들어간 유골함은 다른 안치단에 모셔진 것들과 비슷한 모양이었다. 함에 새겨진 탄생과 영면 날짜로 보아 75년을 일기로 사망하였다. 그 외 다른 유품은 없었고 작은 액자 속 고인의 사진이 전부였다. 이름으로만 익숙해진 선우에게는 처음 대면하는 윤이화의 얼굴이었다.

재은은 무릎을 구부려 몸을 낮추고 잠시 기도를 올린 다음 말했다.

"탐색할 수 있다면, 윤이화 씨가 요양원에서 돌아가시기 전 이하나와의 기억을 볼 거야. 둘이서 같이 갔던 장소라든지, 아니면 집안의 사정을 알 만한 사람을 발견할 수도 있겠고."

"문은 잠겨 있는데."

"확장할 거야."

어쩐지 쉬운 여정은 아닐 것 같았지만 선우는 굳이 입 밖으로 꺼내 말하지는 않았다. 재은은 바닥에 편히 주저앉으며 손바닥을 안치단의 유리문에 마주 댔다. 그리고 눈을 감았다.

"다녀오겠습니다."

선우는 한 걸음 떨어진 곳에서 호위하듯 그 등을 보며 가만히 기다렸다. 한 사람의 인생 전부를 들여다본다는 건 어떤 감각일까 상상해 보려 하면서.

몇 분이 지나도록 재은은 그 자세 그대로 움직이지 않았다. 실내가 유난히 고요해서인지 시간도 더디게 흐르는 느낌이었다. 길어지는 이유가 읽을 게 지나치게 많아서인지, 아니면 탐색이 잘 안 돼서 계속 시도하는 중인지는 구분이 어려웠다. 집중력을 흐트러뜨리기라도 할까 봐 말을 걸 수도 없었다. 지나친 기대 없이 기다리는 것 외에 다른 방법은 없었다.

재은의 목소리는 그로부터 20분이 더 지나서야 들려왔다.

"어렵네."

작은 목소리였는데도 워낙 고요하던 틈이라 선우는 움찔 놀랐다.

"안 읽혀?"

"아니, 읽혀."

"정말?"

그 말에 선우는 한 번 더 놀랐다. 재은이 너무 맥없이 중얼거려서 그 즉시 기대를 접었기 때문이다. 재은은 한 자세로 오래 굳어져 있던 몸을 일으키며 말했다.

"그런데 문제는 너무 무작위라는 거야."

"무작위라니."

선우는 손을 내밀어 재은이 잡고 일어날 수 있도록 도와주었다.

"일단 표지라고 부를 만한 게 없어. 살아 있는 사람의 표지처럼 감정은 없지만, 정보는 물론 많아. 지나치게 많아."

75세의 인생 전체를 겨우 반 시간도 탐색하지 않았다. 서면으로 치면 몇만 장이 있는 건데, 지금 재은은 겨우 몇 페이지 본 것과 다르지 않다고 했다.

"이하나의 탄생 시점 이후로 추려서 보면 범위를 축소할 수 있지 않을까?"

선우가 제안했다. 그것도 적은 분량은 아니겠지만 지금으로서는 최선의 방법 같았다.

"나도 그럴 생각이었는데, 그게 안 돼서."

재은이 팔짱을 꼬았다.

"왜?"

"잔상의 순서가 흩어져 있어. 보통은 그 사람의 표지를 기준으로 전후를 더듬으면서 탐색할 수 있는데. 그러니까 이 서면은 시간 순서대로 정리되어 있지 않아. 그래서 기준을 찾는 의미가 없어."

30살의 기억 다음에 7살의 기억이 나타났다가, 갑자기 70살의 기억으로 뛰었다가. 15살이 되었다가. 카드 게임을 시작하기 전에 카드를 뒤섞어 놓은 것과 비슷하다고 했다.

"그럼 이 유골함에서 읽는 잔상은 일종의 낚시…… 라고 해야 하는 거야?"

비유의 적절함을 의심하며 선우가 물었다.

"맞아. 모든 잔상을 꼼꼼히 읽지 않는 이상은."

"그러면 시간이."

"가능할 것 같지도 않지만, 적어도 다음 주까지는 어림없지."

가연의 출국이 다음 주다.

이 결과에 재은은 적잖이 실망한 빛이었다. 제 힘의 한계에 실망한 것 같기도 했다.

"애초에 큰 욕심 없었잖아. 비록 야근이지만 기대 안 한 연등도 보고 촛불도 올렸고. 어차피 월요일까지는 인내할 각오였고."

재은이 전혀 위로가 안 된다는 표정으로 선우를 보았다.

"만약 한 번이라도 반복되는 장소가 있다면, 그런 몇 군데만 찾아 보면 어때? 내일 그곳들을 좀 찾아가 보고."

나름대로의 대안을 제시해 보았다. 그건 합리적이라고 생각했는지 재은은 고개를 끄덕이면서도 푸념하듯 말했다.

"어디에 나 같은 사람이 또 있다면 헬퍼 요청이라도 하고 싶다."

적어도 한 사람이 탐색하는 것보다는 더 많은 정보가 모이지 않겠냐는 게 요지였다. 그 말에 선우는 한 가지가 궁금해졌다.

"지금까지 없었어?"

"나 같은 사람?"

"돌아가신 너희 부모님이 그랬다든지, 아니면 다른 친인척에게 비슷한 경우나. 보통 이런 힘, 어떤 내력 아니야?"

재은은 고개를 저었다.

"그랬다면 어린 시절이 조금은 더 쉬웠겠지."

일가친척 중에도 그 바깥에서도 지금까지 한 번도 사이코메트리를 만난 적은 없다고 했다.

"그런데 나도 궁금하기는 했어."

다시 유골함 탐색을 위해 자세를 낮춰 앉으며 재은이 말했다. 이번에는 얼마나 걸릴지 모를 탐색이므로 선우도 곁에 나란히 주저앉기로 했다.

"그런 누군가가 또 있는지?"

"그것도 그렇지만, 그 사람이 나를 탐색한다면 내 표지는 과연 뭘지."

"뭐?"

선우에겐 다소 뜬금없는 발상이었다.

"가끔은 나도 내가 어떤 인간인지, 진짜 뭘 원하는지 확신 못 하겠거든. 그래서 그런 사람을 만나면, 나는 나를 좀 읽어 달라고 부탁할 거야."

"정말 아무나 할 수 없는 일이네."

재은은 가방에서 수첩과 펜을 꺼냈다. 이제 본격적으로 탐색 결과를 수집할 모양이었다.

"누군가 수상하게 여기면 슬픔이 커서 추모가 길어진다고 해 줘."

그런 건 걱정하지 않아도 알아서 잘 해결할 수 있었다.

고요함 속에서 재은은 탐색과 메모를 번갈아 이어 갔다. 장소로 추정되는 명사와 관련된 단어들, 그곳을 묘사하는 아주 간단한 스케치였다. 지켜보며 묻고 싶은 내용도 생겼지만 선우는 흐름을 방해하지 않기 위해 침묵을 지켰다. 나중에 확인해도 늦을 건 없었다.

탐색은 소등을 위해 드디어 얼굴을 내민 관리인이 폐관 시간을 알려 올 때까지 이어졌다.

서울로 돌아가는 늦은 밤, 재은을 집 앞까지 데려다주었다. 함께 일하던 때에도 몇 번 데려다준 적이 있는 그곳은 내비게이션 안내 없이도 찾아갈 수 있었다.

오늘 결과는 이렇다 할 만한 게 없어 보인다면서 재은은 내일 다시 납골당을 탐색하겠다고 했다. 대신 선우에게는 오늘 윤이화의 잔상에서 찾아낸 장소 몇 군데의 실제 탐색을 부탁했다. 분업이었다.

내일의 새로운 파편을 기대하며 선우는 핸들을 돌렸다.

11
2016년 가을

김선우 법률 사무소

아침부터 몸이 으스스했다. 기관지가 튼튼하지 못한 체질이라 재은에게는 환절기가 늘 곤욕인데 이번 가을도 어김없었다.

순임은 머리를 짚어 보더니 걱정하면서 생강차와 감기약을 내주었다. 오늘 순임은 지음들과 여행을 떠나기로 되어 있었다. 재은은 순임을 괜히 신경 쓰이게 만든 것만 같아서 미안했다. 기차 시간에 늦겠다며 순임을 재촉하면서 여기는 걱정 말고 잘 다녀오라고 했다. 재은도 이제 법원으로 가야 했다.

의뢰인 전승희 재판은 오전 10시 반이었다. 다섯 번째 기일이자 증인 신문이 있는 날이기도 했다.

해고 무효 확인 소송은 대체로 사실확인서나 진술서 등의 서면에 의지해 재판이 진행된다. 1심에서도 판결까지 진술과 증거 제시 모두 서면으로만 이루어졌고 승희도 거기에 이의는 없었다고 했다. 따라서 이 소송에서 증인 신문이 있는 기일은 이번이 처음이었다.

이쪽의 증인은 승희의 전 클라이언트사의 담당자로 이경진이라는 30대 후반 남성이었다. 거래처 담당자로서 승희와 적지 않은 기간 업무적으로 소통했으며, 승희가 피고 측의 피고용인으로서 그곳의 적절한 인재였음을 진술할 예정이었다.

피고 측에서도 해고의 정당성을 진술할 임원급이 증인으로 출두한다. 승희가 해고된 당시에는 해당 팀의 부장으로, 해당 부서 인사에 관련해 가장 큰 결정권을 행사했던 사람이라고 했다.

재은은 무거운 몸을 이끌고 법원으로 향했다. 변론은 선우의 몫이지만 재은도 재판에는 반드시 출석하려 하는 편이다. 의뢰인이 동행하는 재판에는 더더욱 빠질 수 없었다.

법정 앞 복도에는 선우와 승희가 도착해 있었다. 증인은 곧 도착 예정이라고 선우가 말했다.

사실 승희는 이 신문 기일을 앞두고 크게 초조해했다. 정작 증인은 출석에 흔쾌히 응하며 꼭 도움이 되고 싶다는 뜻을 밝혔는데, 승희가 오히려 제 편이 되어 주겠다는 증인을 부담스럽게 여겼다. 며칠 전까지만 해도 이 증인 신문이 꼭 필요한 절차인지 재차 확인 했다.

재은은 그 이유를 이미 짐작하고 있었다. 해고 당시는 아니었으나 증인은 승희와 현재 연인 관계다. 결혼을 생각하는 중이라고 했다.

그 사실을 듣자 승희가 왜 성폭력에 관한 사실을 일체 함구하는지, 또 이 증인 신문을 꺼렸는지 이해할 수 있었다. 증인이 이 사건과 조금도 접점이 없기를 바라는 것 같았다.

재은으로서는 일단 변론할 선우를, 그리고 궁극적으로는 재판을 계속해 나가려는 승희를 믿고 격려하는 수밖에 없었다.

"들어가서 대기할까요."

선우가 시간을 확인하며 말했다. 승희는 고개를 끄덕였다.

"사건번호 2016나00000."

판사의 낭독과 함께 개정했다.

원고 측에는 선우와 승희가 나란히 착석했고 재은과 잠시 후 도착한 증인 이경진은 그 뒤편 방청석에 앉았다. 약간 거리를 둔 저쪽의 방청석에는 한 중년 남자가 대기 중이었는데 그 얼굴을 확인하자마자 재은은 순간 몸이 굳었다. 승희의 잔상 속 그 남자였다.

오늘 피고 측 증인으로 나오는 건 알고 있었지만 실제로 맞닥뜨리자 재은에게도 긴장이 밀려왔다. 그를 의식하고 있을 승희는 더욱 그럴 것 같았다.

"원고 대리인, 주신문하세요."

이경진이 나와 선서했고 선우가 신문을 시작했다.

"증인은 원고 전승희 씨의 거래처 담당자로, 약 5년 계약 관계를 유지하며 회사 홍보 업무에 관련한 제반 도움을 받으셨죠?"

"그렇습니다."

대답하며 경진은 승희를 보았다.

“일반적으로 홍보 대행 계약을 같은 담당자에게 장기로 일임하는 사례가 흔한지 궁금합니다.”

“기업체마다 성격이 다르겠지만 저희 회사의 경우는 드뭅니다.”

“보통 어느 정도 계약 단위를 선호하시죠?”

“6개월 아니면 1년입니다.

“1년 단위로 4번 연장하셨고요.”

“그렇습니다.”

“그만큼 원고에 대한 신뢰가 두터웠다고 봐도 좋겠습니까?”

“네. 실제로 전승희 씨가 담당하고 난 뒤 가구 매출이 상승세에 들어갔으니까요. 계약을 연장하지 않을 이유가 없었죠.”

“그 말씀은 원고가 전 계약 기간 업무에 균등하게 충실했다는 의미로 해석해도 될까요?”

“네. 한결같은 분이셨습니다. 그래서 갑자기 퇴사하셨다고 해서 좀 놀랐습니다.”

“이후로 다른 담당자를 배정받으셨나요?”

“네, 하지만 더 이상 계약 연장은 하지 않았습니다.”

“왜죠?

“새 담당자분께는 죄송한 말이지만 기획이 신선하지 않았고, 결과도 큰 호응이 없었습니다.”

“지금은 다른 대행사를 찾으셨나요?”

“네. 피고 측의 경쟁사입니다.”

“증인의 부서에서는 연간 어느 정도의 예산을 홍보비로 책정하시죠?"

"대략 8억입니다."

"기업 규모에 비해 적은 예산은 아닌데요."

"네."

"그렇다면, 전승희 씨의 해고로 인해 피고 측은 8억 원 규모의 거래처를 잃었다고 볼 수 있겠군요."

"그런 셈이죠."

"존경하는 재판장님. 실적 부진으로 인한 해고 사유가 정당하다는 피고 측의 주장은 재고해 주시기 바랍니다. 아울러 증인이 진술한 내용을 뒷받침할 자료를 서면으로 제출합니다. 이상입니다."

이어서 피고 측 반대 신문이었다. 피고 측 대리인은 풍채가 크고 유들유들한 인상의 50대 남성으로 변론에서도 신문에서도 늘 차분하고 부드러운 어조로 일관했다. 날카로움은 보이지 않는 대신 상대방이 쉽게 방심하도록 만드는 인상이었다.

"증인은 원고의 퇴사 이후에도 개인적으로 연락을 주고받으셨습니까?"

"그렇습니다."

증인이 대답했다. 선우의 신문 때보다는 경직된 목소리였다.

"원고와 증인은 현재 교제 중인 것으로 알고 있습니다만. 사실 확인을 부탁드립니다."

"그렇습니다."

"원고의 재직 당시에도 동일한 관계였습니까?"

"아닙니다. 정식으로 교제한 건 퇴사, 아니 해고 후입니다. 갑자기 담당자가 바뀌었다는 통보에 저도 당황해서……."

"제가 질문하는 사항에 대해서만 간략히 대답하시면 됩니다."

부드러운 음성이 경진의 말을 잘랐다.

"즉, 일자리를 잃은 피고에 대한 사적인 연민도 진술에 포함될 가능성이 있겠군요."

"그야 그렇지만 엄연히 전승희 씨의 실적은 증거로도 제출한……."

"예, 잘 알고 있습니다."

필요한 대답을 모두 들었다는 듯 대리인은 판사를 향해 말했다.

"사적 관계에 있는 거래처 한 곳의 진술로만 원고의 업무 능력을 공정히 판단하기에는 무리가 있다고 생각합니다. 이상입니다. 재판장님."

바로 피고 측 증인 신문이 이어졌다. 승희의 뒷모습은 고개를 살짝 숙인 채였다. 벌써 기운이 꺾인 걸까 재은은 승희의 상태가 염려됐다. 증인석으로 그 남자가 나오자 승희는 다시 고개를 들었다.

피고 측 변호사가 질문했다.

"증인은 그동안 수많은 영업 사원들을 교육, 관리하셨죠?"

"그렇습니다."

증인이 승희의 방향을 보며 대답했다. 승희와 시선이 아마도 팽팽히 얽혔을 것이다.

"얼마나 근무하셨죠?"

"21년 차입니다."

"숙련된 관리자로서 문제라고 파악하신 원고의 근태를 말씀해 주십시오."

"답변서에도 제출했으니 간단히 하겠습니다."

마치 자신이 재판부의 편의라도 봐주기라도 하는 듯이 그가 운을 뗐다.

"다른 직원들과의 형평성에 위배되는 행동이 많았습니다. 한두 번이야 경위서로 넘어간다지만 제재하지 않으면 다른 직원들의 사기를 꺾으니 관리자로서 결단할 필요가 있었습니다."

"형평성에 어긋난 행동의 예를 들어 주시면 됩니다."

"당연히 근무 태만이죠. 영업 핑계로 외근을 나가 개인 시간으로 사용하는 일이 정말 많았습니다. 목격한 직원들 원성은 물론이었고…… 이번 증거에도 추가로 그 직원들의 진술서를 첨부했습니다."

그 진술서라는 건 1심 때부터 현재까지 계속 누적 중이었다.

"또 있습니까?"

"클라이언트사에 접대비로 책정된 이상의 비용을 승인 없이 결제하는 일도 허다했습니다. 그 역시 다른 직원들 불만이 많았던 사항입니다. 자기 고집이나 독단적인 성향이 지나친 편이었어요. 아, 당시 원고가 작성한 경위서도 첨부했습니다."

"거래처와의 관계는 원만했습니까?"

"항상 그렇지는 않았죠."

이번에 그는 경진을 한번 눈짓으로 보았다.

"아까 원고 측 증인의 근무처보다 더 큰 예산을 저희에게 맡겼던 거래처 하나는, 원고에 대한 불만족으로 계약을 연장하지 않왔습니다. 담당자와 허물없이 지내는 건 좋지만 그쪽의 근무 외 시간이나 휴일에 업무 협조를 요청하는 건 기본이고, 기획 단계에 의견 차가 있을 때는 조율하는 게 아니라 자기 의견부터 밀어붙이는 스타일인데, 거래처 입장에서 기분 좋을 리가 있겠습니까? 그쪽 거래처에서는 대체 누가 갑이고 을인지 모르겠다고 불쾌하다고 했습니다. 제가 '그 친구 의욕이 앞서서 그렇습니다.' 하고 감싸기도 하루이틀이죠."

"해당 거래처의 책정 예산 규모는 어느 정도였습니까?"

"20억입니다. 8억보다는 크지요."

"이상입니다."

마지막으로 선우의 신문 차례였다.

"증인이 진술한 몇 가지 내용 확인하겠습니다."

선우는 피고 측 증인을 바라보았다.

"원고가 위배한 형평성의 근거로, 근무 중 개인 시간 사용을 언급하셨습니다."

"그렇습니다."

"영업 사원은 직군 특성상 노동법으로 보장된 휴게 시간을 자율적으로 사용하는 것이 일반적이지 않습니까? 가장 쉬운 예로 유동적인 점심시간을 포함해서요."

"제가 그걸 모르겠습니까? 문제 제기가 됐다는 건 원고의 근태가 허용 범위를 넘어섰다는 거죠. 뭐, 간혹 은행 업무 정도는 이해합니다. 사람 살다 보면 급할 때가 있으니까. 그런데 부동산에 들러 집을 보러 간다거나 병원에 가거나. 이런 건 아무리 급해도 연차를 사용해야 하지 않습니까?"

"원고의 입사 초기 증인이 직접 트레이닝하셨죠?"

"네, 제가 1년간 맡았습니다."

"당시 증인은 원고의 탁월한 업무 능력을 높이 샀고, 실적에 지장을 주지 않는 한 시간은 유연하게 써도 좋다고 말씀하셨다고요."

"그래서 제가 허락한 일이라고 강조하고 싶은 겁니까?"

"질문은 제가 드립니다."

증인은 잠시 입을 닫았다.

"원고는 영업과 동시에 제작 실무도 함께 했는데요, 초과 근무 일수가 많았습니다. 알고 계십니까?"

"원고 혼자만 야근한 거 아닙니다."

"11시, 12시까지 근무하는 날도 많았습니다만, 그것도 원고의 '의욕이 앞서서'라고 해야 할까요?"

"재판장님."

피고 대리인이 손을 들었다.

"해당 내용은 연장 근로 수당 책정액에 문제가 없었음을 이미 각2호증으로 제시했습니다."

판사가 인정했다.

"근태 평가 기준에 대해 묻겠습니다. 아까 문제 제기라고 하셨는데요. 다른 근로자들이 원고의 근태에 대해 먼저 문제 제기를 했습니까? 원고를 징계해 달라고요."

"그게 중요합니까?"

"그렇습니다."

"직원들이 자발적으로 알려 준 것도 있고, 제가 고과 평가를 하며 조사한 것도 있습니다."

"그렇다면 모든 직원의 근태를 같은 방법으로 동일한 시간을 들여서 지금껏 평가해 오신 걸까요."

"대체로 그렇게 하려고 합니다."

"대체로요?"

증인은 대꾸하지 않았다.

"판례에 따르면 다른 근로자들과 달리 특정 근로자의 근태를 지나치게 감시하는 행위는 직장 내 괴롭힘으로 간주되고 있습니다."

"괴롭힘?"

"원고에게 적용된 엄격한 해고 사유야말로 과연 그 형평성에 어긋나지 않는지, 아울러 부서장의 독단적 행위는 아니었는지 객관적인 확인이 필요하지 않을까요."

곧 마무리해야 할 시간이었다. 다음 재판의 변호사가 이미 대기 중이었다. 그리고 아까까지는 없던 낯선 방청객 한 사람도 눈에 띄었다.

40대 중반 정도의 여자가 서류 가방을 안고 있었다. 그리고 빈 옆자리의 등받이에는 남성용 트렌치 코트가 걸쳐져 있었는데 피고 측 증인의 옷 같았다. 여자는 그의 동행인 모양이었다.

그런데 여자의 시선이 향한 곳은 피고 측 증인이 아닌 원고석 방향이었다. 그 시선의 끝을 확인하려고 재은은 다시 원고석을 보았다. 승희의 등이었다. 여자는 승희를 보고 있었다.

그때 생각이 났다. 승희의 표지에서 보이던 그 여자였다. 오늘은 수수한 메이크업에 사복 차림이어서 같은 인물이라고 생각하지 못했다.

증거 제출이 완료되고 판사가 선고 기일을 논하기 시작하자 여자는 짐을 챙겨 먼저 자리에서 일어났다. 바로 따라 나가려고 재은도 덩달아 일어났으나 약으로 다스려 놓은 오한과 현기증이 다시 말썽이었다. 잠시 의자를 붙든 채로 중심을 잡아야 했다. 그때 여자가 앉았던 자리에 걸쳐 있는 크림색 카디건이 눈에 들어왔다.

재은은 얼른 그 카디건을 집어 들었다. 카디건의 주인과 승희가 함께 있는 잔상이 있는지 빠르게 탐색했다.

찾았다. 카디건의 주인이 승희의 손목을 잡고 탕비실에 들어가 문을 닫는다. 둘만 남자 승희는 눈물이 그렁그렁한 얼굴로 카디건의 주인에게 하소연을 퍼붓는다. 화를 내는 것 같기도 하다. 카디건의 주인은 무심한 표정으로 일단 승희의 말을 들어 준다. 그러나 잠시 후 기가 막힌다는 듯 고개를 젓는다. 너 정말 안 되겠다는 표정.

이 표정이다. 승희의 표지에 있던 그것.

“그거 제 옷인데요.”

갑자기 들려온 목소리에 정신을 차리자 여자가 돌아와 있었다.

“아, 찾아 드리려고 했어요. 잊고 가신 거 같아서.”

여자는 형식적인 감사를 표하고 다시 떠났다. 재은은 원고석을 돌아 보았다.

승희도 이쪽을 보고 있었다. 엄밀히는 지금 여기에 있는 재은이 아니라 이미 떠나 버린 여자의 빈자리를 보는 중이었다. 여전히 하고 싶은 말을 참아 삼킨 눈이었다.

잔상에서 승희는 여자에게 무슨 말을 했을까. 그리고 그때 만약 여자가 고개를 젓지 않았다면 지금의 상황은 어땠을까. 재은은 곧장 여자의 뒤를 쫓았다.

민사부 정문에서 피고 측 증인과 함께 있는 여자를 발견했다. 둘은 잠깐 이야기를 주고받더니 각자 다른 방향으로 향했다. 남자는 흡연 구역, 여자는 주차장 쪽이었다. 재은은 오한도 잊고 여자에게 달려갔다.

"잠깐 말씀 좀 나누고 싶습니다."

재은의 재등장에 여자는 놀라긴 했어도 피하지는 않았다.

"전승희 씨의 해고 통보서에 기재되지 않은 다른 이유에 대해서요."

여자는 말없이 재은을 보다가 한참 만에 입을 열었다.

"승희가 저를 찔러 보라고 하던가요?"

재은은 대답하지 않았다.

"그럴 각오는 됐대요?"

"각오요?"

"제 얼굴에 먹칠하는 일이잖아요. 애인 눈치도 봐야 할 테고."

여자는 핸드백에서 담배를 꺼내며 조용한 데로 가자고 했다. 피고 측 증인이 사라진 쪽과는 반대 방향의 흡연 구역으로 향했다.

"소개가 늦었습니다."

흡연 구역에 도착해 재은이 명함을 건넸다. 여자는 연기를 길게 뱉은 후에 제 명함을 꺼냈다. 비서 이윤정이라는 이름이 새겨져 있었다.

"초라한 명함이지만, 이마저도 얼마나 써먹을 수 있을지 모르겠네요."

그러더니 한 대 피우겠냐는 듯이 담뱃갑을 내밀어 보였다. 재은은 고개를 저었다. 연기만으로도 벌써 목이 따끔거렸다.

"지금 녹음하는 거 아니죠?"

윤정이 확인했다.

"아닙니다."

"뭘 원하시는데요?"

재은은 당시 부서장이었던 피고 측 증인으로부터 있었던 위계에 의한 성폭력을 뒷받침할 증언을 윤정이 해 줄 수 있는지 물었다.

"왜 처음부터 그걸 주장하지 않고 이제야요?"

윤정이 물었다.

"숨기고 싶으니까 이제까지 증거로 제시 안 한 거 아니에요?"

"한 번 도움을 요청했지만, 이윤정 씨가 거절하셨다고 알고 있어요."

잔상을 상기하며 재은이 말했다.

"그래서 변호사님을 보냈다?"

"그게 제 업무인걸요. 대리인."

윤정은 남은 담배를 다 태울 때까지 말이 없다가 재떨이에 꽁초를 버릴 때야 다시 입을 열었다.

"상무님과 승희의 관계는 영업부 직원이라면 대강 알았어요. 일이 년도 아니고 분위기라는 게 있잖아요. 그렇다고 승희가 그 일로 내부적으로 도움을 요청한 적은 없었어요. 다들 잘못됐다는 건 알지만 잘못된 채로 지내기로 한 거죠. 상무 말마따나 자잘한 편의를 봐주는 것도 분명 없지는 않으니, 승희도 완전무결하지는 않은 느낌이었을 테고요. 이런 일들이 다 그렇겠지만."

윤정을 휴대폰으로 시간을 한 번 확인했다.

"모르죠, 뭐. 결혼 상대가 생기기 전까지는 그렇게 버틸 수 있었는지도."

"오늘 저희 쪽 증인 말이죠?"

"네, 거래처 그 사람이요. 사귄 건 회사를 떠난 다음이지만 그 전부터 서로 호감은 있었어요. 승희가 그 사람을 먼저 좋아했던 것 같고요. 그 얘기를 상무한테 하자마자 이 사달이 난 거니까."

그만 관계를 정리하고 싶다고 승희가 상무에게 요구했다. 처음부터 너무 괴로웠다는 말과 함께.

"상무는 무슨 상관이냐고 했어요. 네가 앞으로 누굴 만나든 너만 입 다물면 되는 거 아니냐고요. 말이 전혀 안 통하니까 승희는 사내 위원회에 고발할 거라고 했어요. 제 생각에 그건 진심이기보다는 얼떨결에 해 버린 말 같았는데, 상무의 성질을 돋운 거죠."

"상세히 알고 계시네요."

"비서잖아요. 방 안에서 옥신각신하는 소리는 적당히 듣고 살아요."

이 사람이 직접 목격자인 증인이 될 수 있다는 뜻이었다.

"아시는 것처럼 제가 승희를 말렸어요. 위원회에 고발하려는데 증인이 되어 주거나, 그게 어렵다면 저 사람을 설득이라도 해 달라는 걸 됐다고 했죠. 뭘 기대하느냐고. 상무는 사장 집안사람이고 네가 뭘 하든 네 손해로 돌아올 테니까 일 키우지 말라고요."

"그래서 저희 의뢰인은 뭐라고……."

"언니 그렇게 살지 마, 했던가. 공범이라고 하셔도 할 말은 없어요."

윤정은 눈을 한 번 깊이 감았다가 떴다.

"그러곤 한참 조용했어요. 승희도 중요한 결재를 제외하면 안 왔고. 그래서 그해 승희가 승진 대상에서 밀리면서 그걸로 일단락되나 했는데, 결국 해고까지 가더라고요."

"이윤정 씨는 얼마나 근속하셨는지 여쭤봐도 될까요?"

"14년이요. 부서 이동은 조금씩 있었지만."

"다른 유사한 사례를 보신 적은 없을까요? 피고 측 증인에 의한 다른 피해라든지."

"여기요."

"네?"

"나 말이에요. 고분고분 말 잘 듣는 피해자라고 해야 하나."

윤정은 담배를 하나 더 꺼내려다가 생각을 바꿨는지 핸드백을 닫았다.

"혼자 애 키우는 사람한테 이만한 직장 없었거든요. 승희 때문에 상무에게 문제가 생기면 나한테도 불똥 안 튄다는 보장은 없으니까요."

"그러니까……."

"상무가 승희를 건드리기 전에는 저였어요. 덕분에 사회생활 수월하게 하는 거라며 온갖 생색은 다 내면서."

재은은 오한도 열감도 잊고 윤정의 목소리에 온 신경을 기울이고 있었다.

"가 봐야겠어요. 아무리 편의를 봐준다 해도 성질을 안 내지는 않거든요. 이따 저녁에 다시 얘기해요."

"이윤정 씨."

걸음을 옮기는 윤정을 불러 세웠다. 정작 의뢰인의 동의는 구하기 전이지만 그래도 분명히 확인해 두고 싶었다.

"도움 주신다는 말씀이시죠?"

"왜요. 마음 변하셨어요?"

윤정이 돌아보며 물었다.

"이윤정 씨가 감수해야 할 위험 부담이 있을 테니까요."

"지난주에 상무 책상에서 대외비 문서를 하나 봤는데, 곧 있을 회사 합병 과정에서 감원이 상당했어요. 제가 그 명단 안에 있었고요. 저는 이미 위험해요."

윤정이 씁쓸한 미소를 지으며 말했다. 아까 명함을 내밀며 이마저도 얼마나 써먹을 수 있을지 모르겠다는 말을 재은은 이제야 이해했다.

"아니면 승희 말마따나, 이제 그렇게 살기 싫은 건지도요."

이미 귀가 중인 승희에게 연락했다. 경진과 함께 있었지만 재은은 의뢰인과 둘만 이야기하고 싶다며 양해를 구해 조용한 카페로 갔다.

윤정과 주고받은 대화를 전하자, 승희는 왜 변호사님은 자기가 바라지도 않는 일에 나서느냐며 화를 먼저 냈다. 보통 때와 다르게 곧 울음이라도 터뜨릴 것 같았다.

재은은 승희와 시선을 마주하며 말했다. 결정은 온전히 승희의 몫이라고. 원하지 않는다면 수면 아래 그대로 재워 둘 거라 약속한 다음 이렇게도 덧붙였다.

만일 윤정의 협조로 모든 것을 폭로한다면 승희 씨의 세상이 한번은 크게 덜컹거릴 테고 그 과정은 당연히 쉽지 않을 거라고. 하지만 하고 싶은 이야기를 속에 영원히 묻어 둔 채 살아가기가 훨씬 더 어렵지 않겠냐고.

승희 씨의 마음은 그게 쉽지 않다는 걸 이미 알고 있기에, 전면전은 아니라 해도 이 소송을 시작한 게 아니었냐고.

침묵 속에서 재은은 기다렸다. 창밖의 색깔이 변했으니 꽤 오랜 시간이 걸린 셈이었다.

승희가 결연한 눈빛을 다시 불러온 그 순간까지.

느지막한 귀갓길, 택시 안에서 재은은 변론 재개 절차를 밟아 달라고 선우에게 연락했다.

시간은 자정에 가까웠고 재은의 체력은 거의 바닥난 상태였다.

빌라 입구를 지나 집 현관까지 아득한 기분으로 걸음을 옮기면서 선우의 질문 공세에만 겨우 대꾸를 이어 갔다. 선우는 아직 사무소였다. 새로운 흐름을 타고 고조된 기운이 전화 너머로도 고스란히 전해져 왔다.

"그럼 이윤정 씨 만나는 건?"

"내일 당장은 어렵다고 해서 일단 주말로 이야기했어. 연락처는 지금 공유할게."

신발을 벗고 들어가자마자 전화가 연결된 상태 그대로 선우에게 메시지를 전송했다.

"확인해 봐."

"왔어."

"그렇다고 당장 전화하지는 말고."

"그 정도 매너는 있어."

오늘의 할 일은 모두 마쳤다.

순임은 내일 오후에나 올 테니 이제는 아무 생각 말고 쉬자 생각하며, 재은은 거실의 조명 스위치를 더듬어 찾았다. 그러나 손끝에 무엇 하나 만져지는 것 없이 어슴푸레한 집 안이 큰 각도로 기울어지더니 바닥에서 쿵 소리가 났다.

"어, 한재은!"

둔탁한 소리와 함께 찾아온 어둠에 잠기기 전에 재은에게 들려온 선우의 마지막 목소리였다.

12
달빛수사

4일 오전

"아니, 나 말고 엄마."

몸 상태가 나쁘다는 말에 걱정되는 한편 아픈 사람치고 목소리는 나쁘지 않다고 생각했는데 재은은 그렇게 말했다. 환자는 엄마라고.

"고열이 안 떨어져서 새벽에 응급실로 모셔 왔어. 검사가 하나 남았는데 언제 끝날지 아직은 알 수 없어서."

휴일 응급실의 어수선한 소음은 선우에게도 잘 들려왔다. 잠결에 전화를 받아 이제야 시간을 확인했다. 7시가 조금 넘었다.

"지금 상태는 좀 어떠셔?"

"열은 떨어졌어, 방금 잠드셨고."

재은의 대답에도 졸음이 묻어 있었다.

"곁에 있어 드려. 너도 눈 좀 붙이고. 오늘은 네가 어제 읽은 장소들 찾아가 볼게."

지난밤 서울로 돌아오는 길 재은이 유골함에서 읽은 중복된 잔상 중, 특정할 수 있는 장소를 검색해 정리해 두었다. 가장 많이 나타난 장소는 역시 윤이화가 생활했던 집이었다. 그곳을 제외하고 비교적 최근의 잔상 중 이하나와 함께 두 번 이상 방문한 장소로 총 네 군데가 발견되었다. 모두 수도권이었고 최근까지 지내던 그 아파트에서 멀지 않은 곳이었다.

"그래도 괜찮을까?"

재은이 안심찮게 물었다.

"어차피 분업으로 할 일이었잖아. 걱정하지 마."

순임의 간호로 잠을 설쳤을 재은에게는 유감이지만, 선우는 모처럼 깊은 잠을 잔 밤이었기에 몸 하나는 개운했다. 어쩌면 이 달빛수사에 어느덧 적응해 버린 것인지도 몰랐다.

"그중에 집안 사정을 조금이라도 아는 데가 있을지 모르니까, 부족한 재주지만 최대한 인터뷰 시도해 보겠습니다. 기자님."

나름대로 분위기를 띄우려고 한 이야기였는데 재은은 아무 반응이 없었다.

"선우야."

그러더니 무언가 망설이며 이쪽의 이름을 불렀다.

어쩐지 분위기가 심상치 않아 선우는 괜히 긴장했다.

"사실 부탁이 하나 있는데, 꼭 들어주면 좋겠어."

"부탁?"

"나 대신 약속 하나만 나가 줄 수 있을까?"

"약속이 있었어? 오늘?"

갑작스러운 소식이었다. 어제까지만 해도 재은에게 오늘 다른 일정이 있다는 말은 듣지 못했다.

"아니, 약속이라기보다는 방금 전화가 왔어."

재은이 설명했다.

"와 줄 수 있냐고 해서 일단 알았다고 했는데. 거절하기 어려운 일이거든."

일요일에 새벽같이 급무를 던지는 그 무례한 의뢰자는 대체 누구냐고 추궁하려다가 선우는 입을 다물었다. 생각해 보니 자신도 재은의 휴일을 가로챈 무례한 의뢰자 중 하나인 까닭이었다.

"중학생 아이인데, 오늘 집에 있기가 좀 힘든 거 같아."

"중학생?"

"너만 젊은 친구 있는 건 아니거든."

백가연을 말하는 모양이었다. 아무튼 뜻밖의 답이었다.

"그래서 오늘 조사에 동행해도 괜찮으니까 데리고만 있어 줄래? 좀 부탁할게."

마을변호사 활동 중 알게 된 아이로 이름은 최세영이었다.

재은은 처음에 세영이 아니라 세영의 엄마를 먼저 알았다고 했다. 가정 폭력으로 인한 이혼 상담이었다. 재은은 몇 차례에 걸쳐 이야기를 들어 주고 도움을 줄 수 있는 기관도 연결해 주었다. 그러나 세영의 엄마는 어느 날 홀연히 사라졌다. 세영의 표현에 따르면 지옥 같은 집안을 탈출한 것이라고 했다. 단지 그 지옥에 자기를 남겨 놓았을 뿐.

재은이 부탁에 앞서 뜸을 들였던 것은, 이제 재은도 선우의 어린 시절을 알게 되었기 때문인 것 같았다. 아닌 게 아니라 선우는 전혀 모르는 아이의 이야기를 들으면서도 집 안에 혼자 남겨졌던 망연한 제 얼굴을 가까이 들여다보고 있는 중이었다.

"정 힘들 때 갈 데 없으면 연락하라고 한 게 나였거든. 그래서 오늘만 드라이브 파트너인 셈치고."

거절할 수 있을 리가 없잖은가.

"당연하지, 알았어."

"고마워."

"별말씀을."

"정말로."

오늘은 순임만 신경 쓰라 하고 선우는 통화를 종료했다. 그리고 원래의 계획보다 더 바빠진 오늘을 위해 기꺼이 잠자리에서 빠져나왔다.

아주 조금씩이라도 앞으로 나아가고 있다는 이 감각을 믿기로 하면서.

"최세영?"

창문을 내리며 이름을 부르자 작고 마른 남자아이가 대답도 없이 조수석의 문을 벌컥 열고 차에 올랐다. 당황하지 않았다면 거짓말이지만 그래도 손을 내밀어 악수 먼저 청했다.

"한재은 변호사 파트너 김선우야."

"네."

당신이 누군지는 그리 중요하지 않다는 표정의 세영은 건성으로 악수를 끝내고 가방에서 무언가를 꺼내 두 손에 쥐었다. 휴대와 거치 모두 가능한 콘솔 게임기였다.

진회색 프레임에 양쪽 끝이 오렌지색으로 마감된 저 제품은 선우가 잘 아는 물건이기도 했다. 뒤집어 보면 에이엠에스티의 로고가 있을 그것. 회사를 먹여 살리는 주력 제품 중 하나인 오렌지 큐브다.

"그랬군."

재은이 어째서 베타 클럽을 요구했는지 이제야 알 것 같았다. 게임은 무슨. 역시 안 어울렸다.

이른 아침부터 기온이 높았다. 세영은 바깥에서 기다리는 사이 땀을 제법 흘린 듯했다. 선우는 에어컨을 조금 더 세게 조절했다. 아이의 옷차림은 수수했고 상하의 모두 긴소매였다.

그때 어디선가 많이 듣던 멜로디가 귓가에 진동했다. 회사에서 방송 공지가 있을 때 앞서 나오는 그 게임 음악의 인트로였다. 순간 사무실로 소환된 기분이었다.

"깜짝이야."

시끄러워서 그렇다고 생각했는지 세영은 즉시 게임기의 볼륨을 낮췄다. 재은이 이 멜로디를 알고 있는 이유도 이제 분명해졌다.

"고맙다. 내가 그 음악에 좀 예민하거든."

"왜요."

"……있어, 그런 게. 벨트 매라."

세영이 느릿느릿 벨트를 맸다. 그리고 재은은 저리 가라 할 정도의 무신경한 목소리로 물었다.

"오늘 선생님이 아픈 거예요?"

말투는 그래도 오늘 재은이 못 나온 게 신경 쓰이는 모양이었다.

"아니, 선생님의 엄마가."

"아."

"재은이를 선생님이라고 불러?"

"그럼 뭐라고 불러요."

"……그건 나도 모르겠다."

"선생님은 선생님의 남친이에요?"

똑같은 호칭이 두 번 반복되었지만 그 둘이 가리키는 대상의 구분에 문제는 없었다. 다만 선우가 잠시 할 말을 잃었을 뿐이다. 그사이 세영은 게임기를 바라보며 도리질을 하고 있었다.

"짝사랑이구나."

"……오해가 있는데, 젊은 친구."

세영은 듣고 있지도 않았다. 진실은 아무래도 상관없는 모양이었다. 선우는 화제를 바꿨다.

"그보다, 오늘 계속 여기저기 이동하기만 할 거라 심심할지도 모르는데."

"알아요."

"……그래."

선우는 마음을 비우고 첫 번째 목적지를 향해 출발했다. 오늘의 드라이브 파트너를 알아갈 시간은 앞으로 충분할 테니.

잔상에서 알게 된 윤이화는 여행과 더불어 무언가 배우기를 좋아했다고 재은이 말했다.

오늘의 목적지 중에는 구립 체육 센터, 백화점 문화 센터가 포함되어 있었다. 각각 수영과 노래 교실로 하나가 함께 수강한 것은 아니지만, 윤이화가 로비나 휴게실에서 기다리던 하나를 보며 반가워하는 모습이 잔상에 몇 번 남아 있었다.

가장 처음 들른 곳은 체육 센터였다.

"안녕하세요. 사물함 대여 관련해서 여기에 여쭤보면 될까요?"

"네, 말씀하세요."

회원 접수 창구 직원이 미소로 응대했지만 선우는 곧장 용건을 묻지 못하고 잠시 머뭇거려야 했다. 이제부터 할 이야기에는 허구가 상당히 가미될 예정이기 때문이었다. 조사 과정 중에 약간의 거짓말은 필요한 정보를 얻기 위해 불가피한 일이었다. 혼자라면 개의치 않았을 텐데 지금은 곁에 세영이 있어서 신경이 쓰였다.

그래도 태연함을 놓치지 않으며 입을 뗐다.

"다른 게 아니라 저희 장모님께서 오랫동안 여기 회원이셨는데요. 올봄에 운명하셨습니다."

그 말에 창구 직원은 간단히 조의를 표했고, 세영은 미간을 살짝 찡그렸다.

"아마 대여해 쓰시던 사물함 정리가 안 되어 있을 텐데, 쓰러지신 후에는 저희도 내내 경황이 없어서 유품을 정리하다가 이제야 생각이 나서요."

"그렇지 않아도 요즘 사물함 장기 연체가 늘어서 곤란했는데, 일부러 와 주셔서 감사하네요."

"해야 할 일인 걸요."

"보관 중인 물품이나 연체가 있는지 바로 확인할게요. 성함과 생년월일이 어떻게 되셨죠?"

사실 사물함 대여 상황의 결과는 전혀 중요하지 않았다. 대화의 문을 두드리고 자연스럽게 다음 질문을 꺼내기 위한 열쇠일 뿐이었다. 선우가 윤이화의 이름, 그리고 유골함에 적혀 있던 생년월일을 말하자 확인을 마친 접수 창구 직원이 말했다.

"윤이화 회원님은 수강 초기에만 사물함을 이용하셨어요. 굳이 필요하지 않으셨는지 6개월 쓰고 해지하신 걸로 나오거든요. 이후에 수강은 계속하셨지만요. 그래서 연체는 전혀 없으세요."

"그렇군요. 챙길 게 많았다 보니 아내한테 착오가 있었나 봅니다."

어깨 아래에서 작게 웃는 세영의 콧소리가 들렸다. 선우는 못 들은 척했다.

"그런데 혹시, 장모님과 함께 수강하던 분들이 그대로 계실까요? 저희가 친인척끼리만 간소하게 장례를 치른 바람에 미처 부고를 못 전해서, 겸사겸사 뵙고 인사도 드릴까 하고요."

본론은 이것이었다. 윤이화의 집안 사정을 알 만한 누군가와의 접점을 만드는 일.

백가연의 말에 따르면 이하나에게는 윤이화가 엄마 같은 존재였다. 윤이화가 머물러 간 자리 어딘가에 이하나의 흔적을 찾아낼 단서가 하나쯤 남아 있기를 선우는 기대했다.

"어르신 반은 보통 멤버 변동이 없는 편이라, 다는 아니더라도 몇 분은 계실 거예요."

창구 직원은 그렇게 말하며 시간표를 확인하고서 다음 주 목요일 2시 클래스라고 알려 주었다.

"다음 주 목요일이요?"

다소 먼 날짜 통보에 이번에는 선우가 미간을 찡그려야 했다.

"화목토 반이셨는데 다음 주 화요일은 센터창립기념이라 전체 휴강이거든요. 그다음 가장 빠른 수업이 목요일이에요."

"……알겠습니다."

지체 없이 다음 장소로 이동할 시간이었다. 선우는 의미심장한 눈으로 자신을 보는 세영을 데리고 체육 센터를 빠져나왔다.

두 번째는 꽃 가게였다.

지금은 비워진 이하나의 집에서 도보로 30분가량 떨어진 곳에 있는 작은 꽃집이었다. 윤이화가 하나와 동행한 장소의 잔상 중 세 번 나타난 곳이다.

가게 이름은 '화랑'이었다. 동명의 꽃집은 전국에 셀 수 없이 많았지만 그 아파트의 주소지 인근으로 범위를 좁히자 두 군데로 줄어들었고, 지도 애플리케이션에 등록된 상점 사진과 재은의 잔상을 대조해 장소를 특정했다.

대로에서 이면 도로로 진입해 조금 더 들어가니 저 멀리 측면 간판이 보였다. 1층에 여러 상가가 줄지어 있는 틈에 위치한 가게였다. 별도의 주차 공간은 없어서 그 앞에 정차해 두어야 했다.

화랑의 입구는 아담한 테라스로 꾸며져 있었다. 파스텔톤 페인트로 칠한 낮은 울타리가 경계를 감싸고, 현관문을 중심으로 양쪽에 배치된 계단식 선반에 옹기종기 모인 작은 화분들이 마치 합창단처럼 들어오는 손님을 환영했다.

꽃이 핀 화분도 초록 잎으로만 뻗어 나온 화분도 모두 누군가 정성스럽게 돌본 흔적이 엿보였다. 색 배치도 조화로워서 지나가는 사람의 눈길과 발길을 제법 끌 것 같았다.

현관문은 두툼한 목재로 윗부분에 유리창이 끼워진 모양이었다. 주변 가게들과 다른 운치가 물씬 풍겼다.

"여기선 또 어떤 거짓말을 하는 거예요?"

막 시동을 끌 때였다. 게임기를 끄며 세영이 물었다.

"선생님 결혼도 안 했으면서 무슨 장모님."

"젊은 친구."

선우가 당부하듯 말했다.

"재은이도 아마 자세한 설명은 안 했을 거라고 생각하는데, 이건 조사 과정에 필요한 절차야. 그러니까 누군가와 이야기를 나누는 중에는 부탁이니 그런 말은 꺼내지 말아 줄래?"

"누가 그런대요?"

대꾸하며 세영이 먼저 차에서 내렸다. 선우는 얕은 한숨을 내쉬며 꽃집 문을 열었다.

작업대에서 꽃다발을 묶고 있는 꽃집 주인은 선우보다 약간 더 나이 든 남자였다.

"바쁘신데 실례합니다. 말씀 좀 묻고 싶은데요."

괜히 세영을 한 번 의식하며 선우는 윤이화의 사진을 내밀었다. 수상한 사람은 아니라는 의미로 이번에는 명함도 함께 건넸다. 에이엠에스티의 명함이 아니라 예전 사무소 명함이었다.

"아, 베고니아 할머니."

꽃집 주인은 단번에 윤이화를 알아보았다. 고객을 부르는 애칭이 따로 있을 정도라면 이 사람에게 뭔가 하나쯤은 듣게 되지 않을까 하는 막연한 기대가 찾아왔다.

"못 뵌 지 좀 됐는데 어떻게 지내세요?"

그러고는 선우에게 안부를 물었다. 세영은 뭐라고 할지 궁금하다는 얼굴로 선우를 빤히 바라보는 중이었다. 이번에 선우는 유언을 집행 중인 변호사라며 윤이화의 부고를 전했다.

꽃집 주인은 진심으로 안타까워하며 조의를 표했다.

"어르신 걸음으로는 댁에서 가까운 편도 아닌데 정말 꼬박꼬박 와 주셨어요. 예전에 좋아하시던 꽃집이 있는데 저희 집이 거기랑 닮아서 편하다고 하셨거든요. 그런데 어쩐지 갑자기 발길이 뚝 끊겼다 했습니다."

이 꽃집은 회원제로 고객을 관리하면서 카페에서 손님을 닉네임으로 부르듯 탄생화로 부른다고 했다. 윤이화는 11월 15일생 고객이어서 베고니아 할머니였다. 꽃집 주인은 윤이화라는 이름이 제게는 오히려 낯설다고 하며 회원 기록을 열어 보았다.

윤이화는 화랑의 10년 고객이었다. 마지막으로 다녀간 날짜는 지금으로부터 1년 전. 아마도 요양원으로 떠나기 직전이었을 거라고 선우는 추측했다.

"그렇지 않아도 고인께서 생전에 이 꽃집 단골이었다는 말씀을 들었습니다. 그래서 고인을 조금이라도 더 잘 아시는 분의 의견을 구하고자 몇 군데 찾아뵙고 있는 중입니다만."

"의견이라 하시면……."

꽃집 주인은 의아해하면서도 긴장한 기색이었다. 웬 변호사가 불쑥 찾아와 사망한 고객에 관하여 묻는 일이 아무래도 일상적인 상황은 아닐 것이다.

"선생님께선 윤이화 씨와 이렇게 대화를 나누기도 하셨습니까?"

"네. 뭐. 꼭 베고니아 할머니 아니어도 주문하시면 기다리는 시간이 있으니, 하다못해 날씨 얘기라도 하게 되죠."

"고인께서는 보통 동행이 있으셨나요?"

이미 아는 내용이지만 그렇게 물었다.

"혼자 오실 때도 있고, 클로버 학생이랑 오실 때도 있고."

"클로버 학생이요?"

"할머님 손녀요."

하나인 모양이었다. 사진을 보이자 그는 맞는다고 확인해 주었다. 꿈이 만화가라며 어릴 땐 재잘재잘 말도 많았는데 교복을 입은 다음부터는 조용해진 아이라면서.

"따님하고는 오신 적이 없으십니까?"

"글쎄요. 없었을 겁니다. 그랬다면 제가 꽃 이름으로 기억했을 테니까요."

"그렇겠군요."

"그런데 할머님의 가족분들 이야기는 왜……."

선우는 어느 정도 솔직히 털어놓기로 했다. 여기서는 그래도 될 것 같았다.

"윤이화 씨의 유언장을 집행해야 하는데 따님과 연락이 닿지 않아서요. 손녀분도 마찬가지고요."

"예? 그동안 같이 지내지 않으셨던가요?"

"최근 1년은 요양원에 계셨거든요. 그사이에 따님이 사시던 집은 처분이 된 상태고요."

"아니, 그럼 설마, 지금 따님은 베고니아 할머님이 돌아가신 것도 모른다는 겁니까? 나 참, 어떻게 그럴 수가 있죠? 아무리 다 크면 자식도 소용없다지만……."

꽃집 주인은 말도 안 된다는 듯이 탄식했다.

그의 오해는 굳이 바로잡지 않고 선우가 다시 말했다.

"그래서 저도 지금 곤란한 입장이라 이렇게 윤이화 씨 가족과 안면이 있는 분들을 찾아뵙고 뭔가 아시는 바가 없는지 여쭙는 중입니다. 혹시 윤이화 씨가 손녀와 혹시 여기서 나눈 대화 중에서라도 우연히 듣고 기억하시는 내용이 있다면 그런 것도 좋고요."

꽃집 주인은 한숨을 뱉으며 고개를 저었다.

"오죽하면 여길 찾아오셨을까 싶은데 저도 결국 타인 아닙니까. 참……. 도와 드릴 수 있는 게 없어서 송구하네요."

나중에라도 생각나는 게 있으면 연락을 부탁한다며 선우는 그만 걸음을 물렸다.

이후 두 곳의 사정도 마찬가지였다. 김밥집은 꽃집과 비슷한 반응이었고, 백화점 문화센터는 수강생도 강사도 분기마다 바뀌는 시스템이라 지금 강좌에 관계된 사람은 윤이화를 알 가능성이 없을 거라고 했다.

"배고파요."

오늘 각 장소에서 들은 얼마 안 되는 이야기를 휴대폰 메모장에 정리하고 있을 때 세영이 맥없이 쏘아붙였다. 그러고 보니 벌써 1시 가까운 시각이었다.

"아, 미안. 젊은 친구 뭐 먹고 싶어?"

"그냥 이름으로 부르시면 안 될까요."

배고픔을 시위하는 목소리였다.

"알았어. 세영이는 뭐 먹고 싶은데."

"조용한 데가 좋아요."

동문서답이었지만 조용한 곳이라고 하니까 여기에서 멀지 않은 적당한 곳이 선우의 머릿속에 바로 떠올랐다.

13
달빛수사

4일 오후

카페 포말의 주인은 선우를 알아보며 반갑게 인사했다.

단 한 번 다녀갔는데 굉장한 눈썰미였다. 꽃집 화랑의 주인도 그렇고 손님 얼굴 기억해 두기는 자영업자의 기본 능력인 걸까 선우는 생각했다.

"오늘은 다른 친구분과 오셨네요."

클립보드에 끼운 메뉴판을 내려놓으며 카페 주인은 세영에게 미소 지었다. 다른 테이블 손님은 딱 한 팀뿐이라 카페는 세영의 바람대로 조용했다.

"제 친구 아니에요."

선우가 메뉴를 넘기며 대꾸했다. 소심한 복수였다. 메뉴 너머 세영이 뚱한 얼굴로 선우를 쏘아보았다.

"재은이 친구예요."

"친구의 친구면 내 친구죠, 뭐."

"들었지? 재은이랑 난 그냥 친구야."

카페 주인의 해석을 가로채 선우는 세영에게 강조했다. 세영은 반쯤 뒤돈 자세로 카페를 살피느라 어른들의 대화에 이미 관심이 없었다.

세영은 크림 리소토를 주문했고, 선우도 같은 것으로 골랐다. 세영은 식사가 나오기 전까지 눈으로 부지런히 내부를 탐색했다.

"여기 마음에 들어?"

"밥을 먹어 봐야 알겠죠."

선우의 물음에 세영은 시큰둥하게 대답했다.

하긴, 커피는 맛있었지만 식사의 맛이 또 어떨는지는 선우도 아직 모를 일이었다.

"그런데 여기 분위기가 닮았어요. 게임에 등장하는 어떤 마법인의 약국이랑."

"마법인?"

낯설면서도 낯설지 않은 단어의 등장에 선우는 솔깃해졌다.

"그 캐릭터는 마법 약사인데 밤의 눈을 밝혀 주는 마법 포션을 만들어 팔아요. 그 아이템을 획득한 마법 경찰은 정령이랑 대화할 수 있는 시간이 길어지는데요, 왜냐면 정령은 밤에만 나타나서…… 아무튼 거기 제조실이랑 비슷한 느낌이에요."

말해도 모를 거라 생각했는지 도중에 설명이 끊겼다. 그리고 세영은 덥다며 양쪽 소매를 차례를 걷어붙였다. 그 잠깐의 사이 선우는 바짝 마음을 졸였다. 아이의 두 팔은 일단 깨끗했다. 잠시 잊고 있었지만 세영은 오늘 하루 '지옥'에서 도망쳐 나와 있는 상태다.

"왜요?"

빤히 바라보는 시선에 세영이 물었다. 선우는 얼른 대화로 돌아왔다.

"아니. 그 게임. 스토리가 괜찮은 거 같아서. 나도 해 볼까 하고."

"정말요?"

의심뿐인 대꾸였다. 온종일 거짓말을 뻔뻔하게 늘어놓은 대가였다.

"어른에게도 퇴근 후 취미 생활 하나쯤은 필요하거든. 제목 뭐야? 아, 지금 가지고 있어?"

"……이제 배터리 별로 없는데."

선우의 재촉에 세영은 오렌지 큐브를 꺼내며 중얼거렸다. 전원을 켜자 곧 익숙한 인트로가 흘러나왔다.

"달빛수사1이에요."

아까와는 다르게 그 멜로디가 조금은 반갑게 들렸다.

"1이면 2도 있겠다. 그치?"

2는 겨울에 출시 예정이라고 세영은 선우가 이미 아는 답을 말했다.

그리고 달빛수사를 먼저 플레이 해 본 유저의 팁을 전수해 주겠다면서, 식사 시작부터 끝까지 마법 포션의 다양한 사용법에 대해 눈을 반짝이며 설명했다. 오렌지 큐브를 플레이해 둔 상태로 캐릭터도 하나하나 알려 주었다.

그러나 선우의 그릇이 작았다. 규칙은 물론이고 캐릭터도 헷갈렸다. 세영은 알려 주는 보람이 하나도 없다는 듯 실망스러운 얼굴이었다. 테이블에서 빈 그릇은 치워졌지만 선우의 깨진 자존심과 민망함은 어디로 치울 곳이 없었다.

5시 무렵 재은이 도착했다.

안정을 되찾은 엄마를 집에 모셔다 놓고 세영을 보러 잠시 들렀다. 장염으로 추가 검사 결과에서도 특별한 이상은 보이지 않아서 며칠 잘 쉬면 괜찮을 거라고 했다.

한시름 놓은 재은을 보자 선우도 조금은 마음이 편안해졌다.

오늘 하루 선우와 어땠느냐고 묻는 재은에게 세영은 거짓말을 밥 먹듯이 하는 선생님인데, 그런 것치고 나쁜 사람 같지는 않다고 했다. 그 말에 선우와 재은은 동시에 웃었고 결국 세영도 멋쩍게 웃었다.

수제 캐러멜시럽이 토핑된 아이스크림을 디저트로 식사를 마무리한 다음 그만 자리를 정리했다.

아침에 어색하게 만났던 곳에 세영을 다시 내려 주었다. 집 앞까지 함께 가 줄까 했지만 세영이 거절했다.

그리고 돌아서기 전에 선우에게 오늘 재밌었다고 다음엔 게임 공부 꼭 해 오라면서 손도 한번 흔들어 주었다. 아이의 등은 곧 골목을 꺾어 사라졌다.

웃으며 보내기는 했어도 선우는 지금 돌려보내도 괜찮은 건지, 너무 늦었거나 아니면 너무 이른 건 아닌지 솔직히 염려스러웠다.

전쟁터 같은 집에 들어가기 좋은 시간 따위는 없고 도움에도 한

계가 있음을 자신이 가장 잘 알지만, 그래서 더 마음이 쓰였다. 소수석 재은의 시선도 세영이 사라진 골목 입구에 머물러 있었다.

"그래도 세영이 작년에 비하면 밝아졌어. 건강해지기도 했고. 오늘 보니까 그새 키도 더 컸네."

겨우 반나절 함께한 선우는 알 수 없는 세영의 성장을 재은이 말했다.

세영의 아버지는 주중엔 타 지역 건설 현장 관리자로 일하고 주말에 귀가한다고 했다. 문제는 그동안 내내 술에 절은 채 세영을 괴롭힌다는 것이었다. 이틀 중 하루는 이웃집에서 신고가 들어갈 정도로 시끄러운 집이었다. 선우에게는 남 이야기 같지 않았다.

그럴 때 세영은 집을 빠져나와 도서관이나 친구 집 신세를 지기도 하지만, 그마저 어렵거나 용돈도 없으면 재은에게 도움을 요청한다고 했다. 뭘 먹고 싶냐는 질문에 조용한 곳이 좋다고 하던 대답의 진심이 이제야 와닿았다. 선우가 물었다.

"신체적 폭력은?"

"전에는 있었는데 내가 한 번 협박한 뒤로는 없어졌어. 잔상을 통해 확인했으니 그건 분명해."

"협박?"

재은에게 협박이라니. 도대체 어울리지 않는 단어의 등장이었다.

"세영이가 당신의 친자가 아니라는 걸, 세영이한테 말할 거라고."

"무슨 뜻이야?"

"그 사람 세영이의 친부가 아니야. 엄마가 임신해서 온 아이를 낳아 키운 거지. 그리고 그 사실을 세영이가 알게 되는 걸 아주 두려워해."

재은이 그를 처음이자 마지막으로 대면했을 때 표지에 나타난 유일한 감정이 두려움이었다고 했다. 세영에게 그토록 위압적으로 굴면서도, 진짜 아버지가 아니라는 걸 알면 일말의 망설임도 없이 떠나갈 아이를 떠올리며 그는 두려워했다.

"결국 혼자 되는 게 두려운 거겠지. 자신은 나이 들어 가고 아이가 자란다는 건 누구나 아는 거니까. 실은 겁쟁이인 거야. 폭력의 변명이 될 수는 없지만."

"사람은 왜 정작 가장 가까운 존재에게 다정하지 못한 걸까."

과거를 상기하며 혼잣말로 중얼거리는 선우에게 재은은 이렇게 말했다.

"글쎄, 잔혹해지는 것보다 다정해지는 데 더 큰 용기가 필요해서겠지."

재은의 집 앞에 도착하자 길었던 해도 완전히 자취를 감췄다. 쓸 만한 정보가 있다고 보기는 힘들었지만 오늘 정리한 메모는 재은과 공유했다.

재은이 내리며 인사했다.

"오늘 고마웠어. 수고도 많았고."

"나도. 내일 일정 미리 고마워할게."

"그러게. 이제 월요일이다."

내일은 출근해야 하는 선우 대신 재은이 움직이겠다고 했다. 오전에 시젠 어패럴, 거기서 원하는 결말을 맞이하지 못한다면 이람고등학교로 간다.

재은이 빌라 안으로 사라지고 잠시 후 3층의 복도 조명이 반짝 켜졌다가 다시 어두워졌다. 집 안으로 들어가 엄마와 고양이를 다정하게 부를 재은을 떠올리면서 선우는 차를 돌렸다.

약 3년 전, 선우는 딱 한 번 재은의 집에 들어가 본 적이 있다. 첫 의뢰인인 전승희의 항소심 판결을 앞두고 중요한 증인을 확보했던 그날이었다.

쿵 소리와 함께 대화가 끊겼다. 몇 번 이름을 불러도 응답은 없고 전화는 연결된 그대로 적막만이 흘렀다. 이상했다. 오전 법원에서 약간 기운이 없어 보이기는 했으나 오늘 변론기일을 앞둔 긴장으로만 생각했다.

통화를 종료하지 않은 채로 선우는 재은의 집으로 향했다. 불길한 예감이 밀려들었다. 하필 판결의 흐름을 뒤틀 새로운 증인을 막 확보한 순간인 까닭이었다.

사회적 약자의 편에서 활동하는 변호사들이 때로 위기를 겪는다는 건 선우도 알고 있다. 협박이나 회유를 당하는 경우도 많고, 심지어 그런 일을 도맡아 하는 심부름꾼도 시장의 한 축으로 존재한다.

박상수 대표에게도 그런 심부름꾼, 일명 '회색 지대' 인맥이 다수 있었다. 사실 조회와 합법적인 절차로 알 수 없는 상대의 허점이 필요할 땐 그 인맥의 도움을 받았다.

이 세계의 그러한 이면을 알고 있으니, 이 일을 시작하면서 어느 정도 각오를 다지지 않은 것은 아니었다. 그러나 이 정도 사건으로 설마 하는 마음과 역시 그럴지도 모른다는 불안이 뒤섞인 채 재은의 집 앞에 다다랐다.

그동안 몇 번 데려다주기는 했지만 집 안으로 들어갔던 적은 없었다. 선우는 3층까지 단숨에 뛰어 올라가 문을 잡아당겼다. 문이 잠겨 있을까 열려 있을까 생각조차 하지 않았다. 오히려 문고리가 부드럽게 돌아가며 바로 열리자 그제야 무언가 잘못됐다고 느꼈다.

"한재은?"

다급하게 들어간 집 안은 캄캄하고 조용했다. 빈집에 침입한 기분이었다.

어둠에 적응 못 한 눈으로 선우는 신발을 벗고 조심스럽게 발을 디뎠다. 안쪽에서 고양이가 한 번 야옹 하고 울었다. 그 방향으로 겨우 몇 걸음 옮겼을 때 발아래 무언가가 묵직하게 채였다. 사람의 체온이었다.

"재은아!"

당장 주저앉아 외상이 있는지 먼저 살폈다. 의식을 확인하려고 얼굴을 만졌을 때야 열이 끓고 있다는 사실을 깨달았다. 오한으로 어깨가 떨리고 있었다.

그제야 선우는 놀란 가슴을 진정시켰다. 우려했던 상황은 아니었다.

거실 불을 밝히자 선명해진 모습의 고양이가 선우를 향해 질책하듯 야옹 소리를 냈다. 재은은 현관에서 신발을 벗자마자 몇 걸음 전진도 못 하고 쓰러져 버린 모양이었나. 컨디션이 아침부터 나빴을 텐데 참고 일한 게 분명했다.

선우는 상비약이 어디쯤 있을지 눈대중으로 집 안을 훑어 보면서 재은의 얼굴에 맺힌 식은땀부터 닦아 주었다. 그러자 지금까지 무방비하게만 있던 재은이 소스라쳐 놀라며 몸을 바싹 움츠렸다. 마치 손대지 말라는 듯이.

"괜찮아. 나야."

재은은 눈을 감은 채 찡그리기만 할 뿐이었다.

"너 진짜. 얼마나 놀랐는지 알아? 내가 무슨 생각 하면서 여기까지……."

잔소리를 하기에는 적절하지 않은 타이밍이었다. 오늘 재은이 애써 주지 않았다면 새로운 증인 역시 존재하지 않았으니까. 미안하고도 고마운 복잡한 마음이었다.

"해열제 어디에 있는지만 알려 줘. 내가 찾아올게. 아니면 응급실 갈래?"

"됐어. 가."

이렇게까지 고요한 순간이 아니라면 잘 들리지 않을 정도의 작은 목소리로 재은이 중얼거렸다.

말도 안 되는 소리였다. 재은이 사적인 시간을 중요하게 생각하는 건 알지만 그럴 때가 아니었다. 순임도 집에 없는 것 같았다.

"내가 찾아볼게. 그래도 조금 움직일 수 있어? 여기 차가워. 방에 눕혀 줄게."

이번에는 손길이 닿기 무섭게 재은이 몸의 방향을 바꿨다. 손가락 하나 까딱하기도 힘들어 보이는데 필사적으로 피하는 모습이 이상했다.

동시에 삼색 고양이는 몸을 낮추고 매서운 눈으로 선우를 노려보았다. 고양이 눈치를 살피면서 선우는 혼자의 힘으로 재은을 부축해 일으켜 보려 했으나 재은은 다시 몸을 돌려 선우의 팔 사이를 빠져나갔다.

"가라니까, 너."

"재은아."

"……읽어 버린다고."

"뭐?"

"그냥 가, 좀."

잠꼬대처럼 재은이 중얼거렸다. 대체 무슨 고집인지 이해할 수 없었다. 이때의 선우로서는 읽어 버린다는 게 무슨 뜻인지 알 도리가 없었으므로. 그저 혼미한 의식으로 아무렇게나 하는 말이라고만 생각했다.

"너라면 갈 거야? 환자를 두고?"

재은이 한숨을 내쉬었다. 귀찮고 힘들어 죽겠는데 도대체 왜 말을 안 듣느냐는 짜증과 원망이 담긴 신음 같은 한숨이었다.

재은이 함부로 읽지 않기 위해 최선을 다하고 있다는 사실을 선우는 까마득히 모르는 채로, 괜한 자존심을 세운다고만 생각했다.

결국 선우는 스스로 약을 찾기로 했다. 그렇게 부엌 찬장을 살피기 시작할 때였다. 방문이 쿵 닫히는 소리에 돌아보자 거실에는 고양이만 덩그러니 남아 있었다.

선우는 집 안에 굳게 닫힌 유일한 문에 똑똑 노크했다.

"재은아. 너 진짜 왜 그래."

"가라고."

"아까도 말했지만……."

"그게 날 돕는 거야."

방 안에서 쥐어짠 목소리가 들려왔다. 선우는 기가 막혔다.

"한재은. 문 안 열면 내가 어떻게든 열고 들어갈 거야."

"그럼 다시는 너 안 봐."

"뭐?"

대체 이건 무슨 협상인지.

"알았어. 갈 테니까, 약은 먹어. 그게 조건이야."

선우는 이제 코앞의 문을 향해 부탁했다.

대답은 들리지 않았다. 긍정하는 건지 아니면 대답할 기력조차 잃은 건지 구분이 안 됐다.

눈에 닿는 곳을 부지런히 살폈지만 결국 약은 못 찾았다. 당직 약국이라도 갈 작정으로 현관을 열었을 때 선우는 생각을 고쳐 좀 더 확실한 방법을 구하기로 했다.

휴대폰을 열어 오래 연락이 멈췄던 번호를 불러 왔다. 이미 꺾인 자존심이니 한 번 더 못 꺾일 것도 없었다.

유민진. 박연에 근무할 때 법조타운 내에 있던 가정의학과 원장이다. 재은에게 털어놓았던 굴욕적인 비밀의 그 주인공이었다.

민진은 늦은 밤 전 애인의 긴급 호출에 가벼운 욕을 덧붙이면서도 증상을 묻더니 결국 와 주었다. 낯선 사람의 목소리와 노크가 끈질기게 이어지자 재은도 결국 방문을 열었다. 대신 선우는 들어오지 못하게 했다.

진찰을 마친 민진은 독감이니 잘 쉬게 해 주라고 했다. 과로는 당연히 금물이라며.

"주사 놨으니 열은 차차 떨어질 거야. 약도 전달했어. 처방은 내일 출근해서 낼게."

"고마워."

"너한테 옮기기라도 할까 주의하는 걸 거야. 둘 다 아프면 사무소가 멈추잖아."

"……글쎄."

왠지 그런 이유는 아닐 것 같다고 생각하며 선우는 민진을 주차장까지 배웅했다.

"그런데 오래 살고 볼 일이다."

차에 오르며 민진이 말했다.

"뭐가."

"그 김선우가 지금 여자 친구 살려 달라고 전 애인을 부를 줄이야."

"아니거든. 여자 친구."

"아무튼 맞잖아. 중요한 사람. 아니면 그렇게 될 사람. 아냐?"

그건 굳이 반박하지 않았다.

"아닌데 네 자존심에 나까지 불렀겠어?"

약간 저돌적인 태도가 민진의 매력이기는 했다. 결론적으로는 그게 맞지 않아서 삐걱거리게 된 셈이지만.

민진은 화목한 가정에서 큰 곡절 없이 자랐다. 항상 사람들과 섞이고 교류하며 왁자지껄하게 살기를 좋아했다. 좋은 것도 싫은 것도 꾸밈없이 표현하고 그 결과를 즐기거나 때로는 감수하고, 넘어지다가도 넘어서는 사람이었다.

잃을 것을 두려워하지 않는 타입이라고 해야 할까. 남김없이 사랑해 버리는 타입이라고 해야 할까. 그런 방식이 낯선 선우에게 민진은 감당하기 어려운 존재였다. 민진도 머지않아 그걸 알았고 결과는 이별 처방이었다.

"아는 의사가 너 하나뿐이라 부른 거야. 잰 그냥 파트너고."

"이런. 여전히 겁쟁이네."

"내가?"

"아니라고는 하지 마. 네 그 단단한 껍질 나도 나름대로 힘들었으니까."

떠나기 직전까지도 민진은 쓴소리를 아끼지 않았다.

다시 집으로 올라갔을 때 재은의 방문은 단단히 봉해져 있었다. 다름 아닌 이거야말로 단단한 껍질이라는 표현에 어울리는 풍경이었다. 이번에는 고양이도 보이지 않았다.

그만 돌아갈까 했다가 선우는 거실 소파에 기대앉았다. 이대로 선우가 나가 버리면 현관을 잠가 줄 사람이 없었다. 지금 상태의 재은에게 그걸 기대하기도 어려웠다.

그대로 졸다 깨기를 반복하다 선우는 새벽을 맞았다. 방 안에서 들려오는 고양이가 바스락거리는 소리를 알람 삼아 정신을 차렸다.

약은 발견하지 못한 대신 냉장고에서 찾아낸 재료 몇 가지를 다듬어 가볍게 먹을 수 있는 죽을 만들기 시작했다. 한참 뭉근하게 끓고 있을 때 닫혀 있던 방문이 드디어 열렸다.

재은은 자기 집을 남의 집 보듯 어색하게 걸어 나왔다. 부스스한 모습이지만 식은땀도 오한도 없이 바로 서 있는 재은을 확인하고 나서야 선우는 이제 정말로 가도 괜찮겠다는 생각이 들었다.

"부엌 좀 빌렸어. 이거 먹고 약도 챙겨 먹어."

왜 아직 여기 있느냐는 표정에 대한 변명이었다.

"그런데 엄마는 언제까지 부재중이셔?"

"오늘 오셔."

잠겨서 가라앉은 목소리로 재은이 대답했다.

"독감이라고 격리 잘 했대. 그런 의미에서 이제 진짜로 갈게. 식사 거르지 말고, 물 많이 마시고. 아, 혹시 엄마 늦어지시면 나 불러도 돼. 다시 안 본다는 매정한 소리는 말고."

"……선우야."

가스 불을 잠그고 현관으로 향할 때였다. 중요한 할 말이 있기라도 한 것처럼 재은이 선우를 불렀다. 그러나 잠깐 뜸만 들이다가는 얼굴색과 크게 차이가 없는 창백한 입술을 당기며 옅게 미소 지었다.

"아냐. 어젠 미안했다고. 그리고 고맙고."

"됐으니까 사무소는 걱정 말고 며칠 쉬어. 이윤정 씨한테는 내가 연락할게."

"응."

선우도 마주 미소 지었다. 그리고 집을 나서기 전, 문득 재은을 한번 안아 주고 싶다는 마음을 가만히 밀어 두며 어젯밤 민진의 말을 떠올렸다.

중요한 사람. 그렇게 될 사람.

제 감정을 어떤 형태라고 정의 내리기에는 다소 애매했지만 완전히 틀린 말은 아니었다.

민진의 말처럼 선우는 누군가를 사랑하기엔 겁이 많았다. 그건 상대를 온전히 신뢰해 본 적 없다는 뜻이기도 했다.

때로는 자기 자신조차도.

순간순간 살아가기 위한 공존의 방법을 터득해 왔을 뿐, 누구에게도 제 마음의 바닥까지 깊이 내어 준 적은 없었다.

하지만 서늘한 아침 공기를 느끼며 스스로에게 질문해 보았다.

어쩌면 재은에게는 그래도 되지 않을까 하고.

14

2017년 여름

김선우 법률 사무소

"먼저 판결 선고하겠습니다."

판결문 낭독이 시작됐다. 약간 긴장한 재은과 다르게 원고석에 앉은 승희의 등은 제법 의연해 보였다.

비로소 찾아온, 1년 이상 길어진 항소심 판결의 순간이었다.

법정 내 이 재판의 관계자는 선우과 재은, 승희, 그리고 피고 측 대리인뿐이었다. 그는 현재 이 재판과 다른 형사 재판을 동시에 맡고 있다.

그 형사 재판의 피고인은 작년 증인 신문 기일, 사측의 증인이었던 승희의 전 상사다. 승희에게 위계형 성폭력을 가한 혐의로 그는 기소되어 얼마 전 해당 재판의 1심 판결에서 징역 4년을 선고받았다.

당시 어려운 결정을 내린 승희가 그를 형사 고발하면서, 이 재판의 변론 기일에 증인으로 출석한 이윤정은 자신이 알고 있는 내용을 재판부에 거짓 없이 증언했다.

허튼짓하면 고과 만져 내보내는 건 일도 아니니 각오하라고 원고를 협박했던 내용, 윤정을 비롯한 다른 직원들에게 원고의 업무 태만에 대한 진술서를 작성하도록 종용한 점, 그리고 피고가 윤정에게도 수년간 가했던 위계형 성폭력 사실 등이었다. 재판부는 모든 증거를 채택했다. 이후 피고 측에서 제시한 증거는 대부분 관련 없는 증거로 기각되었다.

지난한 1년 끝에 마침내 오늘이었다. 예상보다 한참 지연된 선고일이지만, 형사 재판의 결과 또한 중요한 증거로 채택되기에 의미 없는 기다림은 결코 아니었다.

"원고 전승희, 피고 주식회사 판크라스 미디어."

재은은 귀를 기울였다.

"피고의 원고에 대한 해고는 무효임을 확인한다."

계속해서 소송 비용 부담, 부당 해고 기간에 대한 급여 지급 등의 판결 내용이 이어지는 동안 승희의 어깨가 느슨하게 내려왔다. 무거운 짐을 떠나보내기라도 하듯이.

선우는 승희에게 '수고하셨습니다.'라고 간단한 축하를 건네고는 재은을 돌아보았다. 조용한 법정이라 한껏 체면을 차리고 있지만 표지를 읽는다면 환호를 터뜨리고 있을 얼굴이었다.

이제 그 정도는 눈빛만으로도 알 수 있었다.

인터뷰를 마치고 나오자 부재중 전화 한 통과 함께 승희의 메시지가 남겨져 있었다.

판결 선고 후 기쁨을 나눌 여유도 없이 재은은 취재 일정이 있어 먼저 법원을 떠나야 했다. 그사이 승희가 고마움의 인사를 장문으로 남겨 놓았다.

읽고 나서 답장을 쓰려다 그래도 목소리로 전하는 게 더 좋을 것 같아 재은은 전화를 걸었다. 바깥은 벌써 노을이 번지고 있었다.

"일하시는데 제가 방해한 건 아닌지, 죄송해요."

"아뇨. 이제 퇴근이라서 괜찮아요."

"어쩐지 한 변호사님이 김 변호사님보다 훨씬 더 바쁘신 것 같아요."

"네, 그건 사실이에요."

재은의 대답에 승희가 웃었다. 그러고 보니 언제부턴가 승희의 웃음을 어렵지 않게 보고 듣게 되었다.

숨겨 두었던 아픔을 이야기하고 싸우고, 그런 네가 틀리지 않았다는 대답도 얻어 냈으니 마음은 그 전보다 시원해졌을 것이다.

물론 좋은 일만 있었던 건 아니다. 승희는 증인으로까지 나서 주었던 경진과 형사 재판이 시작되자마자 헤어졌다.

자세한 사정은 묻지 않았지만, 한동안 그 일과 형사 재판 관련 조사로 힘들어하는 승희를 윤정이 지지해 주었다는 사실은 재은도 알고 있었다. 승희는 느리지만 조금씩 기운을 차려 갔다. 자신의 존엄을 위해서.

"변호사님은 지겨우실 수도 있지만, 아까는 제대로 인사도 못

드렸던 것 같아서요. 다시 감사해요."

"용기를 내고 버텨 준 사람은 전승희 씨예요."

"두 분이 지치지 않게 도와주신 덕분이죠."

그러더니 물었다.

"두 분은 승소하면 축하 파티 같은 건 안 하세요?"

"아…… 파티라기보다는."

축하 의식이 있기는 한데 사무실 규모에 맞게 간소한 편이었다. 그렇지 않아도 지금 그 시간을 앞두고 있는 중이었다. 취재가 끝날 즈음에 맞춰 선우가 이쪽으로 데리러 오겠다고 했다.

단조로운 축하 의식은 이러했다.

승소 판결이 있는 날은 6시 이후로 근무하지 않으며 함께 저녁 식사를 하고 짧은 드라이브를 한다. 그렇게라도 휴식을 만들어 끼워 넣지 않으면 해가 언제 뜨고 지는지도 모를 삶이었기 때문이다.

승희와 통화를 마치고 선우를 기다리는 동안 재은에게는 초조함이 조금씩 밀려왔다. 오늘의 축하는 어쩌면 평소와 다르게 간소하게 끝나지 않을지도 모른다는 부담감 때문이었다.

지연된 판결이 오늘 내려졌듯이, 재은도 고백의 순간을 오늘 이후로 더 늦추지 않기로 결심했다.

실은 지난해에 정말로 이야기하려 했던 적이 있었다.

잠시 의식을 잃을 정도로 아팠던 날, 자신을 위해 꼬박 밤을 새운 선우를 보며 지금 바로 고백해야겠다는 마음이 울컥 솟았었다. 지금이면 괜찮을 것 같다는 확신에 가까운 느낌이었다.

그러나 결국 입이 떨어지지 않아서 다시 한 해를 지나 보내야 했다.

날씨 때문인지 고백의 결심 때문인지 조금 덥다는 생각이 들 무렵, 멀리서 다가오는 선우의 차가 보였다. 재은은 출발선에 선 주자처럼 한 번 심호흡을 했다.

"나는 지금 그대로가 좋아."

대리인으로서 재판에서 변론도 하지 않겠느냐는 선우의 의견에 재은은 딱 잘라 말했다.

"그래도 일하다 보면 욕심이 좀 생기기도 하지 않아?"

"전혀."

"음, 알다가도 모르겠다니까."

"뭐가."

"분명히 열심이기는 한데, 애매하게 한 발 물러나 있는 열심의 의도라고 해야 할까."

정작 오늘 알다가도 모를 사람은 김선우였다. 사치스러운 파인 다이닝에서 여유 있게 저녁을 먹은 것도 그렇고, 드라이브 대신 공원 산책을 제안한 것도 보통 때와는 다른 선택이었다.

여름밤 공원은 생기가 넘쳤다. 낮에는 모르던 시원한 기운을 느끼며 천천히 걷다 보니 아까는 초조했던 마음도 조금은 편안해졌다. 어쩌면 둘뿐인 차 안보다 적당히 붐비는 이런 곳이 고백에는 더 적당할지도 모르겠다는 생각이 들었다. 군중의 평범한 일상 가운데가.

“아무튼 박연 퇴사하던 날 로비에서 널 안 만났으면 지금 어떻게 살고 있었을까 가끔 궁금하긴 해.”

재은은 무심하게 말했다.

“어떻긴. 다른 사무장이랑 일하고 있겠지.”

“오늘도 그 사무장이랑 재판 다녀오고?”

“그렇겠지.”

“그 사무장이랑 저녁 먹고.”

“응.”

“그 사무장이랑 산책하고.”

다시 응 하고 대꾸하기도 전에 선우는 찡그리며 그건 싫다고 자문자답했다. 그 친밀한 푸념이 재은은 싫지 않았다.

“아니, 애초에 개업조차 안 했을지도 몰라.”

“보자마자 다짜고짜 개업 선언한 게 누구였더라.”

“그건…… 마음의 방향이 그랬다는 거지.”

“반쯤 허풍일 줄은 알았어.”

“아아, 그래서.”

재은은 뭐가 그래서냐는 듯 선우를 보았다.

“다른 절반이 되기로 작정한 거구나 싶어서. 허풍이 허풍으로 남지 않게.”

그렇게 말하며 선우는 오른손으로 재은의 왼손을 감싸 쥐었다.

발걸음은 여전히 앞을 향해 나아가는 중이었다. 두 사람 분량의 느릿한 발소리가 두근거리는 심장의 진동과 나란히 울리기 시작했다.

재은은 그 손을 계속 잡은 채로 오래 걷고 싶었다. 제 비밀을 고백한 이후에도 변함없이.

더 이상 미룰 수 없었다.

재은이 걸음을 멈추자 선우도 그래야 했다. 한 사람이 멈추면 '우리' 역시 그렇게 되는 법이다.

포개져 있던 손을 조심스럽게 떼어 내며 재은은 선우를 마주 보았다. 그 순간 그의 두 눈에 의아함과 긴장의 빛이 희미하게 서렸다. 평소 긴장을 모르는 얼굴이기에 재은에게는 그 변화가 선명하게 보였다. 아무리 어두운 밤이라 해도. 그에게도 제 얼굴이 그렇게 보일 터였다.

"혹시 내가…… 착각했을까?"

선우가 확인하듯 물었다.

"아니면 처음 만났을 때처럼 하필 이 얼굴이라 마음에 안 든다거나. 그거라면 내가 변론할 말이 좀 있는데."

재은은 고개를 저으며 제 안의 모든 담담함을 끌어모아 입을 열었다.

"네가 알아야 할 게 있어, 김선우."

그리고 시작했다. 고백을 향한 고백을.

"너, 사이코메트리라고 들어 본 적 있어?"

어리둥절해하는 선우를 향해 돌려 말할 것 없이 직구로 던졌다. 이 고백은 가급적 빨리 마치고 싶기도 했고, 이미 망설여 온 시간도 충분히 길었기 때문이다.

"사이코메트리?"

선우가 단어를 확인하듯이 물었다. 제대로 들었다는 뜻으로 재은은 고개를 끄덕였다.

"영화 같은 데서 보면 물건을 만져서 소유자에 대한 기억을 투사해 보거나 하는 초능력. 그런 거 아니야?"

선우는 그 나름대로 생각하는 사이코메트리를 정의했다.

"비슷해. 맞아."

사람들 대부분은 영화와 소설 속에 존재하는 그 정도의 이미지로 간단하게 알고 있다. 재은은 구체적인 설명을 더했다.

"네 말처럼 물건에서 소유자의 잔상을 읽는 거야. 어떤 사이코메트리는 물건뿐 아니라 사람에게서도 생각이나 기억, 감정을 읽기도 해. 서로 닿거나 만졌을 때 그 상대방의 현재 의식 상태가 밀려든다고 해야 하나. 물건을 읽을 때보다 훨씬 강력한 정보지."

경청하고는 있지만 선우는 지금 이 주제가 끼어들어야 할 이유를 도무지 모르겠다는 표정이었다. 재은은 각오하고 대화의 보폭을 크게 뗐다.

"그러니까. 내가…… 그래."

"……뭐가?"

"내가 그런 걸 읽을 수 있어. 난 사이코메트리야."

재은은 그동안 정체성을 숨겨 온 그림자 밖으로 완전히 걸어나왔다.

그리고 침묵이 찾아왔다. 예고된 것이라고 해도 좋을 긴 침묵이.

재은의 비밀을 아는 존재가 또 하나 늘어나는 순간에는 늘 이런 종류의 침묵이 내려 앉았다. 재은은 이걸 충격 침묵이라고 불렀다. 어른이 되어서는 처음 겪는 침묵이었다.

고백을 들은 선우는 굳은 그대로 미동도 없이 재은을 응시할 뿐이었다. 당연했다. 사이코메트리가 실재한다는 사실부터 선뜻 믿기는 어려울 텐데, 그게 지금 네 눈앞에 있다는 말을 들었을 때 당장 그렇구나 할 사람은 없었다.

"우리가 연인이라면 나는 결국 너를 읽지 않을 수 없게 될 거야."

재은이 설명을 이었다.

"손을 잡고 입을 맞추고 안고."

이런 이야기부터 입 밖에 꺼내야 하는 상황은 겸연쩍었지만 정확한 이해를 돕기 위해서는 어쩔 수 없었다.

"그러는 과정에 나는 네 인생의 많은 부분을 알게 될지도 몰라. 네가 말하지 않아도. 그리고 어쩌면 말하고 싶지 않은 것도."

다른 산책자 두 사람이 기분 좋은 웃음을 터뜨리며 곁을 스쳐 지나갔다. 그들의 말소리가 아주 멀어질 때까지도 선우는 입을 열지 않았다.

이제 재은은 가만히 선우의 목소리를 기다렸다. 그가 충격 침묵을 끝내는 순간을. '아, 그렇구나. 그럼 어쩔 수 없지. 좀 읽히지 뭐.' 정도로 끝나지 않는다는 사실은 재은이 가장 잘 알고 있었다.

재은에게는 이 고백이 자신을 이해해 달라는 부탁이나 설득이 아니었다. 내가 존재하기 위하여 세상의 허락을 구할 필요는 없으므로.

만일 선우가 이 고백을 받아들이지 않는다면, 재은은 담담히 고개를 끄덕일 작정이었다. 상처 입은 마음은 늘 그랬듯 시간이 보듬어 줄 것이다.

다만 바라는 것이 있다면 한 가지였다. 그저 아프게 찌르는 말만은 하지 않아 주었으면. 그 정도 기대는 해도 괜찮지 않을까라는 깃털 같은 무게의 바람을 쥐고서 선우를 바라보았다.

"어쩐지."

목소리는 한참 후에야 들려왔다. 그러나 선우의 시선은 자기의 발끝을 향해 있었다. 그래서 표정이 잘 드러나 보이지는 않았으나 온화한 곡선을 그리고 있지 않음을 바로 알 수 있었다.

"……어쩐지 지나치게 매끄럽다고 생각했어."

가라앉은 목소리로 느지막하게 고개를 든 선우는 지난 1년 반 동안 재은이 본 적 없는 눈을 하고 있었다. 다른 사람이었다면 평소의 선우와 다른 점을 찾을 수 없을 만큼의 미묘한 차이였지만, 재은에게는 그렇지 않았다. 마치 어떤 질문을 해 올지 예측할 수 없는 상대 변호사 같은 눈이었다.

목구멍 깊숙한 곳에 작은 돌멩이 하나가 툭 걸리는 것 같았다.

"의뢰인 속내를 다 들여다보는 것만 같고, 전혀 새로운 증거나 참고인이 등장하고. 이상하게…… 일이 자연스럽게 풀린다고 생각은 했어."

그동안 품어 왔던 의문에 대한 답을 비로소 알겠다는 듯 선우는 말했다.

"그럼 전부 유도 신문이었다고 해야겠네."

"그렇지는 않아."

재은의 반박은 허공으로 흩어졌다. 선우는 지난 1년을 머릿속으로 빠르게 복기하는 중인 것 같았다. 의뢰인은 어디까지 발화로 진술했는지, 재은과 자신에게 동일하게 공유된 정보량은 어디까지였는지, 그와 달리 재은만 알고 있던 정보는 무엇이었는지, 그 순서가 어떻게 이루어졌었는지 계산 중인 게 분명했다. 재은이 그 힘을 언제 그리고 어떻게 사용했는지 반추하는 것이었다.

"왜 지금까지 말 안 했어?"

드디어 그의 질문이었다. 여름밤에 어울리지 않는 건조한 목소리였다.

"하려고 했어. 이건 말하기 쉬운 문제는……."

"쉽고 어렵고의 차원이 아니잖아."

선우의 얼굴빛은 창백해져 있었다.

"네가 말한 게 정말이라면, 이건 신뢰의 문제야."

어떻게든 평정을 지키려 해 보지만 마음처럼 안 되는 듯했다.

"나에게도 신뢰의 문제라서 이제야 이야기하는 거야."

재은도 분명히 강조했다.

"나도 긴 고민 끝에 결심하고 네게 이야기하는 거라고. 누구에게나 아무에게나 이렇게 하지 않아. 이게 의무는 아니니까."

선우는 동의하지 않는 표정으로 물었다.

"얼마나 읽었어?"

"……뭐?"

"얼마나 읽었느냐고. 나에 대해서는."

이어지는 질문에 재은은 할 말을 잃었다. 왜 그의 얼굴이 창백해졌는지 비로소 깨달았다.

“우리 1년 반을 거의 매일 함께 있었어. 같은 사무실에 같은 차. 같은 서류 만지고 같은 의뢰인 만나고 같은 물건 만지고.”

“선우야.”

“솔직하게 말해 줘. 나는 네가 무슨 생각하는지 조금도 알 방법이 없으니까.”

‘너와는 다르게’라는 꼬리가 생략된 말이었다. 선우는 격앙된 감정을 애써 누르고는 있으나 이미 날 선 목소리까지 감추지는 못했다.

재은은 마음을 붙들고 말했다.

“닿는다고 그 즉시 읽는 게 아니야. 함부로 읽지 않도록 기본적으로 항상 차단하고 있어. 타인을 들여다보는 건 나에게도 힘든 일이니까. 무엇보다 일일이 다 알고 싶지도 않아. 옳지도 않고.”

“의뢰인들은?”

신문이 시작된 것 같았다.

“사건 관련한 잔상 몇 가지는 맞아. 인정해. 그게 오늘의 승소 이유고. 내가 도움이 안 되지는 않을 거라 했던 건 그런 의미였어.”

“나를 얼마나 읽었는지도 물었어.”

“두 번.”

재은에게는 아주 쉬운 질문이었기에 망설임 없이 대답했다.

그 두 번이 언제인지 선우도 추측해 보려는 것 같았지만 그에겐 어려울 것이었다.

“첫 번째는 법조 타운 로비에서 만났을 때. 네가 고쳐 써 준 명함을 읽었어. 네가 박연을 나온 이유가 궁금했거든."

재은은 그 명함에서 읽은 선우의 선생님, 즉 1인 시위자와의 기억을 설명했다. 즉 선우가 말하기 전 그 사건의 일부를 이미 알고 있었다는 사실을.

"두 번째는 작년 가을."

독감으로 아팠던 그날이었다.

"그날은 불가항력이었어. 그래서 필사적으로 피했는데."

선우의 눈동자가 미세하게 흔들렸다.

"말했듯이 평소에는 힘을 통제하지만, 그게 안 될 때가 있어. 몸이 아플 때나…… 그러니까 충분한 긴장을 유지할 수 없을 때."

그 예는 앞서 설명했으니 반복할 필요는 없었다.

"흘러들어 오는 네 감정 읽지 않으려고 그날 최선을 다했어."

"그래도 무언가 읽기는 읽었다는 거야?"

숨길 것은 없었다.

그날 재은에게 '오늘은 이야기해 버릴까.'라는 충동을 불러들였던 그런 감정이었으니까. 신뢰를 닮은 감정들.

"나를 걱정하는 마음. 그리고 좋아하는 마음."

"또 다른 날은?"

선우가 마치 그 두 감정으로부터 피해 서려고 하는 사람처럼 빠르게 질문했다.

"……다른 날?"

"그게 전부라고 어떻게 확신하지?"

"그건……."

"증거가 없다면."

그 말에 재은은 시야가 아득해지는 듯했다.

목격자도 물증도 없이 아무것도 하지 않았음을 증명하는 것만큼 어려운 게 없다는 사실을, 세상에서 가장 잘 아는 직업을 가진 두 사람이었다.

목소리가 나오지 않았다. 너무 잔혹한 말이라서.

진심으로 증거가 필요하다고 하면 없는 것은 아니었다. 재은의 기준으로는 더없이 분명한 증거가 있었다. 비록 손에 만져 잡히는 그런 증거는 아니지만.

"널 좋아해."

다만 이렇게 차가운 방식으로 말하게 될 줄 몰랐을 뿐이다.

"그게 내 증거야. 좋아하니까 읽지 않았어. 그건 변하지 않는 규칙이거든. 그리고 좋아하기 때문에 결국 이렇게 이야기하는 거고."

그렇게 말하면서도 역시 이야기하지 말아야 했을까 뒤늦은 후회가 밀려왔다. 이 또한 지금 그대로가 좋다며 한 걸음 물러났어야 현명했던 걸까.

그러나 돌이킬 수는 없었다. 이미 부풀어 버린 마음도 그렇지만, 굳이 부정하지는 않기로 했다.

"누구도 자신의 존재 이유를 타인에게 일일이 설명할 이유는 없어. 네가 더 잘 알겠지만."

자신을 위한 변론을 덧붙이며 재은은 숨을 한 번 골랐다.

"내가 말하지 않는다면 상대방은 평생 모를 테고, 결과적으로 어쩌면 그게 더 낫다고 여길 수도 있겠지. 하지만 나는 말하지 않으면 반칙이라고 생각해. 적어도 좋아하는 사람한테는."

선우는 다시 침묵하는 중이었다.

서로 간 거리는 대화가 시작되었을 때보다 어느새 더 크게 벌어져 있었다. 이제는 아무리 팔을 쭉 뻗어도 닿지 않을 거리였다. 마치 앞으로 이보다 더 가까이는 좁혀지는 일은 없을 거라는 대답 같았다.

그게 선우의 선택이라고 재은은 수긍했다.

다만 각오를 안 한 것도 아니니 괜찮을 줄 알았는데 그렇지 않은 자신에게 조금 당혹스러울 뿐이었다. 어른이 되어도 이 아픔은 똑같았다.

그래도 당장 슬픔으로부터 도망치는 대신 매듭을 지어야 했다. 사무소를 위해서라도. 같은 방향을 향했던 신뢰 하나만은 부서져서는 안 됐다.

시큰해진 눈가에 맺힌 눈물이 떨어지지 않도록 재은은 선우를 곧게 응시하면서 말했다.

"네 생각은 알겠어. 앞으로도 너에게는 더 특별히 주의할게."

선우는 조각상처럼 움직일 줄을 몰랐다.

오래전, 무슨 생각을 하는지 알 수 없던 그 사람으로 돌아온 것 같았다.

"아마 증거를 제시하기는 어렵겠지만. 대신 힘에 대해 궁금한 건 언제든지 물어봐도 괜찮아. 그렇게라도 네가 안심할 수 있다면."

마지막으로 그렇게 덧붙인 뒤 재은은 그만 가 보겠다며 돌아섰다.

그에게서 멀어질수록 걸음에 속도를 더 높였다. 공원 산책로를 빠져나왔을 때는 어쩐지 달리는 모양이 되어 있었다.

재은은 거리의 인파 속에 얼른 제 몸을 끼워 넣었다. 긴 하루에 시달리다가 이 시간만을 기다려 온 직장인의 가벼운 발걸음을 흉내 내면서 재은은 앞으로 걷기 시작했다. 목적지가 어디인지는 아직 모르는 채로.

어딘가 덩그러니 혼자 남은 채로는 울음을 참기 힘들 것 같아서였다. 그리고 한 번 울기 시작하면 도무지 멈추기 힘들 것 같았다.

담담할 수 있을 줄 알았는데, 어째서 이토록 마음이 허물어지는지 알 수 없었다. 작년 그날 이미 그의 마음을 한 번은 들여다보았기 때문에?

그렇다면 어리석었다. 사람의 마음처럼 연약한 게 세상에 또 어디 있다고. 그 연약함에서 비롯한 수많은 사건 사고를 매일 맞닥뜨리며 살아가면서.

그걸 알면서 이렇게 또 기대하고 마는 까닭은 현서와 엄마 때문이었다. 그 둘이 심어 준 희망은 좀처럼 지워질 줄 몰랐다. 원망이 엉뚱한 곳으로 향했다.

그때 주머니에서 진동이 느껴졌다.

'지금이라도 선우면 좋겠다'와 '선우만은 아니었으면 좋겠다'는 양가감정으로 휴대폰을 꺼냈다. 순임이었다.

받을지 말지 고민하는 사이 걸음이 멈췄다. 앞에 버스정류장이 보였다. 집에 가는 노선도 있을 것 같았다.

정류장 벤치에 앉으며 비어 있는 손으로 좌판을 짚을 때 막무

가내로 잔상이 흘러 들어왔다. 순식간에 수십 명의 모르는 얼굴이 머릿속에 파도처럼 밀려 들어온 다음에야 지금 자신이 무방비하다는 걸 깨달았다. 얼른 손을 떼어 내고 전화를 받았다.

"늦어지는 거 같아서. 오늘 결과가 안 좋았나 하고."

걱정하는 순임의 목소리가 들려왔다.

"아니에요. 승소했어요."

"이런, 그럼 내가 눈치가 없었네."

"마침 지금 들어가는 중이에요. 차 기다려요."

"……혹시 너 우니?"

물기가 엷게 스민 목소리를, 도시의 소음 속에서도 엄마는 놓치지 않았다. 어쩌면 그래 주기를 바랐는지도 모른다.

"왜. 무슨 일인데."

"엄마 때문이에요."

말도 안 되는 억지를 부려 보았다.

"……다 엄마 때문이에요."

오래전 너라는 존재에 대해 세상의 허락을 구할 이유는 없다고 처음 말해 주었던 사람에게.

15
달빛수사

5일

"참, 이거 먹어 봐요들."

"뭔데요."

"전리품. 가져와 놓고 깜박할 뻔했네."

월요일 오전, 팀장이 배급 나누듯 무언가를 팀원들 책상에 차례로 내려다 놓았다.

진한 푸른색 바탕의 포장지에 곱게 싸인 주전부리였다.

선우는 작업 중이던 사내 규정 개정안은 잠시 놓아 두고 간식의 포장을 벗겼다. 손가락 세 개 크기의 부드러운 구움 과자가 먹음직한 자태를 드러냈다. 포장만큼 내용도 고급스러워 보였다. 한 입 깨물자 달콤함과 풍미 짙은 녹차 향이 조화롭게 입 안에서 녹았다.

"팀장님 주말에 놀러 갔다 오셨구나? 어디 가셨어요?"

김진희 과장이 입을 오물거리며 물었다. 그는 에이엠에스티 설립 초기부터 일해 온 멤버로 사내 모든 게임 시나리오와 캐릭터를 백과사전처럼 꿰고 있다. 특허 관련하여 실무 부서와 법무지원팀 사이의 소통과 자문에 없어서는 안 될 사람이다.

"응. 남해안. 청영."

"이거 요즘 핫한 여행 인증템이던데. 줄 서서 사야 되는 그거 맞죠? 그것도 삼대가 덕을 쌓아야."

"오, 연선 씨가 뭘 좀 아네요."

"덕분에 잘 먹을게요. 엄청 고생하셨겠다."

팀내에서 유일하게 연선이 팀장의 노고를 알아주었다. 연선은 4년 차 송무 담당이다.

"말도 말아요. 여름휴가 반납했으니 주말여행이라도 가자고 아우성을 쳐서 노구를 끌고 갔는데, 아빠는 줄 서라 운전해라."

그러고는 뭉친 어깨가 돌아오지 않는다고 앓는 소리를 냈다. 주말 운전과 뭉친 어깨에 대해서라면 선우도 사연이 많았지만 과자도 다 먹었으니 조용히 사규로 돌아가기로 했다.

이곳에서 선우는 이야기하는 쪽보다 경청하는 쪽에 가까웠다. 이런 담소에 굳이 끼어들고 싶어 하는 성격도 아니지만 직급을 떠나 입사 연차로만 치면 팀의 막내인 까닭도 있었다.

"전리품 맞네요. 그 두 가지가 전쟁이지."

"내 말이, 김 과장."

진희의 맞장구에 팀장이 다시 맞장구쳤다.

팀장은 그야말로 평범하디평범한 아저씨의 표본 같은 인상인데, 저래 봬도 무척이나 까다롭고 꼼꼼한 눈을 가진 전문가나.

그는 변리사다. 에이엠에스티의 지식재산권 즉 특허, 상표, 디자인, 저작권에 관련한 모든 업무는 최종적으로 팀장의 손을 거친다고 봐야 했다. 에이엠에스티 초창기에는 외주 변리사였으나 사세를 확장하며 대표가 직접 스카우트해 왔다는 사람이다.

그 팀장에게 선우는 오늘 출근하자마자 면담을 요청해 지식재산권 업무를 조금씩 배워 보고 싶다고 했다. 팀장은 의아해했다. 입사 이후 1년 가까이 자기 영역에서 크게 벗어나려 하지 않던 사람의 갑작스러운 요구였으니 그럴 만도 했다.

월요일 아침부터 면담이라니, 팀장은 당연히 퇴사 이야기를 듣는 줄 알았다고 했다. 입사 1년을 채우는 시기에 종종 듣는 통보이기도 하고 김선우 대리는 워낙 묵묵한 사람이라 속을 알기 힘들어 괜히 오해했다며 머쓱한 표정으로 물었다.

"내가 혹시 어떤 부담을 줬던가요? 김 대리한테?"

물론 팀장이 선우도 이 업무에 관심 가지기를 내심 바랐던 건 알고 있었다. 그러나 직접 표현한 일은 없었다.

최근 회사 업무 관련해 선우에게 부담을 준 누군가를 굳이 지목해야 한다면 이렇게 설명하는데도 이해가 안 되느냐는 눈으로 자신을 보던 세영이었다. 덕분에 거기에서 일한다는 말은 차마 꺼내지도 못했다.

"뭐, 이제 슬슬 승진 욕심을 낼 때도 됐나. 나도 분발해야겠네."

그렇게 말하면서도 팀장은 반가운 기색으로 선행 기술 조사 데이터베이스 접근 권한을 주겠다고 했다. 그리고 레퍼런스로 삼을 게임을 하나 고르라고 했다. 해당 자료부터 준비해 주겠다고. 고를 것도 없이 달빛수사였다. 그러자 앞으로 달빛수사2 IP 관련 회의에 함께 참석할 것도 지시했다. 바라던 바였다.

팀장의 전리품인 간식 배달이 조금 늦어진 까닭은 바로 이 면담 때문이었다.

재은에게는 10시가 조금 못 되어 전화가 걸려 왔다.

시젠 어패럴 본사를 막 떠났으며 이람고등학교로 갈 예정이라고 했다. 그렇다면 거기서 조사를 마무리 못 했다는 뜻이었다.

"정상 업무는 재개했는데, 김연주 대표는 아직 부재중이었어."

"이유는 알고?"

"비서 말로는 대표 휴가는 며칠 더 길어서 이틀 뒤 복귀라고. 거짓말은 아니었어."

재은은 대표 인터뷰 요청을 위해 방문한 것으로 하여 비서를 잠시 탐색했다고 했다.

휴가 관련하여 비서가 행정 처리한 잔상이 있는지 찾아보려 했으나 그건 보이지 않았다. 대표님 휴가는 어디로 갔냐고 넌지시 묻는 재은에게 거기까지는 알 수 없다고 대답했다. 그러면서 명함을 두고 가시면 복귀하셨을 때 여쭤보고 인터뷰 스케줄을 잡아드리겠다고 응대했다. 역시 거짓은 없었다. 휴가라는 화두에 비서는 자신이 연인과 휴가를 보낸 여행지를 떠올리며 여운에 젖어 있는 중이었다.

현재 비서의 태도와 심리 상태로는 시젠 어패럴에 위급한 문제가 있다고 여기긴 어려웠다.

"그런데 시젠은 대형 복합 건물의 두 층 전체를 사용 중이었거든. 9층과 10층. 나는 대표 사무실이 있는 10층에만 들르긴 했는데, 개인적인 의견이지만 회사 규모에 비해서 직원 숫자는 적은 느낌이었어. 업무 구역에 빈 책상도 좀 보였고."

"비서는 뭐라고 했는데?"

재은이 그 내용을 우회적으로 질문하고 탐색했을 것 같았다.

"하반기 공채를 앞둔 시즌이기도 하고 인사이동 철이기도 하다고."

"그건 진실이고?"

"일단은."

비서에게는 이제 재은이 귀찮다는 감정만이 둥둥 떠올라 있었다. 그의 머릿속은 긴 휴가 기간 밀린 업무로 가득했다.

어쩐지 별다른 일 없이 평범하게 굴러가는 회사에 꼬투리 잡으려는 사람이 된 듯한 기분으로 재은은 시젠 어패럴을 나왔다고 했다.

그때 우르릉 소리가 멀리서 울리며 창밖이 번쩍이더니 비가 쏟아지기 시작했다. 올해는 마른장마였다. 연일 이어지는 마른 날의 틈에 짧은 폭우가 기습적으로 쏟아졌다.

"미안. 하필 날씨도 안 도와주네."

창 너머 회색빛 하늘을 보며 선우가 중얼거렸다. 쾌적한 사무실에서 보고만 받게 된 입장이 여간 불편한 일이 아니었다.

"그전에도 너보다는 내가 약간 더 바쁜 편이었으니까. 뭐."

재은은 그렇게 대꾸하며 나중에 다시 연락하겠다고 했다. 혼자 먹어 버린 달콤한 과자는 어쩐지 제대로 소화되지 않을 것 같았다.

그날 저녁, 가연이 약속 장소로 지정한 곳은 자택 근처의 24시간 프랜차이즈 카페였다. 지난번 단주를 받은 곳이기도 했다.

오늘 시간을 내 줄 수 있느냐는 재은의 요청에 가연은 밤 9시면 괜찮다고 했다. 학원 수업이 마치는 시간이 그때쯤이었다.

카페에서 가연을 기다리며 선우는 재은에게 이람고등학교 조사 내용을 들었다.

"교무실에서는 당직 교사를 잠깐 만났어."

방학 중이라 학교는 한산했고 그만큼 마주칠 수 있는 사람 자체도 적었다. 재은은 자신을 변호사로 소개하며 당직 교사와 대화를 시도했다. 가장 먼저 이하나가 공식적으로 학교를 떠난 상태는 아닌지부터 확인할 필요가 있었다.

변호사라는 말에 당직 교사는 재학생이 불미스러운 일에 연루되기라도 한 줄 알고 정색했다. 재은은 그렇다 아니다 답하지 않고 방학 전후로 전학을 떠났거나 예정인 학생, 또는 자퇴생이 있는지 여부를 알고 싶다고 했다. 있다면 누구인지까지는 밝히지 않아도 되니 해당 사항만 확인을 바란다고.

대체 어떤 학생이냐고 묻는 당직 교사에게 재은은 아이의 보호를 위해 현재 단계에서는 밝힐 수 없으며, 학교의 정식 협조가 필요해질 경우 교육청을 통해 서류를 보내겠다고 사무적으로 말했다.

컴퓨터 조회를 마친 교사는 방학 전후뿐 아니라 올해는 전학생도 자퇴생도 없다고 했다. 진실이었다. 교사는 그저 이게 무슨 일일지 혼자 추측하면서 자신이 참여한 어느 학폭위에 출석한 학생들의 얼굴을 떠올리는 중이었다고 재은이 말했다. 물론 이하나와는 무관했다.

재은은 교무실로부터 2층을 더 올라가 2학년 5반 교실을 찾았다. 올해 가연과 하나가 함께 생활한 교실로 20개 남짓한 책상과 사물함, 칠판과 게시판이 앞뒤로 있는 평범한 교실이었다.

재은은 교실 뒷문에서 가장 가까운 책상을 시작으로 천천히 걸음을 옮기며 손끝으로 더듬어 갔다. 빈 교실에 방학 전 풍경을 불러오기 시작했다. 오로지 재은의 머릿속에서일 뿐이지만 손에 닿는 책상이 하나둘 늘어날수록 적막했던 교실에 조금씩 생기가 피어났다.

선우도 그 풍경을 머리에 따라 그려 보았다.

같은 교복에 다른 얼굴과 머리 모양을 한 아이들이 차례로 나타났다. 재은은 4분단을 시작으로 3분단으로 건너와 다시 앞줄에서 뒤로 거슬러 올라갔다. 아직 가연과 하나는 보이지 않았다.

한 장의 사진과 윤이화의 기억을 통해서만 아는 얼굴이기 때문에 알아보지 못해 지나쳐 가지 않도록 꼼꼼하게 시간을 들여 책상 하나하나를 살폈다. 3분단에서 2분단으로, 다시 뒤에서 앞으로. 마지막 칸에서 앞 칸, 다시 하나 더 앞 칸으로 전진했다.

곧 한 책상의 표지에서 가연을 발견했다. 2분단 뒤에서 두 번째 줄. 표지에서 가연은 1분단 쪽, 그러니까 창가를 바라보며 턱을 괴고 앉은 모습이었다. 재은은 그 방향, 즉 바로 건너편 자리로 다른 손을 뻗었다. 1분단과 2분단 사이에서 양손으로 책상을 나란히 짚은 모양이 되도록.

왼손을 타고 낯설지 않은 이목구비가 흘러들어 왔다.

외꺼풀 눈에 뾰족한 턱, 그리고 단발머리. 몸집은 자그만 편. 말수 없고 조금 차가워 보이는 인상.

이하나였다.

동그스름한 얼굴과 활달한 표정, 염색한 긴 갈색 머리에 메이크업으로 제법 멋을 낸 가연과는 확실히 다른 분위기였다.

재은은 학기 초로 쭉 거슬러 올라가 보았다. 가연은 함께 노는 무리에서 중심이자 중재자 역할 같았다. 먼저 말을 걸고 붙임성 있게 행동하는 쪽은 가연이었다. 그런 가연을 하나도 편안하게 느끼는 듯했다. 함께 어울리는 아이 두 명이 더 보이지만 대부분의 소통 상대는 가연이었고 관계도 좋아 보였다.

나누어 낀 블루투스 이어폰으로 함께 음악을 듣고 핸드크림을 서로 빌려주거나, 머리를 맞대고 수학 문제를 푸는 일상이 차례로 지나갔다. 간식을 함께 먹고 수업 시간에 조는 서로를 깨우는 모습 등 평범한 일상이 이어지다가, 며칠의 결석 후 하나의 표정이 비 내리는 바깥의 채도와 비슷하게 변했다.

윤이화의 사망 이후 같았다.

자리는 변함없이 똑같지만 그때부터 두 아이의 엉킴이 점점 줄어들었다.

가연의 말처럼 하나는 내내 냉담했다. 끈질기게 다가서던 가연도 언제부터인가 포기한 듯 보였다. 그러다 시로에게 등을 보인 채 말 한마디 없이 쉬는 시간을 보내는 날에 이르렀다.

하나는 자주 엎드려 있었고 가연은 그룹의 다른 두 친구와 시간을 보냈다. 그 두 아이는 하나에게 이미 관심이 떠난 것 같았다. 1분단과 2분단 사이에 벽이 자라났다.

그러던 어느 하루, 두 사람이 드디어 마주 보았다. 그러나 노려보다시피였다. 늦은 오후 교실에는 둘뿐이었다.

어떤 말들이 오갔다. 표정으로 보건대 곱지 않은 날카로운 말이다.

가연이 언급한 그 다툼 같았다.

더 많이 말하는 사람은 가연이지만 하나도 이따금 차갑게 몇 마디를 던졌다. 그리고 하나의 어떤 말 한마디에 가연은 큰 충격을 입은 얼굴이 되었다. 천천히 고이기 시작한 눈물이 이윽고 볼을 타고 흘러내렸다. 하나는 그런 가연을 무감하게 바라보았다.

잠시 후 가연은 눈물을 슥 닦으면서 하나를 향해 무어라 또박또박 말했다. 그러자 이번에는 하나의 눈동자가 흔들렸다.

복잡한 표정으로 자리에서 먼저 일어난 사람은 하나였다. 가연이 다시 뭐라고 입을 열지만 하나는 돌아보지 않고 교실을 떠났다.

그 후로 하나는 교실에서 보이지 않았고, 가연이 매일 조금씩 다른 표정으로 하나의 자리를 바라볼 뿐이었다. 흘긋 보았다가 오래 응시하기도 하고, 싸늘한 표정일 때도 불안한 표정일 때도 있었다.

며칠 후 빈자리 그대로 방학식을 맞았다.

교실 잔상을 모두 전해 듣자, 가연이 미처 다 말하지 않은 무언가 있는 것 같다던 재은의 말에 선우도 동의할 수밖에 없었다. 한 가지 질문도 생겼다.

"따돌림이나 괴롭힘 문제는 없었을까?"

다툼 중 먼저 눈물을 보이고 더 상처입은 듯 보인 쪽은 가연이다. 그러나 최근 하나는 교실에서 내내 혼자였고, 교실 바깥의 상황은 또 모를 일이었다.

의뢰 당시 가연의 설명에 따르면 하나가 싸움 후 일부러 자기를 무시한다고 했지만, 입장과 표현을 바꾸면 피하는 것일 수도 있다.

"의뢰인에게 혐의가 있다고 의심하는 거야?"

재은이 물었다.

"합리적인 의심이잖아. 너는 그렇게 생각 안 했어?"

"그 전후로 책상에서 특별한 사건은 더 보이지 않았어. 싸움이라고 할 만한 건 그 잔상뿐이었거든."

"일단 교실에서는 말이지."

"그래서…… 다른 아이들 이야기도 좀 들어 봤어."

사실은 재은도 벌써 그 지점을 우려했던 것이다. 그랬으면서 의뢰인을 의심하느냐고 물었다니 조금 짓궂었다. 그러나 오늘은 재은이 모든 조사를 도맡은 장본인이었다. 직접 발로 뛰지 못한 선우는 나머지 이야기를 더 듣기로 했다.

재은이 교실 탐색을 마쳤을 때 같은 층의 끝에서 음악 소리가 들려왔다. 교내 오케스트라 연습으로 학생 단원들이 음악실에 모여 있었다.

재은은 연습이 끝나기를 기다렸다가, 서둘러 나오는 단원 중 교실에서 잔상으로 읽은 얼굴을 하나 발견했다. 그 여학생은 재은을 학교 선생님 중 하나로 생각한 모양이었다. 최근 이하나와 연락한 적이 있느냐는 질문에 그 애 남자 친구에 물어보라며 다른 단원을 불러 주었다.

"남자 친구?"

선우가 놀라 물었다.

"응, 그 오케스트라에 있었어."

5반의 그 아이는 '야, 김재준!'하며 수석 바이올리니스트를 불렀다. 멀끔하고 준수한 인상의 남학생이었다. 인기가 꽤 많을 타입 같았는데 잔상의 기억으로 미루어 보아 5반은 아니었다.

재준이 귀찮다는 표정으로 뭔데요 하며 나왔다. 상대가 선생님인지 아닌지 확신은 없는 얼굴이었지만 직접 묻지는 않았다. 이 고마운 흐름을 재은은 잘 이용하기로 했다.

"방학하고는 못 봤는데요. 아니. 한 달 넘었나."

하나의 안부에 대한 재준의 대답은 그랬다. 마치 이름만 아는 다른 학교의 누군가를 언급하듯 대수롭지 않은 무게였다. 이유도 있었다.

"그리고 이제 안 사귀거든요. 헤어졌어요."

"언제?"

"한 달이나 연락 씹으면 헤어진 거 아니에요? 저도 호구는 아니거든요."

잔상 속 가연만큼은 아니지만 재준에게도 나름의 상처가 있는 듯했다.

"먼저 사귀자고 한 게 누군데 저도 진짜 어이없어요."

순간 재은도 말문이 막혔다가 겨우 이렇게 물었다.

"얼마나 사귀었는데?"

"50일도 안 됐죠. 근데 이하나가 왜요."

재준은 재은의 정체는 궁금해하지 않았지만 하나에 대해 묻는 이유는 알고 싶어 했다.

"그게…… 봉사 활동 날짜가 변경됐거든. 알려 줘야 하는데 전화가 너무 안 돼서."

적당히 둘러 댄 핑계였는데 봉사 활동이라는 말에 재준이 반응을 보였다.

"어, 무슨 봉산데요? 저도 시간 모자란데."

순간 재은은 당황했다가 마침 어제 선우가 넘겨 준 메모에 있던 단어 하나를 퍼뜩 떠올렸다. 지금은 어떤지 모르지만 꽃집 주인이 말했던 어린 하나의 꿈. 만화가다.

"축제에서 캐리커쳐 그려 주는 거야."

"하긴, 걔는 그림 그리는 거 좋아하긴 하니까요. 그럼 전 안 되겠네요."

그리고 자리를 정리하러 돌아가며 말했다.

"이하나 연락 안 되면 백가연한테 물어보세요. 그래도 걔랑 제일 친하니까."

하나에 대해 가장 잘 아는 건 자기라고 단언했단 가연의 말과 같았다.

학교를 나서며 재은은 가연에게 오늘 시간을 좀 내 달라고 연락했다. 책상의 잔상에서 들을 수 없던 소리, 더불어 아직 말해지지 않은 것을 듣기 위해서였다. 의뢰인이 아닌 참고인으로서.

"조사도 어느 정도 원점으로 돌아가야 할 필요가 있는 것 같아."

"무슨 뜻이야?"

"최초의 의뢰는 백가연과 이하나의 일대일 문제였잖아. 집안 사정과는 무관한."

확실히 오늘 조사 결과만 놓고 보면 시젠 어페럴 쪽보다는 가연과 하나에게 초점을 맞추는 쪽이 상식적인 방향이기는 했다.

가연이 카페에 나타난 시각은 9시 20분경이었다. 서둘러 오는 모습에서 분주했을 일과가 고스란히 느껴졌다.

"처음 뵙겠습니다. 백가연이에요."

테이블 맞은편에 앉으며 가연이 자기를 먼저 소개했다. 처음 의뢰를 해 온 날처럼 약간 초조한 얼굴이었다.

"반가워요. 김선우 변호사 동료 한재은이에요. 시원한 거라도 마실래요? 비 때문에 습해서 그런지 오늘은 이 시간에도 덥네요."

가연은 거절하지 않았다.

재은이 주문해 준 라임 소다로 가연이 목을 축이는 사이에, 선우는 사무소 시절에도 지금도 때때로 도움을 구하는 능력 있는 동문이라고 재은을 조금 더 자세하게 소개했다.

그러자 가연이 말했다.

"두 분도 학교 친구였네요."

가연은 능력보다 동문이라는 말에 더 관심이 간 모양이었다.

"맞아요. 백가연 씨와 이하나 씨처럼요."

재은이 대답하며 이어 물었다.

"혹시 오늘 이하나 씨의 연락은 없었죠?"

재은의 확인에 가연은 고개를 저었다.

"그렇군요. 알다시피 저는 오늘 이람고교에 다녀왔어요."

이제 본론이었다.

"일단 이사했을 가능성을 지나칠 수는 없어서 전학 관련한 절차가 있었는지 확인했는데 그렇지는 않았어요. 다른 특이 사항도요."

"네."

"그래서 백가연 씨에게 한 번만 더 묻고 싶어요. 이하나 씨 행방에 짚이는 바가 없다고 이미 말했지만, 어제오늘 사이에라도 뭔가 떠오른 게 없었을까요? 사소한 거라도요."

"모르겠어요. 정말요."

"아니면 미처 이야기하지 못한 거라든지요."

"……아뇨."

조금 작아진 목소리였다.

"그렇다면 제 결론은, 지금 백가연 씨가 걱정할 상황은 아니라고 생각된다는 거예요."

만일 이하나의 신변을 염려해야 할 문제가 발생했다면 학교 측에 그 내용이 전달되지 않을 리 없으며, 오전에 다녀온 시젠 어패럴이 정상 업무 중이었던 것도 차근차근 설명했다.

목적지가 불분명한 이사와 요양원의 미수금 처리 상태가 비록 일상적인 상황은 아니지만, 우려하는 마음이 끼워 맞춰 해석한 부수적 사건에 불과할지 모른다고도.

그렇게 결론을 짓고 재은은 최종 보고를 마친 사람처럼 가연을 보았다.

어색한 침묵 속에서 선우는 '뭔가 더 이야기하거나 질문해야 하지 않아?'라는 시선으로 재은을 보았다. 그러나 재은의 입은 꼭 닫혀만 있었다.

결국 선우와 비슷한 표정이 된 가연이 물었다.

"그래서…… 이제 그만 조사한다는 말씀이신가요?"

"그럴까 해요. 이하나 씨의 안전을 의심해야 할 다른 이유가 있는 게 아니라면요."

'우리 그런 얘기는 한 적 없잖아.'라는 선우의 시선은 이번에도 재은에게 닿지 않았다.

"처음으로 돌아가면, 백가연 씨는 이하나 씨와 화해하고 싶어서 선우에게 도움을 요청했어요."

가연을 응시하며 재은이 말했다.

"그런데 조사하는 도중에 이런 생각이 들었어요. 과연 이하나 씨는 백가연 씨와 만나고 싶어 할까? 만약 그렇지 않다면, 그래서 이렇게 꽁꽁 숨어 있는 거라면 그 의견도 존중해야 하지 않을까라는 생각이요."

"뭐예요. 그게."

잠자코 듣고 있던 가연이 중얼거렸다. 재은의 의견을 인정하고 싶지 않은 모양이었다.

"이건 제 의뢰예요. 변호사님. 하나가 아니라요. 그리고 지금은 하나가 진심으로 걱정되고요."

이렇게 하는 재은의 의도가 선우에게는 여전히 미지수였지만, 분위기는 중재해야겠다는 생각에 조심스럽게 끼어들었다.

"한재은 변호사."

그제야 재은의 눈길이 선우에게 왔다. 선우는 그만 진짜 본론으로 들어가라는 뜻을 담아 작은 고갯짓을 했다.

"오늘 학교에서 김재준이라는 학생을 만났어요. 오케스트라 연습이 있었더라고요."

그 이름을 듣자 가연의 얼굴이 순간 굳었다.

"이하나 씨의 남자 친구였다고 하던데요."

"그래서요?"

그건 알고 있다는 의미가 담긴 반문이었다.

"김재준 씨도 이하나 씨의 현재에 대해서는 아는 바가 없다고 했어요. 일방적으로 연락이 끊겼고 그래서 헤어진 거라 생각하고 있었고요. 약간 화도 난 것 같았어요."

가연은 그런 건 아무래도 상관없다는 표정이었다. 재은도 계속해서 말했다.

"그리고 조언을 하나 했어요."

"조언…… 이라뇨?"

"이하나와 연락이 안 되면 백가연한테 물어보라고요."

가연이 가벼운 한숨을 내쉬었다.

"제가 말씀드렸잖아요. 그래도 제가 가장 친한 친구라고요. 학교에 가신다 해도 별거 없을 거라고."

재은이 사이코메트리가 아니었다면 가연의 그 의견은 그럭저럭 진실이었을 것이다.

"맞아요. 학교에서 제가 얻은 명확한 답은 없네요."

재은은 순순히 인정했다.

"하지만 질문은 몇 가지 얻었어요. 어쩌면 백가연 씨가 그 답을 알고 있을 것 같고요."

"질문이요?"

"네."

이제부터가 진짜 본론이었다.

가연은 어려울 것 없다는 듯 말했다.

"뭐든지 물어보세요. 거짓말은 안 할 테니까요."

"먼저 유학에 대해서예요."

가연의 숨이 짧게 멎었다. 뭐든지 물어보라던 의연함은 오간데 없이 사라졌다.

"정확한 출발 날짜를 다시 알 수 있을까요?"

그 질문에는 선우도 놀랐다. 가연은 잠깐 침묵을 지키다가 대답했다.

"내년이요. 봄 시즌 SAT에 맞춰서요."

이번 주말이 아니었다.

기가 찬 선우의 입술이 작게 벌어졌다. 의심조차 안 해 본 그 일정이 거짓말이었다.

"어떻게 아셨어요?"

선우의 반응은 안중에 없이 가연은 재은에게 물었다.

"김재준 씨가 백가연 씨를 만나고 싶으면 학원으로 가 보라고 했어요. 유학준비반 단과 저녁 수강생 중에 있을 거라고요."

재준을 향한 원망이 가연의 얼굴에 번졌다.

"당장 이번 주말에 장거리 비행에 오르는데 그 며칠 전 늦은 시간까지 학원이라니. 열심인 것 같다고 했더니 김재준 씨가 유학은 내년일 거라고 하더라고요."

"걔 동생이 같은 학원 다니거든요. 방심했네요."

가연은 제 나름대로의 변명을 했다.

선우는 약간의 배신감을 느낄 수밖에 없었다.

자기에게 유리하게 진술하는 수준을 넘어 거짓말을 보태는 의뢰인은 늘 존재하지만, 이 의뢰인마저 그랬을 줄이야.

재은도 마찬가지였을 것이다. 그러나 내색 않고 다음 질문으로 나아갔다.

"하지만 백가연 씨가 개학까지 기다리지 않고 이번 주말로 촉박하게 기한을 정한 이유는, 하루라도 빨리 이하나 씨의 소식을 알았으면 하고 바랐던 거라고 생각해요."

"맞아요. 기분 나쁘셨다면 죄송해요."

사과는 건조했다. 진심이 아니라서라기보다는 일부러 담담하려 애쓰는 모습이었다. 민망함을 조금이라도 더 덜어 내기 위해서.

"그런데 두 분 모두 날짜랑 상관없이 아무것도 못 알아내신 건 변함없잖아요."

"백가연 씨."

"그래요. 그건 제 능력 부족이니 이해해 주세요."

뻔뻔하기만 한 가연에게 선우는 한마디 하려고 했으나 재은이 허락하지 않았다.

"그래서 곰곰이 생각해 봤어요. 백가연 씨는 어째서 그렇게 의뢰해야만 했을까."

"변호사님 말씀처럼 하루라도 빨리 알고 싶었으니까요."

"지난번 통화에서, 이하나 씨가 우울감을 호소한 건 할머니가 돌아가신 봄이었다고 했죠? 그게 걱정의 가장 중요한 이유였고요."

"네."

"그리고 싸운 건 방학식 무렵이었어요. 두 사건 사이에 제법 시간이 있는 것 같네요."

"네. 근데 이게 새로운 얘기는 아니잖아요."

"맞아요. 다만 다툼의 이유를 아직 모를 뿐이죠."

책상의 잔상 이야기였다. 그 사이에서 오간 말들. 눈물의 이유.

"그게 단순한 다툼이었는지, 상대방을 괴롭게 만드는 방식이었는지도 알 수 없고요."

가연은 그렇게 말하는 재은을 빤히 바라보았다. 이목구비가 또렷한 둥근 얼굴에는 온갖 감정이 요동하다가 이내 당혹만이 남겨졌다.

"변호사님은 지금 제가…… 하나를 괴롭히기라도 했다는 말씀이세요?"

묻는 목소리가 살짝 떨렸다.

재은은 새로운 질문으로 대답을 대신했다.

"제 두 번째 질문은 이거예요. 현재 백가연 씨가 이하나 씨의 행방을 걱정하는 이유는, 그날 두 사람의 다툼 속에 원인이 있었던 게 아닐까요? 몇 개월 전 할머니를 잃고 난 슬픔 때문이 아니라요."

가연은 아무 말도 하지 않았다. 입술은 한참 다물려 있었다. 그 사이 눈시울도 천천히 붉어졌다.

가연은 긍정도 부정도 하지 않고, 자신을 방어할 단어를 전부 잃어버린 사람처럼 멍하니 있다가는 잠시 후 이렇게 중얼거렸다.

"먼저 괴롭게 한 건 하나였다고요."

그리고 작은 목소리로 덧붙였다.

"그래서 죽으라고 했어요."

동시에 가연의 오른쪽 눈에서 눈물이 뚝 흘러내렸다.

"우울해서 그랬다길래…… 그렇게 이기적으로 우울할 거면 너 그 전에 죽고 싶다고 했으니까. 소원대로 죽으라고요. 그렇게 말했어요. 그래서……."

가연이 하나의 안위를 알고 싶어 한 진짜 이유를 고백했다. 자신의 그 말 한마디였다.

눈물이 멈추지 않아 말을 잇지 못하는 가연에게 재은이 손수건을 건네며 물었다.

"우울해서 그랬다는 건. 무슨 일인지 물어도 될까요?"

"김재준 때문이에요."

그 손수건을 받으며 가연이 이야기를 시작했다.

가연은 이람고등학교에 입학하기 전부터 동급생인 김재준을 오랫동안 좋아했다. 짝사랑이었다.

재준은 인기가 많았지만 공부에 전념하느라 여자 친구는 일부러 만들지 않는다고 했다. 그래도 좋아하는 마음은 꺼지지 않았다. 주변에도 티가 날 정도였다고 한다.

같은 반이었던 적은 중학교 2학년 때 단 한 번이었으나, 다른 반이었을 때도 가연은 재준에게 연락을 게을리하지 않았다. 친한 친구로라도 가깝게 두고 싶었다. 나중에는 마음의 모양이 또 어떻게 변할지 모를 일이니까.

지역 내에는 고등학교가 두 군데 있는데, 같은 학교로 결정되었다는 소식에 날아갈 듯 기뻤다. 앞으로 3년 더 같은 울타리 안에 있을 수 있다는 사실만으로도. 그만큼 좋아했다.

하나와는 이람고등학교 1학년에 같은 반이 되며 급속도로 친해졌다. 두 사람 역시 같은 중학교를 다녔으나 친한 관계는 아니었는데 가까이 지내다 보니 생각보다 잘 통했다. 외향적인 가연과 정적인 하나. 누가 봐도 반대인 성격이었지만 자신들은 불편하지 않았다. 한 그림을 구성하는 모양이 다른 퍼즐 조각일 뿐이었다.

하나는 자연스럽게 가연의 짝사랑 사정을 알게 되었다. 하나는 만화 속 주인공이나 노래 가사, 길고양이들에게 더 매료되어 있었고, 실제로 누군가를 사귀는 일에는 전혀 흥미가 없었다. 그래도 가연의 재준을 향한 속앓이는 언제나 묵묵하게 들어 주었다.

말수가 적고 아이다운 엄살마저 없는 편이라 자기 이야기는 잘 하지 않던 하나도, 가연에게만은 부모님의 오래전 이혼이나 할머니에 대해 종종 이야기했다. 두 사람은 1학년에 이어 2학년에도 같은 반이 되었다.

그리고 2학년 1학기. 벚꽃이 지기도 전에 하나의 할머니가 돌아가셨고 그때부터 하나는 부쩍 우울해졌다. 엄마와는 사이가 원만하지 않고 할머니에게 의지해 자랐다는 걸 가연도 알고 있기에 처음에는 그런 하나를 위로하고 다독였다. 그러나 몇 주가 지나도 하나의 기분은 돌아오지 않았다.

함께 노는 셋이서 기분을 띄워 주려 해도 소용없었다. 같이 놀러 가자, 뭔가 하자고 할 때마다 하나는 핑계를 대고 빠졌다. 나중엔 핑계도 없이 그냥 싫다고 했다. 그다음엔 짜증을 냈다가 대답조차 하지 않게 되었다. 그렇지 않아도 말이 없던 애가 완전히 입을 다물어 버리니 무슨 생각을 하는지 점점 알 수 없게 되었다.

가연은 자기가 뭔가 잘못한 일이 있었는지 떠올려 보려 했지만 아무리 생각해도 그런 건 없었다. 변한 건 하나였다.

걱정은 상처가 되어 돌아왔다. 화도 났다. 언제부터인지 분명하지 않아도 하나는 이제 자기를 싫어하는 거라고 확인했다. 이유를 알 수 없을 뿐이었다.

다른 애들은 네가 더 예쁘고 인기 많고 성적도 좋아서 그러는 거라며 그동안 같이 어울려 보려고 비위 맞추다 결국 본색이 드러났을 뿐이라고 했다. 그런 애들을 실제로 몇 번 보기는 했다. 그러나 하나에게 느낀 실망과 별개로 그건 말이 안 됐다.

하나는 누군가와 어울리기 위해 자아를 포기할 애는 아니기 때문이었다. 좋고 싫은 것에 대해서 자신에게 솔직했다. 그래서 더 미궁이었다.

"그런데 지난번 요양원에 소사가셨던 날, 하나네가 위기 상태일지도 모른다고 하셨을 때…… 어쩌면 그게 이유였겠다는 생각이 들었어요. 하나 기분을 풀어 주려고 이것저것 계획하면 전부 거절하고 무시한 이유가, 어쩌면…… 거기에 다 맞출 수 없어서 아니었을까……."

더 이상 예전과 같은 씀씀이를 감당하기 어려워졌기 때문에라는 뜻이었다. 지금과 다르게 그때의 가연에겐 짐작하기조차 어려운 가설이었다.

게다가 당시의 하나는 입을 다문 채로 내내 웅크려 지내기만 했다. 골은 계속 깊어졌다.

"그래서 하나는 저를 싫어하기로 결심했나 봐요."

"결심이요?"

"김재준 말이에요."

초여름, 6월의 어느 날이었다. 가연에게 소문이 들려왔다. 하나와 1반의 재준이 사귄다는 내용이었다.

가연에게는 청천벽력 같은 소식이었다. 바로 옆자리에 있으면서도 4월부터 사이가 멀어진 탓에 눈치조차 못 챘다.

충격을 받은 동시에 믿기 어려웠다. 하나는 재준에게 관심이라고는 털끝만큼도 없었고 가연이 오랫동안 좋아해 왔다는 사실도 알고 있다, 말도 안 된다고 생각했다. 게다가 하나는 변함없이 차갑고 쌀쌀맞았다. 연애로 들뜬 기분 같은 건 옆에서 조금도 느낄 수 없었다.

그러나 하나가 음악실 앞에서 재준을 기다리는 모습, 두 사람이 나란히 하교하는 뒷모습을 보니 그럴 리 없다고 부정하는 자신만 더 비참한 기분이었다.

방학식을 얼마 남겨 놓지 않은 날, 음악실 앞에서 재준을 기다리며 책을 읽고 있는 하나에게 말을 걸었다. 그것도 대화라고 한다면 거의 두 달 만의 대화였다.

둘은 아무도 없는 교실로 왔다.

가연은 하나에게 물었다. 너 재준이를 좋아했었느냐고.

그렇다고 한다면 최소한 머리로 이해할 수는 있을 것 같았다. 어떻게 네가 나한테 이럴 수 있어? 왜 말 안 했어? 라고 하기 전에. 화를 내도 납득은 한 채로 화를 내고 싶었다.

하나는 간단하게 대답했다. 아니라고.

가연은 다시 물었다. 그럼 지금은?

하나의 대답은 똑같았다. 아니. 그다지.

그럼 지금 이게 대체 뭐냐고 어이없어하는 가연에게 하나는 냉담한 얼굴로 말했다.

그냥, 우울해서. 우울해서 그랬어.

가연은 그게 무슨 뜻이냐고 물었다.

하나가 대답했다. 나만 우울한 건 싫어서.

가연은 잠시 멍하니 하나를 바라보다가 새어 나오기 시작한 눈물을 닦으며 내뱉듯이 말했다. *너 그 전에 죽고 싶다고 했잖아. 우울하다고. 그런데 이렇게 이기적으로 우울할 거면, 그냥 죽어. 그때 소원대로.*

싸늘하기만 하던 하나의 눈동자에 작은 요동이 일었다.

그리고 먼저 교실을 떠났다.

"하나는 그다음 날부터 결석이었어요."

가연이 말을 이었다.

"바로 화가 가라앉은 건 아니었지만. 시간이 좀 지나니 그 말은 제가 심했다는 생각이 들었어요. 그래서 미안하다고 메시지도 보내고 전화도 해 봤는데 확인도 안 하고 아무 답도 없었고요."

그렇게 하루 이틀이 지날수록 조금씩 불안감이 밀려들었다. 홧김에 해 버린 제 말이 매일매일 무게와 형태를 갖추기 시작했다. 누군가에게 털어놓을 수 없는 죄의식으로.

화해의 문제가 아니라 하나가 현재 괜찮다는 사실만을 어떻게든 확인하고 싶어졌다. 당연히 부모님이 알아서는 안 됐다. 자신의 말 한마디가 어떤 태풍을 불러올지 그저 두렵기만 했다.

"어쩌면 저도 그저 안심하고 싶은 거겠죠. 제일 이기적인 사람이 저라는 건 알아요."

속내를 전부 내놓은 가연이 중얼거렸다.

"어려운 이야기해 줘서 고마워요."

재은이 말에 가연은 남아 있는 눈물을 마저 훔쳤다. 더 시원하게 울고 싶지만 차마 못 그러는 것 같았다.

선우는 아까의 배신감은 그만 넣어 두었다.

그리고 처음부터 이 모든 일을 알고 있었다면, 아니 그렇지 않았다 해도 마땅히 했어야 할 질문을 비로소 떠올렸다.

"한 가지만 더요."

한참 만에 입을 연 선우의 목소리에 가연이 고개를 들었다.

“이하나 씨는 어떤 사람이었어요? 그런 일도 있었지만 이하나를 그래도 가장 잘 아는 친구로서요.”

뜻밖의 질문이었는지 가연은 어리둥절해했으나 이렇게 답했다.

“보온병 같은 애요.”

“보온병이요?”

“네. 겉은 차갑지만 속은 안 그런. 그리고 단단한.”

그리고 가연은 잠시 생각에 잠겨 있었다. 그 단단함이 하나를 지켜 주길 바라는 기도라도 하는 것 같았다.

그리고 수요일 복귀 예정인 시젠 어패럴의 김연주를 기다려 보자는 선우의 결론에 가연은 고개를 끄덕였다.

자리를 파한 후 선우는 재은에게 오늘 가연에게 무언가 탐색한 것이 있느냐고 물었다. 재은은 아무것도 읽지 않았다며, 그럴 이유가 없었던 대화였다고 했다. 선우도 동감이었다.

그러나 이튿날인 화요일에 벌어진 사건과 예고 없던 재은의 움직임 덕분에 수요일까지의 기다림은 무산됐다.

16
달빛수사

6일 그리고 7일

"조퇴요?"

"죄송합니다."

선우는 팀장에게 다시 사과했다. 죄송하다고 이미 두 번 말했지만 한 번 더 해도 부족하지 않았다.

수요일 아침, 출근한 지 1시간도 채 안 됐을 때 조퇴를 신청하는 팀 최저 연차에게 선택지는 많지 않았다. 더구나 새로운 업무에 열의를 보인지 겨우 이틀 만이기도 했다.

"업무는 주말에 연장해서 차질 없이 하겠습니다."

"왜요, 집안일이에요?"

팀장이 걱정스럽게 물었다. 진심 어린 염려여서 불편함보다 난처함이 앞섰다. 그렇다 둘러대고 싶어도 혼자인지 오래라 갑작스러운 집안일은 발생할 수 없는 삶이었다. 선우는 솔직하게 말했다.

"친구가 사고를 당했는데 도움 구할 데가 지금 저뿐이라서요."

사실 그대로였다.

"이런. 많이 다치지는 않았어야 할 텐데. 가 보세요."

이 사고는 팀장이 상상하고 있을 것과는 다른 종류였다. 그러나 굳이 지금 해명할 필요는 없을 듯했다.

감사를 표하고 선우는 서둘러 사무실을 나섰다. 생사를 다투는 급박한 상황은 아니었지만, 재은도 지구대에 오래 머물러 있고 싶지는 않을 것 같았다.

목적지인 27센터의 '본사'라고 불리는 사무실의 주소를 입력하자 내비게이션이 최단 경로를 띄웠다. 박연에 근무할 때 선임과 한 번 들렀던 기억이 어렴풋이 났다.

27센터는 민간 조사 센터, 일명 '회색 지대'다.

당시 박연에서는 민간 조사원의 이름이나 업체의 정식 상호 대신 숫자를 붙여 불렀는데 그곳은 27이었다.

에이엠에스티에 몸담게 된 현재 거기에 다시 갈 일이 있으리라곤 생각도 하지 않았는데, 세상은 좁고도 복잡한 법이다. 무언가로부터 영원히 달아나거나 모든 과거를 뒤로한 채 새 출발 하겠다는 결심 따위 불가능한 일이 아닐까 생각하며 선우는 주차장을 벗어났다.

재은에게는 분명히 그러지 말라고 당부했다. 이 건은 자신이 조정할 여지가 있으니 함께 움직이자고 했는데 부질없는 바람이었다.

잠시간 달라진 상황이라도 있을지 확인할 겸 재은에게 전화를 걸었다. 신호가 여덟 번 흐른 뒤에야 목소리가 들렸다.

"나야."

지구대의 어수선한 생활 소음과는 대조적인 차분한 음성이었다. 그러나 직접 전화를 받을 수 있다는 건 그리 나쁜 상황은 아니라는 뜻이었다.

"너 정말 괜찮은 거야?"

그래도 다시 확인했다.

"응. 번거롭게 해서 미안. 내가 할 말이 없네."

그러더니 그 말처럼 더 이상 아무 말이 없었다. 어울리지 않게 진심으로 자책하는 모양이었다.

어제부터 일이 예상치 못한 방향으로 흘러가는 중이긴 했지만, 엄밀히 따지자면 재은이 미안해해야 할 일은 아니었다.

애초에 이 일에 재은을 끌어들인 사람이 자신이었다. 지난주 선우가 물건을 읽어 달라고 연락해 불러내지 않았다면 재은은 지금 보통의 일상을 지내고 있을 것이었다.

"조금만 기다려. 일단 센터로 먼저 가서 이야기할 테니까. 그게 가장 빠를 거야."

"알았어."

"그러게 그렇게 마음대로 움직이지 말라고 내가……."

"미안하다니까."

"……그래."

"다른 걱정은 안 해도 돼. 고발 접수는 안 들어간 것 같고. 솔직히 그냥 방치돼 있어. 괜찮아."

"퍽이나 괜찮겠다. 현행범으로 끌려간 주제에."

한마디 더 쏘았더니 다시 말이 없어졌다.

"미안. 알았어. 일단 다녀올게."

결국 선우의 사과로 통화를 종료했다.

오늘의 조퇴는 어제, 즉 화요일 오후, 청목요양원에서 선우에게 걸려 온 전화 한 통으로부터 시작되었다. 주간 회의 시간 직전이었다.

발신인은 그때 안내를 도왔던 매니저로 분명하게 확인하고 싶어서 실례를 무릅썼다며 지난 주말 다녀간 이후에 윤이화의 가족과 연락이 닿았는지 궁금하다고 했다.

그렇지 않다고 하자 매니저는 잠시 뜸을 들이고는 오전에 있었던 일을 털어놓았다.

아침에 어떤 남자 둘이 요양원에 다녀갔으며 윤이화의 보호자, 즉 김연주에 관하여 몇 가지를 물었다고 했다. 선우와 재은에게도 그랬듯 매니저가 그들에게 줄 수 있는 정보는 별달리 없었다.

남자 둘은 떠나기 전, 요양원에서도 수금 문제로 도움이 필요한 상황이라면 연락하라며 매니저에게 명함을 남겨 놓았다. 정부 지원이 아쉽지 않은 살림 넉넉한 고객층을 대상으로 하는 요양원은 미수금의 단위도 적지 않았다.

선우와 재은이 다녀갔을 때만 해도 김연주와 즉시 연락이 닿지 않은 걸 그리 심각하게 여기지 않았는데, 민간 조사 센터가 찾아오고 명함까지 내밀자 이제 매니저도 꺼림칙해진 것이었다.

선우는 실망한 매니저에게 유감을 전하며 통화를 종료했다.

당장 시젠 어패럴 대표 번호로 전화를 걸었다. 본사와 콜센터 모두 신호가 흐르다 자동 응답으로 넘어갔다. 재은이 확인한 바로 어제만 해도 정상 영업 중인 곳이었는데 몇 번을 해도 연결되지 않았다.

선우는 그만 회의에 들어가야 했다.

일단 재은에게 그 내용을 메시지로 보냈고, 잠시 후 도착한 답장에는 막 취재가 끝났으니 재은이 지금 시젠 본사로 직접 가 보겠다는 내용이 담겨 있었다.

전날 저녁 백가연과 이하나의 다툼에 관한 진상을 듣고 일단 수요일 김연주의 복귀를 기다리려던 상황은 중단된 셈이었다.

1시간 후 재은에게 전화가 왔다.

시젠 어패럴 본사는 어제와는 완전히 다른 풍경이라고 했다. 9층과 10층 모두 소등된 상태로 아무 안내도 없이 출입문이 닫혀 있었다. 각 층 앞에는 채권자로 보이는 사람들이 십수 명 진을 치고 있을 뿐이었다.

당황한 재은은 어떻게 된 일인지 잠시 상황을 살펴야 했다. 그 사이 채권자들이 시끄러워졌다. 순식간에 한 방향으로 우르르 몰려가며 김연주 어딨느냐고 고성으로 추궁하기 시작했다.

재은도 그 방향으로 향했다. 채권자들 틈에 언뜻 어린 여자의 모습이 보였다. 그를 빙 둘러싼 채권자들이 소리쳤다. 네 엄마 어딨어? 너 김연주 딸이지? 똑바로 말해! 폭언과 욕설이 이어졌다.

재은은 귀를 의심하며 인파를 헤집고 들어갔다. 그리고 어처구니없게도 그 안에서 겁에 질려 있는 백가연을 발견했다.

선우는 기가 차 물었다.

"그 회사는 그렇다 치고, 그 애는 왜 거기에 있던 건데?"

회의실에 아직 다른 사람들이 있어서 이름을 말할 수는 없었다.

"아무리 그래도 수요일까지 가만히는 못 기다리겠다고, 사소한 뭔가라도 알 수 있지 않을까 해서 들렀다는데. 자기도 답답했겠지."

그러나 이런 상황에 등장한 10대 여자아이는 채권자들의 오해를 사기에 딱 좋기만 했다.

재은은 흥분한 사람들 틈에서 가연을 겨우 꺼내 왔다. 다친 곳은 없는 것 같았지만 울음이 멈추는 데는 시간이 제법 걸렸다. 가연은 이제 친구 간 다툼을 떠나, 하나의 안전을 포함한 이 모든 상황을 진심으로 두려워하고 있었다. 재은은 가연을 한참 다독여 집으로 막 보냈다고 했다.

"너는 괜찮은 거야?"

"응, 그래서 지금 청목요양원으로 가 보려고."

"왜?"

명함 때문이었다.

"이런 상황에 김연주의 소재를 파악 중인 사람들이라면, 이미 뭔가 알고 있지 않겠어?"

"그럼 명함 속 연락처를 알려 달라고 전화로 물어도 되잖아."

"아니, 실물을 만져 보고 싶어."

바로 조퇴하고 같이 가겠다는 선우를 재은은 마다했다. 그저 명함을 가져오는 것뿐이니 그럴 필요 없다고.

"그리고 이건 최초 백가연의 의뢰에서 이미 멀리 와 버린 사건이야. 내가 멋대로 나서는 일이니까 선우 네가 괜히 부담 가질 필요 없어."

"농담하지 마."

농담이라고 해도 섭섭한 말이었다.

그럼 대신 좀 부탁한다며, 선우는 다녀오면 퇴근 후에 만나자고 했다.

저녁에 에이엠에스티 로비의 카페에서 마주한 재은은 무척 지친 얼굴이었다. 긴 이동 거리를 감수하고서 손에 넣은 명함의 정보량이 딱 그 종이의 무게만큼이었기 때문이었다.

특정한 인상이랄 것 없는 중년 남자, 그보다 약간 젊은 남자 조사원 둘이 승용차에서 내려 요양원으로 들어가 직원과 몇 마디를 나눈 잔상이 표지의 전부였다.

"항상 지니던 명함은 아니었나 보네."

선우도 이제 물건에 잔상이 저장되는 방식 정도는 잘 알고 있다. 재은이 끄덕였다.

"아마 차에 통째로 넣어 놓고 다니다가 필요할 때마다 하나씩 꺼낸 거 같아."

선우는 명함을 집어들어 잠시 살펴보았다. 앞면에는 특정인의 이름이나 직책 없이 업체명과 대표 번호, 휴대폰 번호뿐이었다.

단순한 앞면과 반대로 뒷면은 화려했는데 '수사 기관 출신', '가정, 기업, 특수 업무까지 24시간 조사', '채무자 소재 파악, 추심' 등의 문구가 볼드체로 선명하게 인쇄되어 있었다.

"어쩌면 명함이 이것 하나만은 아닐 수도 있어."

"하나가 아니라고?"

"센터의 대표 본인이거나 직접 고용된 경우도 있지만, 여러 센터에 발을 걸치고 있는 조사원도 있으니까. 말하자면 프리랜서지."

"나처럼."

긍정하기도 부정하기도 어려워서 선우는 어깨를 으쓱였다.

"그래서 일을 받는 업체에 따라서 그때그때 다른 명함을 쓰기도 할 거야."

"어쩐지 조금 아는 거 같네, 이쪽 일."

재은이 의심스럽다는 얼굴로 물었다.

"약간, 그리고 여기도."

선우는 명함에 인쇄된 업체의 이름 'K 민간 조사 센터'를 손으로 짚었다.

"우리 27센터였거든."

자세히 말해 보라는 표정의 재은에게 선우는 설명을 시작했다.

박연은 전국의 여러 민간 조사 센터와 비공식적인 협력 관계였고 27센터도 그중 하나였다. 선우의 재직 당시 박연의 변호인단이 기술 유출 혐의로 고소당한 모 제약 회사를 변호하는 과정에 필요한 증거를 확보해 준 곳이기도 했다. 선우가 갓 입사했을 무렵의 사건으로, 당시 그 변호인단이었던 선임을 따라 인사차

27센터의 대표를 한 번 만났던 일이 있다.

민간 조사 센터의 형태는 다양하다. 전문성과 규모를 동시에 자랑하며 정식 사업체로 등록해 전국 체인으로 영업하는 곳이 있는가 하면, 드러나는 홍보 없이 알음알음 연결된 의뢰인을 위해 고요하게 일하는 곳도 있다. 27센터는 후자였다.

'본사'라는 사무실도 평범한 오피스텔로 대표가 자리를 지키고 있는 거점에 불과할 뿐이다. 전화로는 사건 접수만 하고 의뢰인 대면 상담과 보고는 대표 아래의 조사원들이 개별적으로 외부에서 진행한다. 즉, 단순 개인 고객이라면 그 사무실에 들어가게 될 일은 없는 구조다.

"여기, 잘하는 곳이야?"

재은이 물었다.

"아마도. 꽤."

명함 뒷면의 '수사 기관 출신'은 대표의 이력이라는 기억이 있었다. 그쪽 방면으로 인맥이나 노하우가 결코 부족한 사람은 아니었다.

단 한 번 마주한 이후로 벌써 5년이 지난 시점이지만, 여전히 외부 홍보 하나 없이 이 일을 하고 있다면 꾸준한 수요와 평판이 존재한다는 뜻이기도 했다.

선우는 문득 이 대화의 흐름을 의심했다.

"설마, 직접 만나 보고 싶은 거야?"

재은은 그렇다고 하지 않았지만 아닌 것도 아닌 얼굴로 선우를 바라보았다. 꼭 대답할 필요가 있느냐는 표정이었다.

선우는 잠시 할 말을 잃었다가 차근히 말했다.

"재은아. 이 일을 시작한 사람은 나야. 이제는 네가 멋대로 나서는 일이라고 했지만, 아무리 그래도 내 책임을 덜어 낼 수는 없다고."

"그러니까 부담 가지지 말라고 했는데."

"네 위험 부담은 모르는 척하고?"

"말장난하지 마. 위험한 일 아니야."

"그걸 지금 어떻게 판단해?"

어쩐지 아픈 재은과 문 하나를 사이에 두고 기 싸움하던 그날 밤이 떠올랐다.

"의뢰인으로 상담하면서 최근 표지만 살필 거야. 네 말대로 그쪽 실력이 나쁘지 않다면, 오늘 하루만 해도 꽤 많은 정보를 모았겠지. 센터는 채권자들 우선순위 문제로 선수를 쳐야 하니까."

"맞아, 그러니까 이 흐름이면 결국 수사 기관도 움직일 테고."

그러니 이제 더 이상 우리의 영역이 아니며, 머지않아 알게 될 결과를 받아들이면 된다는 게 선우의 결론이었다.

재은은 거기에 반박하지 않았지만 이렇게 말했다.

"여기에는 다른 우선순위가 있잖아."

"무슨 순위."

"이하나의 안전."

다른 순위는 고려해 본 적조차 없다는 눈빛이었다.

"센터의 우선순위는 김연주와 그 자산이겠지, 이하나가 아니잖아. 김연주가 이하나를 제대로 보호 중이라고 장담하기도 어렵고.

만약에라도 나중에 후회하고 싶지 않아."

재은은 읽힐 것 없는 명함의 모서리를 손끝으로 쓸며 중얼거렸다.

"또 다른 중도 포기도 부끄럽고."

그리고 '너는 아냐?'라는 눈으로 선우를 보았다.

두 사람의 원래 계획은 수요일 낮, 선우가 오후 반차를 내고 27센터 본사에 함께 방문하는 것이었다. 재은도 오전 일정 이후로는 자유롭다고 해서 정한 시간이었다.

27센터 쪽과 약속을 정해 두고 가는 건 아니었다. 먹힐지 아닐지 알 수 없어도 박연 출신이라는 오래전 경력을 이용해 협상해 볼 작정이었다. 조사원에게 무작정 접촉하기보다 전체를 한눈에 들여다보고 있을 대표를 만나는 게 시간 절약 면에서도 나았다.

그리고 수요일 아침, 팀장에게 당일 반차 이야기는 아직 운도 못 뗀 9시 20분에 재은의 전화를 받았다.

지금 지구대에 와 있다고.

하마터면 자리에서 벌떡 일어날 뻔했다. 오전 일정이 있다던 사람이 왜 지구대에 있는지, 밤새 무슨 일이 있었던 건지 당장 짐작되는 게 없었다.

"오전 일정이 취소됐거든. 아무튼 내가 변호사라고 하니까 안 믿어. 지금 기자 명함뿐이라 더 그래. 그래서 조사받기 전에 변호사 부르겠다고 했어."

"무슨 죄로?"

"자동차수색죄."

"그런 죄명도 있어?"

요 몇 년 일하면서 다룬 적 없는, 선우에게도 생소한 단어였다. 그러나 구체적인 죄명 덕분에 정황이 대강은 그려졌다.

오전 일정도 비었겠다, 명함 속 조사원에게 접촉해 그의 차 내부에서 단서를 얻어 보려 했던 모양이다.

"미안하지만 와 줄 수 있어? 이럴 시간이 없잖아."

도대체. 한재은.

27센터는 오전 약속이 사라진 자리에 가볍게 대신 채워 넣을 만한 평범한 동네 이웃이 아니다. 선우는 속으로 많은 말을 삼키며 아득해진 정신을 다시 불러 모았다.

더 이상 조퇴 신청을 늦출 이유가 없었다.

"김선우라고 합니다."

1402호 명패가 전부인 27센터의 초인종을 누른 선우에게 문을 열어 준 사람은 50대 후반 여성이었다.

이름은 류영모.

5년 전 그때의 첫인상도 그랬지만 사나움과 고상함의 중간 그 어디쯤에 있다고 할 수 있는 범상치 않은 분위기의 소유자였다.

"모르는 이름인데."

억양 없는 말투도 그 인상 그대로였다. 다만 그 말과 달리 눈빛은 기억의 어딘가에서 선우를 발견한 느낌이었나.

"아마 기억 못 하실 겁니다. 오래전 선임과 동행으로 잠시 인사드린 게 전부니까요."

류영모는 그게 누구였는지, 어떤 사건이었는지는 궁금하지 않은 모양이었다. 그래서 어쩌라는 거냐는 얼굴로 선우를 바라볼 뿐이었다. 어두운색으로 물들이지 않고 짧게 정돈한 은발이 군더더기 없을 성격을 고스란히 반영하는 것만 같았다.

"저, 괜찮으시다면 잠시만 시간을 내 주실 수 있겠습니까?"

들어오라는 말을 먼저 해 주지 않는 상대는 대체로 시간 씀씀이에 관대하지 않은 법이다. 낭비하는 시간이 없도록 빠르게 본론으로 들어가는 편이 나았다.

"사건 의뢰인가?"

"아닙니다. 합의입니다."

"그럼 업장을 잘못 찾아왔어. 여긴 그런 일 하는 데가 아니거든."

"소장님 도움이 필요합니다. 잠시……."

닫히려는 문을 서둘러 붙잡았다. 복도에 탕 소리가 거칠게 울렸다.

그때 선우의 뒷덜미가 중력을 잃었다. 몸이 붕 하고 뜨더니 누군가에게 강타당하며 대리석 바닥에 낙하했다. 순식간의 일이라 방어할 틈도 없었다. 정확히 어디를 걷어차였는지조차 구분도 어려울 만큼 발목부터 허리까지 전체가 욱신거렸다.

"괜찮으세요?"

류영모보다 낮은 목소리가 머리 위에서 울렸다. 그러나 선우를 향한 질문은 아니었다. 정신을 차려 보니 제 몸집보다 두 배는 큰 남자에게 아직 목덜미를 붙잡힌 채로 무릎이 꿇려져 있었다.

류영모가 헤드셋을 벗으며 남자에게 말했다.

"난 괜찮은데 그러다 윤 팀장이 고소당하지."

"예?"

얼굴을 확인하려고 윤 팀장이라는 남자가 선우를 한 번 더 끌어 올렸다가 놓았다. 덕분에 무릎이 한 번 더 바닥에 충돌했다.

"그 녀석 변호사야. S-13 소속."

류영모가 문을 열어 둔 채 안으로 들어가며 말했다.

역시 기억하고 있었다. S-13은 이쪽에서 박연을 부르는 이름이었다.

선우는 윤 팀장에게 목덜미를 놓이고도 한동안 그대로 바닥에 널브러져 아픈 다리를 끌어안고 있어야 했다. 그래도 문이 닫히기 전에 몸을 일으켰다. 절룩거리며 안으로 들어가 부드러운 가죽 소파에 비로소 몸을 놓았을 때, 정작 이름은 기억나지 않는 선임이 했던 말이 떠올랐다.

망각을 모르는 류영모라고.

아무튼 박연을 기억하고 있다면 협상은 더 빨라질 듯했다.

"아플 테니까 조금 앉았다 가. 날 봐서 윤 팀장 고소는 하지 말고. 그렇다고 10분은 넘기지 마. 다음 미팅이 있어."

류영모가 안쪽 창가에 면한 널찍한 책상으로 향하며 말했다. 선우는 다시 소파에서 일어났다.

"한재은 변호사의 일, 취하를 부탁드리고자 합니다."

"그것도 모르는 이름인데."

심드렁하게 대꾸하는 류영모에게 윤 팀장이 무언가 손바닥만 한 걸 건네주고는 다른 책상에 자리를 잡았다.

"오전에 센터 소속 조사원의 업무를 조금 방해했다고 들었습니다."

모니터 너머에서 윤 팀장이 콧소리를 흘리며 알은체를 했다. 당연히 류영모도 알고 있을 것이다.

"안 됐네. 뭐가 그렇게 어리숙했을까, 그 변호사님은."

"죄송합니다."

"사과는 안 받아. 합의하는 데 아니라니까."

"그럼 의뢰라면 들어주시는 겁니까?"

그 질문이 도전적으로 들렸는지 윤 팀장이 다시 일어났다. 류영모는 두드리던 키보드를 잠시 멈추고 손짓으로 그를 앉혔다.

"아침부터 업무 방해 하나에, 업무 방해 둘에…… 합의랬다가 의뢰랬다가. 나한테 뭐 줄 것도 하나 없어 보이는데."

류영모는 마치 이쪽 사정을 다 꿰뚫고 있다는 듯한 투였다.

"그럼 그 의뢰인은 박연인가, 아니면 김 변호사인가?"

그리고 두 개의 선택지를 내밀었다. 대답을 잘해야 할 것 같았다. 그래서 고르기 더 어려웠지만 선우는 결국 유용해 보이는 쪽을 택하기로 했다.

"박연입니다."

"하하."

그 대답에 류영모는 낮게 웃었다.

"회사로 확인해 보셔도 좋습니다."

재은을 따라 해 보았다. 이 사람이라면 정말 그러고도 남을 거라 생각했지만 약간의 위험을 무릅쓰더라도 이 선문답을 조금이라도 빨리 끝내고 싶은 욕심이 더 컸다. 오피스텔의 문만 겨우 열었을 뿐 대화의 문은 아직도 멀었다.

"의뢰라는 건 뭔데."

류영모는 들어나 보자는 듯이 물었다.

재은을 위한 읍소는 당장 통하지 않을 것 같아서 본래 여기에 찾아오려 했던 목적을 전하기로 했다. 예정대로였다면 동행했을 재은이 탐색할 기회라도 엿보았겠으나 이미 날아간 기회였다. 정공법으로 시도해야 했다.

"정보 공유라고 할까요. 현재 시젠 어패럴의 김연주 대표 소재를 파악 중이시지요?"

류영모는 대꾸하지 않았다. 김선우 네가 더 말해야 한다는 뜻이었다.

"찾으셨습니까?"

"글쎄."

"이틀 이상 작업하셨다면 이미 정보가 꽤 많으실 텐데요. 재산 조회는 벌써 끝내셨을 테고요."

"재작년 대규모 사업 협약 크게 하나 말아먹은 걸 어음으로 막고 있는데 이제 고고한 척하기 어려운 상태에 왔다는 건 알지."

역시 그랬다. 그럼 재산 은닉 후 도주일까.

"변호사님도 채권자야?"

류영모가 물었다.

"아닙니다, 채권자는 박연의 의뢰인이죠."

"참, 박연에서 왔다고 했지."

"흔쾌히 도와주신다면, 책정하신 수수료로 차질 없이 처리해 드릴 겁니다."

"그래, 수수료 중요해. 의뢰인도 나도 먹고살자고 하는 거니까."

그렇게 중얼거리며 류영모는 엔터키를 한 번 툭 눌렀다. 윙 소리와 함께 프린터가 종이 한 장을 뱉었다. 류영모는 그걸 집어 들고서 선우의 앞으로 왔다. 계약서나 서약서 따위인가 싶었다.

"김선우 씨. 나는 기본적으로 한 곳에서 진득하게 오래 일 못하는 사람 말은 잘 안 믿어."

그러곤 출력해 온 용지를 선우에게 슥 내밀었다. 거기엔 김선우의 인적 사항이 일목요연하게 정리된 표가 인쇄되어 있었다.

이름과 주민등록번호, 주소와 휴대폰 번호, 보유 자격증, 재직해 온 회사, 운영했던 사업장, 계좌 보유 현황과 잔액 등등.

뒤통수가 서늘해져 할 말을 잃었을 때 류영모는 그 신상명세서 옆에 선우의 지갑을 내려놓았다. 아까 윤 팀장이 그에게 건넨 무언가가 제 지갑이었다는 걸 이제야 깨달았다.

선우는 눈을 감았다.

류영모의 저 복잡한 속을 온전히 파악할 수는 없겠으나, 적어도 자신이 현재 박연과 아무 관계 없다는 얕은수만은 들통 났다.

"변호사님 벌써 나한테 480만 원 빚졌어. 이게 항목당 원가가 40만 원이거든. 내가 변호사님 이력의 진위를 속달로 파악하는

데 든 정보료만 이렇네."

자존심이 털린 것과는 별개로 머릿속이 새하얗기만 했다. 쓸 만한 단어가 하나도 떠오르지 않았다.

"게다가 애초에 전략을 잘못 세웠어. 박연이라니."

선우는 조심스레 고개를 들어 류영모를 보았다.

"우리 박연이랑 거래 끊은 지 오래야. 에이엠에스티 김선우 대리. 무슨 알바를 더 하는 건지는 모르겠지만."

"……네?"

"박상수가 책임지겠다고 한 일 뒤처리가 아주 지저분했거든. 정보 빼 준 우리 팀 애들 둘이나 수감시키고 입 싹 닫더라고, 찢어 죽일 새끼가."

류영모는 선우의 인적 사항 출력 용지를 소파 곁에 놓인 파쇄기에 넣었다. 타라라락 소리가 진동했다.

"퇴사자가 내부 사정을 다 알리는 없지. 그건 나와 박상수 사이의 빚이니, 엄밀히 김 대리 잘못은 아니야. 내가 참작할게. 그러니까 나 월급쟁이 등골 빼먹는 파렴치한 만들지 말고, 가서 여자 친구 조사받는 거나 도와. 각자 자기 그릇에 맞게 살자고. 응? 계좌도 마이너스잖아. 출금 내역 보니까 빚도 있는 것 같고."

어울리지 않는 다정한 이웃 같은 웃음을 지어 보이며 류영모는 일어났다.

선우도 일어났다. 그리고 잠시 도둑맞았던 지갑을 열어 명함을 한 장 꺼내 테이블에 내려놓았다. 지금 명함이 아니라 김선우 법률 사무소의 명함이었다. 류영모는 뭐냐는 눈빛이었다.

"어쩌면 그 빚 관련해서 제가 도움을 드릴 수 있을 것 같습니다."

"무슨 빚?"

"소장님과 박상수 대표 사이의 빚이요. 숫자로 정산은 안 되겠지만 꽤 큰 것 같은데요."

"뭐야. 박상수랑 무슨 일 있었어? 날 핑계로 퇴사자의 복수라도 하겠다는 건가?"

"글쎄요."

류영모가 재은을 풀어 줄 생각도, 조사 상황 공유도 할 생각도 없다면 이쪽도 제공할 수 있는 정보는 없었다.

윤 팀장이 선우를 노려보고 있었다. 다리는 여전히 욱신거리는 중이었다. 더 다치고 싶지는 않았다.

"시젠 대표는 왜 찾는데?"

한참 입을 닫고 있던 류영모가 물었다. 드디어 합의라는 것에 어울리는 첫 질문이었다.

"정확히는 대표와 그 딸이에요."

"그러니까, 왜. 며칠만 있으면 경찰도 찾고 기자 하나쯤은 친절히 기사로 써 줄 텐데, 뭘 그리 서둘러서."

"10분 지났네요. 바쁘실 테니 구체적인 협상안이 정해지시면 그 번호로 연락 주십시오."

후들거리는 다리를 들키지 않기 위해 최대한 뻣뻣하게 걸으며 선우는 그곳을 빠져나왔다. 배웅하는 사람 없이 혼자 문을 열고 나가는 사이에도 윤 팀장에게 또 목덜미를 잡히지는 않을지 솔직히 조마조마했다.

14층에서 1층까지 내려가는 엘리베이터가 그렇게 느리고 답답할 수 없었다. 건물을 완전히 벗어났을 때 만난 30도 넘는 바깥 열기가 그저 상쾌할 정도였다.

그리고 주차장에서 기다렸다. 무언가 결정했다면 통보까지 시간이 오래 걸릴 사람은 아니었으므로.

전화는 정확히 5분 뒤 걸려 왔고, 류영모가 내민 제안은 재은의 일에 대한 취하였다.

합의는 성사였다.

류영모는 전화 한 통으로 오해가 있었으니 재은을 풀어 줘도 된다고 통보했다. 지구대에서는 곤란해하지도 않았다.

"시간만 낭비했네."

길고도 짧았던 오전의 협상 끝에 드디어 만난 재은의 첫마디였다.

섭섭하지 않았다면 거짓말이었지만 내색하지 않고 차에 올랐다. 겨우 반나절 만인데 마치 며칠 만의 재회 같았다.

"근데 옷 꼴이 왜 그래?"

보기 싫게 구겨져 있는 선우의 옷깃을 보며 재은이 물었다.

"아…… 어제 입은 채로 잠들었는데 못 다렸어."

"너 어디 다친 건 아니지?"

"이제 몸은 철저히 사리거든."

자세한 이야기는 생략이었다.

"아무튼 빨간 줄 면했으니 됐어."

"……고마워."

수상하다는 눈빛을 아직 거두지 않은 채 재은이 말했다. 무뚝뚝한 목소리였다. 그래도 결국 그 세 글자에 선우의 고단함은 무뎌졌다.

선우가 물었다.

"그래서, 이런 모험을 감수하면서까지 얻은 정보 좀 들어 보자."

"가면서 얘기할게."

"……어디를."

재은은 내비게이션 기록에서 은현사를 찾아 도착지로 설정했다.

지금 같은 때 전혀 뜻밖의 장소였으나 일단 차를 움직였다. 재은이 이야기를 시작했다.

"아침 7시에 취재를 미루자는 연락이 왔어. 인터뷰이가 의사였는데 새벽에 응급 수술 들어갔다고. 그런데 전화를 끊고 나니까, 마침 그 명함에 24시간 상담이라는 글자가 보이잖아."

재은은 명함 속 번호로 전화를 걸어 보았다.

"채무자를 찾고 싶은데 급하다고 하니까 1시간 뒤에 보자더라고. 목소리만으로는 누군지 알 수 없어서 일단 장소를 정했어. 그런데 내가 만난 조사원은 요양원에 갔던 둘 중에 누구도 아닌 거야."

기본 상담 도중 짧게 탐색해 본 결과 조사원은 김연주 사건에 대해 아는 바가 없었다. 이 사람을 더 붙들고 있을 필요는 없을 것 같았다.

재은은 착수 비용이 생각보다 높아 반나절만 고민해 보겠다고 말했다. 함께 카페를 나선 다음 재은이 택시를 호출하는 사이 조사원은 카페 바로 앞 주차장으로 향했다.

"그런데 그 사람 차가 센터 명함에서 읽은 승용차였어."

당장 택시 호출을 멈춘 후 명함을 꺼냈다. 진회색의 흔한 차종. 그러나 번호판이 일치했다. 회사에서 사용하는 차인 듯했다.

"그래서 차를 읽으러 돌진하기라도 한 거야?"

"차가 아니라 그 안에 있던 모자였어."

"모자?"

조수석 대시보드에 놓여 있는 모자가 요양원에 갔던 조사원 중 하나가 썼던 것이었다.

마침 조사원은 차에 시동만 걸어 둔 뒤에 내려, 카페 옆 편의점으로 들어갔다. 에어컨을 틀어 실내 온도를 잠시 식히려는 모양이었다. 편의점 유리창 안의 그는 도시락 코너를 뚫어져라 보고 있었다.

그사이 재은은 승용차에 다가갔다. 차체에 손을 얹어 확장해 읽어도 되지만, 문제는 시간이 넉넉하지 않다는 것이었다. 확장에는 충분한 시간이 필요하다. 조사원은 이제 계산대에 서 있었다.

아주 잠시만이라도 모자에 직접 닿을 수 있다면 확장하는 것보다 빠르고 정확하게 탐색할 수 있다. 재은은 조수석의 문을 잡아당겼다. 10초면 충분했다.

"그 조사원이 10초 만에 복귀한 건 아닐 테고."

"맞아. 내가 오래 붙잡고 있었던 거야."

"뭘 봤길래?"

"그 두 사람, 은현사에도 갔었어. 그리고 그 사람들이 본 윤이화 씨 안치단에는 그 전에 없던 물건이 있었고."

"뭐?"

그때 재은이 난데없이 물었다.

"아, 그런데 너 얼마나 쓴 거야?"

"얼마라니."

"나 풀어 주는 거. 공짜는 아니었을 거잖아."

재은은 지구대를 별 탈 없이 나오게 된 과정이 궁금한 모양이었다.

"뭐, 약간."

선우는 대답을 아꼈다. 숫자로 쓸 수는 없지만 조금은 거대한 비용인 데다, 갚는 데 얼마나 걸릴지 현재로선 가늠조차 안 됐기 때문이다.

이러니저러니 해도 지금의 우선순위는 다른 것이었다. 선우는 고속도로에 진입하자마자 은현사를 향한 속도를 높였다.

17
2017년 여름

김선우 법률 사무소

선우는 핸들을 붙잡은 채로 오래 말이 없었다.

공원에서의 고백으로부터 두 주 만이었다.

재은은 차에 오르기 전 조수석과 뒷좌석 중에 잠시 고민했다. 지금까지는 언제나 조수석이었지만 힘에 대해 털어놓았고 그 반응을 확인한 이상, 적당한 거리감을 의식하지 않을 수 없었다.

그래도 결국 앞자리였다. 변화가 오히려 어색한 분위기를 더 키우기만 할 것 같아서였다.

지난 2주간 서로 전혀 연락하지 않았다.

어차피 재은은 정해진 시간에 일하는 사람이 아니었으니, 평소대로라면 사무실 출입이 뜸해도 이상한 일이 아니지만 이번엔 달랐다.

그간 재판을 포함하여 중대한 일정은 없었다. 덕분에 기자로서 취재 일정 몇 개를 집중해 소화할 수 있었다.

그렇다고 사무소 생각을 완전히 덜어 낸 상태로 지낸 것은 아니었다. 일정 중간 여유가 있을 때 들러 볼까 싶은 마음도 있었지만 선우에게도 생각을 정리할 시간이 필요할 것 같았다.

그래서 기다렸다.

대답을 보류하고 뒤로 물러난 건 두 사람 중 선우였으니까. 이쪽에서 한 걸음 전진해 거리를 좁히는 방법을 택하면 선우는 그만큼 뒤로 물러날 게 분명했다. 그걸 바라지는 않았다.

그러나 열흘이 흘렀을 때 어쩌면 선우는 자기가 알아서 사직해 주기를 바라는지도 모른다는 생각이 들었다. 메시지 창을 몇 번이나 열었다 닫기를 반복했다.

취재와 인터뷰, 그리고 기사를 쓰는 동안을 제외하면 시간이 무척이나 더디게 갔다.

역시 이야기하지 않는 편이 나았을 거라는 후회, 무덤을 스스로 팠다는 자괴감, 이렇게까지 침묵인 상태는 너무하다는 선우를 향한 원망이 엎치락뒤치락하고 있을 때 전화가 왔다.

꼭 2주가 되기 하루 전, 어젯밤이었다.

선우의 첫마디는 '늦은 시간에 미안해.'였다. 그리고 내일 일정이 어떻게 되느냐고 물었다.

비어 있다는 재은의 대답에 선우는 내일 함께 만났으면 하는 의뢰인이 있다면서 관련 자료는 메일로 보냈으니 미리 확인해 달라고 했다.

그뿐이었다.

2주 전 대화에 관하여는 아무 언급도 없었다. 그렇게 통화는 끝났고 아침 약속 시간에 선우는 집 앞으로 왔다. 오늘의 목적지는 충북 천강시였다.

차 안은 늘 고요했다. 원래도 라디오나 음악을 틀어 놓는 습관은 없었는데, 오늘의 고요는 성질이 달랐다.

재은은 라디오라도 틀까 했다가 그러지 않기로 했다. 두 손이 다른 곳에 닿지 않도록 제 허벅지 위에 가만히 놓아두는 편이 나을 것 같아서였다. 재은이 이 자리에 앉아 있는 것 자체로 선우에게는 이미 충분한 부담일 게 분명했다.

읽지 않는다는 약속은 아무리 견고하다 한들 눈에 보이지도 만져지지도 않는다. 움직임 하나하나에 자기 검열이 따랐다. 차라리 선우에게도 같은 힘이 있어서 제 진심을 만져 읽을 수 있으면 좋겠다는 생각마저 들었다.

제대로 된 선우의 목소리는 고속도로에 진입해서야 들려왔다.

"자료는 좀 살펴봤어?"

약간 잠긴 목소리였으나 어조는 평소와 다르지 않았다.

"응."

짧게 답했다. 재은은 휴대폰으로 관련 보도 자료를 읽던 중이었다. 도착하기까지 침묵으로만 버티기에 시간은 지나치게 넉넉했다.

아직 매듭짓지 못한 둘의 갈등을 남겨 두고 타인의 일을 먼저 논한다는 게 순서에는 맞지 않았으나 업무 대화가 차라리 편한 건 사실이었다. 게다가 그 갈등은 다소 사소하게 느껴질 만큼 이 사건의 무게가 만만치 않기도 했다. 이 의뢰는 지금까지 다뤄 온

분쟁과는 달랐다.

재은이 물었다.

“너 정말 할 거야, 이거?”

“사실 모르겠어.”

이번 의뢰는 재심이었다. 벌써 오래전 대법원 판결을 받고 수감 생활까지 마친 의뢰인이 결백을 증명하고자 했다.

처음 품었던 이상을 따르자면 마땅히 해야 할 일이었으나, 막상 실무로 닥쳐오자 현실적인 계산이 앞섰다.

한 해 각 지방 법원에 다수의 재심이 청구되고 있지만 그 가운데 인정받아 개시되는 건은 소수에 불과하다. 대부분 기각이다. 재판부를 설득하기에 충분한 증거 수집에 얼마나 긴 시간과 노력이 필요할지 예측할 수 없다.

낙관적으로 생각해 그리 늦지 않게 청구가 인정된다 해도, 개시될 재판에서 검찰과 사실 관계를 다퉈야 하는 과정 역시 지난할 것이다.

웬만한 각오로는 덤비기 힘든 일이다. 이 사건에 모든 것을 걸고 전념해야 할 거다. 서로를 의지하고 신뢰하면서 보이지 않는 곳을 향해, 존재하지 않았던 길을 만들어 가면서.

그러나 서로를 받쳐 주던 지지대 하나가 허물어진 듯한 지금, 이렇게 중대한 사건을 맡아도 될는지 재은에게는 확신이 없었다. 선우 역시 그런 것 같았다. 그의 모르겠다는 대답은 재은에게 그런 의미로 들려왔다.

“그래서 말인데, 네가 좀 판단해 주면 좋겠어.”

선우는 그 말을 하면서 비로소 재은을 보았다.

"무슨 판단?"

"의뢰인이 정말로 결백한지."

재은은 순간 제 귀를 의심했다.

지금 이 힘을 경계하는 동시에 필요하다고 말하는 선우를, 말을 잃은 채 바라보았다.

오늘 이 만남에 자신이 함께해야만 하는 이유가 이제야 명백해졌다.

"그건…… 오늘 당장 의뢰인을 탐색해 보자는 거야?"

"응."

재은의 질문에 선우는 잠시 망설이다 이렇게 물었다.

"지금까지는 아니었어?"

맥이 탁 풀렸다.

하지만 힘에 관해 궁금한 것은 무엇이든 물어도 좋다고 한 사람은 재은이었다. 대답할 의무는 있었다. 선우도 세세하게 아는 편이 차라리 더 나았다.

"모두에게도 아니고, 물론 처음부터도 아니야."

참고인과 다르게 의뢰인은 긴 시간에 걸쳐 오래 보아야 할 사람이다. 선입견이 먼저 자리를 차지해 버리면 그날 선우의 말마따나 유도 신문밖에 되지 않는다.

탐색은 이미 충분한 신뢰가 만들어진 이후 비어 있는 자리에 퍼즐 조각을 찾아 넣어야 할 때만 한다. 그럴 까닭이 없는 의뢰인이라면 선우의 힘에 온전히 맡겼다. 물론 물증은 없으니 믿지 않는다 해도 어쩔 수 없었다.

"그럼 그 탐색이라는 건, 어떤 방법으로 해? 악수해 보면 알 수 있다거나."

질문이 구체성을 갖췄다.

"잠깐 하는 악수로는 표지 정도만 읽을 수 있어."

"표지?"

재은은 표지를 시작으로 탐색 과정에서 쓰는 자신만의 단어들을 소개했다. 특히 차단에 관하여는 최대한 상세히 말했다. 선우는 그 부분을 가장 중요하게 여길 것 같아서였다. 2주 전 대화에서도 강조하기는 했으나 제대로 기억하고 있을 것 같지 않았다.

"반드시 직접 닿아야 하는 거야?"

"그게 가장 빠르지만, 아니야. 중간에 매개체가 있으면 확장할 수 있어. 직접 접촉하는 것만큼 강하고 선명하지는 않아도."

몸의 일부를 기대 앉은 탁자라든지, 차 안의 바로 옆자리라든지. 신체가 한 물체를 매개로 연결되어 있다면 탐색할 수 있다. 다만 그런 확장은 대략 1미터 이내에서만 가능하다.

"그래서 차단하지 않으면, 지금도 당장 읽을 수 있다는 뜻이기도 해."

그 말에 선우는 잠시 멈칫했다.

"물론 지금까지 그런 적 없고 앞으로도 그러지 않겠지만."

"그래."

믿지 않는다고 한들 다른 뾰족한 수가 있겠느냐는 체념을 닮은 대꾸였다.

그런 힘이 있다는 사실을 부정은 않겠다는 정도의 무게로 선우가 말했다.

"이것만은 분명히 하고 싶어. 너와 나 사이의 일과 사무소의 일은 별개야."

재은도 이미 알고 있었다. 그래서 이렇게 뒤엉킨 마음을 안은 채, 제품 설명서를 읽듯 제 힘에 대해 이야기하며 새로운 의뢰인을 만나러 가는 것일 테다.

"그리고 어쩌면 이 의뢰를 앞둔 지금 마침 잘 알게 된 걸지도 모른다는 생각도 들어."

선우가 합의점이라도 찾듯 말했다.

"마침?"

"재심 청구도 결국 신뢰 문제니까. 물론 기본적으로 의뢰인의 결백을 신뢰해야겠지만 의뢰인의 무죄 사실을 실제로 안다는 건 조금 다른 차원이지."

선우는 '안다는'에 약간의 강조를 실었다.

"판결을 뒤집어야 하는 일이야. 처음부터 완벽한 진실을 가지고 시작한다면, 싸움이 얼마나 길어지든 덜 지치지 않을까. 그리고 너는 그걸 알 수 있는 사람이라는 거잖아."

틀린 말은 아니었으나 신뢰도 진실도 오늘따라 유난히 공허하게 울리는 단어였다. 재은은 사실만 간추려 듣기로 했다.

"여기까진 물론 내 생각이야. 같이 일한다는 전제의 내 생각."

그런데 대화의 방향이 변했다.

"너도 나와 계속 같이하고 싶은지는 다른 문제니까."

순서는 뒤바뀌었지만 선우는 재은의 생각을 묻는 중이었다. 계속 함께인지 그렇지 않은지.

너를 함부로 읽는 일은 없을 거라는 선언으로 파트너로서 함께하겠다고 이미 결정은 내린 셈이었다. 그러나 그렇게 물으니 막상 대답이 나오지 않았다.

어떤 결정이든 과연 후회하지 않을 수 있을까, 확신이 없었다.

재은은 2주 전과 지금 무엇이 달라졌는지 생각해 보았다. 한 가지만은 확실했다. 이제 재은의 힘에 대해 아는 사람이 세상에 한 사람 더 생겨났다는 것. 다르게 표현하면 재은이 있는 그대로 존재할 수 있는 영역의 확장이었다.

그 희소한 영역을 재은은 먼저 떠나지 않기로 했다. 그저 단순한 오기에 불과할지 몰라도 그렇게 하기로 했다. 현재 선우의 온도와 다르지 않은, 조금은 차가운 결정이었다.

어느덧 목적지였다.

의뢰인 박기환은 2004년 살인죄로 기소되어 유죄 판결을 받아 11년을 복역했다. 선고는 15년 형이었지만 모범수로 가석방되었다. 사건 당시 박기환은 29세로 천강시에 본사를 둔 한 포장 이사 업체 현장 직원으로 재직 중이었다.

기환은 늘 밤낮없이 일했다. 학교 들어가기도 전에 양친을 여의고 남동생과 보육원에서 성장한 그가 여러 일용직을 거쳐 자리를 잡은 곳이 그곳이었다. 남들은 뭐라고 하든 기환에게는 만족스러운 일자리였다.

다부진 체격이기도 했지만 무엇보다 요령이 좋았다. 무거운 짐을 다루는 수완은 기본이고 기억력도 좋아서 기환과 함께 일하는 날은 동료 인부들에게 한결 수월한 하루가 되었다. 상자 라벨링이 누락되어도 거기에 무엇이 들어 있는지 기환은 바로 대답할 수 있었고, '이건 어디에 놓아 주세요.'라고 고객이 스치듯 말해도 두 번 확인해 묻는 일 없이 정확히 그곳에 짐을 풀었다. 다들 천직이라고 입 모아 칭찬을 해서 몸은 고되어도 재밌게 일했다.

대형 프랜차이즈에 비교할 바는 아니지만, 지역에서는 인지도 있는 중소 업체인데다 이사의 수요는 꾸준한 법이니 적어도 망할 염려는 없는 곳이었다.

머지않아 철없을 때 만들어 놓은 빚도 모두 갚고 저축도 하면서 전셋집도 장만하고 언젠가 때가 되면 가정도 꾸리고 싶었다. 한눈팔지 않고 지금처럼만 살아간다면 그게 그렇게 터무니없는 바람이라고 생각하지 않았다.

그런데 어느 날, 형사 두 명이 들이닥쳤다. 기환을 살인 혐의로 긴급 체포한다고 했다. 자다 깨서 정신이 없던 와중이라 잠깐 꿈이 아닐까 했다. 하지만 우악스럽게 목덜미를 잡아 일으키는 손길은 꿈이 아니었다.

말도 안 되는 일이었다.

아니라고 했다. 주소 잘못 찾아오셨다고. 사건이 벌어진 그날은 이사가 없어서 집에서 실컷 늦잠을 잤다고 설명했지만 아무도 귀담아듣지 않았다. 조사관에 따르면 용의자 박기환은 현관 번호키 숫자를 수월하게 암기할 수 있을 정도로 기억력이 좋은 사람이었고, 알리바이가 없었다.

"정말로 단 한 사람도 없었습니까? 알리바이를 증명해 줄 사람이요."

선우의 질문에 기환이 고개를 끄덕였다.

그는 겨우 마흔둘이었지만 훨씬 더 나이 들어 보였다. 오랫동안 해를 못 보고 산 사람처럼 무기력한 모습에 눈빛은 불안정했고 행동도 굼떴다. 날렵하게 움직이며 힘 쓰는 일을 했다는 사람으로는 안 보였다. 기록만이 그의 과거를 말해 줄 뿐이었다.

"그땐 쪽방에서 혼자 지냈습니다. 연고 없이 이리저리 옮겨 다니면서 살았고, 천강에서 아는 얼굴이라곤 직장 동료들뿐인데 그날은 출근도 안 했으니까요. 피곤해서 자고 있었다는 걸 증명해 줄 사람이 없었어요. 그렇다고 거짓말을 해 달라 할 수도 없잖습니까."

"아무것도 안 했다는 걸 증명하기가 사실 가장 어려운 거예요."

그렇게 말하며 재은은 2주 전을 떠올리지 않을 수 없었다. 선우 방향은 보지 않았다.

"맞습니다. 변호사님 그 말씀이 맞습니다."

기환이 바로 맞장구쳤다.

"저도 그때 형사님, 검사님에게 그렇게 말했어요. 믿어 주는 사람은 없었지만요."

담배에 불을 붙이는 기환의 손이 떨렸다. 건강도 양호해 보이지 않았다.

기환은 현재 천강의 한 주말농장 지킴이로 일하고 있다. 보수는 적지만 주중에 밭을 지키며 근처 숙소에서 다른 인부 두 명과 함께 숙식을 해결한다고 했다.

출소 무렵 동생이 알아봐 준 곳이라고 했다. 그는 현재 다른 지역의 자동차 부품 하청 공장에서 근무 중이었다.

재심을 원한다며 처음 선우를 찾아 온 사람이 바로 기환의 동생 도진이었다. 다름 아닌 도진의 아이 때문이었다.

사건 당시 기환이 구속되고 살인죄로 유죄 판결을 받은 후에, 일하던 이사업체에서 기환을 상대로 손해 배상 청구를 해 왔다.

그가 저지른 사건으로 인해 긴 시간 지역에서 쌓아 온 신뢰와 긍정적인 이미지가 단숨에 추락했으며 매출에 상당한 타격을 입었다는 주장이었다. 실제로 영업점 몇 개는 운영을 중단했고, 고객도 절반 이하로 줄었다. 재판부는 그 주장을 받아들였다.

건장하고 기억력도 비상한 이사업체 직원이 여성 혼자 입주하는 가구를 눈여겨보았다가 범행을 저지른 사건은 사람들이 그 브랜드를 선택하지 않을 이유로 충분했다.

판결이 선고한 수억 원의 손해배상액은 수감 중인 기환 대신 동생이 짊어졌다. 무죄를 입증하지 못한 것도 억울한데 손해배상까지 떠안다니 더욱 억울했다. 그러나 법의 집행 앞에서는 무력할 수밖에 없었다. 그의 가족은 십수 년에 걸쳐 많은 것을 포기하고 제 살을 깎아 가며 살아야 했다.

그래도 언젠가 좋은 일도 있을 거라는 막연한 희망만은 꺾이지 않으려고 애쓰며 버텼는데, 얼마 전, 도진의 아이가 희귀 난치병을 진단받아 장기간 많은 치료비가 필요하게 되었다.

도진은 기환을 원망했다.

형의 무죄를 믿는다고 하지만 달리 원망할 곳이 없었다. 그 손해배상액은 지금도 다달이 이자와 함께 갚아 나가는 중이었다.

도진은 결국 우리끼리만 통하는 결백은 의미가 없다며 이걸 처음부터 바로 잡아야 한다고 기환을 설득했다. 그리고 아이의 진료를 위해 서울에 올라왔을 때 선우를 찾아왔다.

기환은 당시 수사 과정의 압박과 상황을 더 나빠지게 하지 말라는 회유로 결국 허위 자백을 해 버린 자신이 지금 형용할 수 없이 부끄럽다고 했다. 그러나 그런 상황이 또 닥친다면 다시 그럴 수밖에 없을 것만 같은, 그만큼 큰 공포였다며 고개를 떨구었다.

"사실 이제 와서 내가 무죄라고 한들 뭐가 달라질까 싶기는 합니다. 막말로 죽은 사람이 살아올 것도 아니고 진범이 잡힐지 아닐지도 모르는 거 아닙니까. 그리고 내가 범인이든 다른 누구든 신경 쓸 사람이 있기는 할까요?"

현재 대화 중인 장소는 농장 한편에 지어진 농막이었다. 주말농장에 온 사람들이 더위나 소나기를 피하고 잠시 휴식도 할 수 있는 휴게실로, 싸 온 음식을 먹을 수 있는 테이블이 있었다.

재은은 지금 그 테이블 맞은편에 앉은 기환의 표지를 탐색 중이었다. 그는 양 팔을 모두 테이블에 기대고 있는 중이었다.

"근데 나 때문에 도진이 그놈이 미쳐 버릴라 하니까…… 그게 미안해서 그럽니다. 못난 제가 해 줄 수 있는 게 없어서요. 그놈도 자식 새끼 살리겠다고 발버둥치는 거니까. 저도 이번에는 마음을 단단히 하고 입을 똑바로 열어야겠지요."

자신의 명예 회복을 위해서가 아니라 피붙이를 지키고 싶을 따름이라고 했다.

가만히 듣던 선우가 기환에게 말했다.

"박기환 씨. 이제부터 저는 당시 수사와 재판에 참여했던 사람들과 기관, 관련 기록들을 모두 살피고 만나 볼 겁니다. 솔직히 말씀드리면 이 싸움이 얼마나 길어질지 알 수 없어요. 어쩌면 동생분을 빠르게 도와 드릴 수 없을지도 모릅니다. 청구 접수가 몇 차례 기각당할 수도 있고, 개시가 결정되는 데도 몇 년이 소요될지 몰라요. 그렇다 해도 하시겠습니까?"

이 싸움은 다른 누군가가 아닌 자기 자신의 명예를 위한 것임을 강조하며 선우가 물었다.

시작된다면 길고 만만치 않을 여정이었다. 굳은 각오가 필요하다는 데는 재은도 동의했다.

기환은 대답을 망설였다.

"그리고 이 질문은 아마도 마음에 들지 않으시겠지만, 박기환 씨의 변호인으로서 처음이자 마지막으로 묻겠습니다. 피고인께서는 결백하신 거지요?"

재은은 기환의 표지에 모든 힘을 집중했다.

기환은 비로소 마음을 정한 얼굴로 대답했다.

"결백합니다. 하겠습니다."

농막을 나와 재은은 옥수수밭 너머 녹음 우거진 산을 바라보았다. 잎을 쓰다듬는 바람 소리가 탐색 후 어지러워진 마음을 느리게 달래 주었다.

"어때."

약간 거리를 두고 나란히 선 선우가 물었다. 짧은 물음이었지만 그가 지금 뭘 원하는지는 분명했다.

"결백해."

기환의 표지에는 조금도 거짓이 없었다. 1시간이 넘도록 대화하는 동안 범행에 관련한 잔상은 단 하나도 보이지 않았다. 범행 사실이 없으니 잔상도 존재하지 않는 것이다.

"이런 질문이 맞는지 모르겠는데, 의뢰인이 지금 머릿속으로 어떤 생각을 하고 있는지도 알아?"

"강압 수사, 재판, 수감 생활. 그리고 조카에 대한 걱정."

표지와 잔상은 또 다르지만 핵심만 대답했다.

"말과 생각이 일치하지 않기도 해?"

"응. 진범이었다면 말로 결백을 주장해도 이런 대화 내내 사건의 잔상을 단 한 번도 떠올리지 않을 수는 없을 거야."

말로는 의도적인 정보 누락이 가능하지만 잔상은 통제의 영역이 아니다.

예를 들어 누군가 선우에게 한재은이라는 사람을 아느냐고 묻는다면 선우는 맹세코 들어 본 적 없는 이름이라고 말로는 부정할 수 있겠지만, 동시에 머리로는 한재은의 모습을 정확히 그리게 될 것이다. 의식은 이미 존재하는 잔상으로부터 결코 도망칠 수 없다.

"하지만 없음 자체가 물증으로 성립하지는 못한다."

선우가 혼잣말로 중얼거렸다. 재은에게는 무척 아픈 말이었다. 그러나 재심 청구 과정에서 간과할 수 없는 사실이었다. 그것이 모든 누명의 쟁점이므로.

"그렇다면 반대로 어딘가 존재하고 있을 잔상을 발견해야 한다는 뜻이기도 하겠고."

그렇게 말하며 선우는 재은에게 가까이 다가왔다. 그리고 왼손을 내밀었다.

무슨 의미인지 이해가 되지 않아 재은은 그 손을 멀뚱히 바라만 보아야 했다. 선우가 말했다.

"내가 지금 무슨 생각 하고 있는지 확인해 줄 수 있을까?"

"……지금 뭐 하는 거야?"

"네가 읽는 잔상이 진실이라는 일종의…… 선서."

이렇게 하는 자신도 편하지 않다는 얼굴이었다.

사실 선우는 재은의 고백을 들은 그대로 받아들였을 뿐이다. 재은이 탐색한 결과의 진실 여부 또한 선우에게는 의심해야 할 부분이었다.

재은은 선뜻 내키지 않았다.

"내가 너의 무엇을 읽을 줄 알고?"

이런 일로 관계가 더 불편해지는 상황은 바라지 않았다.

"과거의 기억이라면, 소리도 들을 수 있어?"

선우가 물었다.

"아니, 소리는 없어. 간단한 말이라면 입 모양 정도는 알아볼 수 있을지도."

"그럼 한 가지만 부탁할게. 전부 읽고 난 다음 무엇을 보았는지 이야기하는 게 아니라, 보는 걸 그 즉시 말해 준다면 좋겠어."

어려운 일은 아니었다.

선우의 손이 어느덧 더 가까이 다가와 있었다.

재은은 차단 상태를 한 번 더 확인하며 그 손을 잡았다. 선우의 손목은 긴장으로 경직되어 있었다. 선우는 언제부터 탐색이 시작되는지 모를 테니 재은은 '다녀오겠습니다.'라는 말을 차단이 끝나는 시점으로 정하겠다고 했다. 선우가 고개를 끄덕였다.

그리고, 다녀오겠습니다.

불안의 겹이 두터웠다. 불안이라는 표지를 지나자 뒤섞여 있는 두려움, 분노, 슬픔이 재은을 맞이했다. 이제 곧 보게 될 잔상의 표지가 되는 감정들이었다. 이제 그 안으로 들어간다.

책상 앞에 누군가 앉아 있다. 중학생, 아니면 고등학생. 정확한 학년은 구분이 어려웠다. 그러나 누구인지 알아보기 어렵지 않았다. 선우였다. 어린 시절의 모습도 현서와 비슷한 생김새였다. 여전히 조금은 놀라웠다.

잔상 속 선우는 CD 플레이어에 연결된 이어폰으로 무언가를 들으며 수학 문제집을 보고 있다. 책장 귀퉁이에 '고등2'라는 글자가 보였다. 그 페이지에 있는 여덟 개의 문제 중 일곱 번째의 답을 막 구했다. 꽤 몰입 중인 모습이었다. 그때였다. 여덟 번째 문제를 풀다 말고 선우는 갑자기 펜을 내려놓으며 한쪽 이어폰을 뺐다.

선우는 뒤를 돌아보았다.

그러나 방에서는 아무 일도 일어나지 않았다. 방문은 굳게 닫혀 있었고 들어온 사람도 나간 사람도 없다.

바깥에서 무슨 소리가 들려오기라도 한 걸까. 미심쩍은 표정으로 수학 문제로 돌아왔으나 펜은 다시 움직이지 않았다. 집중이 흐트러졌거나 방 바깥이 신경 쓰이는 것 같았다. 선우는 결국 자리에서 일어나 방문을 열고 나갔다.

맞은편에는 다른 방이 있었다. 문은 닫혀 있었는데 선우는 그 문을 잠시 가만히 응시하다가 그 앞에 천천히 다가섰다. 아마도 문을 열 모양이었다.

"그만."

의식의 바깥에서 들려온 선우의 목소리에 재은은 감고 있던 눈을 열었다.

손은 이미 놓아져 있었다.

"고마워. 잘 알았어."

특별한 감정은 실려 있지 않았으나 애써 평정을 지키는 목소리였다.

다시 농막으로 돌아가 당시 수사 상황에 대한 진술을 2시간 정도 듣고 다음 일정에 다시 만나기로 약속했다.

돌아가는 두 사람을 배웅하는 기환은 왜인지 할 말을 시원하게 다 못한 얼굴이었다.

궁금한 건 뭐든지 물으셔도 된다는 재은의 말에 기환은 뜨끔해하며 아무것도 아니라고 하다가 결국 느지막하게 말을 꺼냈다.

"이제 와 묻는 게 이상하다고 하시겠지만…… 조금 궁금해서 말입니다."

"괜찮습니다. 다른 게 아니라 이 재심이 이제 와 다시 묻자고 하는 건데요."

선우가 기환에게 말했다.

기환은 또 한번 중대한 선고를 기다리는 사람처럼 초조해 보였다.

"저는 결백하다고 말씀드리기는 했지만 그건 제 말일 뿐이고…… 변호사님 두 분은 제가 무죄라는 걸 믿으시는지요."

이 질문이 민망한지 씁쓸한 표정이었다.

"실은 그때 국선 변호사 선생님한테도 궁금했는데…… 경황도 없었지만 겁이 나서 못 물었거든요. 아무튼…… 아닙니다. 대답 안 해 주셔도 괜찮습니다. 그게 뭐라고요."

"그럼요, 박기환 씨께서는 무죄입니다."

재은은 지체 없이 대답했다. 이 대답은 재은의 몫이었다.

단호한 그 선언에 기환은 잠시 눈을 끔벅였지만 이내 웃음을 지었다.

"……좋네요. 그 말 들으니 기분은 정말로 좋네요."

재은은 멀지 않은 때, 이 웃음을 법정에서도 볼 수 있다면 좋겠다고 생각했다.

그 웃음이 선우와의 예정된 불편함 속에서도 이 사건을 함께하기로 한 이유였다. 무너진 제 마음은 그만 덮어 두고서 사무소를 시작했던 그 초심만을 지키기로 하며.

조사는 출발부터 난항이었다.

검찰이 소송 기록 열람을 불허했다.

어처구니없는 일이었다.

확정 사건 소송 기록은 피고인 당사자가 원할 경우, 더군다나 재심 청구를 위해서라는 확실한 명분이 있을 경우에는 사건이 종결된 후에도 언제든 열람이 가능해야 했다. 형사소송법에 의하면 명백히 위법한 처분이었다.

이렇게 되면, 별도의 소송을 진행해 처분 취소를 받아내야 했다.

어째서일까. 어떤 보이지 않는 입김이 작용하기라도 하는 걸까. 의혹이 자연히 따라올 수밖에 없었다.

더불어 사건으로부터 13년 이상 지난 시점이라 당시 관계자 및 참고인의 현재 소재를 파악하는 것도 상당한 품이 들었다.

따라서 조사 초반에는 많은 부분을 박기환 본인의 진술에 의존해야 했다. 그에게도 힘든 일이었다. 떠올리고 싶지 않은 기억을 다시 불러오는 일이란 몸과 마음을 상당히 지치게 했다.

오래된 일이고 강압 수사로 인해 상식적인 판단조차 어려운 상황이었기에 기환은 당시 수사 관계자의 실명을 일일이 기억하지는 못했다. 국선 변호사의 이름을 제외하면 모두 형사님, 검사님, 판사님으로 나뉠 뿐이었다. 하지만 그가 말할 때 떠올리는 그들의 얼굴을 재은이 엿볼 수는 있었다.

덕분에 오현택을 실물로 마주했을 때 재은은 이 사람이 당시 기환을 수사한 형사 중 하나인 것을 바로 알 수 있었다. 세월이 많이 흘러 얼굴만 보고서는 확신이 어려웠겠지만 오른손바닥부터 손등까지 길게 이어지는 선명한 흉터가 그대로였다.

그는 현재 천강시에서 가까운 기윤시 동부 경찰서의 형사계장으로 재직 중이었다. 오현택은 예기치 않은 손님의 방문에 놀랐다가, 찾아온 이유를 듣자 불쾌를 드러냈다.

당연히 환영받겠다는 기대는 없었다. 선우가 먼저 청한 악수에도 오현택은 응하지 않았다. 그는 안 그래도 정신 없는 날에 왔다고 중얼거리고는 따라오란 말도 없이 서 한편에 마련된 손님용 자리로 앞장서 갔다. 테이블을 중간에 두고 마주 본 푹 꺼진 소파가 둘 있었다.

오현택은 낡은 소파에 몸을 묻으며 팔짱을 끼았다. 그 맞은편 재은과 선우가 나란히 앉았다.

테이블은 겨우 무릎 높이였다. 몸이나 팔을 기댈 수 없는 구조였고 형사는 소파에 등을 붙인 채 피로한 얼굴을 과시하는 중이었다. 확장할 수 있는 매개가 없었다.

"해당 기록은 비공개입니다. 행정 심판 청구하시든지요."

오현택이 거드름을 피우며 말했다. 너희의 수사가 잘못됐다는 전제로 찾아와 관련 기록을 내놓으라는 젊은 변호사 둘이 어지간히도 마음에 들지 않는 모양이었다.

선우가 말했다.

"알고 있습니다. 그렇게 하려는 중이고요. 하지만 당시 수사 중심에 계셨던 분의 개인 기록이라도 요청드릴 수 있지 않을까 해서 방문했습니다. 제가 업무적으로 뵙는 형사분들 중에는 개인 메모나 일지를 정리해 두는 경우가 적지 않았습니다만."

"사람 나름이지."

"물론 문서 자료뿐 아니라 당시 현장 이야기도 들어 보고 싶습니다."

"변호사님."

당신의 요구가 무엇이든 나는 아무것도 내줄 생각이 없다는 일관된 얼굴로 오현택이 물었다.

"그놈이 결백하다고 믿는 변호사님의 근거는 뭡니까?"

대체 왜 이런 시간 낭비를 하고 있느냐는 비아냥이 섞인 질문이었다.

믿는 게 아니라 안다는 걸 설명할 방법이 없음에 재은에게는 익숙한 갑갑함이 차올랐다. 그러나 지금 이 모든 일이 그 방법을 찾아 증명하고자 하는 시도이므로 침착하자고 마음을 추슬렀다.

"범인을 특정할 수 있는 직접적인 물증은 발견되지 않았습니다."

선우의 대답에 오현택은 쓴웃음을 지으며 앞으로 살짝 몸을 기울였다. 그러나 어디에도 닿지는 않았다.

"그놈은 자백을 했어요."

"보강 증거 없는 자백입니다."

"그건 변호사님 생각이고."

오현택이 말을 가로챘다.

"어떤 흉기를 사용했고, 어떻게, 몇 번 찔렀다고 자백을 했어요. 흉기가 피해자 집에서 나왔고 자백한 범행 도구의 형태, 자상흔 모두 일치한다고 국과수에서 감식 결과를 내보냈고. 법정에서도 증거로 채택됐고."

강압 수사에 의한 유도 신문이었다. 흉기의 종류, 찌른 횟수, 방향, 방법 등을 신문 과정 중에 자연스럽게 알게 해서 기환에게는 그렇다는 대답만 얻어냈다.

기환은 그저 대답만 했을 뿐이다. 그렇다고 하지 않으면 하루가 끝나지 않았다고 했다.

"흉기에서 박기환 씨의 지문은 발견되지 않았는데요."

"누구의 지문도 안 나왔지. 범행 당시 장갑을 꼈으니까."

장갑 착용을 묻는 질문에도 기환은 그렇다 진술했다고 말했다. 아니라고 하면 시간이 거꾸로 돌아가기라도 한 듯 똑같은 질문이 반복됐다. 장갑 진술이 있었을 때 기환은 사흘을 못 자고 물도 제대로 못 마신 상태였다.

"네, 그 장갑 말입니다."

선우가 오현택을 직시하며 말했다.

"범행에 사용되었다고 특정하기 어려운 증거였죠. 혈흔이 나온 것도 아니었고요. 피고인 방에 있던 업무용 장갑 중 하나에 불과합니다. 적당히 골라진 것이죠. 당시 수사관께서 더 잘 아시겠지만요."

대화는 이제 협조 요청이 아니라 사실 관계 다툼으로 넘어가 있었다. 그러나 여기는 법정이 아니다. 다툴 자리가 아니라 정보를 얻어 내야 하는 곳이었다. 태도에 날을 세워서는 유리할 게 없었다.

재은이 곁에서 느끼기에 이 사건을 시작하면서 선우의 평정심은 조금씩 자취를 감추어 갔다. 이전에 여유가 있던 그 자리는 이제 초조함의 차지였다. 다른 송무에 제대로 집중하지 못할 때도 있었는데 그런 모습이 재은에게는 아슬아슬하게 느껴졌다. 차라리 그 속을 알 수 없던 시절이 더 나았다는 생각이 들 때도 있었다.

오현택은 무례한 철부지를 보듯 선우를 바라보다 입을 열었다.

"변호사님들 몇 살입니까?"

뜬금없는 질문이었다.

평생 흔들려 본 적 없을 것 같은 그의 눈에는 큰 신념이 있는 듯 보였다.

"지금 변호사님들보다 어렸어요. 당시 피해자가."

사건 당시 26세, 이름은 이정아였다.

"나는 현장에 있었고, 그 현장이 얼마나 참혹했는지 변호사님들도 그때 봤다면, 글쎄요. 그 악랄한 새끼 하루라도 빨리 검거해 처넣어야겠다는 생각 말고는 안 했을 겁니다. 그 피해자가 어떤 사람이었는지 알아요?"

기환이 피해자에 관해 알려 준 내용은 많지 않았다. 이사를 의뢰한 고객으로서의 정보 몇 가지가 전부였다.

"홀어머니랑 동생 둘 부양하면서 낮엔 일하고 밤에는 공부하고 그렇게 성실하게 살 수가 없었어. 고등학교 겨우 졸업해서 계약직, 일용직 전전하다가 드디어 그럴듯한 정규직 얻었다고 얼마나 좋아했게요. 그 현장, 그러니까 그 집. 새로 출근할 회사 근처에 대출받아 들어간 거야. 동생들 다 독립했으니까 거기로 엄마 모실 거라고. 지금까지 살아 본 집 중에서 제일 좋은 집이라고. 그러고 이사 들어가 나흘 만에 그 사달이 났지."

오현택이 뒷덜미를 한번 주물렀다. 그도 상기하기 고달프다는 낯이었다.

"강간하려다 뜻대로 안 되니까 흉기를 뽑은 거야. 바로 옆에 싱크대 문만 열면 바로 칼꽂이였거든. 등이랑 복부를 도합 열한 번 찔렀어. 그 집 식칼로. 피해자는 부엌에서 엎드린 채로 기어가다가 등을 찔렸어. 세 번. 죽을힘으로 도망치려는 걸 그대로 잡아 앞을 여섯 번. 숨이 끊어진 걸 알고도 두 번."

재은은 눈을 감으며 한숨을 삼켰다. 듣고 있기 힘들었다. 지금 이 사람을 탐색하고 있지 않아 차라리 다행이라는 생각이 들었다. 이쪽의 입을 다물게 하기 위해서였다면 부족하지 않은 현장 묘사였다.

"그게 그 젊은이의 억울한 마지막이었어요. 변호사님들만큼도 못 살아 본."

당시의 처참함은 눈곱만큼도 모를 너희들이 이 일에 끼어들 자격이 있느냐는 힐난이 섞인 말이었다.

"너무 조급해하지는 말자."

주차장에서 차에 오르며 재은이 말했다.

선우는 아무 대꾸 없이 시동을 걸었다. 계절은 조금씩 차가워지는 중이었다. 도로변은 낙엽이 소복했고 바람은 점점 건조해졌다. 그러나 두 사람 사이에는 지난 계절부터 이미 날씨와는 무관한 냉기가 흐르는 중이었다.

재은이 다시 입을 열었다.

"참고인을 일부러 자극할 필요는 없잖아."

"질문한 거야. 자극이 아니라."

"이래서는 필요할 때 다시 찾아오기 힘들어진다고."

선우는 가벼운 한숨을 뱉으며 맥없이 중얼거렸다.

"어차피 아무것도 내줄 생각 없는 사람이야. 그리고 그 자극이란 걸 해서 겨우 저만큼이라도 입을 열어 놓은 거라고."

재은은 동의할 수 없었다.

"저만큼 뭘. 그래서 뭘 얻었는데. 현장이 얼마나 참혹했는지? 그걸 알자고 온 게 아니잖아. 저 사람이랑 싸우자고 온 것도 아니고."

"재은아."

대꾸도 피곤하다는 듯 선우가 말을 잘랐다.

"읽을 게 없으면, 뭐라도 듣는 편이 낫잖아."

마치 오늘 아무런 정보도 얻지 못한 너의 부족함도 있다는 투였다. 재은은 할 말을 잃었다. 탐색이 당장 여의치 않을 땐 다른 기회를 만들어 다시 시도한다는 재은의 규칙 정도는 선우도 이미 알고 있다.

그런데 악수조차 응하지 않는 막대기 같은 사람을 더 단단하게만 만들어 놓은 장본인이 할 말은 아니었다.

재은은 아직 출발하지 않은 차에서 내렸다.

"한재은!"

선우가 따라 나와 소리쳤지만 재은은 돌아보지 않고서 경찰서 밖으로 걸어 나갔다. 적어도 서울로 돌아가는 길만큼은 한 공간에 있어서 도움이 될 게 없어 보였다.

그렇게 겨우 일이 분을 걸었을까, 오늘 내내 조용하던 휴대폰이 짧게 진동했다. 한 블로그 애플리케이션의 로고가 알림창에 깜빡이고 있었다. 그런데 전혀 눈에 익지 않은 로고였다.

재은은 잠시 갸우뚱해졌다가, 댓글 알림이라는 글자를 보고서야 지난달 이 애플리케이션을 설치했던 목적을 퍼뜩 기억해 냈다.

재은은 걸음을 멈추고 당장 표시창을 터치했다. 기다리고 있던 알람은 단 하나였다.

그 댓글이다.

갑갑해졌던 마음에 순간 바늘구멍만 한 창이 열리는 것 같았다. 얼굴을 스치는 바람도 차갑지 않고 시원했다.

"그러지 말고 타, 얼른."

어느덧 곁에 차를 세운 선우가 창을 열고 있었다. 재은은 즉시 선우에게 휴대폰을 내밀며 말했다.

"블로그 답변 달렸어. 김진원 변호사 블로그."

피로감뿐이었던 선우의 눈도 순간 또렷해졌다.

김진원 변호사.

그는 사건 당시 피고인 박기환의 국선 변호인이었다.

18
2017년 가을

김선우 법률 사무소

"정문영입니다."

김진원 변호사의 아내라는 짧은 소개와 함께 정문영이 인사했다. 단아한 인상의 중년이었다.

블로그에 답글이 달린 그 주말 충남 소령시로 내려갔다. 정문영은 현재 시내 한 중학교에 교사로 재직 중이었다. 약속 시간보다 30분 이르게 도착했는데도 정문영은 이미 카페에 나와 자리를 지키고 있었다. 테이블에 놓인 두툼한 두께의 대봉투만 보고도 한눈에 알 수 있었다.

마주 앉자마자 마치 먼저 의뢰를 해 온 사람처럼 정문영은 준비한 기록을 내밀었다.

"남편은 통 뭘 버리지 못하는 성격이었어요. 그래서 다투기도 많이 다퉜었는데 늦게라도 이렇게 도움을 드릴 수 있다니 남편이

뿌듯해하겠어요."

당시의 증거 기록과 김진원 변호사 본인의 개인적인 조사 기록이었다.

선우가 두 손으로 묵직한 봉투를 받았다.

이제 저 내용을 빠짐없이 읽고 언급된 증인 및 참고인을 찾아 당시의 증언을 다시 듣고 질문해야 했다. 아직은 알지 못하는, 재판부를 설득할 수 있는 무언가를 행간에서 찾아내야 했다. 이 기록은 거기에 도달하기 위한 지도였다.

"감사드립니다. 그리고 늦었지만, 다시 삼가 고인의 명복을 빕니다."

"감사합니다."

정문영이 살짝 고개를 숙였다.

김진원 변호사는 작년 급성 심근 경색으로 유명을 달리했다. 환갑을 맞이하기 전이었으니 비교적 이른 죽음이었다. 김진원 변호사는 각 지방 법원에서 국선 변호인으로 오래 활동했고, 개인 사무소를 개업한 후로도 바쁘게 일했다고 했다.

개업 변호사 대부분이 그렇듯 김진원도 온라인 홍보를 적극 이용했다. 수임하고 해결한 사건에 대해 요약한 내용을 정리해 올린 블로그는 최근 업데이트가 없었지만 누적 방문자 수가 꽤 많았다.

의뢰인 박기환은 당시 국선 변호인의 이름과 얼굴만은 정확히 기억하고 있었다. 나라에서 지정해 준 낯선 사람이었어도 유일한 제 편이기 때문이었을 것이다. 덕분에 김진원의 블로그는 금방 발견했다. 소령시에 있는 작은 사무소 풍경과 김진원 변호사의 사진이 있었다. 세월은 흘렀지만 이 얼굴이 맞는다고 기환이 확인해 주었다.

블로그에 안내된 전화번호로 연락을 시도했을 때 들려온 목소리는 결번이라는 기계음이었다. 블로그 업데이트가 멈췄다는 건 현재 운영 중이 아니라는 뜻일까. 사업자번호를 조회하자 역시 약 1년 전 폐업 신고되었다는 결과가 나왔다. 주소지에는 현재 다른 사무실이 입점한 상태였다.

같은 빌딩에 입주한 다른 상점 두 군데에 연락해 보았다. 사건을 의뢰하고 싶은데 변호사님의 이동 근무처나 사무소를 아는지 묻자 두 번째 가게에서 부고를 전했다.

전화를 끊고 재은은 블로그를 다시 찬찬히 살폈다. 그러다가 한 포스팅의 비공개 댓글에 딸린 대댓글의 날짜가 3주 전인 걸 발견했다.

내용은 볼 수 없어도 날짜와 시간이 노출되는 시스템이었다. 동업 관계나 가족인 누군가가 부고 정도는 전해 주고 있는 게 아닐까 라는 생각에 재은도 댓글을 남겼다.

> — 안녕하세요, 저는 한재은 변호사라고 합니다. 오늘 김 변호사님의 부고를 사무소가 있던 상가의 다른 분께 전해 들었습니다. 늦었으나 삼가 조의를 표합니다.
>
> 현재 어느 분께서 블로그를 관리하고 계시는지 알 수 없지만, 괜찮으시다면 김 변호사님께서 생전 맡으셨던 사건 관련하여 도움을 여쭙고 싶은 내용이 있습니다.
>
> 저희는 서울에 사무소를 둔 변호사 2인이며 현재 재심 청

구를 순비하고 있습니다. 자세한 말씀은 회신 주신다면 전
해 드리도록 하겠습니다. 꼭 연락 주시면 좋겠습니다.

얼마만큼의 기대치를 품어야 할지 모르는 채로 남긴 메시지였다. 답변이 오기까지는 약 한 달이 걸렸다. 오현택 형사를 만나고 나오던 그날이었다.

내용은 간략했다. 자신은 김진원 변호사의 아내이며 저녁에 연락을 달라는 내용과 함께 번호가 남겨져 있었다.

해가 떨어지기만을 기다렸다가 전화를 걸었다. 그때 들은 낯선 이의 '정문영입니다.'라는 음성에서 재은은 왜인지 안도감을 느꼈다. 협조 의사를 가진 온화한 음색이었다는 게 그 이유의 전부였다. 겨우 그 목소리에 위로를 받을 만큼 지쳐 있었던 거라고 뒤늦게 깨달았다.

재은의 고백과 박기환의 재심 재조사가 맞물린 이후로 어느덧 석 달째였다. 그리고 선우와의 거리감은 점점 커져만 가는 중이었다.

표면적인 트러블은 없다. 실수로라도 닿는 일은 없도록 철저히 일정 거리를 지키고 있으며, 선우도 특별한 불편함을 드러낸 적 역시 없었다.

재은의 힘을 알고 난 후 오히려 정보 공유의 속도 자체는 빨라졌다. 감추는 데 필요한 에너지를 덜어 낸 덕분이라고 해야 할 것이다.

그러나 소통이나 대화라고 부를 만한 것은 완전히 사라졌다.

서로의 존재를 어쩔 수 없이 감수하며 지내는 관계일 뿐이었다. 보이지 않는 많은 선이 그어졌다. 차라리 제대로 한 판 다투고 아예 안 보는 편이 서로를 위해 낫지 않을까도 생각했다.

의뢰인과 참고인 앞에서 그 불협을 들키지 않도록 하는 것이 가장 어려웠다. 그런 날들이 누적될수록 재은은 솔직히 힘에 부쳤다.

"그럼 주말이라도 내려와 주세요. 기록은 아직 제가 가지고 있으니까요."

그런 와중 흔쾌하게 응하는 정문영의 목소리는 칠흑 같은 밤의 달빛 같기만 했다. 바로 시간과 장소를 정했다.

"생전에 김 변호사님께서 이 사건 관련해 선생님께 따로 언급하셨던 내용은 없을까요?"

선우가 물었다. 당장 필요한 내용은 문서 안에 있겠지만 비공식적인 다른 정보가 있는지 궁금한 모양이었다. 정문영은 고개를 저었다.

"달리 특별한 건 없었습니다."

"그렇군요."

선우가 양해를 구하고 봉투를 열었다. 오래 묵은 종이의 냄새는 진했다.

기록은 두 묶음으로 나뉘어 있었다. 당시의 증거 기록, 그리고 김진원 변호사가 피고인 박기환을 접견하며 구성한 기록이었다.

"저는 세부적인 건 잘 모르지만, 유죄에 꽤 긴 징역형 판결을 받았죠? 그 사건."

정문영의 물음에 선우가 대답했다.

"네, 맞습니다. 선고는 15년이었어요."

"두 분 말씀대로 이분이 무죄라면, 정말 오랜 시간을 홀로 견뎌내신 거네요."

"네."

이번에는 재은이 대답했다.

"어쩌면 남편도 그렇게 생각했던 거 같아요."

선우가 고개를 들었다.

"그 재판이 있을 때 저희는 아직 결혼 전이었는데, 그래서 진행 상황을 곁에서 자세히 보진 못했어요. 저는 이쪽 일에 대해서는 문외한이기도 하고요. 그런데 결혼하고 나서 한 번씩 남편이 말했어요. 국선 때, 오래된 사건이기는 한데 시원치 않은 건이 있다고요. 당시 최선을 다해서 변호하기는 했지만, 그 피고인은 형량을 따지기 전에 그 사건과는 정말 아무 관계 없는 사람 아닐까 싶었다면서요."

"좀 더 자세히 말씀해 주실 수 있을까요?"

"피고인과 면담할 때 남편은 무척 혼란스러웠대요. 그게 이랬다가 저랬다가 진술이 계속 바뀌기도 하고, 어떤 행위에 대해서는 확신에 차서 말하는데, 더 자세히 물으면 또 대답을 못 하고. 정신 감정에도 문제가 없던 피고인이었는데요. 그런데 수사 기관의 기록은 그렇게 일목요연하고 합리적일 수 없어서 뭔가 앞뒤가 바뀐 듯하다고 했어요."

피고인이 사건에 끼워 맞춰진 건이니 필연적인 결과였다.

"물론 이 사건이라고 구체적으로 짚지는 않았어요. 그런데 이번에 변호사님들 연락을 받고 생각해 보니까 남편이 말하던 사건이 이게 아니었을까 거꾸로 되짚어 본 거지요."

정문영은 자신이 이 기록을 열어 살펴본 적은 없다고 했다. 그래서 사건에 관하여 어떤 정보도 편견도 없다고 했다.

김진원 변호사는 세상을 떠나기 전, 아내의 성화에 못 이겨 수임했던 사건의 기록을 한 번 정리한 적이 있다고 했다. 파쇄할 것은 하고 남겨 둘 것은 남겨 두고. 그 과정에서 살아남은 기록이었다.

"남편에게도 그런 의구심이 있었고, 시간이 많이 흐르긴 했지만 같은 이야기를 하는 분들이 나타났다는 건. 정말로 단순하게 지나칠 일은 아닌 것 같네요."

그리고 정문영은 앞으로 할 일이 더 많겠지만, 조금이나마 도움이 된다면 기쁠 거라고 했다.

정문영을 보낸 후 곧바로 기록을 읽기 시작했다. 선우는 증거기록, 재은은 김진원 변호사의 기록이었다.

인쇄된 문서도 손으로 작성한 메모도 있었다. 김진원 변호사의 필체는 거칠었으나 알아보기에 무리는 없었다. 이것들이 김진원 변호사의 손에 닿았던 순간의 잔상이 나타났다 사라지기를 반복했다. 젊은 박기환의 모습, 그리고 재판에 관계된 이들의 얼굴이 차례로 섬광처럼 나타났다.

그러나 이제부터 알고자 하는 것은 이 문서에 저장된 잔상, 즉 재판 과정의 겉모양이 아니었다. 당시 그럴듯했던 모든 절차는 가공된 진실이었으므로.

가장 중요한 건 이 안에 적힌 이름들이었다. 그 사람들을 다시 만나 그때 탄생한 합리를 벗어난 진짜 이야기를 들어야 했다. 그들의 기억을 되살리고 증언을 확장하여 미처 여기에 기록되지 못했거나 기록되었어도 중요하지 않게 넘어갔을 무언가를 찾아내야 했다.

활자 사이의 행간을. 그리고 그 틈에 존재할지 모를 진범의 흔적까지도.

매 페이지 호흡을 가다듬으며 살폈다. 그러던 중 재은은 김진원 변호사의 손 글씨가 적힌 어느 페이지에 시선을 빼앗겨 조금 길게 머물러야 했다.

"왜?"

선우가 물었다.

한 인물의 이름 때문이었다. 만약 지금 옆에 있는 선우가 아니었다면 굳이 멈출 필요 없을 이름이었다.

수사 검사 박상수.

동명이인의 가능성을 고려해 재은은 휴대폰으로 그의 이미지를 검색했다. 검색 결과 로펌 대표로 활동한 이후의 이미지가 다수 띄워졌다. 13년이라는 세월 차가 있으나 박기환의 잔상에 남아 있는 피의자 대질 신문에서 보인 그 이목구비와 확실히 같은 인상이었다. 보이지 않는 입김의 정체를 알 것도 같았다.

확인을 마쳤을 때는 선우도 그 이름을 바라보고 있는 중이었다. 놀랐으면서도 결과적으로 놀랄 것 없는 일이라는 듯 복잡하면서도 싸늘한 얼굴이었다.

잠깐 후 선우는 보던 자료로 다시 돌아갔다. 페이지를 넘기는 소리가 조금 빨라졌다.

"박기환 씨의 잔상에 그 사람 없었어?"

왜 진작 알아보지 못했느냐는 완곡한 지적이었다.

그러나 잔상 속 인물의 곁에 이름이 새겨져 있는 것도 아니고, 오래전 선우의 잔상에서 스치듯이 읽었을 뿐 재은은 그를 실물로 마주해 본 적조차 없었다. 연예인이나 유명 정치인만큼 알려진 얼굴이라면 또 모를까. 그런 인물을 13년 세월의 차이를 둔 상태로 타인과 물건의 잔상을 통해 단번에 알아보기 쉽지 않다.

만일 그가 누구였는지 미리 인지했다 해도, 조사의 방향이나 속도에 미칠 영향은 없었다. 그저 기록 열람 제한에 걸린 이유가 그라고 좀 더 일찍 깨닫는 것 외에는.

"있었어."

짧게만 대답하고 재은은 다음 페이지로 넘어갔다.

"그 힘도 전부 꿰뚫어 보는 건 아니구나."

선우는 내가 도움이 안 되지는 않을 거라고 했던 재은의 선언을 반박하듯 중얼거렸다. 맥이 풀렸다.

"어쩌면. 지금 당장 옆에 있는 사람 마음도 모르겠는걸, 뭐."

자조적인 재은의 대꾸에 잠시 각자의 페이지 넘기는 소리만이 이어졌다.

"미안. 좀 피곤해서 그래."

선우가 느지막하게 말했다.

"요즘 잠을 거의 못 자."

캐비닛에 처방 약이 늘어가는 건 사실이지만, 불면은 핑계에 지나지 않았다. 문제는 불협 상태의 동존 그 자체였다.

"응."

재은은 '알아.'라고 하려다 대답을 고쳤다. 재은의 안다는 말은, 상냥한 걱정이나 공감이 아니라 배려 없는 간섭과 감시로 받아들여지고 말 것이기 때문이었다.

괜히 골몰하지 말고 조금만 더 차가워지자고 재은은 다짐했다. 그 겨울, 버스 차창 너머의 선우가 소실점으로 가만히 멀어져 가게 두었던 것처럼. 보통의 타인으로.

그렇지 않아도 이제 다시 겨울의 문턱이었다.

고 김진원 변호사의 기록에는 많은 이름이 있었다.

알리바이를 입증한 용의자 및 참고인들로 피해자의 가족과 친구, 직장 동료들. 그리고 이사 오기 전의 이웃과 현장 근처의 이웃들, 이사 업체 직원들까지 상세하게 정리되어 있었다.

경찰은 사건 발생 나흘 만에 박기환을 용의자로 특정했고, 재판 전까지 수사 기간 역시 짧은 편이었다. 김진원 변호사도 수사 과정에 뭔가 석연치 않은 점이 있음을 느끼고 개인적인 조사를 병행한 것 같았다.

약 5개월간 참고인 가운데 20명 남짓과 연락이 닿았다.

13년 전의 일을 다시 묻는 낯선 변호사 둘에게 사람들은 제각각의 반응을 보였다.

피해자의 가족과 친구들은 바로 어제 일처럼 당시를 진술했고, 일부는 오래전 일이라 지금은 많이 잊어버렸다며 난감해했다. 다른 일부는 박기환이 형을 살고 나와서까지 반성조차 없다며 비난을 서슴지 않았다. 재심이라니 가당치 않다며 나라를 상대로 한 탕 해 먹으려 한다고 욕을 퍼붓기도 했다.

그러나 한 가지 공통점은 모두 당시 판결에 특별한 의문을 제기하지 않았다는 것이었다.

재은은 이 재심에 호의적이든 그렇지 않든 가능한 만큼 그들의 표지를 읽었다. 예민하고 날카롭게 반응하는 참고인의 표지일수록 더욱 집중했다. 당시의 이야기가 오가는 현재, 어떤 의식에 사로잡혀 있는가는 아주 중요한 정보였다. 눈앞의 사람이 어쩌면 진범일 수 있다는 가능성도 배제할 수 없었다.

선우도 그 순간에는 최대한 재은을 도왔다. 할 말이 없다거나 기억이 잘 안 난다는 사람들을 겨우 설득해 만남이 성사되면, 사건 개요를 일목요연하게 정리해 사람들의 기억을 자극했다. 재은이 표지를 빠르게 읽을 수 있도록 하기 위해서였다.

누구도 예외 없이 가능한 한 많은 증언을 확보해야 했다. 사건 당시 진술했어도 경찰, 검찰이 증거로 채택하지 않았을 수도 있고 하다못해 참고인들이 말하지 않고 혼자서만 간직하던 무언가가 있을지도 모르기 때문이었다.

그러나 이렇다 할 전환점은 나타나지 않았다. 참고인들의 표지와 잔상은 사건 당시의 공포와 불안감, 조사 과정의 불편함과 피로감을 반복할 뿐이었다.

박기환이 그런 일을 저지를 사람이 아니라고 옹호한 유일한 참고인이었던 당시 이사 업체 동료도 희망 사항이라는 심증 이상은 내놓지 못했다.

기대와 실망이 번갈아 지나가는 반 년이었다.

그리고 재은은 선우에게도 때로 크고 작은 실망을 느껴야 했다.

새해, 겨울 휴정기가 막 끝난 1월의 어느 날이었다.

다른 사건의 변론 기일 법원 복도에서 박상수 대표를 마주쳤다. 변호인단을 이끌고 지나쳐 가는 그를 선우는 그 자리에 멈춰서 오래 지켜보았다. 법정에 들어가야 할 시간이 촉박한 상황이었는데도 꼼짝하지 않았다.

박 대표도 선우의 존재를 알아차리기는 했으나 그뿐이었다. 바로 곁을 지나가면서도 눈길조차 주지 않았다. 선우가 재심을 준비하며 조사하고 다닌다는 이야기는 그의 귀에도 이미 들어갔을 것이다.

그러나 그는 대수로이 여기지 않았다. 과거의 사소한 실책 하나쯤, 스스로 관대하지 않을 이유가 없다는 얼굴이었다. 감히 거기에 도전하는 선우를 향한 경멸도 함께였다.

선우도 그것을 느꼈다.

말 한마디, 눈 맞춤 한번 없이도 분명히 드러나는 감정이 있다. 그런 명백한 표지는 특별한 힘이 없어도 고스란히 전해지기 마련이다.

선우는 왔던 길을 되짚어 그의 등을 향해 걷기 시작했다.

"선우야."

이미 정시가 지났다. 재은이 말로 붙잡았지만 선우는 듣지 않았다.

박연 변호인단이 엘리베이터에 차례로 오른 후 문이 닫히려는 찰나 선우가 그 문을 붙잡았다. 재은이 말리려 뒤따라갔을 때는 이미 그렇게 되어 버린 후였다.

주변이 정적에 휩싸였다.

박상수 곁의 젊은 변호사가 무슨 짓이냐며 선우를 밀어냈으나 선우는 붙잡은 손을 놓지 않았다. 정적은 웅성거리는 소리로 변하고 있었다.

박상수는 그제야 선우를 바로 보았다.

"선우야. 재판."

재은이 차단한 손으로 선우의 어깨를 잡아당겼다. 그래도 선우는 미동 없이 박상수를 고집스럽게 응시할 뿐이었다.

"할 말 있으면 빨리 해. 바쁜 사람들 시간 뺏지 말고."

박상수는 성가시다는 눈빛이었다.

"곧 기회가 있을 겁니다."

재은이 대답을 대신 가로채면서 선우를 엘리베이터에서 떼어냈다. 곧 문이 닫혔다.

"너 대체, 지금은 지금 사건이……."

잔소리를 맺기도 전에 선우는 휙 돌아서 먼저 법정으로 들어갔다. 재은의 접촉에 일말의 껄끄러움조차 내색하지 않았지만 달갑지는 않았다. 지금 선우에게 더 중요한 사안이 그게 아닐 뿐이었다.

법정은 다행히 이전 재판의 변론이 지연되는 중이었다. 기다리며 재은은 생각했다.

이 재심은 언제부턴가 박기환의 명예 회복이 아닌 선우의 오기가 되어 버린 건 아닐까. 아니면 한때 박상수에게 수혜를 받았던 자신의 과거 청산이거나. 김진원 변호사의 자료에서 그 이름을 발견한 그날부터 곁에서 보는 선우의 모습은 유감스럽게도 그랬다.

그걸 이해하지 못하는 건 아니지만, 재은은 점점 답을 잃어 가는 기분이었다.

지금 이 재심은 과연 누구를 위한 것인지.

며칠 후 만난 참고인은 당시 피해자의 집, 즉 범행이 일어난 그 아파트에서 같은 층 복도를 공유했던 이웃이었다. 피해자의 집은 502호, 이 참고인은 504호 주인이었다. 이름은 손경자. 사건 현장을 신고한 최초 발견자이기도 하다.

손경자는 사건 후 이듬해 이사했으며 당시의 그 집은 세를 놓고 서울에서 아들 내외와 살고 있었다. 여전히 그 아파트에 거주 중인 다른 참고인을 통해 느지막이 연락이 닿았다.

손경자의 진술은 오현택 형사가 언급한 내용과 유사했다. 당시 현장이 얼마나 참혹했는가가 주된 내용이었다. 손경자는 그때 입은 충격으로 얼마 전까지도 트라우마 치료를 받았다고 했다. 연결시켜 준 참고인도 그런 사정을 알고 있어서, 힘든 기억을 되새기게 하기가 마음에 걸려 망설였다고 했다.

복도식 아파트는 구조 특성상 가장 끝 쪽 호수 거주자는 자신의 집에 도달하기 위해 이웃집의 대문을 몇 개 거쳐야만 한다. 그 과정을 매일 반복하다 보면 평소와 다른 점이 생길 때 필연적으로 알아차릴 수밖에 없게 된다.

그 복도에서는 504호가 맨 끝이었다. 엘리베이터에서 가장 가까운 집이 501호, 가장 먼 집이 504호였다. 사건이 있던 계절은 가을에서 겨울로 넘어가는 도중이었다. 잠시 청소하거나 환기할 때가 아니면 현관문을 오래 열어 놓을 시기는 아니었다.

그날 손경자는 시장을 보고 돌아오던 길이었다. 며칠 전 이사 들어온 새 이웃의 생활 패턴을 알기에는 아직 이른 때였다. 그러나 안쪽 방범창도 없이 현관 문을 3분의 1쯤 열어 둔 502호는 무방비하게 느껴졌다. 라디오 소리도 두 집 건너까지 들릴 만한 볼륨으로 틀어져 있는 상태였다.

뭐, 아직 정리할 게 많으니 청소할 것도 많겠지 싶어 일단은 제 집으로 들어갔다. 그런데 시간이 꽤 지나도록 라디오 소리가 줄어들지 않았다.

문을 닫았더라면 라디오 소리도 조금은 작아지거나 안 들려야 할 텐데, 그럼 아직도 현관을 열어 두고 있다는 건가? 시계를 보니 귀가한 지 2시간이나 지났고 곧 해도 떨어질 시각이었다. 여자 혼자 사는 집이라는 걸 이삿날 알게 되어서 그런지 엄마뻘 되는 입장에 더 신경이 쓰였다.

— 저기 502호. 문이라도 좀 닫아 둬. 이렇게 오래 열어 뒀다가 감기 들어. 아니면 어디 나간 건가.

이미 반쯤 열린 문이었지만 그래도 노크하고 양해를 구하며 들어갔다.

그렇게 502호 안에 발을 딛자마자 이 문은 열어 둔 게 아니라 미처 닫히지 못한 거란 사실을 손경자는 깨달았다. 몇 번 데면데면하게 인사만 나눴던 그 이웃은 피 웅덩이 한복판에 놓인 시신이 되어 있었다.

그 아파트를 떠난 지 이미 십수 년이 지났는데도 손경자는 잠을 자기 위해 지금도 약의 도움을 받으며, 간신히 잠들어도 그날의 일로 악몽을 꾸는 날이 허다했다. 그것만으로도 힘겨웠기에 재판의 흐름에 관하여는 생각할 겨를조차 없었다고 했다.

경찰이 범인을 잡았고 제 입으로 자백했다고 하니 그런 줄로만 알았다. 그가 유죄인가 무죄인가는 한 번도 깊이 고민해 본 적 없다고 했다. 평화롭고 조용하던 아파트를 뒤집어 놓은 인간이 그저 소름 끼치고 끔찍하다는 생각뿐이었다며.

어려운 이야기를 해 준 결심에 감사를 전하고 재은은 탐색을 끝냈다. 냉정하게 듣는 척했지만 무척 괴로웠다. 현장의 잔상을 공유한 순간은 몇 번 차단을 해야 할 충격이었다. 이 고통을 몰라도 되는 선우가 원망스러울 정도였다.

그 외의 특이 사항은 없었다. 말하는 동안 감정적으로 힘겨워하며 울먹이거나 잠시 쉬기는 했어도 손경자의 진술은 과장이나 생략 없이 기억과 고스란히 일치했다. 박기환의 잔상은 전혀 없었다. 뉴스를 통한 이미지가 전부였다. 이삿짐이 들어오던 그때 손경자는 외출한 상태였기 때문에 짐을 나르던 기환과는 스칠 일이 없었다.

무언가 더 생각나거나 이야기하고 싶은 내용이 있다면 언제든 연락 달라는 당부를 남기며 그날은 이야기를 마무리했다.

손경자에게 다시 연락이 온 것은 한 달 뒤, 겨울 끝에 이르러서였다.

보통은 이쪽에서 만나 달라고 부탁하는 경우가 대부분이다 보니, 반대로 연락이 왔다는 게 뭔가 다른 신호라고 재은은 직감했다. 마침 사무소여서 스피커로 선우와 함께 들을 수 있었다.

충분한 인사와 안부를 나눈 다음에도 손경자는 그게 참, 그게 참 하며 꽤 오래 망설이다 말했다.

"어제 갑자기 생각이 나서 말인데, 말할까 어쩔까 밤새 궁리하다가 그래도 혹시나 해서요. 아무래도 쓸데없는 오지랖 같기도 하고……."

"아닙니다. 연락 부탁 드린 건 저희니까요."

손경자가 알려 준 것은 당시 503호 세입자의 현재 소재였다. 이름은 권강우. 참고인 명단 가운데 아직 소재 파악이 안 된 사람 중 하나였다.

손경자는 504호와 더불어 503호의 소유주이기도 했다. 사건이 있기 몇 해 전, 자식들은 출가시키고 남편과 사별하면서 큰 집은 처분하고 1~2인 거주에 적합한 소형 아파트 두 세대를 매입했다. 그중 504호는 자신의 거주용이었고, 503호는 월세를 냈다.

권강우는 503호에서 총 6년을 살았는데, 사건은 그를 세입자로 맞은 세 번째 해에 일어났다. 그런데 사건 이후에도 이사를 나가지 않고 오랫동안 쭉 지내 줘서 손경자에게는 고마운 세입자였다고 했다.

"다른 게 아니라 그 사람한테 온 문자가 있어요. 요새 온 건 아니고 작년에 온 건데, 변호사님들 다녀가시고 조금 마음에 걸리는 게 있어서."

자신의 창업을 알리는 메시지였다. 군택시에 프랜차이즈 편의점을 큰 규모로 오픈했는데 축하와 응원을 바란다는 홍보였다. 수신자를 선별한 것으로 보이지는 않고 주소록에 저장된 모두에게 보낸 단체 문자 같았다.

임대 계약이 끝난 이후로는 한 번도 연락을 주고받았던 적이 없었기에 손경자는 답장을 따로 하지 않았다. 열심히 살더니 자기 사업도 시작하고 잘 지내고 있구나 하고는 금세 잊었다고 했다.

그런 그를 다시 떠올리게 된 이유가, 지난달 다녀간 재은과 선우 때문이었다.

"그 사람, 한 번도 월세를 안 밀린 유일한 세입자였어요."

오가며 아침저녁 인사나 나눈 게 전부였지만 권강우는 언뜻 보기에도 성실한 사람이었다고 했다.

월세 입금 날짜를 꼬박꼬박 지킨 것은 물론, 집 안 기물도 관리가 깔끔했다. 벽지도 부엌도 화장실도, 이사를 나간 뒤에도 특별히 보수할 게 없을 정도로 깨끗했다. 집주인이 바로 옆에 살아 그랬을지 몰라도 유난히 손이 덜 가는 세입자인 것만은 분명했다.

듣기로는 모 대기업 지사 영업부에 다닌다고 했던 것 같은데 출퇴근 시간도 항상 일정했고, 집에서 음식도 척척 해 먹는 것 같고, 당시 손경자에게는 요즘 사람 같지 않게 건실하다는 인상을 준 이웃이었다.

손경자는 그 문자에 있는 편의점의 주소를 공유하면서 덧붙였다.

"그때 형사님들이 저희 5층 라인 주민들 전부 만나고 조사하면서, 저한테 다른 주민에 대해서도 물었거든요. 502호에 대해서는 아는 게 없었지만 다른 집들은 제가 아는 대로 말했어요. 범행 추정 시간이라는 그때 501호는 성당에 봉사 활동 가 있을 시간이었고 503호는 회사에 가 있을 시간이라고요. 503호는 매일 8시 조금 넘어 출근하고 저녁에 8시 좀 못 되어 퇴근했거든요. 그다음에 경찰이 뭘 어떻게 더 조사했는지는 잘 몰라요. 근데…… 그게 좀 걸려서요."

"정확히 어떤 부분이 말씀이십니까?"

선우가 물었다.

"501호는 그날 제가 502호에서 비명을 지르며 나오니까 무슨 일이냐며 놀라 뛰어나왔어요. 503호는 당연히 조용했고요. 아직 귀가 전일 테니까요. 그런데 그날…… 제가 502호를 발견하기 전에 집에서 부엌일하고 있을 때였는데, 옆집에서 잠깐 물 트는 소리를 들었던 것 같아요."

그 아파트는 방음이 그리 뛰어난 환경은 아니었다. 벽을 하나 사이에 두고 양쪽 집의 싱크대가 마주한 구조라 옆집에서 수도를 쓰면 그 소리가 미세하게 들린다고 했다. 504호와 연결된 집은 503호였다. 게다가 끝 집이라 반대편은 허공이었다.

"그게 5시에서 6시 사이였을 테니까…… 평소대로라면 503호가 없는 시간이에요. 그런데 솔직히 제가 옳게 들은 건지 아닌지 그땐 확신이 없기도 했고, 저도 직접 눈으로 본 게 아니니까 지금도 엄한 사람 잡는 게 아닌가 싶기도 하고……."

그래서 당시에는 어디에도 언급하지 않았다고 했다.

"그래도…… 저처럼 알리바이가 확인됐으니 용의자가 아니게 된 거겠죠? 당연히 그럴 만한 사람이 아니기도 하고요."

손경자는 전화를 끊기 전, 그러기를 바란다는 듯이 말했다.

기록상 503호를 포함해 모든 입주민은 혐의 없음이었다. 각각의 알리바이가 확보되어 있었고 혐의점에 관한 별도의 언급 또한 없었다. 박기환의 조사 분량에 비하면 간소하다는 표현이 어울릴 정도였다.

공유받은 주소를 지도에 검색하자 결과는 1년 전의 문자 그대로 편의점이었다.

선우는 내일 오전에 당장 군택에 가겠다고 했다.

19
2018년 겨울

김선우 법률 사무소

꽤 커다란 편의점이었다.

빌딩 숲 사이 비좁게 자리를 튼 소형 점포가 아닌 국도변의 단독 단층 건물이었다. 군택 시가지에서는 다소 벗어난 곳이라 위치로는 외지지만, 인근 관광 명소를 찾아오는 사람들에겐 차량 이동 중 잠시 들르기에 좋을 구조였다.

아침부터 내리기 시작한 함박눈 때문에 예정 시간보다 약간 늦게 도착하고 말았다. 2월의 끝인데도 다가올 봄을 인정하지 않으려는 것처럼 눈은 그칠 줄을 몰랐다. 시간이 흐를수록 앞이 잘 보이지 않을 정도로 무겁게 쏟아져 내렸다.

널찍한 주차장에 차를 세운 후 내리자 눈이 발목 높이까지 쌓여 있었다. 앞장선 선우를 따라 잰걸음으로 편의점에 들어갔다. 유리문을 열자마자 어서오세요 하는 경쾌한 목소리가 들려왔다.

내부 공기는 포근했다.

카운터를 지키고 있는 사람은 편의점 조끼를 입은 40대 중후반의 여성으로 점주 이한미라는 명찰을 달고 있었다.

"말씀 좀 여쭙겠습니다."

선우가 곧장 카운터로 다가가 물었다.

"여기, 사장님 되실까요?"

"아…… 예."

이한미는 보통 손님이 아닌 듯한 두 사람을 약간 의아하게 보며 대답했다.

권강우의 휴대폰 번호와 편의점의 번호를 알고 있지만, 오늘은 다른 참고인들을 만날 때처럼 미리 연락을 취하지 않았다. 선우의 생각이었다.

"저는 서울에서 사무소를 운영하고 있는 변호사입니다. 김선우라고 합니다."

선우가 명함을 내밀었고 재은도 인사하며 악수를 요청했다.

얼떨결에 손을 내민 이한미의 표지에는 당황스러움, 그리고 한 사람의 잔상이 이어졌다. 그 한 사람은 이한미와 비슷한 연령대의 남성으로 아직 얼굴을 모르지만 그가 권강우일 거라고 재은은 짐작했다.

변호사라는 말을 듣고 마음에 걸리는 특별한 무언가를 떠올리지 않았다면. 낯선 순간에 도움이 필요한 사람이나 가족을 먼저 생각하는 것은 자연스러운 일이었다. 아니면 변호사의 등장과 권강우를 곧장 연결 지을 만한 의식의 흐름이 존재하거나.

그러나 아직 무엇도 단정할 수는 없었다.

"실은 권강우 씨를 뵙고 싶은 건데요. 동업 관계 되십니까?"

"……네. 아내인데요."

직설적으로 이어지기만 하는 선우의 질문에 이한미는 뻣뻣하게 굳어 있었다. 요즘 선우는 대체로 이런 태도였다. 일방적이고 서두르고 냉담하고. 마치 오늘 날씨처럼.

재은이 나섰다.

"갑자기 놀라셨을 텐데 죄송합니다. 다름이 아니라 저희가 지금 준비 중인 중요한 재판이 있는데, 그에 관련해서 권강우 씨의 도움이 필요해 찾아뵈었습니다. 지금은 자리를 비우셨을까요?"

"아니…… 잠시만요."

이한미는 떨떠름한 빛으로 카운터를 벗어나 유제품과 샌드위치 냉장 코너 사이에 난 문을 열었다. 직원 사무실이라는 팻말이 붙어 있었다.

이한미는 손님들이 왔다며 안으로 들어가고 얼마 안 있어 같은 디자인의 조끼를 입은 중년의 남성과 함께 나왔다.

이한미의 표지에서 본 그다. 권강우가 맞다.

"안녕하십니까. 김선우라고 합니다."

"한재은입니다."

"……네, 어서 오십시오."

권강우 역시 당황한 기색이었으나 이한미만큼은 아니었다. 그는 문에서 곧장 비켜서 길을 터 주며 낯선 두 손님을 기꺼이 안으로 맞아들였다. 세상살이 밝은 보통의 어른이라는 느낌이었다.

"이쪽으로 들어오시지요. 안쪽에 자리가 있습니다."

"감사합니다."

"추운데 먼 길 오셨네요."

권강우는 손경자의 이야기처럼 예의 바르고 살뜰했다. 보통 체격에 키는 170센티가 조금 넘을 것 같고, 둥그스름한 은테 안경을 썼다. 부하직원 잘 챙겨 주는 좋은 부장님 같은 느낌으로 겉모습만으로는 '만약'을 떠올리기에 다소 거리가 먼 사람이었다.

젊을 때 성실하게 일하고 모아서 가정을 꾸리고 자기 사업도 시작한 중년. 의뢰인 박기환과는 사뭇 다른 삶이었다. 아마 기환도 13년 전에는 비슷한 미래를 꿈꾸지 않았을까 재은은 생각했다.

직원 사무실 내부에는 서류 업무를 할 수 있는 컴퓨터 딸린 테이블과 벽면을 따라 품목별로 정리된 재고 물품이 있었다. 테이블 구석에는 이른 점심으로 먹은 듯한 빈 도시락, 깎아 먹다 만 단감이 접시 위에 놓여 있었다. 생활감 있는 공간이었다.

테이블이 면한 벽에는 작은 액자가 붙어 있었다. 권강우와 이한미가 함께 찍은 사진으로 아이는 없어 보였다.

평소 쓰는 의자는 두 개뿐이었는지 권강우는 구석에 있던 간이의자를 하나 더 가져와 물티슈로 깨끗이 닦아 셋이 마주 보고 앉을 수 있도록 준비해 주었다. 이한미도 함께 자리를 지키고 싶어 했지만 새 손님이 연달아 들어오는 바람에 결국 카운터로 나가야 했다.

직원 사무실 벽의 일부는 매장의 음료 냉장고 후면이었다. 거기서 권강우는 오렌지 주스를 세 개 꺼내 왔다. 안쪽은 매장보다 더 훈훈해서 재은도 선우도 코트는 벗어 의자 뒤에 걸어 두었다.

"그런데, 저 같은 사람이 도와 드릴 수 있는 일이라는 게 뭔지……."

"결론부터 말씀드리면, 저희는 현재 재심을 준비하고 있습니다."

"재심이요?"

난생처음 들어 보는 단어처럼 권강우가 물었다.

"2004년에 당시 입주해 계셨던 천강 아파트 살인 사건 기억하시지요?"

권강우는 구겨진 미간으로 선우를 바라보았다.

오래된 기억으로 뜬금없이 소환된 사람의 전형적인 반응이었다. 그는 테이블에 몸을 기대지 않은 채였고 손은 제 다리 위에 가지런히 놓여 있었다.

"그럼요, 끔찍한 일이었지요."

그는 쓴 것을 삼킨 표정이었다.

"제가 젊은 시절엔 워낙 여기저기 떠돌며 일해서 이사는 숱하게 다녔는데요. 이웃에 살인 사건이라니. 정말 무서웠습니다. 뉴스나 신문에서만 보던 거니까요."

"네. 충격이 크셨을 거예요."

재은이 말했다. 권강우는 긴 한숨을 쉬었다.

"말도 마십시오. 제가 현장을 본 건 아니라고 해도…… 다른 게 아니라 벽 하나 둔 바로 옆집 아니었겠습니까. 그것만으로도 참…… 솔직히 당장 이사 나가고 싶은 마음이 굴뚝같았는데 그럴 형편이 아니었죠. 몇 달은 그냥 뜬눈으로 지새웠습니다."

"다른 분들도 비슷한 고통을 호소하셨어요."

"아닌 게 이상하지요. 그런 일인데."

그리고 다시 한숨을 뱉고 나서 이렇게 말했다.

"요즘도 가끔 악몽을 꿀 정도니까요."

"요즘도요."

듣고만 있던 선우가 끼어들었다. 일부러였다. 순간 권강우가 멈칫했다.

자연스레 깜빡이던 눈꺼풀이 아주 잠시 멈춘 정도에 불과했으나 그를 향해 온 신경을 기울이고 있는 재은에게는 마치 거대한 정지처럼 보였다.

"트라우마죠, 뭐."

그러나 금세 원래의 리듬을 되찾았다. 몸은 여전히 테이블과 떨어져 있는 채였다.

선우가 수첩에 대화 내용을 메모하는 사이 권강우가 물었다.

"그런데 그 사건의 재심이라고 한다면…… 그때 잡힌 사람이 진짜 범인이 아닐 가능성도 있다는 말씀이십니까?"

"네. 저희 의뢰인은 결백을 호소하고 있습니다. 그래서 법원에 재심을 청구할 계획이고요."

"그때 자백을 했다고 알고 있는데요. 이사할 때 추근거리던 사람이었다고요."

"강압 수사에 의한 허위 자백이었습니다."

"이런, 그런데 시간이 이렇게…… 많이 지났는데요?"

"명예 회복이 시기의 문제는 아니니까요."

"……그렇긴 하지요. 수고가 많으시네요."

권강우는 개운치 않은 얼굴로 선우의 말에 수긍했다.

"권강우 씨께서 사건 당시 그곳에 계시지 않았다는 내용은 수사 기록을 통해 알고 있습니다. 그래도 당시 이웃으로 계셨던 분들 증언이 가장 구체적일 수밖에 없기 때문에, 사건 이전 피해자와 접촉한 제3의 인물이 존재할 가능성을 염두에 두고 현재 증언을 다시 확보하는 중입니다."

"말씀은 잘 알겠습니다."

권강우가 팔짱을 끼며 조심스럽게 말했다.

"그런데 역시 시간이 많이 흐르기도 했고 저는 당시 평일 낮에는 회사에 묶여 있던 몸이다 보니 뭘 얼마나 말씀드릴 수 있을지는 모르겠네요. 제가 기억하는 건…… 그 아가씨가 이사 들어오던 날밖에는 딱히 없고……."

기억을 끌어올리기라도 하는 듯 골똘한 표정이었다. 그는 회사에 묶여 있다는 표현을 했지만 소속은 영업부였다. 사무실 업무와 외근이 섞여 있었을 것이다.

"일요일이었죠?"

선우가 메모를 확인하며 물었다.

"네, 이삿날은요. 저도 휴일이고 다른 계획이 없어서 늦잠을 자다 깬 날이라 그건 분명하게 기억합니다. 아시겠지만 이사 들어오거나 나가면 무지하게 시끄럽잖아요. 사다리차가 덜컹거리는 소리에 큰 목소리에."

"방해받으셨네요."

권강우의 상황을 그리며 재은이 끼어들었다.

"그 아파트가 방음이 좋은 편은 아니었거든요."

손경자와 동일한 진술이었다.

"잠결에 나가 봤죠. 일하시는 건 이해하는데 목소리가 워낙 쩌렁쩌렁해서 조금만 소리 낮춰 주십사 하고요."

"그날 피해자의 얼굴을 보셨습니까?"

선우가 물었다. 권강우는 어깨를 가볍게 으쓱였다.

"그렇게 물으시면 솔직히 어떻게 대답해야 할지 모르겠습니다. 봤다고 하기도 뭐하고 아니라고 하기도 뭐해서요."

"생김새를 특정할 수 있을 만큼 가까이 보지는 못했다는 의미일까요?"

재은이 조금 더 구체적으로 물었다.

"네. 거리가 꽤 됐어요. 그 아가씨는 집 가장 안쪽에 있었고 저는 그 집 현관문 바깥 복도였으니까요. 아무리 열여섯 평짜리 작은 집이라 해도……."

서로 간 거리가 칠팔 미터는 되지 않았겠느냐고 권강우가 회상했다.

"문이 열린 상태에서 집 내부를 보셨다는 거군요."

선우의 말에 권강우가 끄덕였다.

"그렇게 돼 버렸다고 봐야겠죠. 밖으로 나가려면 일단 그 집 앞을 지나쳐 갈 수밖에 없으니까요."

이 또한 손경자의 진술과 같았다.

"그때는 흡연자였는데요, 일어난 김에 담배나 사러 나가자고 생각했습니다. 어차피 시끄러워서 더 못 잘 것 같았거든요. 그렇게 지나가면서 설핏 보게 된 거고요. 또 밝은 시간이니까 안쪽 창에서…… 역광이라고 하나요? 그것 때문에 그 사람 생김새는 더 잘 안 보이기도 했습니다."

"간단히 그려 주실 수 있을까요? 501호부터 504호까지의 평면도를요."

선우가 수첩의 백지면을 펼쳐 권강우의 앞에 펜과 함께 내밀었다.

"그리고 구조나 평형은 모두 동일할 테니, 집 안 내부 구조는 거주하셨던 집을 중심으로 그려 주시면 당시 상황을 이해하는 데 훨씬 도움이 될 것 같습니다. 현관과 부엌과 방과 창문 위치 등이요."

"네, 뭐 그건……."

어렵지 않다는 듯 권강우는 펜을 잡았다. 의자를 당겨 앉아 두 팔을 테이블 위에 올려 한 손으로는 수첩의 한 면을 누르고 한 손으로는 평면도를 그려 나가기 시작했다.

아파트 구조에 관하여는 이미 손경자를 통해 충분히 들었고, 그날 해당 지역 부동산 홈페이지를 통해 도면도 미리 확인한 상태였다.

그러니까 이 요청은 굳이 필요하지 않은 일이었다. 그를 일정 시간 테이블에 의지하게 하려는 목적을 위해서가 아니라면.

권강우가 큰 사각형과 작은 사각형, 직선, 곡선을 꼼꼼히 그으며 수첩을 채워 나가는 동안 맞은편의 재은은 흘러 들어오는 그의 표지를 낯이했다.

당혹감. 수치스러움. 그리고 분노가 섞여 있었다.

잔상은 그의 집이다.

그 집은 그가 그리는 도면처럼 소박했다. 그래도 잘 정돈된 집을 채운 햇살이 제법 아늑한 분위기를 만들어 주었다.

현관을 기준으로 안쪽으로 깊게 놓인 직사각형 형태의 집이었다. 현관을 열면 곧장 부엌이고, 그 부엌을 중심으로 북쪽 방향이 침실 겸 거실, 서쪽이 욕실 겸 화장실, 그 옆에 작은 창고가 딸린 아주 단순한 구조였다.

권강우는 침실 겸 거실에서 일어나 부엌을 지나쳐 현관을 열고 오른쪽을 본다. 이사가 한창인 502호다. 난간에 걸쳐진 사다리차에서 이사업체 직원 둘이 힘을 합쳐 가구를 내리고 있다. 그중 한 사람이 박기환이다. 소음 때문인지 권강우의 표정이 구겨져 있다.

그때 502호에서 이정아, 즉 피해자가 바깥으로 나와 인부들에게 뭐라고 말하고는 다시 안으로 들어갔다. 그 모습을 권강우는 가만히 지켜보았다.

현관을 사이에 두고 먼 거리에서 얼핏 보았다는 진술과는 달랐다. 소형 평수 세대이고 바로 옆집 문이니 거리는 어림잡아도 삼사 미터 정도였다.

밝은 햇살 덕에 얼굴도 아주 선명하게 보였다. 이정아는 활기차다는 수식이 잘 어울릴 인상이다. 새로운 이웃은 권강우를 인지하지 못했지만 반대로 권강우는 약간의 호감을 느낀 듯 보였다. 그의 얼굴에 어느새 불쾌한 기색은 사라지고 없었다.

권강우는 다시 집으로 들어간다. 잠 생각은 사라졌는지 TV를 켜고 잠시 멀뚱히 앉아 있다가 도로 껐다. 그리고 갑자기 옷을 제대로 챙겨 입고 밖으로 나갔다. 방금 언급한 것처럼 담배를 사러 나갈 모양인 것 같았다.

외출하기 위해 권강우는 자연스럽게 502호의 방향으로 걸음을 옮겼다. 여전히 이삿짐과 인부가 들락거리는 중이라 502호의 문은 활짝 열려 있었다.

지나치는 도중 우연히 멈추는 것처럼 그 앞에 권강우의 걸음이 멈췄다. 자신의 집과 좌우 대칭만 다르고 나머지는 같은 구조의 그 집 내부가 한눈에 들어왔다.

부엌이 이삿짐 박스로 너저분했다.

손경자의 잔상에서 본 그곳이었다. 나흘 뒤 사건이 일어나는 장소.

재은은 자기도 모르게 한 번 숨을 멈췄다.

잔상 속 이정아는 부엌에서 푼 짐을 정리 중이었다. 집 안 가장 안쪽에 있었고 역광이라 잘 보이지 않았다는 진술과도 달랐다. 두 사람 사이 거리는 겨우 서너 걸음이었다.

눈이 마주치자 둘은 잠시 멀뚱히 서로를 응시했다.

권강우가 먼저 웃음을 지으며 입을 열었다. 안녕하세요. 이사 오셨나 봐요. 그 정도의 가벼운 인사일 것 같았다. 그러면서 앞으로 반걸음을 내디뎠다. 붙임성 좋은 영업 사원의 습관적인 행동처럼 보였다.

반면에 이정아는 무표정하게 아무 대꾸가 없었다. 현관 앞에서 있는 누구인지 모를 사람이 의아하면서도 불편한 기색이었다.

권강우도 그걸 느끼고는 어색한 미소로 오른쪽 방향을 가리키면서 뭐라고 덧붙였다. 이정아는 무심하게 무어라 한마디 하고는 그에게서 시선을 거두고 짐 정리로 돌아갔다.

먼저 내민 친절과 호감이 갈 곳을 잃자 권강우는 다소 민망해진 기색이었다. 조금 씁쓸해진 표정으로 걸음을 물렸다. 그 순간 막 박기환이 짐을 가지고 들어오려다가 현관을 막고 있던 권강우와 부대끼며 그를 툭 밀치고 말았다.

권강우의 어깨가 크게 휘청이고 점퍼에 먼지가 묻었다. 권강우는 즉시 박기환에게 몇 마디 퍼붓는다. 이정아에게 상한 자존심을 그렇게 푸는 듯 보였다.

그러자 이정아가 문 앞까지 다가와 권강우를 향해 정면으로 말했다. 손짓으로 미루어 보아 당신이 지금 여기를 방해하고 있다는 내용일 것 같았다.

박기환은 이 난처한 상황을 그만 마무리하고자 권강우에게 꾸벅 고개를 숙였다. 그러고는 머쓱한 웃음을 지으며 두 사람 사이를 빠져나와 다시 상자를 옮기기 시작했다. 그런데 그 웃음이 권강우의 시선에 걸렸다. 그에게는 비웃음으로 여겨진 모양이었다.

권강우는 현관 밖으로 밀려나서도 굳은 얼굴로 박기환과 이정아를 한참 응시했다.

"이 정도면 되겠습니까?"

수첩에는 선우가 요청한 평면도가 채워져 있었다.

"감사합니다."

권강우가 다시 팔을 떼어 내자 잔상은 거기서 정지했다.

선우가 눈짓으로 충분했느냐고 물었고 재은은 짧게 고개를 틀며 아니라고 답했다.

"이사가 일요일, 그리고 사건은 나흘 뒤 목요일이었지요?"

선우가 다시 물었다.

"그럴 겁니다."

"사건 당일에는 몇 시에 귀가하셨죠?"

"평소처럼 8시쯤이었겠죠. 오니까 아파트 앞에 경찰차가 있었어요."

"알리바이가 있으셨으니 추가 조사는 받지 않으셨고요."

"예."

"마지막으로 한 가지만 더 여쭙겠습니다. 이웃으로서 권강우 씨 개인적으로 의심이 가는 인물이나 상황은 없었을까요? 물론 피해자는 그 집에서 겨우 나흘 지냈을 뿐이지만요."

"글쎄요. 역시 전혀 모르는 분이었으니까요."

"알겠습니다."

선우는 수첩을 덮고 자리에서 일어나며 코트를 다시 입었다.

"저희 명함은 사모님께 전달 드렸습니다. 혹시 관련하여 추가로 생각나는 것들 언제라도 연락 주시면 좋겠습니다. 재심에 많은 도움이 될 겁니다."

권강우도 자리에서 일어났다. 이걸로 끝인가 하는 표정 같기도 했다.

"시간 내 주셔서 감사합니다."

인사하며 선우가 악수하라는 눈짓을 보냈다. 마지막 질문에 대한 그의 잔상을 기다리는 것이었다.

"그런데 저."

손을 내밀려는 순간이었다. 갑자기 권강우가 입을 열었다.

"이런 것도 도움이 될까 모르겠는데, 그날 인부 하나하고는 말을 섞었습니다."

"이사업체 직원 말씀이십니까?"

선우가 물었다.

"네, 담배 사러 나갈 때 복도에도 짐이 좀 놓여 있었거든요. 잠시 지나가게 치워 달라고 제가 이야기했습니다. 그러다 502호 안쪽도 본 거고요."

거짓말이다.

"서로 얼굴을 붉힐 상황이었던 건가요?"

"어쩌면 듣는 입장에서는 기분이 좀 나빴을지도 모르겠습니다. 제가 '이거 통행에 방해되지 않습니까. 소방법 위반입니다.' 했거든요."

"그러실 수 있죠."

"그랬더니 그냥 절 한 번 슥 쳐다보고만 말아서, 저도 기분이 좋지는 않았습니다. 그래서 복도를 불편하게 빠져나가야 했어요."

거짓말이다.

"그 인부가 당시 피고인이었나요?"

"모르겠습니다. 사실 얼굴은 기억이 나지 않거든요. 다 같은 유니폼을 입고 모자도 쓰고 있어서 누가 누구인지 구분은 안 됐어요."

거짓말이다.

"하긴요."

말씀 감사하다며 선우가 먼저 손을 내밀어 악수를 청했다. 권강우는 이걸로 대화는 잘 마무리되었다고 여겼는지 흔쾌히 손을 내밀었다. 그리고 재은 차례였다. 선우가 이미 시작했으니 곧장 이어서 악수해야 자연스러웠다.

선우의 손에서 풀려나온 그 손을 재은이 붙잡았다.

동시에 온몸의 긴장을 느슨히 했다. 짧은 시간, 표지의 구석구석을 최대한 읽기 위해서. 만약에라도 중요한 무언가를 놓치지 않기 위해서.

그러나 그만한 각오를 하지 않아도 될 일이었다. 애써 찾아 읽을 필요가 없었다고 해야 할 것이다.

손이 맞닿아 있는 그 짧은 시간, 강한 분노와 적개심을 넘자마자 울부짖는 피해자의 얼굴이 재은에게 폭풍우처럼 밀려 들어왔다.

이미 출혈이 심각했다. 소리를 지르지 못하도록 입술은 테이프로 봉해져 있었다. 그런데도 필사적으로 앞을 향해 기었다. 부엌에서 이어진 침실로. 침실 바닥에 놓여 있는 휴대폰을 향해서였다.

그러나 짧은 포복은 금방 끝났다. 검은색 장갑을 낀 손이 피해자를 거칠게 붙잡아 몸의 방향을 바꿨다. 권강우다. 손에는 칼이 쥐여 있다.

높이 쳐든 그 날붙이가 피해자에게 다시 몇 차례나 내리꽂혔다.

"한재은 변호사."

선우의 목소리를 듣고 나서야 손을 이미 놓았는데도 그대로 멍하니 서 있었다는 걸 깨달았다. 심장이 빠르게 뛰었다. 떨리는 목소리로 간신히 말했다.

"시간 내 주셔서 감사합니다."

"별말씀을요. 좋은 일하시는 데 조금이라도 도움이 되면 좋겠습니다."

권강우는 말쑥한 얼굴로 그렇게 말했다.

바깥은 여전히 온통 눈이었다. 차디찬 공기를 한껏 들이마신 다음에야 재은은 비로소 숨을 쉴 수 있게 되었다.

재은이 평소와 다르다는 걸 알고 선우는 재은의 팔을 붙잡아 지지한 상태로 차 앞까지 와 주었다. 권강우 잔상의 영향으로 평정이 무너진 상태라 차단에 배의 힘이 들었지만, 그렇지 않으면 당장이라도 다리가 풀릴 것만 같아 의지해 나올 수밖에 없었다.

선우의 손에서 벗어나고도 당장 차에는 오르고 싶지 않았다. 차가운 공기가 더 필요했다. 재은은 보닛에 기댄 채로 심호흡했다. 눈발은 올 때보다 더 거세져 있었다. 앞이 거의 보이지 않을 정도였다.

"저 사람이지?"

보닛을 사이에 두고 선 선우가 물었다.

"어떡하지."

드디어 입을 열자 나온 말은 입김처럼 무력하기만 했다.

"표지가 온통 현장이야. 살해 당시."

박기환이 거짓을 말하지 않았다는 사실을 알았을 때처럼, 이제 권강우가 범인인 것을 알았다. 없는 잔상이 아닌 존재하는 잔상을 찾았다.

재은에게는 분명하지만 세상에는 아직 존재하지 않는 증거를.

몸이 덜덜 떨릴 만큼 추운데도 자리에서 꼼짝할 수 없었다. 무언가 생각해 내야겠는데 아무것도 떠오르지 않았다.

"그럼 범행 후에는 집에 돌아와 있었지만, 손경자가 현장을 발견하기 전에 알리바이를 위해 외출했다가 퇴근 시간에 맞춰 온 거라고 봐야 하겠네."

선우는 혼잣말로 생각을 정리하다 갑자기 탄식하듯 중얼거렸다.

"아, 수첩."

테이블에 그대로 놓고 온 모양이었다. 급하게 일어난 데다 재은을 먼저 살피느라 마저 챙기지 못한 것이었다.

재은에게 한 가지 생각이 떠올랐다.

"당장 들어가지 말고 연락을 기다려 보면 어때? 수첩을 구실로."

권강우는 태연한 척하고 있을 뿐 현재 안정적인 상태와는 거리가 멀었다.

이삿날의 잔상에서도 느낀 점이지만, 그는 당장 한 번은 제 불편함을 누른다. 그는 거절에 익숙할 수밖에 없는 영업 사원이었다. 그러나 시차를 두지 않고 연이어 찾아오는 자극에 대해서는 아니었다. 제삼자인 박기환에게 그 화가 고스란히 폭발하고, 덕분에 이정아와 한 번 더 얼굴을 붉혔다.

잔잔한 일상에서는 그럭저럭 괜찮은 사람이지만 자신의 통제 바깥에서 벌어지는 일에서는 그렇지 않은 경우다. 인내가 그리 뛰이나지 않을 것이다. 이사부터 사건까지도 고작 나흘이었다.

이제 어떤 방식이 되든 그와의 교섭은 피할 수 없는 일인데, 지금 두 사람이 곧장 다시 나타나는 상황은 그를 불필요하게 자극하는 일이 될 것 같았다.

"두고 갔다고 연락을 주지 않을까? 그렇지 않으면 우리 쪽에서 다시 연락할 수 있고. 잠시 식힐 시간을 벌고 다시 접근하기에 오히려 잘 된 건지도 몰라."

그사이 이쪽은 다른 참고인들에게서 이 상황을 보충할 만한 단서를 찾을 수 있을지도 모른다. 권강우도 지금은 자기 사업을 두고 쉽사리 움직일 수는 없을 것이다. 그리고 어쩌면 오늘 두 사람의 방문으로 인해 자백을 숙고해 볼 가능성도 없지는 않다.

"안 돼. 너무 낙관적이야."

선우는 고개를 저었다.

그리고 편의점 방향으로 걸음을 돌렸다. 재은은 그 뒤를 다급히 좇아 붙잡았다.

"그건 네가 그 잔상을 못 봐서 그래!"

"너를 제외한 다른 관계자에게는 그게 기본이야. 다들 그 없는 바탕에서 주장하고 판단하는 거라고. 경찰도 검찰도 법원도 나도."

"그래서 내가 있는 거잖아."

"네가 발견한 증거를 실제로 존재하는 증거로 꺼내는 일은 별개야."

현서의 일이 떠올라 재은은 순간 할 말을 잃었다.

"네가 본 건 현장이겠지만, 내가 본 건 저 사람의 무덤덤한 얼굴이야. 그걸 머릿속에 그리고 있으면서도 그야말로 차분한 얼굴."

"하지만."

"침묵할 시간을 주면 그걸 기회로 삼을 능력도 충분한 사람일 거야. 이미 13년을 그랬잖아."

선우는 빠르게 걷기 시작했다. 발이 빠질 만큼 쌓인 눈 때문에 재은이 따라잡기 어려운 속도였다. 벌써 저만치 앞서 나간 선우는 편의점 문을 잡아당겨 안으로 들어가 버렸다.

푹푹 빠지는 무거운 발을 겨우 옮겨 재은도 가까스로 입구에 도착했다.

문을 열었을 때 재은의 시야에는 누구도 보이지 않았다. '어서 오세요.'라는 목소리도 들리지 않았다. 잔잔하게 틀어져 있는 매장 음악 소리뿐이었다. 카운터도 비어 있었다.

좋지 않은 예감이 엄습했다. 이어서 울먹이는 이한미의 목소리가 들려왔다.

"여보, 대체 왜 그래."

직원 사무실이었다.

문을 열어젖히는 동시에 권강우의 고함이 귀를 찔렀다.

"조용히 해!"

재은은 그 자리에 멈춰 섰다.

수첩이 놓여 있는 테이블을 사이에 두고 선우는 권강우와 대치 중이었다. 권강우는 아까 접시 위에 놓여 있던 과도를 쥐고 있었다. 칼끝이 선우와 이한미를 번갈아 향했다.

우려대로 그를 자극하고 말았다.

불안에 사로잡힌 그에게 재은은 보이지도 않는 것 같았다. 재은은 공포에 어쩔 줄 모르고 있는 이한미를 붙잡아 제 곁에 있게 했다.

"권강우 씨."

선우는 요동 하나 없이 그의 이름을 불렀다. 이런 건 이미 예상했기에 놀랍지도 않은 듯이. 마치 각본대로 진행된 모의재판에서 역할 하나를 수행했던 그날처럼.

"조금 진정하시고 저와 일대일로 다시 얘기하시죠."

이렇게 되어 버린 이상 선우는 바로 자백을 받아 낼 셈인 것 같았다. 그가 이성적으로 이 판을 계산할 능력을 상실하고 본성을 드러낸 상태를 이용하여.

그러나 이게 과연 후회하지 않을 방법인지 재은은 확신할 수 없었다.

"……시끄럽다고!"

"권강우 씨!"

권강우는 칼을 쥔 그대로 물류용 뒷문을 열고 바깥으로 뛰쳐나갔다. 선우도 바로 그를 따라 달렸다.

오열하는 이한미를 남겨 두고 재은도 그 뒤를 쫓았다.

뒷문은 건물 뒤편 공터로 이어져 있었다. 편의점 건물 후면에서 20미터 남짓 떨어진 곳에는 어른 키 높이의 철책이 쳐져 있었다. 그 너머로는 산길이었다. 권강우의 뒷모습이 그 철책 방향으로 달려가는 중이었다.

"자백해 주세요!"

선우가 거리를 좁혀 가며 그의 등을 향해 소리쳤다.

눈과 매서운 바람이 둘 사이에 두꺼운 벽을 만들고 있었다. 철책 끝에 다다른 다음에야 권강우는 부들부들 떨며 적의에 찬 시선으로 돌아보았다. 증거 있느냐고 반박할 만도 한데 그럴 정신적 여유조차 잃은 듯 보였다.

10미터 정도를 사이에 두고 선우가 걸음을 조금씩 늦추며 말했다.

"이제라도 무고한 의뢰인의 명예를 찾게 해 주세요."

권강우는 더 갈 곳이 없는데도 계속 뒷걸음질 치며 다가오지 말라는 듯 칼을 거두지 않았다. 그의 등에 부딪혀 철책이 찰캉찰캉 울렸다.

"자백해 주세요. 지금도 늦지 않았습니다."

"웃기지 마! 이제 와서 뭐야 대체!"

권강우가 소리를 높였다.

"난 했어! 씨발! 자백했다고! 벌써 10년 전에!"

그 말에 천천히 권강우를 향해 가던 선우의 걸음이 우뚝 멈췄다. 선우를 향해 다가가던 재은도 마찬가지였다.

"……뭐?"

재은이 자기도 모르게 중얼거렸다.

흥분에 찬 권강우는 거친 입김을 뿜으며 이쪽을 향해 소리쳤다.

"그런데 그냥 돌아가라고 했어. 검사님이 그랬어! 이러면 피차 곤란하다니까 안 들은 걸로 하겠다고! 이미 다 끝난 일이지 않느냐고! 나만 가만히 있으면 된다며!"

권강우가 울부짖었다.

"근데 당신들이 뭔데 이러는 거야. 가라고 할 땐 언제고! 이름도 기억나는데, 그 사람. 박상수야! 박상수 검사!"

천천히 드나들며 흩어지던 선우의 입김이 그 순간 멎었다. 몇 걸음이나 뒤떨어져 있는 재은에게도 그 충격은 고스란히 전해져 왔다.

잠시 침묵이 드리웠다.

선우가 멈춰 선 사이 권강우는 선우를 따돌려 건물 앞쪽으로 도망칠지 아니면 철책을 넘어갈지 망설이는 것 같았다. 결정하지 못해 우왕좌왕하는 동안 선우가 성큼성큼 전진하기 시작했다.

"선우야."

재은의 부름은 바람 소리 때문에 그에게 닿지 않았다.

"가까이 오지 마!"

눈을 뚫고 선우가 빠르게 다가가자 권강우는 과도를 앞으로 쭉 뻗으며 위협했다. 그래도 대체 무슨 생각인지 선우는 멈추지 않았다. 맨손으로 저 사람을 상대할 수 있을 리가 없었다.

"선우야!"

재은에게도 이제 무언가를 계산할 겨를이 없었다. 전력으로 달려 나가 선우를 추월해 그 앞을 막았다. 그래도 멈추지 않는 선우를 붙잡아 버텼다. 그러다 무게 중심을 잃어 그를 덮쳐 안은 채 한 덩이로 쓰러졌다. 포개진 몸이 차가운 눈밭으로 추락했다.

선우를 꽉 끌어안은 채였지만 온기라고는 조금도 느껴지지 않았다. 큼직한 눈송이가 재은의 등에 쌓이기 시작했다. 그러나 털어 내며 일어날 수 없었다.

등진 방향에는 날붙이를 쥔 권강우가 있다. 아마도 있을 것이다. 고작 몇 초 안에 달려올 수 있는 거리에.

세찬 바람 때문에 다른 소리는 전부 묻혀 버렸다. 그래서 그가 살의를 품고 다가오고 있다 해도 알아차릴 방법은 없었다. 제 숨소리만이 귓가에 커다랗게 맴돌았다.

이 찰나가 영원 같기만 했다. 두려웠다.

입김마저 시야를 방해해 재은은 눈을 감았다. 이제부터 무엇을 어떻게 하면 좋을지 아무것도 떠오르지 않았다. 두 사람이 몸을 일으켜 도망치기에는 이미 늦은 것 같았다. 모든 감각이 본능에만 의지하는 순간이었다. 선우를 더 힘주어 끌어안았다. 차단의 여유 따위는 없었다. 품으로 밀려드는 선우의 표지를 저항 없이 받아들여야 했다.

명확한 증오, 그리고 욕망이다.

대상은 이 사람이 아닌 박상수. 그를 심판하고자 하는 욕망이었다. 현재 선우의 잔상에 의뢰인은 없었다. 그의 억울함과 명예는 조금도 그 안에 있지 않았다.

권강우는 그 심판을 위한 중요한 증거였다. 지금 선우는 오직 그 증거를 놓치지 않으려는 것뿐이었다. 그래서 권강우가 지금 저 날붙이로 자신을 공격해 오기를 기꺼이 바라고 있었다. 그를 다시 피의자로 만들어 붙잡아 둘 작정으로.

지금 이성을 잃은 사람은 김선우였다.

숨이 턱 막혀 오는 통에 재은은 그 순간 차단하지 않을 수 없었다. 당장 몸을 세워 일으켰다. 이제는 등 뒤가 아니라 눈앞의 이 차가운 얼굴이 두려웠다.

누구를 위해서, 무엇을 위해서 이걸 해야 하는지. 이제부터 무엇을 바라보고 믿어야 할지 알 수 없게 되었다.

선우에게서 떨어지고 잠시 후에야 재은은 퍼뜩 주변을 살폈다. 사방 어디에도 권강우는 보이지 않았다. 이미 어디론가 도망쳤거나 몸을 숨긴 것 같았다.

"이제 그만해."

재은이 중얼거렸다.

"아니…… 내가 못 하겠어."

"마음대로 해."

선우는 일어날 생각조차 없는 듯이 말했다.

"가, 그럼. 방해나 하지 말고."

방해라는 말에 화가 솟구쳤으나 문득 이한미가 걱정됐다. 선우를 남겨 두고 재은은 다시 뒷문을 통해 편의점으로 들어갔다.

사무실은 비어 있었다. 매장으로 통하는 문을 열자 넋이 나간 얼굴로 이한미가 카운터 앞에 서 있었다. 떨리는 소리로 대체 무슨 일인지 모르겠다며 방금 경찰에 신고했다고 말했다. 권강우는 여기로 다시 돌아오지는 않았다고 했다.

그 순간 아직 바깥 상황이 끝나지 않았다는 불길함이 엄습했다.

나쁜 예감은 틀리지 않는 법이다.

다시 뒷문으로 뛰쳐나갔다. 흰 눈밭에 아까는 없던 붉은 자국이 선명했다. 철책 가장자리에 쓰러져 있는 선우가 보였다.

다리가 그곳으로 달리기 시작했다. 울음이 터져 나왔다. 바람이 얼굴을 할퀴며 지나갔다.

곧 멀리서 사이렌 소리가 들려왔다.

그날 오후 권강우는 긴급 체포되었다. 선우는 생명에는 지장이 없었으나 왼쪽 어깨를 깊게 찔려 한동안 병원에 머물러야 했다.

재은은 이 사건의 참고인으로 조사에 협조했지만 개인적으로는 더 이상 선우를 만나지 않았다. 면회도 도움도 전부 선우가 거부했으니 만나지 못했다고 하는 편이 조금 더 정확했다.

권강우는 특수상해죄로 실형을 선고받았고 13년 전 혐의에 대해서는 강력히 부인했다. 재은은 몇 달 후 사무소를 정리했다는 선우의 메시지를 받았다. 답장은 하지 않았다.

지난주 카페 포말에서 선우와 다시 만난 것은, 그 후로 1년 반 만이었다.

20
달빛수사

7일 밤

석양이 내릴 무렵에 은현사에 도착했다.

연등은 여전히 공중에서 은은하게 흔들리는 중이었지만, 평일 늦은 오후였기에 그날처럼 방문객은 많지 않았다.

납골당을 향해 올라가는 길, 같은 방향으로 가는 사람은 손에 꼽았고 대부분 내려오는 사람들이었다. 한적했다. 오늘은 대웅전 앞에 밝혀진 촛불의 숫자도 적었다.

며칠 만에 다시 찾아온 납골당에서 윤이화의 안치단 앞에 섰을 때, 선우도 지난번과 달라진 풍경을 곧장 알아보았다. 푸른색 종이학 한 마리가 유골함과 액자 사이에 사뿐히 놓여 있었다.

재은이 조사원의 차량 속 모자의 잔상에서 발견한 '그 전에 없던 물건'이었다.

그건 이 안치단을 열 자격이 있는 누군가가 다녀갔다는 의미였다. 일요일에서 화요일 사이에.

“정말이네.”

있다는 사실을 알고 왔는데도 기묘한 순간이었다.

재은은 당장 자세를 낮춰 유리창에 손바닥을 댔다.

선우도 곁에 쪼그려 앉았다. 그날 촛불을 켜며 빌어 둔 소원의 응답일까. 두근거림으로 27센터에서 얻어 온 통증마저 잊을 정도였다.

“누가 보여?”

이번에는 느긋이 기다리지 못하고 물었다.

“두 사람.”

재은도 곧장 대답했다.

“어느 여자. 나이는 60대 정도. 그리고 이하나.”

“이하나? 여기에 다녀간 거야?”

선우의 눈이 커졌다.

“아냐, 이 종이학을 접은 사람이 이하나. 여기에 가져다 둔 사람은 나이든 여자고. 이걸 넣을 때 이하나는 없었어.”

“김연주는?”

“음, 안 보여.”

재은이 다시 살피며 말했다. 종이학 속의 잔상은 각각 그 둘뿐이라고 했다. 접은 시점과 가져와 넣은 시점이 다른 것이었다. 종이학이란 애초에 새 종이를 꺼내 접는 과정이 전부니 많은 잔상이 저장될 물건은 아니었다.

종이학을 접은 시점은 분명하지 않으나 이하나는 반소매 티셔

스와 반바시 자됨이라고 했다. 여름이다. 다름 아닌 현재의 계절이었다.

그리고 신원 미상의 60대 여성이 종이학을 여기에 넣어 둔 시점은 일요일 오전이었다. 납골당 벽에 걸린 전자 시계에 날짜와 시간이 보였다. 오전 11시 40분 즈음. 재은은 순임과 병원에, 선우는 세영과 윤이화의 흔적을 찾고 있던 시간이었다.

어쩔 수 없었음을 알면서도 재은은 아쉬움에 앓는 소리를 내며 제 무릎에 얼굴을 파묻었다.

"조급하게 실망하지는 말자."

선우가 말했다. 이전에 그 말을 수없이 들은 장본인으로서 약간의 겸연쩍음은 감수해야 했다. 고개를 든 재은은 할 말이 고작 그런 것뿐이냐는 표정이었다.

"이걸 두고 간 사람 당연히 윤이화의 지인이겠지만, 그렇다고 현재 이하나와 관계됐을 거라고 단정할 수도 없잖아."

"어째서?"

재은이 근거를 요구했다.

"종이학을 접은 시점. 여름이라고 해도 올여름이라고 특정할 수 없어. 작년 여름일 수도 있고, 재작년일 수도 있고."

"그렇지만 일요일일 수도 있지."

"한 달 전일 수도 있고. 아직 이사고 뭐고 아무것도 결정되지 않았을 때."

"너 이하나가 무사하길 바라는 거 맞아?"

상식선에서 여러 가능성을 따져 보려는 건데, 재은에게는 그게 그렇게 해석되는 모양이었다.

"음, 잠시만 기다려."

선우는 재은의 등을 지그시 누르며 일어났다.

오늘은 관리인이 있었다. 두 사람도 그랬듯 종이학을 두고 간 사람도 입장 시에 특별한 기록은 남기지 않았겠지만, 그래도 몇 가지 물었다. 안치단을 열 때 관리실의 확인이 필요한지. 열쇠로 여는 방식인데 열쇠 보관 방법은 어떻게 되는지.

열쇠는 총 세 벌로 두 개는 유족에게 대여하고 하나는 관리실에서 여분으로 보관한다고 했다. 열쇠를 소지한 사람이라면 운영 시간 중에는 자유롭게 열 수 있었다. 추모객 출입 역시 자율이라 보안용 CCTV 외 별도의 기록은 없으며 무언가 문의하거나 요청 사항이 있는 유족만 관리실에 들른다고 했다.

일요일 윤이화에게 다녀갔을 추모객도 마찬가지일 거라고 관리인은 말했다. 당일 업무 일지에 적힌 내용이 없으니 특이 사항도 없었을 거라고. 그렇다면 그는 자신이 가져온 열쇠로 안치단 문을 열어 종이학을 넣어 둔 것이었다.

사실은 여기 안치된 윤이화의 제자라고 하며 두 개는 가족 중 누구에게 대여되었는지 물었다. 그 정도는 대답해도 무관하다는 듯 관리인은 두 개 모두 따님이라고 했다. 다른 친인척이 아니었는지 다시 확인했지만 기록상 따님이 맞는다고 했다. 그러더니 어제도 카드사에서도 그 안치단 대여자에 관해 묻는 사람이 있었는데 무슨 일이 있느냐고 했다. 선우는 고개를 저으며 말을 아꼈다.

다시 안치단 앞으로 돌아갔을 때 재은은 유리문에 손바닥을 댄 채 눈을 감고 있었다. 아마도 유골함에서 종이학 잔상 속 노부인과 일치하는 얼굴을 탐색하고 있을 거라 선우는 짐작했다.

다시 쪼그려 앉아 유리문에 똑똑 노크하자 재은이 눈을 떴다.

"27센터는 카드사 추심팀이라며 임대 계약서랑 대여료 결제 내역 보자고 했나 봐. 어제였으니 일요일에 누군가 다녀갔다는 사실은 모를 것 같아."

선우가 설명했다.

"그리고 열쇠는 김연주가 가지고 있었어. 그렇다면 윤이화 씨가 돌아가신 이후로 그 사람과 김연주가 적어도 한 번은 소통했다는 거야."

윤이화는 봄에 세상을 떠났다. 아직 반년이 채 안 된 일이다.

그리고 두 개뿐인 엄마의 납골당 열쇠 중 하나를 맡길 정도라면 신뢰가 모자란 사이라고 보기는 어렵다. 이 사람이 현재 김연주와 이하나를 보호하고 있을 가능성도 고려해 볼 만 했다.

그런데 만일 그렇다면, 이런 상황에서 그가 여기에 들르도록 김연주가 과연 허락했을까 하는 의구심은 들었다.

그의 인상착의는 잘 정리된 백발의 단발머리에 메이크업도 세련되게 한, 점잖고 건강한 인상이라고 했다. 나이는 윤이화보다 10살가량 적은 듯하고, 조문하며 잠시 눈물을 보였다.

"그럼 이 사람은 김연주의 현재 상황에 대해서는 아무것도 모르는 게 아닐까? 두 사람을 보호하고 있든 아니든."

"어쩌면."

이번에는 재은도 이견이 없었다.

"그래서 말인데, 나는 이 추모객의 등장 자체가 나쁘지 않은 신호라고 봐."

만약 이하나가 현재 진심으로 걱정해야 할 상황에 놓여 있다면, 납골당의 열쇠를 나누어 가질 만큼 가까운 사람으로서 여기에 들를 심리적 여유는 없을 거라는 말이었다.

"물론 너는 지나친 낙관이라고 하겠지만."

"아무 말도 안 했는데요."

"아무튼 나는 윤이화 씨 기억에서 이 사람을 찾아볼게."

재은은 다시 탐색으로 돌아갔다.

선우도 곁에 앉았다.

한 사람의 셀 수 없는 기억 속에서 헤엄치고 있을 재은과 달리 선우에게 보이는 것은 유골함과 액자, 그리고 종이학 그 셋이 전부였다. 이전보다는 한 가지가 더 늘어났지만 한 사람을 알기에는 여전히 단출한 구성이었다.

제게는 물건을 탐색해 잔상을 읽는 재능은 없으니, 그것을 더 뚫어져라 바라보거나 아니면 물건의 소유자에게 일어날 만한 일을 상상해 보기가 최선이었다.

하고 많은 물건 중에 어째서 종이학일까. 하나는 이 종이학을 왜 접었을까. 짤막한 글귀나 편지를 쓸 수도 있고, 사진을 추가해 놓을 수도 있었을 텐데.

그리고 미지의 추모객은 수고롭게 그것을 가져와 여기에 넣어 두었다. 왜 굳이 그렇게까지 했을까.

그 안에 담긴 의미를 알 수 없다면 종이학은 그저 가볍고 대수롭지 않은 종이접기의 결과물일 뿐이다. 의미가 필요하다. 종이학의 의미.

종이학은 군청색으로 날개 부분만 연한 금빛이 교차하는 격자무늬였다. 접힌 크기는 선우의 주먹 정도로 큰 편이었다. 종이를 펼친다면 크기는 일반 색종이와 비슷할 것 같았다. 두께는 색종이보다는 두껍고 제 명함보다는 얇아 보였다. 그리고 보이는 면은 엷게 코팅이 되어 광택도 은은하게 느껴졌다.

그런데 어딘가 눈에 익은 느낌이었다.

선우는 그 종이학을 사진으로 한 장 찍어 유사 이미지 찾기로 검색해 보았다. 비슷한 구도의 종이학 이미지들이 화면을 가득 채웠다.

"아."

그때 재은이 반응했다. 뭔가 발견한 모양이었다.

"찾았어?"

"역시 시차가 크면 한눈에 알아보기가 어려워."

윤이화와 그 여성이 함께 있는 잔상이 나타났다고 했다. 벽에 걸린 달력상의 날짜는 2004년 4월. 장소는 꽃집이라고 했다. 15년 전이다.

기억 속 여성은 현재 시점보다 머리카락 색깔도 짙었고 길이도 어깨를 덮었다. 같은 인물이라고 알아본 것은 턱 왼쪽의 작은 점 덕분이라고 했다. 윤이화도 안치단의 이 사진과는 다른 느낌으로 무척 젊고 화려한 인상이라고 했다.

윤이화의 사진이야 여기에 한 장이라도 있지만, 그 사람은 연령대가 어떻든 생김새를 이만큼도 짐작도 못 할 선우로서는 재은의 묘사를 통해 그 모습을 희미하게 상상이나 해 볼 뿐이다.

"그런데 좋은 분위기는 아닌 것 같아. 두 사람 다 표정이 어둡네."

탐색을 유지하며 재은이 설명했다.

"윤이화 씨는 조금 침울해 보이고, 이 사람은 화가 나 있고. 그렇다고 다투는 것 같지는 않은데 뭔가 심각해."

"잠깐. 꽃집?"

꽃집이라는 단어가 선우의 귀를 잡아당겼다.

"응, 꽃집이야. 지난번의 거기."

"화랑 말하는 거야?"

선우가 일요일에 다녀왔던 곳이다.

그때 꽃집 주인에게 듣기로 윤이화는 이하나 이외의 다른 누군가와 함께 들른 기억은 없다고 말했다.

그는 자신의 기억력에 자부심이 있었다. 15년 전이라고 해도 남의 사업장에서 냉랭한 분위기로 마주하고 있던 손님 둘이라면 기억 못 하지 않았을 것 같았다.

선우는 시계를 보았다. 저녁 8시. 화랑은 아직 영업 시간이었다.

전화를 걸자 꽃집 주인이 받았다. 아직 행방을 못 찾으셨느냐는 안타까움과 함께 화랑의 개업은 2006년이라고 설명해 주었다.

그때 무언가 선우의 머리를 스쳐 지나갔다. 통화 중인 휴대폰을 스피커로 바꾼 후 메모장을 열었다. 일요일 화랑에 다녀왔을 때의 기록이다.

"그때 말씀하셨죠. 베고니아 할머니께서 예전에 좋아하시던 꽃집과 화랑이 닮아서 편안하게 이용하셨다고요. 혹시 그 꽃집의 상호나 위치를 아십니까?"

꽃집 주인은 여쭤본 일이 없어 모른다고 했다. 전화를 끊었을 때 재은은 화랑과 닮은 그 꽃집의 간판을 찾기 위해 분투 중이었다.

75년 인생이다. 순서 없이 분절된 기억에서 그 잔상을 만난 것만으로도 선우는 이미 굉장한 확률이라고 생각했지만, 괜한 참견으로 재은의 집중력을 흐트러뜨리고 싶지 않아 잠자코 결과를 기다렸다.

이후 2시간에 걸쳐 재은이 발견한 잔상은 윤이화와 그 여성의 오랜 과거 몇 개였다. 그 여성의 기준으로 10대, 20대, 30대 무렵의 모습들. 즉 2004년보다 훨씬 오래전의 일들이었다. 이 사람은 윤이화의 아주 오래된 인연인 것만은 분명했다.

관리인이 폐관 준비를 알려 왔다. 그만 퇴장해야 할 시간이었다. 그때 재은이 유리창에서 손을 떼고서 수첩에 무언가를 서둘러 적었다.

세 글자였다. 안진선.

"이 사람 이름이야."

어느 장례식장의 잔상이라고 했다. 윤이화와 그가 모두 보였고 당시 그는 교복을 입은 학생이었다. 안진선은 교복 명찰에 수놓아져 있던 이름이었다.

"혹시 자매일 가능성은 없을까 했는데, 성씨가 다르네."

납골당을 나서며 선우가 말했다. 은현사의 밤공기는 제법 선선했다.

"두 사람 닮지는 않았어. 풍기는 인상도 반대에 가깝고."

백가연과 이하나의 조합과 비슷하다고 재은이 덧붙였다. 그러고 보니 발견한 잔상 가운데 두 사람이 같은 생활 공간에 있는 모습은 없었다고 했다. 늘 외부 공간이었다. 친구라기에는 나이 차이도 제법 크다. 아마 먼 친척이거나 고향이 같은 이웃 정도겠다는 결론에 이르렀다.

재은은 화랑과 닮은 어딘가의 꽃집, 그리고 안진선이라는 이름 세 글자로 지금 당장 무엇을 할 수 있을지 고민에 휩싸였다.

그러나 선우는 27센터의 류영모를 떠올렸다. 이름을 알고 대강의 연령대를 추측할 수 있으니, 수수료가 무척 비싸겠지만 정식으로 소재 파악 의뢰를 해 볼 수도 있었다. 그러다 일주문을 막 벗어났을 때 잊고 있던 질문 하나가 떠올랐다.

"아, 종이학에 관련된 잔상은 없었어?"

"안진선 씨 잔상이 아니면 곧장 다음으로 넘겨서 확신할 수는 없는데, 왜?"

"잔상 속에 관련된 사연이나 의미가 있을까 해서."

"글쎄."

"혹시 최근에 종이접기 같은 게 이슈였나?"

"그런 얘긴 못 들은 것 같은데."

"그럼 왜 어디서 본 듯한 기분이 안 가시지."

"뭘?"

"종이학."

선우는 아까 찍었던 사진을 재은에게 공유했다. 유리창 반사 때문에 찍힌 사진은 원래의 빛깔보다 약간 바랜 느낌이 있었지만 종이학의 모양과 종이의 패턴 자체는 왜곡 없이 보였다.

"봤다면 요 근래일 것 같은데. 내가 너처럼 어느 물건이나 누군가의 잔상에서 읽었을 리는 없잖아. 그나마 이번 일주일은 너랑 내내 붙어 있었고. 너는 뭐 생각나는 거 없어? 내가 봤다면 너도 봤을 확률이 높으니까."

그 질문에 재은은 선우를 빤히 바라보다가 어떤 중대한 결정이라도 내린 얼굴로 입을 열었다.

"있잖아."

그러고는 한 번 더 뜸을 들인 후에 물었다.

"내가 잠시만 널 읽어도 될까? 어쩌면 내가 찾을 수 있을지도 몰라."

이번에는 선우가 말을 잃었다. 그런 생각은 미처 못 했다.

"당장의 표지만 한 번 통과하면, 지금을 기준으로 순차적으로 탐색할 수 있어. 이번 일주일 이전으로 더 거슬러 가지는 않을 거야. 물론 내키지 않는다면……."

"아니."

선우는 왼팔을 내밀었다.

"그렇게 해 줘."

조금도 망설이지 않았다면 거짓말이겠지만 이전과 같은 두려움이나 경계심은 없었다. 그저 본능적인 긴장과 초조함이 전부였다.

이 감정을 뭐라고 정의해야 좋을지는 분명하지 않았다. 아마도 읽게 될 사람이 더 정확히 알 것 같았다. 표지는 피해 갈 수 없다고 하니까.

“정말?”

재은이 다시 확인했다.

“일주일 더 전으로 내려가도 상관없어.”

정말 괜찮다는 뜻으로 꺼낸 말인데 재은은 그럴 일은 없다며 한걸음 가까이 왔다. 그리고 한껏 긴장한 선우와는 다르게 사물을 읽을 때와 차이가 없는 몸짓으로 내민 손을 감싸 쥐었다.

밤공기를 닮은 체온이 선우의 손을 덮었다. 편안한 서늘함이라 불러도 좋을 감각이었다. 그러나 어쩐지 선우의 긴장은 수그러들지 않고 조금씩 더 커지기만 했다.

역시 그 두려움이 완전히 가시지는 않은 모양이었다. 읽히는 게 처음이 아닌데도 그랬다.

“……시작했어?”

“아직.”

눈을 감은 채 재은이 대답했다.

그렇지. 아직 출발 신호가 없었다.

“읽는 그대로 설명해 줄까? 그전처럼.”

“아니. 최대한 집중해.”

“그럼 다녀올게.”

“응.”

대꾸가 필요하지 않은 인사에 무의식중에 답했다.

재은은 고요했다. 눈을 감은 그대로 미동도 없었다. 덕분에 속도를 높이기 시작한 몸속의 진동이 맞잡은 손을 타고 고스란히 전해지는 건 아닌지 신경이 쓰였다.

숨을 들이마시고 내쉬는 지극히 평범한 행위가 이토록 어색할 수 없었다. 이런 방식으로 자신을 내맡긴 건 오늘이 처음인 탓이었다.

사실 읽히는 사람에게는 아무것도 느껴지지 않아 이게 실제로 작동하는 힘일까 의심스럽기도 하다. 몸이나 머릿속에서 무언가 살며시 빠져나가는 느낌이라도 들어야 할 것 같은데, 하다못해 시작과 끝을 인지할 수 있는 느낌이라도.

하지만 어떤 감각도 감흥도 없다. 지금 재은이 어느 요일, 어느 시간쯤 머물러 있는지도 알 수 없다.

그저 재은이 눈을 열기만 기다릴 뿐이었다. 제 시간을 온전히 맡긴 채로.

시간이 제법 흘러 서늘했던 재은의 손은 어느덧 자신의 체온과 같아져 있었다. 이제는 종이학의 단서나 얼른 발견되면 좋겠다고 생각할 때였다.

"너 지루하구나."

여전히 감은 눈으로 재은이 불쑥 중얼거렸다. 입가에 엷은 미소가 걸쳐 있었다.

"어…… 조금."

"잠시만. 읽기 편하니까."

그렇게 말하니 도로 긴장이 찾아왔고 한적한 도로에 전조등을 밝힌 차가 다섯 대 더 스쳐 지나간 후에야 재은의 목소리를 다시 들을 수 있었다.

"너, 뭐 먹었어?"

아직 눈을 열지 않은 채 약간 찡그린 얼굴로 재은이 물었다. 목소리는 진지했지만 다소 뜬금없는 질문이었다.

"창밖에 비 오는 풍경이니까 월요일 같은데. 이번 주는 월요일에만 비 왔잖아. 나랑 통화한 건 조금 더 뒤고."

"월요일? ……통화?"

선우의 머리에 안개가 꼈다.

요즘은 도무지 하루가 하루 같지 않았다. 오늘은 포함해 하루 사이에도 아침부터 밤까지 많은 일이 한꺼번에 벌어지고 있어서 제 머릿속을 순차적으로 더듬기조차 시간이 걸렸다. 거기에 실패했기에 지금도 재은에게 탐색을 맡긴 것 아닌가.

"기억 안 나?"

재촉하니 더 모르겠다.

사무실의 탁상 달력을 확인하면 알 수 있을 것 같다는 생각만 들었다. 뭘 먹었냐고 한다면 그날의 구내식당 메뉴를 묻는 걸까.

"시중에 파는 제품은 아닌 거 같은데."

그렇다면 지금 팀장이나 김진희 과장에게 물어보면…….

"아, 과자."

동시에 생각났다. 월요일 오전 특허 업무 관련 면담을 마친 후에 팀장이 가족 여행 다녀온 전리품이라며 간식을 나누어 주었다. 그리고 시젠 어패럴에 가 있던 재은과 통화하면서 궂은 날씨에 혼자 움직이게 해 마음이 좋지 않았다.

"팀장님이 나눠 준 간식. 그런데 그게 왜……."

"뿔테 안경에 회색 넥타이, 마른 체격. 곱슬머리."

정확히 팀장이었다. 자신만 아는 사람의 묘사를 실시간으로 들으니 약간 소름이 돋았다.

"맞아. 가족 여행 기념품이라고……."

기억을 끄집어내다 불현듯 깨달았다.

"포장."

진한 푸른색 바탕이었던 과자 포장지였다. 종이학 날개 부분의 연한 금빛 격자무늬는 고급스럽다는 느낌을 주었던 포장의 후면이었다.

선우는 휴대폰을 꺼냈다. 이번에는 재은이 선우의 탐색 결과를 기다렸다.

"네 말대로 시중에는 없을 거야. 그거 삼대가 덕을 쌓아야 살 수 있는 물건이거든. 여기서는 조금 먼 곳에서."

찾았다.

정식 이름은 청영 블루 마들렌.

소도시 청영은 남해안의 가장자리에 위치한 유명한 관광지다. 청영시 대표 상품인 블루 마들렌은 일일 한정 수량만큼 정해진 판매처에서 현장 구매만 가능한 물건이었다.

"그런데 이게 포장지였다면 어째서 과자를 먹기 전에 포장을 벗기는 잔상은 없었을까."

재은이 모르겠다는 듯 고개를 갸웃했다. 그 답은 선우가 알 것 같았다. 현재 확인 중인 제품 상세 이미지를 재은에게도 보여 주었다.

"엄밀히는 포장지가 아니라서 아닐까."

선우의 기억에 의하면 과자의 포장지는 얇았다. 종이학의 재료가 된 포장지는 눈대중으로 봐도 그보다는 두께감이 있었다.

상세 페이지에는 블루 마들렌 한 상자의 구성품에 과자 열 개와 함께 선물 시 메시지를 적을 수 있는 카드가 동봉되어 있다고 쓰여 있었다. 포장지와 디자인은 동일하지만 그것보다 도톰한 고급지를 사용한 선물용 메시지 카드였다.

어쩌면 이하나가 접은 이 종이학은 할머니를 향한 그리움을 담은 무언의 편지라고 할 수 있을 것 같았다.

다만 지금 같은 상황에 관광지의 한정 기념품을 사겠다고 평범하게 줄 서 있을 이하나를 상상하기는 어려웠다.

"청영……. 정말 머네."

휴대폰 지도를 살피며 재은이 중얼거렸다. 선우도 이름으로만 알고 한 번도 가 본 적 없는 곳이었다. 액정을 터치하는 재은의 손가락이 바빴다. 선우가 물었다.

"뭘 찾는 거야?"

"기다려."

지금은 자신의 힘보다 검색 엔진의 힘이 필요할 때라면서 재은은 몇 분을 더 그렇게 있었다.

"김선우 대리."

그리고 심상치 않은 호칭을 부르며 재은이 이미지 한 장을 내밀었다.

지도 애플리케이션에 연결된 업체 소개로 다름 아닌 꽃집 전경이었다.

아담한 테라스. 페인트로 말끔하게 칠한 낮은 울타리. 입구를 중심으로 양측에 배치된 계단식 화단. 두툼한 목재 재질에 상단에는 유리창이 끼워진 문.

화랑과 완전히 똑같지는 않지만 초행인 사람에게 두 곳의 사진을 나란히 놓고 간판을 가린 채 보여 준다면 곧장 구분하기는 어려울 정도의 닮은 인상이었다.

꽃집 이름은 파티오Patio. 전남 청영시 담수로 74번길 1층 102호.

이어서 재은이 다음 이미지를 넘겨 보여 주었다.

"놀러 가지 않았다면, 거기에 살고 있다는 거겠지."

작업용 앞치마를 입은 백발의 단발머리 노부인이 정성스레 꽃을 묶고 있는 모습이었다.

앞 유리창의 시야로는 달이 보이지 않아 하늘은 검기만 했다.

달이 어느 방향에 있을지 선우는 궁금했다. 그러나 몸의 방향을 틀거나 낮춰서 애써 확인하지는 않았다. 그렇게 찾아보지 않아도 저 바깥에 분명히 있는 것이니까.

은현사를 떠나 청영으로 향하는 길, 잠시 휴게소에 차를 세웠다. 자정이 지났으니 이미 다른 오늘이 되었지만, 고단한 몸을 위해 한 박자 늦은 쉼표를 찍어야 했다. 청영까지는 앞으로 5시간 더 운전해야 했다.

1시간 전 휴게소에 차를 세우자마자 재은은 차창에 기댄 채 깊은 잠에 빠진 뒤로 꼼짝도 하지 않았다. 2시간 정도는 그대로 둘 생각이었다.

꽃집 파티오의 개점 시간은 오전 9시. 쉬지 않고 서둘러 도착한다 해도 결국 문을 열 때를 기다려야 한다. 어차피 기다려야 한다면 어두울 때 조용한 곳에서 쉬는 게 여러모로 나았다.

선우도 재은을 따라 잠시 눈을 붙이려고 했지만 좀처럼 안됐다. 피로한 동시에 각성 상태였다. 이럴 땐 잠들기가 더 쉽지 않았다.

결국 감고 있던 눈을 뜨고서 밤하늘을 배경으로 휴게소에 들고 나는 차량의 전조등과 후미등 빛을 가만히 바라보고만 있던 중이었다.

"무슨 생각을 그렇게 해?"

옆에서 재은의 목소리가 나지막하게 들려왔다. 언제 깼는지 잠들었던 자세 그대로 눈만 반쯤 뜬 채로 선우를 보고 있었다.

"그냥. 이런저런."

"이런 건 뭐고 저런 건 뭔데."

곧 다시 잠들 나른한 표정으로 재은이 추궁했다.

"일단 지금 차를 돌리지 않는다면 오늘은 결근 예약인데. 막내 주제에 인사고과철에 그야말로 대책이 없군…… 을 시작으로."

재은이 낮게 웃었다.

"나도 이렇게 뜬금없이 결근하는데 파티오도 하필 오늘 휴업이거나 하면 어쩌나 하는 생각으로 이어져서……."

안진선을 만난다 해도 이하나에 대한 단서가 전혀 없다면, 더 나아가 만약 27센터도, 경찰도 찾지 못하는 그런 최악의 상황이라면. 설마. 그렇다면 마무리하지 못한 일을 하나 더 쌓게 되는 셈일까. 박기환의 사건처럼. 그는 타인의 목숨을 담보로 하면서까지 이걸 하고 싶지는 않다고, 겁난다고, 피해자는 더 없어야 한다고 했다. 자신을 이 이상의 몹쓸 놈으로 만들지는 말아 달라며 재심 의사를 철회해 전부 중단됐지만…… 지금도 때때로 그가 숨죽여 우는 꿈을 꾸곤 한다. 그러고 보니 재은은 지금 꿈을 꾸고 있을까. 음, 만약 재은이 누군가의 꿈을 꾸는 순간을 탐색한다면, 그 꿈을 똑같이 읽게 되는 걸까. 일어나면 물어봐야지.

"……를 생각하던 중이었어."

"대서사시네."

"잠이 안 와서."

"꿈은 읽을 수 없어. 참고로."

재은이 대답했다. 우습게도 저 의식의 흐름 중 하나라도 분명한 게 있어 선우는 다행이라고 생각했다.

"박기환 씨와는 그 후로 어떻게 했어?"

이제 잠에서는 완전히 빠져나온 목소리로 재은이 물었다. 언젠가 물을 거라고는 생각하고 있었다.

"그 후로 연락을 안 받아서 찾아갔었는데 강경했어. 나중엔 만나 주지도 않고. 내가 못 미더우면 다른 변호사를 찾아 소개하겠다고도 했는데 여러 번 쫓겨만 났어."

선우는 앞으로 길게 기지개를 한번 켜며 중얼거렸다. 괜히 어깨가 욱신거렸다.

"자승자박이지 뭐."

그날, 네 이야기를 듣는 편이 나았을 거란 말은 생략했다. 되새겨 좋을 기억은 없는 사건이고, 재은에게는 돌이킬 수도 지울 수도 없는 잔상만 읽게 했다는 가책도 컸다.

제 오기에 사로잡혀서 재판을 시작도 해 보기 전에 의뢰인과 파트너의 신뢰 모두 잃어버린 사람으로서 더 변명의 여지가 없었다.

"그날 네가 읽은 나는 형편없는 인간이었을 거야. 기대할 거라고는 한 가지도 없는. 저 밑바닥 아래가 더 궁금해지지도 않을 그런."

재은은 대답이 없었다. 그게 부정을 의미하지 않음은 선우 자신이 가장 잘 알았다. 들어서 씁쓸해질 대답을 자비롭게 생략해 주는 거라 생각했다.

"그게 늘 무서웠거든. 나는."

상대방에게 형편없는 나를 들키는 일이.

김선우는 보이는 것만큼 다정하지도, 견고하지도 않은 인간인 것을. 그런데 그런 약점을 누구보다 빠르게 꿰뚫어 보고 말 사람을 곁에 두는 일이라니, 두려움을 버리지 못하는 한 예정된 실패였다.

'너는 날 사랑한 적이 없었을 테니, 이 이별이 그렇게 아픈 건 아닐 거야.'라는 말을 그 전에 이미 한 차례 들었어도 변하는 건 없었다. 반복이었다.

"그때 한 번, 나를 읽어 달라고 했던 적 있지?"

함께 박기환을 처음 만나러 갔던 날이었다. 재은의 힘을 확인하고자 자신의 잔상을 읽도록 처음으로 허락했던 때. 아직 선우가 고등학생이었을 때의 기억이었다.

그때 재은이 읽은 잔상은 선우가 방에서 공부하던 도중 바깥의 기척을 듣고 일어나 문을 열고, 맞은편 방으로 다가가는 기억까지였다.

“거긴 아버지 방이었어. 여름이고 겨울이고 그 사람은 항상 문을 열어 뒀어. 그게 싫어서 내 방문을 끌어 닫고 살았던 건데…… 나가 보니까 그날은 왜인지 닫혀 있는 거야. 그래서 열어 볼 엄두가 더 안 났어. 뭔가 있을 것만 같아서.”

그러나 아무래도 미심쩍은 소리가 안에서 새어 나와 잠깐의 망설임 끝에 결국 열었다. 그리고 목을 맨 아버지를 보았다.

순간 몸이 얼어붙었지만 선우는 당장 쓰러진 의자를 일으키고 줄을 자르고 구급차를 불렀다. 팔과 다리가 그렇게 움직이고 있었다.

뇌 저산소증의 후유증으로 아버지는 편마비를 얻고 말았다. 그래도 구급대원은 늦지 않게 대처해 목숨을 구했다고 선우를 칭찬했다.

퇴원하던 날 아버지는 온전한 쪽 팔로 시키지도 않은 짓을 하는 멍청한 놈이라며 뺨부터 갈겼다. 맞은 그대로 가만히 있었다. 무력한 건 아닌데 화도 치밀지 않았다. 그러나 하고 싶은 말은 있었다.

마비로 감겨지지 않는 그의 한쪽 눈을 응시하며 선우는 또박또박 말했다.

나는 맹세코 그 의자를 세운 적 없으니, 착각하지 말라고.

"사실도 아니지만 거짓말도 아니지. 그저 정말로 몸이 먼저 움직인 것뿐이니까."

그날 이후로 긴 침묵이 시작되었다.

그 침묵은 그가 세상을 떠나는 날까지도 깨지지 않았다. 기꺼이 네 잔혹한 고백의 현현이 되어 주겠다는 듯, 아버지는 마지막 순간까지도 유령처럼 침묵을 지켰다.

선우의 그 말이 두 사람 사이의 마지막 대화로 남아 버린 셈이었다. 영원히 자를 수 없는 줄이자, 고정된 매듭으로.

읽히기 가장 두려웠던 기억을 고해성사처럼 털어놓는 일은 의외로 담담했다. 다만 앞으로도 재은이 이 기억을 읽게 될 기회는 아마 없을 것 같은데, 왜 굳이 먼저 고백을 꺼냈는지는 선우 자신도 정확히 모를 일이었다.

스스로를 변호할 생각은 물론 재은의 마음을 돌이킬 생각도 없었다. 오히려 김선우를 인생에서 멀리하기에 적절한 근거나 하나 더 만들어 준 셈이었다. 물론 그렇다 해도 어쩔 수 없는 일이었다. 이 일이 끝나면 각자의 일상으로 돌아가 다시 보지 못한다 해도.

"있잖아. 너 예문병원 알아?"

그런데 가만히 듣고 있던 재은이 뜬금없이 물었다. 분위기가 지나치게 가라앉아 그만 화제를 바꾸고 싶은 모양이라고 선우는 생각했다.

어쩌면 다행이었다. 자신에게 두렵고 불편한 이야기가 상대방에게도 똑같은 무게란 법은 없으며 풀 수 없는 매듭으로 남는 것보다 적당히 듣고 흘려 주는 편이 차라리 나은지도 몰랐다.

"글쎄. 들어 보긴 했는데."

예문병원. 어딘가 낯익은 이름이었지만 어디의 어떤 병원인지는 기억나지 않았다. 재은은 그곳이 유민진의 아버지가 병원장으로 있는 종합병원이라고 설명했다.

"오늘 아침 인터뷰 취소된 데가 거기였어. 개원 30주년 기념호에 병원장 취재였거든. 새벽에 급한 수술 들어가셨다고 그게 길어질 것 같다면서, 날짜를 바꾸자고 연락해 온 사람이 유민진 씨였어."

"이런."

좁은 세상이다. 묻어 두고 싶은 또 다른 과거가 하나 더 튀어나오고 말았다. 분위기 전환에는 전혀 도움이 안 될 것 같았다.

"나는 모르고 받았는데, 그쪽에서 먼저 알은체를 하더라고. '제가 알고 있는 그 한재은 씨가 맞나요?'라고."

여전했다. 유민진은.

"그때 감사했다고 하고, 일정 조율하고 그만 끊으려는데 네 안부를 묻더라고. 정확하게는 '괜찮다면 선우 안부를 물어도 될까요?'였지만."

민진의 의도는 알 만했다. 그날 재은을 위해 도움을 구하고 벌써 3년이라는 시간이 흘렀다.

그 시간을 지나온 김선우에 대한 재은의 평가가 궁금했던 것이다. 여전히 함께인지 그렇지 않은지를 포함하여.

민진은 아마도 후자에 걸었을 테고 그게 정답이기도 했다. 그리고 재은이 어떤 판결을 내렸든 선우는 달게 들을 각오가 당연히 되어 있었다.

"그래서?"

"잘 지낸다고."

"그게…… 끝이야?"

"왜."

뭐가 부족했냐는 듯 재은이 선우를 보았다. 혹평과 비난을 생략해 준 것만으로도 선우는 고마울 따름이었지만 민진에게는 다소 아쉽고도 심심한 대답이었을 것이다.

재은은 잠시 후 겸연쩍게 웃더니 앞유리창으로 시선을 옮기면서 말했다.

"그리고 네 안부라면 언제든지 물어도 괜찮다고 했어."

첨언도 평범했다.

그러나 이번에는 평범하지 않은 단어가 하나 섞여 있었다.

언제든지.

시작도 끝도 정해져 있지 않은 영원에 가까운 단어가. 그 느슨한 시간을 감당할 각오가 되어 있는 사람만이 선언할 수 있는.

자신을 위한, 이보다 더 상냥하고도 담대한 변호는 없을 것 같았다. 덧붙일 말이 없었다.

그제야 비로소 선우는 오늘 정의하지 못했던 제 마음의 표지를 깨달아 읽었다. 두려움과 경계심은 아니지만 내내 사라질 줄은 몰랐던 긴장, 그리고 초조함.

그건 다시는 한재은을 잃고 싶지 않다는 바람이었다.

21
달빛수사

8일 오전

물건 또는 사람으로부터 읽은 잔상을 실제로 눈앞에서 맞닥뜨리는 순간 재은은 도대체 어떤 기분일까 선우는 때때로 궁금했었다.

재은이 느끼는 것과는 차원이 다르겠지만 선우도 오늘은 그 감흥을 약간은 알 것 같았다. 꽃집 파티오가 차창 밖에 나타나던 순간이 그랬다.

그 느낌을 묘사하라고 한다면, 흐릿하게만 아른거리던 풍경에 드디어 초점이 맞는 순간이라 할 수 있었다. 아니면 모호하기 그지없던 존재에게 지울 수 없는 이름이 부여된 순간이거나.

3층짜리 아담한 빌딩 1층에 자리 잡은 가게의 규모부터 가게 앞의 꾸며진 울타리 속 작은 정원. 들어오는 손님을 환영하는 합창단 대열 같은 식물 선반. 마치 이곳과는 다른 공간으로 통할 것 같은 운치 있는 문까지 전부 눈앞에 실물로 나타났을 때는 정말 닮았다는 말이 절로 나오고 말았다.

윤이화가 생전 어떤 이유에서든 여기를 아꼈다면, 서울의 꽃집 화랑에서 이곳의 향수를 느끼지 않기란 어려웠을 것 같았다.

가까운 주차장에 차를 세우자 오전 10시가 조금 못 되었다.

소금기 짙은 바다 내음이 물씬 풍겨 왔다. 평일 이른 시각이라고 해도 결국 맑고 쨍쨍한 날씨를 자랑하는 여름 휴가철이었다. 주변은 온통 가벼운 옷차림과 발걸음의 여행객들로 넘쳐났다.

일찍부터 쏟아지는 강한 햇빛에 눈을 가늘게 뜬 사람들이 웃음을 머금고 바다를 향해 가고 있었다. 주차장 주변의 펜션 거리를 지나서 남쪽으로 두 블록만 더 내려가면 바로 해수욕장이었다.

파티오는 그와 반대인 북쪽. 두 블록 위였다.

긴 이동으로 찌뿌듯해진 몸을 길게 한번 펴 준 다음 파티오 방향으로 향했다. 아까 차에서 스쳐 가며 얼핏 보았을 때 꽃집 실내등은 아직 켜져 있지 않았다. 결과가 무엇이든 제발 휴무만은 아니면 좋겠다는 게 선우의 첫 번째 바람이었다.

물놀이용품 매대와 횟집, 구멍가게, 카페를 하나씩 지나칠 때마다 거기에 가연과 하나 또래의 여자아이들이 보이면 괜히 한 번 더 얼굴을 확인하게 되었다. 그중에 선우가 알고 있는 사진 속 얼굴과 초점이 맞는 아이는 없었지만, 그래도 하나같이 이 여름이 즐거워 보인다는 공통점은 있었다.

"너는 여기 와 본 적 있어?"

"모르겠어."

한 블록을 지났을 때 재은에게 묻자, 애매한 대답이 돌아왔다.

"학교 입학하기 전에 원래 부모님과 멀리 바닷가에 놀러 간 기억이 한 번 있긴 한데, 그게 여기였는지는 글쎄."

"스스로의 기억을 탐색해 볼 수는 없구나."

"유감스럽게도. 그게 됐다면 인생의 모든 시험이 조금은 즐거웠을 텐데."

선우는 그 말에 웃었다.

그때였다.

한밤 사이 내내 고요하던 휴대폰이 진동했다. 당연히 걸근 메시지를 보내 둔 팀장의 회신일 줄 알았는데 모르는 유선 번호였다.

지난 일주일 명함을 남기고 온 곳이 하나둘이 아니라서 어디인지 금세 짐작하기가 어려웠다. 파티오를 바로 앞에 둔 골목 입구에 멈춰 섰다.

"김선우입니다."

"김 대리?"

알 듯 모를 듯한 음성이 선우를 현재의 직책으로 불렀다. 그러나 사무실에서 들어오던 익숙한 목소리는 아니었다.

"실례지만 어느 부서에 계시죠?"

"하루 만에 거래처 목소리도 잊어버리고. 영 내 스타일은 아니네, 김선우 대리."

류영모였다.

명함이 간 곳 중 하나는 분명하지만 연락이 오리라고는 생각도 하지 않았던 상대라 놀랐을 따름이었다. 재은을 풀어 준다는 조건으로 개인적인 거래를 제안하기는 했다. 그러나 그건 겨우 하루 사이에 지불할 수 있는 대가가 아니었다. 그건 류영모가 더 잘 알 터였다.

"조용하네. 빚 독촉 아닌데. 전화기 버리고 도망갔나."

"일찍부터 업무를 시작하셨네요."

"시작이라니. 아직 끝을 안 낸 거야, 어제 일을."

여기나 거기나 마찬가지였다.

"그래서 겸사겸사 신규 거래처에 자그만 기념 선물이라도 하나 보낼까 하고 모닝콜 했는데, 환영하는 목소리는 아니고."

저쪽 파티오 실내에 반짝 불이 켜졌다. 이제 들어가 확인해야 했다. 다시 걸음을 옮겼다.

"아닙니다. 그런데 조금 급한 업무 중이라 잠시 후에 제가 전화드린다면……."

"됐어. 바쁘다니, 뭐. 그럼 김연주 안부는 이따가 보도 자료로 읽어. 기삿거리 없는 누구 하나는 석간용으로라도 가져다 쓰겠지. 일 봐."

걸음이 다시 멈췄다.

"소장님!"

"무슨 일이야?"

재은이 걱정스럽게 물었지만 대답할 여유가 없었다. 류영모가 이미 끊어 버리지 않았기를 바라며 소장님을 몇 번 더 불렀다. 큰 소리로 음악을 튼 오픈카가 옆을 지나갔다.

"어딘데 그렇게 시끄러워?"

"죄송합니다. 지금 말씀해 주세요."

"급한 일은 어쩌고."

"기다릴 수 있습니다."

"그래. 원래 투잡은 힘든 법이야."

주위가 잠잠해지자 선우는 통화 모드를 스피커로 전환했다.

"시젠 어패럴 대표. 우리가 찾았어. 30분 됐나."

"어디서요?"

"경기도 어느 구석에 있는 호텔 방에서. 비밀리에 공장 매각한 선급금 땡겨서 호기롭게 내뺀 줄 알았더니만, 멀리도 못 갔고 뻔뻔하게 살 배짱도 없던 별 볼 일 없는 인물이야. 아, 숨은 붙어 있는데 음독한 상태라 구급차 부르고 경찰에 인계했고. 본의 아니게 공익사업이나 했어."

류영모가 잠시 욕설을 늘어놓았다.

"어떻게 찾으신 겁니까?"

"괜찮다는 말만 믿었다가 배신감만 남은 퇴사자한테는 들을 얘기가 제법 있는 법이지. 특히 그게 비서라면."

"……혼자였습니까?"

"일단 거기에 그 집 딸은 없었어. 이제 경찰에서 찾지 않겠어? 그건 우리 의뢰는 아니니까. 물론 그 여자가 벌써 무슨 짓을 했을지도 모를 일이지만. 돈 앞에서는 자식도 없는 인간들 많잖아."

선물은 여기까지라며, 이제 내년에나 통화하자고 류영모는 전화를 끊었다.

"선우야."

그때 재은이 팔을 가볍게 잡아당겼다.

눈짓한 방향에는 파티오의 작은 정원에 화분을 하나둘 내놓기 시작한 안진선의 옆모습이 보였다.

어떤 꽃이 필요하냐는 질문에 선우는 에이엠에스티의 명함을 건넸다. 받아든 진선은 어리둥절한 표정이 되어 물었다.

"서울에서 오셨네요. 여름휴가 중이신가요?"

부드러운 음성이었다. 동그란 얼굴에 반묶음한 단발머리, 턱 왼쪽의 작은 점, 그리고 가느다란 입매.

사진으로 보았을 때처럼 약간 새침한 인상이었는데 울림 좋은 편안한 음성에 거리감을 빠르게 좁히는 힘이 있었다. 낯선 손님과 나누는 가벼운 대화에 익숙한 사람이었다.

그러나 여행자도 인근 주민도 아닌 듯한 방문객의 정체는 궁금한 얼굴이었다.

"저희는……."

"이하나 씨를 찾고 있습니다."

차근차근 설명하려는 선우를 가로질러 재은이 말했다. 진선은 다시 처음의 어리둥절한 표정으로 돌아와 있었다.

"저는 한재은 변호사라고 합니다."

말릴 새도 없었다. 류영모가 전한 소식을 듣고 마음이 급해진 탓이었다. 재은은 진선을 향해 거침없이 물었다.

"혹시 안진선 씨께서 이하나 씨를 보호 중이신지, 아니면 소재를 알고 계신지요. 그러시다면 드릴 말씀이 있습니다."

"말씀 중 실례지만."

선우의 명함을 내려놓으며 진선이 입을 열었다.

"제 이름은 어떻게 알고 계시지요?"

뭐라고 대답하려나 선우는 잠시 긴장했다. 재은이 시작해 버렸으니 한발 물러나 믿고 맡기는 수밖엔 없는데 어쩐지 첫 단추가 잘못 끼워진 느낌이었다.

재은은 태연하게 작업대 가장자리를 가리켰다. 꽃집의 명함이 가득 꽂혀 있었다.

"대표이실 것 같아서요."

사실 그 깨알 같은 글자가 선명히 보일 거리는 아니었다. 진선은 가벼운 한숨을 뱉으며 말했다.

"그렇네요. 그런데 하시는 말씀은 무슨 이야기인지 통 모르겠어요."

그러고는 냉장고에서 꽃들을 꺼내 작업대로 옮겨와 손질하기 시작했다. 이쪽의 조급함과는 어울리지 않는 느긋한 몸짓이었다.

"저희는 이하나 씨가 지금 안전한 상태인지 확인 중에 있습니다."

선우가 한 번 더 강조해 말했다. 재은은 거리를 좁혀서 작업대 맞은편에 손을 올렸다. 진선은 꽃을 들고 가위로 다듬는 작업 중이었다. 그래서 작업대에 손이 직접 닿을 일은 거의 없었다. 탐색이 수월하지는 않을 것 같았다.

"변호사라고 하신 것 같은데요, 두 분. 주소를 잘못 찾아오셨나 봐요. 여긴 제가 20년 넘게 장사하고 있거든요."

이하나라는 이름은 들어 본 적도 없다는 듯한 얼굴이었다.

"관광지라 가끔 실종이나 미아 신고 협조가 들어오기는 하는데, 가까운 파출소 약도를 그려 드릴게요. 사람을 찾는 중이시라면 차라리 그게 도움이 될 거예요."

진선은 꽃을 싸는 포장지를 잘라서 무늬가 없는 면에 간단한 약도를 그리기 시작했다. 어른 걸음으로 15분 정도라고 했다.

"이 동네는 말로 설명하기보다 이게 더 편해서요."

지도를 그리는 짧은 시간, 재은은 작업대 위에 모처럼 내려앉은 진선의 손에 집중했다. 진선의 현재 진술이 거짓인지 아닐지 선우도 궁금했다. 그러나 재은의 표정만으로는 어느 쪽인지 도무지 알기 힘들었다.

약도가 완성될 무렵 재은은 물었다.

"선생님. 윤이화 씨와 가까운 관계셨죠?"

대체 어떤 잔상을 읽었기에 윤이화의 이야기로 뛰었는지 선우에게는 수수께끼였다. 다만 이래서는 명함에서 당신의 이름을 알았다던 대답은 분명한 거짓말이 되어 버린다.

"납골당에도 다녀가셨으니까요. 꽃이 아닌 종이학을 두고 가셨고요. 블루 마들렌 종이학이요."

진선은 대답 없이 얼굴만 가볍게 찌푸린 채였다.

"사실 윤이화 씨에게 안진선 씨 이야기를 들은 적이 있습니다. 오래전 그 장례식 이야기도요. 그때 안진선 씨가 너무 많이 울어서 지금도 자주 생각난다는 말씀도 몇 번 하셨고요."

선우는 구체적으로 알지 못하는 윤이화의 잔상이었다. 그러나 그 이야기에도 진선의 표정은 변하지 않았다.

당연히 유골함에서 잔상을 읽었다고는 할 수 없으니 생전 윤이화에게 들었다고 하는 편이 상식적이겠지만, 그래도 지나치게 개인적인 역사였다.

연결 고리가 충분히 설명되지 않은 상태로는 의심만 더 키우는 상황이 될 것 같았다. 재은에게는 정공법이겠지만 선우에게는 솔직히 무리수로 보였다.

그런 한편, 부딪쳐 보지 않을 이유라고 또 없었다.

왜냐하면 이다음 계획이란 더 이상 존재하지 않았기 때문이다.

"손님, 무슨 사연이 있으신 것 같은데 도와 드릴 수 없어서 죄송하지만, 제가 정오까지 작업량을 맞추려면 이제는 부지런히 움직여야 해요."

진선은 나긋한 목소리였지만 대화는 더 하고 싶지 않은 기색으로 약도를 건넸다. 분위기는 전혀 달라도 마치 류영모 소장과의 대화처럼 더 파고들어 갈 여지가 없는 단호함이었다.

"실례했습니다. 그리고 시간 내 주셔서 감사합니다."

선우가 정중히 마무리하며 꼼짝 않고 있는 재은을 이끌었다. 진선은 친히 제 손으로 나갈 문까지 열어 주었다. 악수가 오고 갈 분위기와는 거리가 멀었다.

약도 한 장만 손에 쥔 채 쫓기듯 나와 둘만 남자마자 재은이 답답하다는 듯 허공에 호소했다.

"당장 증명할 방법은 없지만 저 사람이 납골당에 다녀간 사람이 분명하다고."

"알아."

선우 역시 이 신뢰를 증명할 방법은 없지만 진심이었다.

재은이 탐색한 잔상에 오류가 있을 리는 없었다.

진선은 납골당에 다녀갔으니 분명히 윤이화를 알고 있다. 윤이화에 관한 대화를 피하는건 무언가 함구하고 있기 때문이다. 그렇다면 재은도 진선에게서 거짓의 표지를 읽었을 것이다.

낯선 두 사람을 경계하는 건 당연하다. 난생처음 보는 외지인에게 사적인 이야기를 서슴없이 내놓는다면 오히려 그게 더 이상할 것이다. 그러나 그 가족과 관련한 모든 것을 처음부터 완전히 모르는 척 연기하는 건 조금 다른 차원의 경계다.

어떤 의도가 존재한다고 보아야 했다.

"잔상은 어땠어?"

"없어."

선우의 질문에 재은은 아직 답답함이 누그러지지 않은 소리로 답했다.

"없다니."

재은은 제 두 손바닥을 내려다보고 있었다. 그러더니 선우에게 3초만 실례해도 되겠느냐며 어깨에 손을 올려보았다.

"읽히는데, 지금은."

"탐색이 안 된 거야?"

"응. 사실 아까 좀 당황했어. 전혀 안 읽혔거든. 차단을 안 했는데도."

이상한 일이라며 재은이 설명했다.

파티오의 문을 당겨 열고 들어가는 순간부터 재은은 탐색을 시작했다. 이하나의 흔적을 찾기 위해. 처음 손에 닿은 문고리는 평소처럼 읽혔다. 당장 이하나의 표지는 보이지 않았으나 일단은 진선에게 향했다. 이하나가 여기에 있다면 안진선에게서 더 선명한 잔상을 읽을 수 있을 거라고 확신했다.

문제는 진선과 마주 선 작업대에서 발생했다. 아무리 손끝에 모든 집중력을 모아도 이 작업대 자체의 잔상은 물론, 작업대를 매개로 확장한 현재 진선의 표지도 전혀 흘러들어 오지 않았다.

온통 깨끗하기만 했다.

"순간 내가 무심결에 차단한 줄 알았어. 평소에는 탐색보다 차단하는 일이 압도적으로 많으니까. 습관적으로."

재은은 진선이 약도를 그리는 사이에 몇 차례나 다시 탐색을 시도했다. 그래도 마찬가지였다. 마치 벼락이를 만질 때처럼 아무것도 읽히지 않았다. 통제에 실패해 무심결에 읽게 되는 일은 있었어도 그 반대의 경우는 좀처럼 없는 일이었다.

그래서 단도직입적으로 윤이화와 장례식 이야기를 꺼냈다. 잔상을 통해 무언가 확신해서가 아니라 아무것도 보이지 않아서 급한 마음에 일단 두 사람 공통의 기억을 꺼내면 조금이라도 대화에 진전이 있지 않을까 해서였다.

"김연주 씨 상황을 바로 이야기할까 하다가 그건 아닐 것 같았어. 어쨌든 우리도 안진선 씨를 모르니까. 하다못해…… 가장 가까운 채권자일 가능성도 배제할 수 없고."

그건 선우도 같은 생각이었다. 확신할 수 없는 상황에서는 어쩔 수 없이 최악의 경우까지도 고려하지 않을 수 없다.

안진선 본인이 인정하지 않는 이상 어디까지나 가정이지만 진선은 윤이화와 김연주를 안다. 꽤 오랜 세월을 알아 왔다. 김연주와의 관계는 모호하나 적어도 납골당 열쇠를 나눌 만큼은 가까운 사이다.

하지만 가까움이 곧 상냥함을 뜻하지 않음은 김선우 자신이 누구보다 잘 알고 있었다. 지척의 관계가 때로는 가장 잔혹하며 냉정하고 매몰차다. 부드럽고 선한 목소리로도 얼마든지 상대방을 상처 입히고 다치게 할 수 있다.

그런데 만일 진선에게 두 사람을 경계할 만한 혐의가 있다면, 이렇게 파출소의 약도를 선뜻 그려 내미는 것이 자연스럽지는 않았다.

안진선이 현재 보호하려는 것이 낯선 어른 둘로부터 추적당하는 이하나인지, 그렇지 않으면 무언가 은폐하고자 하는 자기 자신인지 모호했다.

그리고 이제서 재은은 진선에게 그것을 탐색하는 데 실패했을까 의구심이 들 때였다.

"네 말이 맞아. 내가 낙관적이었어."

재은이 약도 방향으로 돌아서며 말했다.

"파출소로 가자. 정말로."

27센터 말처럼 경찰에서는 이미 아이를 수색 중일 테고, 그건 진선과는 무관하게 해결되어야 할 일이었다. 그렇다면 이하나가 이쪽에 연고가 있음을 제보해 두는 게 맞았다. 선우에게도 이견은 없었다.

“기다려 주세요!”

골목을 막 벗어나려 할 때였다. 진선의 목소리가 등을 붙잡았다.

돌아보자 가게 문을 활짝 열어젖힌 채로 두고 진선이 성큼성큼 다가오는 중이었다. 얼굴에 아까는 없던 동요가 있었다. 손에는 선우의 명함이 들려 있었다.

“지금 연주에게 무슨 일이 있나요?”

그리고 먼저 그렇게 물었다. 이제까지 이하나도, 윤이화의 이름도 모르는 척하던 사람이.

“나는 연주가 지금 거래처 정리 중이라 바쁜 걸로 알고 있어요. 다음 주면 자금 문제 마무리하고 돌아온다고 했는데요.”

어떻게 대답해야 할지 선우는 망설여야 했다. 정말 진선이 김연주와 채무 관계라면 더욱 함부로 이야기할 수 없었다.

“김연주 씨 사업 문제는 저희도 말씀 드릴 수 있는 내용이 없습니다.”

이번에는 재은이 먼저 선을 그었으나 진선은 개의치 않고 물었다.

“어느 병원이죠?”

“……네?”

“연주 어느 병원에 있느냐고요.”

재은도 할 말을 잃었다. 진선의 그 요구는 대화의 범위를 앞서 나가 있었다.

선우도 재은도 이 꽃집에서는 김연주의 이름은 꺼낸 적이 없었다. 진선이 김연주의 상태와 병원에 관하여 물을 근거 역시 전혀 없었다.

선우는 미간을 좁혔다. 파티오를 나온 그 잠깐 사이 진선이 어떤 연락을 받은 것이 아니라면 불가능한 일이었다.

"답답하네요! 먼저 찾아왔으면서 정작 중요한 일은 알려 주지 않고."

"저희는 이하나 씨의 안위를 확인하지 못하면……."

"연주는 그 애 엄마예요! 지금 누가 먼저냐가 아니잖아요."

진선이 꾸짖듯이 반박했다.

"됐습니다. 내가 직접 알아보지요."

"할머니?"

그때 등 뒤에서 낯선 목소리가 들렸다.

야구 모자를 눌러쓴 소녀가 자전거를 타고 미끄러져 와 진선의 앞에 멈췄다. 정확하게는 진선과 낯설고 수상한 두 사람의 사이를 갈라놓았다. 마치 진선을 지키듯이.

소녀는 선우를 쏘아보며 물었다.

"누구세요?"

모자챙 때문에 소녀의 얼굴 절반은 그림자로 덮여 있었지만 선우는 한눈에 알아볼 수밖에 없었다.

지난 일주일 내내 그 흔적을 찾아 헤맸던 이하나였다.

타고 온 자전거 바구니 속 에코백에는 미술용 붓 몇 개가 머리를 드러내고 있었다. 만화가가 꿈이라 들었다던 화랑 주인의 말, 그림 그리기 좋아했다던 김재준의 이야기가 차례로 떠올랐다.

하나는 알고 있는 사진보다 살짝 그을린 피부에 조금 더 진중한 눈빛을 하고 있었다. 겉은 차갑지만 속은 그렇지 않은, 그리고 단단하다던 가연의 묘사 그대로였다. 아직 서로를 몰라도 분위기가 미리 알려 주는 지문 같은 존재감이 있다.

처음 마주 하는 순간인데도 선우는 어쩐지 오래 알아 온 존재를 맞이하는 느낌이었다.

그리고 이 소녀는 괜찮았다. 무사했다.

곁에서 재은도 안도의 한숨을 내쉬는 중이었다. 그 속내를 조금도 짐작하지 못할 하나는 그저 싸늘하게만 행동할 뿐이었다.

"어떻게 알고 왔는지 몰라도 엄마 일 때문이면 여기에 물어도 소용없어요. 그 무책임한 사람 어디에 있는지 나도 알 바 아니니까!"

"하나야."

진선이 나무라듯 끼어들었다.

"내 말 틀려요, 할머니? 그 사람은 처음부터 끝까지 자기밖에 모르잖아!"

"이하나 씨."

선우가 중재해야 할 차례였다.

"지금 김연주 씨는 병원에 계세요. 그 소식은 저희도 겨우 10분 전에 들었습니다."

"……네?"

하나는 눈을 동그랗게 뜨며 천천히 모자를 벗었다.

"다들 이하나 씨를 찾고 있어요. 저희도 그랬지만, 지금은 다른 누구보다 김연주 씨가 그럴 것 같습니다."

당장 이하나가 경찰에 신원 확인을 해 준다면 현재 김연주의 위치는 바로 알 수 있을 거라고 진선과 하나를 번갈아 보며 설명했다.

하나는 멍하게 굳은 채였다.

엄마가 왜 병원에 있느냐고 차마 물을 엄두를 못 내는 것 같았다. 눈시울이 서서히 붉어지더니 이내 고개가 무력히 떨어졌다. 막연하게 두려워하던 순간이 결국 찾아오고 말아서, 피할 곳이 없어 어쩔 수 없이 받아들이는 체념의 모습이었다.

그 캄캄함을 선우도 조금은 알았다. 어쩌면 이런 순간 어떤 말이 필요한지도.

"괜찮아요. 안진선 씨도 계시고 저희도 있으니까."

먼저는 하나를 향해, 다음으로는 진선을 향해 말했다. 진선은 하나의 등을 감쌌다.

"일단 함께 이동할까요? 저희가 도울게요. 아마 궁금한 게 많을 텐데 자세한 설명은 가면서 하죠."

"……아저씨는 형사인가요?"

한참 입을 다물고 있던 하나가 목이 멘 소리로 작게 물었다.

"아뇨. 회사원입니다."

솔직하고도 군더더기 없는 대답이었다.

하나는 한 방울 떨어져 버린 눈물을 감추듯 얼른 닦으면서도 고개를 갸웃했다. 예상하던 대답이 아닌 모양이었다.

"이런, 이제 남은 명함이 없네요. 음. 이하나 씨 지금 휴대폰 없죠?"

"엄마가 추적된다고 나중에 수습되면 다시……."

"그럼 우선 이걸로라도 저희 의뢰인과 통화하시겠어요? 그동안 계속 이하나 씨 걱정이었으니까요. 저 같은 사람에게 찾아올 정도로요."

"……무슨 의뢰인이요?"

엄마 문제를 책임져야 하는 유일한 인간이라 자신을 찾아온 게 아니냐는 의미의 질문이었다. 그렇지 않고서야 누가 무슨 일로 자기를 찾겠느냐는 눈빛이 담긴.

선우는 백가연의 번호가 띄워진 자신의 휴대폰을 내밀며 말했다.

"소개가 늦었네요. 저는 에이엠에스티 법무지원팀 김선우라고 합니다. 백가연 씨의 부탁으로 특별 근무 중이고요."

의뢰인의 이름을 확인하자마자 하나는 겨우 참아 내던 울음을 터뜨렸다.

"이거 돌려 드릴게요."

진선이 선우에게 명함을 내밀었다. 꽃집 파티오에 난데없이 나타나 처음 소개하며 건넸던 제 명함이었다.

"모서리는 좀 상해 버렸지만 남은 게 없다고 하셔서요."

"괜찮습니다. 사무실에 더 있으니까요. 당장은 한재은 씨 명함을 써도 되고요."

지금 주차장에는 선우와 진선뿐이었다. 올 때보다 두 배가 된

승객을 태운 차는 부지런히 길을 달리다 서울 가까이 왔을 때 휴게소에 잠시 멈췄다. 재은은 하나를 데리고 매점에 음료수를 사러 갔다. 선우와 진선도 잠깐 내려 숨을 돌렸다.

"두 분은 그동안 오래 알았나요?"

명함을 다시 거두며 진선이 물었다. 재은과의 관계라, 사적인 질문이지만 더 사적인 이유로 이 둘을 찾아온 사람으로서 굳이 피할 대답은 아닌 것 같았다.

"아닙니다. 그리 오래는요."

이름을 정확히 알고 함께 지낸 시절만 계산하면 2년이 조금 넘을 뿐이다. 그 말에 진선은 조금 놀란 표정이었다.

"그런데도 굉장히 편안해 보이네요."

의미가 모호한 말이었지만 나쁜 뜻은 아니니 선우는 가볍게 웃고만 말았다.

"아까는 미안했어요."

진선이 불현듯 사과했다.

"저 사람, 마음에 걸리는 게 없다면 저렇게까지 감출 일도 아닐 텐데 이상하다고 생각했을 거예요. 그렇죠?"

"……네. 아니라고는 못 하겠습니다."

단도직입적인 질문에 잠시 얼버무렸으나 부정하지는 않았다. 만약 금전적인 문제로 김연주와의 관계가 틀어졌을 경우 유괴의 가능성까지 염두에 두어야 했다.

"늦은 변명을 하자면 나도 두 분을 못 믿어서였어요. 그래서 파출소로 가라고 했고요. 당당하다면 못 갈 것도 없을 테니까."

"이해합니다."

"하나는 2주 전에 느닷없이 혼자 나타났어요. 연주가 여기에 딱 한 달만 숨어 있으라고 했다면서 버스 타고 가방 하나 달랑 메고 왔더라고요."

납골당 열쇠도 그때 받은 것이었다. 이화의 부고도 그때야 알았다.

"솔직히 어처구니가 없었어요. 왜냐면 나는 하나를 그날 처음 봤고 연주는 지난 20년간 만난 적도 없거든요. 전화 통화조차 한 적 없어요, 우리는. 연주는 나를 무척 싫어했으니까…… 아니, 혐오했다고 하는 게 더 어울릴지도 모르겠네요."

여전히 안진선이 이 가족과 어떤 관계인지 정확히 알 수 없었지만 사연이 있는 모양이었다.

"그래서 연주는 이화 언니와 내가 가까이 지내는 것도 반대했거든요. 나와 인연을 끊지 않으면 엄마를 보지 않겠다고 할 정도로요. 그래서 이화 언니가 우리 꽃집에 마지막으로 들른 것도 벌써 15년은 더 넘었을 거예요."

"조금 심하셨는데요."

그 15년 전의 기억은 아마도 재은이 유골함에서 읽은 잔상의 일부일 것 같았다. 그때 이후로 윤이화는 화랑을 드나들게 되었을 것이다. 파티오와 닮은꼴이었던 그곳을.

"참 제멋대로죠? 그랬으면서도 이렇게 자기 아이를 턱 맡기고. 그렇지만…… 대부분은 그래요."

김연주는 대체 진선의 무엇이 그렇게 싫었을까 떠올려 보려 할 때 진선이 말했다.

"사람들은 이 힘을 가까이 두고 싶어 하지 않더라고요. 아마 동료분도 비슷한 일을 많이 겪었을 거라고 생각해요. 한재은 씨요."

순간 선우는 할말을 깨끗이 잃었다. 전혀 상상 밖의 고백이었다.

"그 말씀은……."

"이런저런 거절에 많이 익숙할 거예요. 기대하지 않는 법이라든지."

씁쓸한 미소를 머금으면서 진선은 밤하늘을 올려다 보았다.

"아무튼, 보통 때는 알고자 하면 상대방의 의중을 엿볼 수 있는데 아까는 그게 안 됐어요. 하나가 안전한지 알고 싶다고는 하지만, 어떤 사람인지는 도무지 읽히질 않아서. 그래서 그랬어요. 사실 60년 살면서 처음 있는 일이라 놀라기도 했고요."

재은의 탐색이 실패한 이유이자 진선이 재은을 탐색하는 데 실패한 이유이기도 했다.

"우리끼리는 서로를 읽을 수 없나 봐요. 꽃이나 동물처럼."

같은 힘을 가진 누군가를 만나게 된다면 자신의 표지를 읽어 달라고 부탁할 거라던 재은의 바람은 영영 이룰 수 없게 된 것 같았다. 그리고 한 번의 사과가 더 이어졌다.

"그래서 두 분이 나간 후에 이 명함을 읽었어요. 늦었지만 그것도 사과할게요. 평소엔 멋대로 읽지 않아요. 믿어 주지 않아도 어쩔 수 없겠지만요."

낯설지 않은 입버릇이었다. 선우는 당연히 믿는다고 말했다.

진선의 힘은 재은과 비슷하면서도 다른 면이 있었다. 아주 오래된 것까지 순차적으로 읽을 수 있는 재은과 다르게 진선은 일주일 내외의 잔상까지만 탐색할 수 있다고 했다. 대신 사람이든 사물이든 탐색하는 그 순간 잔상은 물론 소리까지도 들을 수 있었다.

선우의 명함에서 진선은 최근 두 사람의 행적을 읽었다. 하나의 흔적을 찾아 이동해 온 경로와 재은이 탐색하는 모습, 그 잔상에 관해 선우와 이야기 나눈 내용까지 모두.

"조금 신기했어요. 이 힘을 아는데도 이렇게 편안하게 함께해 주는 사람이 있다는 게. 동료분에게 김선우 씨는 무척이나 소중한 존재일 거예요."

'그런데도 굉장히 편안해 보인다'는 건 그런 뜻이었다.

처음부터 그렇지 않았다는 솔직한 고백은 덮어 두었다. 진선이 명함에서 가장 마지막으로 읽은 류영모와의 통화 내용 잔상에 대해 이어서 이야기했기 때문이다. 그렇게 김연주의 상황을 알아차리고서 선우와 재은을 붙잡으러 나온 것이었다.

"한때는 연주를 증오했고 한때는 잠시 잊고 지내기도 했지만, 영원히 놓을 수 있는 날은 없을 거예요. 그래도 이화 언니의 유일한 자식이고, 하나의 엄마니까."

"두 분은 어떤 관계이신지 여쭤봐도 되겠습니까?"

"이화 언니와 나요?"

진선이 몰랐냐는 듯 물었다. 장례식 이야기를 먼저 언급한 것도 그렇고, 윤이화의 유골함에서 읽은 잔상을 통해 벌써 알고 있을 줄 알았다고 했다.

선우는 재은을 대신하여 설명했다. 유골함의 잔상은 순차적이지 않아서 몇 개의 파편만 겨우 살폈을 뿐이고, 재은은 잔상에서 소리까지는 듣지 못한다고.

"그 장례식의 주인공은 우리 아버지였어요. 이화 언니의 아버지이기도 하고, 나의 아버지이기도 하고."

"……두 분은 성씨가 다른데요."

"엄마가 달라요. 나는 엄마 성을 따랐거든요."

진선은 아버지가 바깥에서 낳은 아이였다. 이화가 고등학생일 때 태어났으니 나이 차는 16년이었다. 그러나 둘은 어차피 부딪힐 일 없는 타인이었기에 큰 나이 차라든지, 닮지 않은 생김새를 신경 쓸 일은 없었다. 서로가 존재한다는 사실만 멀리서 인지하고 살아갔다.

"그래서 문제가 뭐였느냐고 한다면…… 물론 모든 원흉을 제공한 사람은 아버지겠지만, 그다음은 이 힘이었겠지요."

두 사람의 아버지는 한때 이화보다 진선과 그 어머니를 훨씬 애지중지했다. 진선이 태어나던 그 무렵은 설상가상으로 이화의 어머니가 세상을 떠났고 이화에게 상처만 거듭되는 시절이었다.

그래도 당시의 이화는 성인에 가까운 나이였고 아버지에게 휘둘리지 않고 제 삶을 살고자 애썼다. 대학에 가고 취직도 하고 마음이 맞는 짝을 찾아 결혼해 연주를 낳았다.

연주가 태어났을 때 진선은 11살이었다.

그 무렵은 진선에게 쓸쓸한 시절이었다.

모두 진선이 가지고 태어난 이상한 힘을 꺼림칙해했다. 진선의 양친도 예외는 아니었다. 자유분방한 사생활을 추구하던 두 사람은, 자신들의 머릿속 생각을 읽은 아이가 꾸밈없이 이야기하는 모습에 처음에는 당혹스러워했고 나중에는 진저리를 쳤다.

진선은 혼자였다. 자기의 힘을 도대체 어쩌면 좋을지 막막하기만 했다. 가족들에게는 제 존재 자체가 이미 돌이키지 못할 재앙인 것 같았고, 힘을 완전히 숨긴 채로 지내는 일은 쉽지 않았다. 고작 11살이었다.

그런 진선을 개의치 않고 상대해 준 유일한 사람이 이화였다.

"어느 날 아버지 물건을 읽다가 이화 언니의 기억을 보았어요. 그래서 하루는 무턱대고 찾아가 봤어요. 지금 같은 여름이었는데 아버지가 멀리서 몰래 지켜만 보다가 오는 그 언니가 어떤 사람인지, 그리고 나를 보면 어떻게 반응할지도 궁금했거든요. 당황하고 안절부절못하는 모습을 보고 싶었는지도 모르죠. 만약 나를 홀대한다면 한마디 쏘아붙여 주려고도 했고요. 참 못됐죠."

이상한 힘만큼이나 제 안에 자리 잡고 있는 슬픔과 분노도 어찌해야 좋을지 모를 때였다.

"초인종을 누르고 궁금해서 왔다고 했더니…… 물론 언니는 아주 많이 놀랐어요, 그런데도 어서 오라면서 더우니까 일단 들어와 시원한 수박이라도 먹자고 하더라고요. 아기 때문에 집은 엉망이라며 난처해하면서도요."

그 순간 진선은 이화의 손목을 덥석 잡았다. 조금도 반갑지 않으면서 들어오라고 하는 위선을 읽어 이화에게 너도 다른 어른들과 똑같은 거짓말쟁이라고 외치려 했다. 무슨 말이든 퍼부을 준비는 되어 있었다.

하지만 이화에게는 진선의 등장에 놀란 마음, 방에 잠시 두고 온 아기 걱정, 냉장고에 남아 있을 수박이 얼마나 되는지 계산. 그 세 가지가 전부였다.

진선은 그대로 돌아서 집으로 도망쳐 왔다.

말년에 병을 얻으며 아버지는 결국 큰딸의 곁으로 돌아가 거기서 임종을 맞았다. 진선이 중학생이었을 때였다.

"부고를 듣고 엄마는 가지 말라고 했는데 그날도 멋대로 간 거예요. 철들고는 아버지를 좋아한 적 없지만 못 갈 이유도 없으니까요. 당연히 환영받을 거란 기대는 없었어요. 그런데 막상 가서 수군거리는 소리를 듣고 있으니까 어린 마음에 서럽고 눈물은 나더라고요."

그런 진선을 이화가 안고 보듬어 주었다. 그날 이후 두 사람은 친자매 못지않게 가깝게 지내게 되었다. 그러나 성장한 김연주가 진선의 힘에 대해 알게 된 이후로 천천히 거리를 두게 되었다.

10대 시절 연주는 학교 안팎에서 크고 작은 문제를 때때로 일으키곤 했다. 고등학생이 되었을 때는 과연 졸업이나 할 수 있을지 이화는 매일 걱정이었다.

결국 진선이 연주의 생각을 조금씩 엿보면서 걱정할 만한 무언가가 느껴지면 이화에게 귀띔을 했다. 머지않아 그 사실을 알게 된 연주는 진선에게 이모는 존재할 가치 없는 괴물이라고 했다. 나와 우리 엄마에게서 떨어지라고 소리쳤다.

"내가 원래 어떤 존재였는지, 이화 언니 덕분에 오래 잊고 지냈던 거죠."

결국 진선은 서울 생활을 모두 정리한 뒤 청영에 내려왔다.

그 후로 연주와는 단 한 번도 연락을 주고받지 않았다. 그랬는데 2주 전 납골당 열쇠를 선물처럼 들려 하나를 보낸 것이었다.

메모도 전화도 따로 없었다. 하나를 직접 탐색하면 알 수 있을 거라고 했다면서.

"증오하면서도 믿는다는 건 뭘까요. 아니, 믿고 싶은 바람이라고 해야 할까요."

긴 이야기를 털어놓고 진선은 스스로에게 묻듯이 중얼거렸다.

이제야 매점을 나와 차를 찾으며 두리번거리고 있는 재은과 하나가 보였다. 선우는 이쪽이 잘 보이도록 손을 흔들어 주었다. 재은이 금세 발견하고 손을 마주 흔들었다.

두 사람이 다가오는 모습을 보면서 진선에게 물었다.

"하나는 선생님의 힘을 알고 있나요?"

"네. 알아요. 그런데 저 애는 연주와는 다르게 너무 태평하다고 해야 하나. 내 마음 나도 모르겠으니 밥상 메뉴 후보는 할머니가 알아서 읽어 달라나요. 편리한 재능 아니냐면서요."

진선이 후후 웃었다. 조카 손주가 그야말로 귀여워 어쩔 줄 모르는 할머니의 얼굴이었다. 그러나 이내 조금 옅어진 미소로 말했다.

"연주가 잘 견뎌 주면 좋겠어요. 저 애, 말로는 저렇게 가차 없어도 속으로는 매일 연주를 위해서 기도했으니까."

"이하나!"

병원에 도착해 대기하던 담당 수사관을 따라 로비를 가로지르던 중이었다. 커다란 목소리가 모두의 걸음을 멈춰 세웠다. 돌아보자 가연이 달려오다시피 이쪽으로 향해 오는 중이었다.

그러나 그 목소리와 속도가 무색하게 가연은 하나와 몇 걸음 떨어진 곳에서 어색하게 멈춰 섰다.

그럴 만도 했다. 청영에서 출발하기 전, 전화로 잠시 나눈 대화에서는 하나의 울음이 좀처럼 멈추지 않아 짧고도 서먹한 생존 신고만 했을 뿐이었다. 두 사람은 아직 화해하지 못했다.

하나는 머뭇거리고 있는 가연을 바라보다가 먼저 다가가서는 무심하게 물었다.

"뭐 하러 왔어."

가연의 반응은 훨씬 더 무심했다.

"왜. 오면 안 돼? 너 때문에 변호사까지 찾아갔는데."

그 말에 하나는 퉁퉁 부은 눈을 하고서도 쿡 소리를 내며 웃었다.

"아무리 생각해도 그건 좀 심했어."

그 순간 가연이 하나를 와락 끌어안았다.

"미안해."

떨어져 있던 두 팔을 올려 가연을 감싸며 하나도 대답했다.

"나도."

"그렇지만 개학하면 나는 또 널 귀찮게 할 거야."

하나의 어깨에 얼굴을 묻은 채로 가연은 제 마음을 토했다.

"아무리 귀찮아해도 끈질기게 붙어 있을 거야. 만약 네가 날 열받게 하면 또 싸울 거고. 까짓것 몇 번이고 몇 번이든."

다짐 같은 고백이었다.

"그러니까…… 다시는 그렇게 마음대로 사라지지 마."

"누가 그런대."

하나가 고여 있던 눈물을 닦으며 중얼거렸다.

수사관이 다가가 그만 올라가 봐야 한다고 알리자 그제야 둘은 서로를 놓았다.

"너희 엄마 위해서 기도할게."

하나를 보내며 가연이 말했다.

"응, 다녀올게."

다시 돌아오겠다는 약속이 들어 있는 그 인사를 건네며 돌아선 하나의 작은 등은 아까보다 조금 더 곧아 보였다.

가연은 엘리베이터의 문이 닫히는 순간까지 하나에게 손을 흔들어 주었다.

반대편 손목에는 까만 구슬로 엮인 이화의 단주가 매달려 반짝이고 있었다.

2022년
겨울, 에필로그

오늘의 인터뷰 상대는 조금 특별했다.

재은은 평소 잡지 기획에는 참여하는 일이 드물었다. 그래서 보통은 회사에서 일방적으로 지정해 준 인물을 인터뷰하러 가는데 이번에는 재은이 그를 인터뷰해 보고 싶다고 편집부에 먼저 제안한 건이었다.

'보이지 않는 집을 짓는 사람들'이라는 주제로 모 건설 회사 사보에 고정으로 들어가는 인터뷰 코너였다. 잘 알려져 있지 않지만 사회 각처에서 중요한 역할을 하는 인물을 편집부에서 매월 한 사람 선정하면 재은이 그 인터뷰이를 만나 이야기를 나누고 기사를 작성했다.

이번에 재은의 추천으로 선정된 인터뷰이는 공익 변호사 양우철이었다.

연말이기도 했고 바쁜 와중에 서로 가능한 일정을 맞추다 보니, 인터뷰 날짜가 잡지 마감 이틀 전으로 아슬아슬하게 잡히고 말았다.

인터뷰 장소는 재은이 먼저 포말로 제안했다. 마침 우철의 사무소에서 가깝기도 했지만, 인터뷰를 마친 후 그 자리에서 바로 원고 작업을 시작하고 싶은 재은의 바람이 사실 더 컸다. 마감까지 1분 1초가 아쉬운 사람의 욕심이었다.

장소를 들은 우철은 자기도 거기 단골이라면서 반색했다. 그렇다면 반가운 우연이었다.

재은이 먼저 포말에 도착하고 잠시 후 우철이 나타나 마주 앉자 세상 좁다며 가장 놀란 사람은 카페 주인이었다.

주인의 이야기에 따르면 재은과 우철은 카페 이용 패턴이 완전히 반대였다. 우철은 단 한 번도 자리에 앉아서 먹거나 마셔 본 적 없는 만년 테이크아웃 손님이었고, 재은은 언제나 머그잔에 담긴 커피나 요리 한 접시를 곁에 두고 작업하거나 누군가를 마주하며 테이블을 지키는 손님이었다. 어쩌면 한두 번은 서로를 모르는 채로 스쳐 지나갔을지도 모를 인연이었다.

우철은 기본적으로 유쾌하고 대화를 좋아하는 사람이었다. 이 카페에서 좋아하는 커피와 식사를 몇 종류 경쟁하듯이 나열하다 보니 아이스 브레이킹도 필요 없었다.

"인터뷰 시작합니다. 2022년 12월 22일, 인터뷰이 양우철 변호사님. 안녕하세요. 인터뷰에 앞서 이번 재심 개시 결정을 진심으로 축하드립니다."

녹음을 시작하는 멘트와 함께 재은은 축하를 먼저 전했다.

우철은 조금 쑥스러워하면서 이제부터 시작일 뿐이라며 무죄 확정을 받을 때까지 갈 길이 먼 사람을 위한 격려의 말씀으로 듣겠다고 했다.

지난달 바로 이 사람이, 박기환의 재심 청구를 개시 결정으로 이끌었다.

그러니까 재은과 선우가 약 5년 전 미처 마무리하지 못했던, 당시 기환이 재심 의사를 철회하면서 미결이자 부채감으로 남았던 그 일을 말이다.

백가연의 의뢰를 통해 선우와 다시 만난 이후, 재은은 여전히 그와 함께하며 많은 일상을 공유하고 있지만 이 건에 관하여만은 다시 이야기를 나눈 적이 없었다.

대수롭지 않게 꺼낼 무게감도 아니었고, 어쩌면 책임을 다하지 못했다는 가책으로부터 도망치고 싶었던 건지도 모른다.

그저 선우가 투병 중인 박기환의 조카에게 수년간 일정한 치료비를 매월 송금해 오고 있다는 사실을 재은이 어느 날 우연히 알게 된 것만이 전부였다.

그런데 지난달이었다.

예년보다 때 이른 첫눈이 내리던 날, 온라인 뉴스에서 재심 개시 결정이라는 헤드라인을 보았다. 시선을 잡아당길 수밖에 없는 단어였다.

무심코 클릭한 동시에 재은은 깜짝 놀라고 말았다. 다름 아닌 박기환의 활짝 웃는 얼굴이 거기 있었기 때문이었다. 재심을 청구한 변호인의 이름은 양우철이었다. 외국인 근로자와 이주민의 인권 옹호를 위해 다방면으로 활동해 온 이력을 가지고 있었다.

우여곡절 끝에 드디어 재심이 시작된다는 본문을 확인하자마자 재은은 당장 휴대폰을 집어 들었다. 어째서? 어떻게? 언제부터? 질문이 마구 솟아올랐다. 재은은 통화 목록 가장 위에 있던 선우의 이름을 누르기 직전까지 갔다가 순간 멈췄다.

사진 한 장으로 동일 인물이라고 속단할 수는 없지만, 양우철이라는 사람은 왠지 선우의 잔상에서 스치듯 본 적이 있는 인상이었다. 지금까지는 직장 동료 중 한 사람이라고 생각했다.

그렇다면 이건 선우가 이미 알고 있었으면서도 재은에게 일부러 이야기하지 않았다는 의미였다. 아니면 이야기해 줄 적당한 때를 본인이 나름대로 정해 두었다거나.

재은은 마음을 가라앉히고 일단 기다려 보기로 했다.

평소에 선우를 마음대로 읽지 않는 것은 당연했고, 호기심을 앞세운 반칙도 하지 않았다. 이 건이 수면 밖으로 올라오게 된 계기와 여기에 선우가 얼마나 개입하고 있는 것인지, 직접 말해 주기를 재은은 인내심 있게 기다렸다.

그러나 선우는 도대체 한마디도 없었다. 먼저 물어볼 적당한 타이밍을 찾지 못한 채로 한 달이라는 시간이 흘렀다.

결국 궁금함을 참지 못한 재은은 정당한 반칙을 시도하기로 했다. 바로 사건의 변호인 당사자를 업무 관계로 직접 만나러 가는 것이었다.

"최근 많이 바쁘셨을 텐데요, 먼저 박기환 씨의 재심 개시 결정까지의 과정을 간략히 말씀 부탁드립니다."

우철은 지난달 언론과 몇 차례 가졌던 인터뷰를 토대로 모든 과정을 정리해 주었다. 그 기사와 인터뷰는 재은도 물론 전부 읽어 보았으며, 오늘 우철의 설명에 그 이상의 새로운 내용은 없었다.

당시 강압 수사로 인한 허위 자백의 억울함을 호소하며 박기환의 동생이 변호사를 찾아온 일로 시작해, 재심을 위한 조사에 착수했을 때 관련 기록 열람조차 쉽지 않았던 것, 고인이 된 국선 변호인이 남긴 기록에서 얻은 도움, 진범으로 의심되는 용의자가 현재 수감 중이라는 사실과 그를 설득하는 데 긴 시간이 소요되었다는 내용, 당시 수사 관계자들의 침묵 등이었다.

재은도 이미 아는 내용이었다. 다른 지면을 미리 읽어서가 아니라 선우와 함께 직접 겪은 일이기 때문이었다. 재은의 기억과 차이가 있는 부분이 딱 하나 있다면, 최근 기사와 우철의 설명 속에 등장하는 변호인이 재은과 선우가 아닌 양우철로 탈바꿈되었다는 사실이었다.

그 이유와 과정을 아직 모르지만 아마 곧 알게 될 거라고 재은은 생각했다.

"생생한 설명 감사합니다. 5년이라, 변호사님도 박기환 씨에게도 정말로 긴 시간이었을 것 같네요."

다른 사람의 입을 통해 지난 일을 듣고 있자니 마치 제 기억의 잔상을 스스로 훔쳐보는 것 같아 재은은 약간 신기한 기분에 젖었다.

그렇다며 고개를 끄덕이는 우철에게 재은은 이제 조금 다른 형태의 질문을 던지기로 했다. 지금까지 우철이 만나 온 기자들은 하지 않았을 그런 질문을.

"그럼 잠시 말씀하신 내용의 처음으로 돌아가고 싶은데요."

그렇게 말하며 재은은 녹음을 중단했다. 오프 더 레코드라는 뜻이었다. 우철은 의아하게 재은을 보았다.

"양 변호사님께서 이 일을 수임하셨을 때 의뢰인에 대해서요. 최초에는 박기환 씨 동생의 권유였다고 하셨는데요."

"맞습니다. 박기환 씨, 그러니까 우리 의뢰인은 사실 처음에는 그렇게 의욕을 보이지 않으셨어요. 뭐라고 할까요. 이미 상당히 소진된 상태였으니까요. 그 무기력함은 저도 이해할 수 있습니다. 그래서 당시의 책임 없는 수사와 잘못된 판결이 한 사람의 존엄과 시간을 어떻게 훼손했는지, 이번 재판에서 더욱 중대하게 논의되어야 할 겁니다."

우철이 진지하게 대답했다. 이게 특별한 기밀이거나 난처한 내용도 아닌데 녹음을 왜 멈췄는지 모르겠다는 표정은 여전히 머물러 있었다.

"의뢰인에게 무척 든든한 변호인이실 것 같습니다."

"지금은 반대입니다. 하하."

요즘은 오히려 자기가 지칠 때 기환에게 쓴소리도 듣고 격려도 받는다면서 웃었다.

"그리고 다른 또 한 사람의 의뢰인도 어땠는지 궁금한데요."

"……네?"

질문을 이해하지 못한 우철이 되물었다. 의뢰인은 박기환인데 무슨 말이냐는 얼굴이었다.

"이 사건을 양 변호사님께 가져간 의뢰인이라고 해야 할까요. 그 의뢰인 역시 변호사님께 상당히 의지하고 있을 것 같은데요."

우철은 살짝 당황한 기색이었다.

느닷없는 질문 공세는 그만두고 재은은 본심을 털어놓기로 했다.

우철을 난처하게 만들 생각은 아니었다. 이 사람은 아마도 선우의 의견을 존중해 일을 진행하고 있을 뿐일 테니까.

"죄송합니다. 사실 오늘 인터뷰는 핑계였어요."

"예?"

"개인적으로 연락드릴 수도 있었겠지만, 그래도 이 방법이 저에게나 변호사님께나 자연스러울 것 같았거든요."

"무슨 말씀이신지……."

우철은 거짓말이나 연기에 능한 변호사는 아니었다. 웃지도 울지도 못하는 얼굴로 커피만 연거푸 마셨다.

재은이 말했다.

"실은 감사 인사드리고 싶어서 나온 거예요."

"감사…… 라니요."

"저희가 하지 못한 일, 이렇게 잘 매듭지어 주셔서요."

재은이 그렇게 고백하고 나서야 우철을 뒤덮었던 긴장이 서서히 풀어졌다. 그러더니 한 박자 늦게 앓는 소리를 냈다.

"아아…… 이런. 아이고. 어쩐지!"

제 나름 철통같이 지키려고 했던 보안이 무너진 이유를 비로소 깨달은 모양이었다.

"그러고 보니 당시에 다른 동료가 있었다고 했어요!"

재은을 향해 우철이 외쳤다. 그러고는 재은의 명함을 다시 꺼내 확인하고는 믿을 수 없다는 듯 고개를 설레설레 저었다.

"생각도 못 했네요. 맞아요. 기자님이지만 변호사라고도 하셨죠? 이런…… 그랬구나."

놀람과 당황 그리고 깨달음의 끝에 우철은 결국 한번 시원하게 웃었다. 이제 숨길 게 없어진 사람의 안도였다.

"세상이 정말 좁아요."

"그렇죠."

우철은 '그럼 지금은 오프 더 레코드니까요.'라면서 그동안 다른 인터뷰에서는 생략되었던 이야기를 들려주었다.

"아시는 대로. 제 의뢰인은 박기환 씨 이전에, 김선우 변호사였습니다."

3년 전 여름이었다. 늦더위가 기승이었던 9월 첫 주였다.

전화로 저녁 상담이 한 건 잡혔다. 어떤 종류의 상담인지 먼저 밝히지는 않고 찾아뵙고 이야기하겠다고 해서 우철은 일단 기다렸다.

약속 시간에 나타난 사람은 회사원의 명함을 가진 말쑥한 남자였다.

그는 김선우라는 이름과 함께 자기를 사내 변호사라고 소개했다. 그리고 어쩌다 사내 변호사가 되었는지에 관한 역사를 자기소개 삼아 아주 짤막하게 설명한 뒤, 공동 업무를 하나 제안하고 싶다며 묵직한 서류 봉투를 꺼내 우철의 책상 위에 내려놓았다.

우철은 마치 무기가 내려앉는 것 같았다고 했다.

"당황하셨겠네요."

"이야. 말도 마세요. 지금 기자님께나 처음 드리는 말씀이지만 기가 막혔어요, 그때는."

어느 정도 뻔뻔한 구석이 있어야 이 일이 수월하다고 하지만, 느닷없이 등장한 낯선 변호사의 그 태도에 당황하지 않았다면 거짓말이었다. 우철은 사건이 아무리 궁금하더라도 저걸 결코 열어서는 안 된다고 다짐을 거듭했다고 말했다.

그러나 원활한 거절을 위해서는 일단 몇 가지 정보가 필요했다.

"먼저 왜 직접 하시지 않느냐고 물었습니다."

첫 번째 이유는 현재 공식적으로 겸업이 불가능해서지만, 더 중요한 건 두 번째 이유로 피고인이 자신을 상대해 주지 않아서라고 했다. 선우는 생각 끝에 자신이 박기환을 설득하는 것보다, 그의 마음을 되돌려 줄 수 있는 다른 변호인을 찾는 편이 더 빠르겠다고 판단한 것이었다.

당연히 새로운 변호인에게 모든 부담을 지우고자 하는 것은 아니며, 자신은 드러나지 않는 자리에서 조사와 재판 과정에 필요한 일은 똑같이 하겠다는 뜻이었다.

예전 재은의 역할이었다.

"다음으로는 제가 몇 번째냐고도 물었고요."

왠지 여기가 처음은 아닐 것 같아서였다. 역시 그랬다. 다섯 번째라고 했다.

그런데 마치 한 번도 거절당해 본 적 없는 듯 느긋하기만 표정이어서, 재미있는 사람이라는 생각이 들었다고 했다.

"하지만 묘하게 안심이 됐다고나 할까요. 왜냐면…… 제가 아니어도 이분은 다른 누군가를 또 찾아갈 테니까 부담감이 덜해졌거든요."

더불어 이 사람은 이걸 어떻게든 하고야 말 거라는 예감도 있었다고 했다.

우철은 마지막 질문으로 자신을 찾아온 이유를 알고 싶다고 했다. 그래도 다섯 손가락 안에 든 이유는 있을 것 아니냐면서 우스갯소리 삼아 물었다.

선우는 예전 법무법인에서 함께 근무했던 한 선배를 언급했다. 패소한 사건을 유난히 두고두고 곱씹는 변호사였는데 그때 그 입에서 몇 차례 언급된 이름 중에 기억에 남은 사람이었다고 했다. 기사 몇 개를 확인하다 국선 변호인 경력을 보고 더 적임자라는 생각을 했다면서.

그 말을 듣고 우철은 웃음을 참지 못했다고 했다. 재미있는 선발 과정이었다.

"그래도 사건에 관하여는 조금도 묻지 않았습니다. 봉투에 손도 안 댔고요. 말씀드렸다시피 당시로서는 거절할 생각뿐이었으니까요."

다른 것보다 우철이 품을 수 있는 분량의 사건이 아니라고 믿었다.

사무소는 당시의 일만으로도 벅찼다. 보람의 문제라면 여기서 때때로 얻는 것으로 벌써 충분하다고도 여겼다.

우철은 일부러 현재 진행 중인 소송에서 당면한 고충 몇 가지를 하소연하듯 늘어놓았다. 선우의 제안으로부터 자연스레 거리를 두려는 의도였다.

"그래서 결론적으로 저는 김 변호사님이 생각하시는 적임자가 아닐 거라고 말했습니다."

그러자 선우는 산뜻하게 알겠다고 했다.

특별히 실망한 빛도 없이 바쁘신 중에 시간 내 주셔서 감사하다며 자리에서 일어났다. 하지만 조금이라도 살펴보고 조언이라도 해 주신다면 좋겠다면서 서류는 남겨 두고 갔다. 나중에 찾으러 오겠다는 말과 함께.

물론 다시 생각하라는 여지를 남겨 두는 일이었으나 우철에게 큰 부담은 아니었다고 했다. 서류는 바빴다는 핑계로 보지 않으면 그만이었다. 당장만 해도 빼곡하게 꽂혀 있는 서류 사이에 잠들게 두면 조만간 잊어버리게 될 거라 믿었다.

"그런데 그게 화근이었죠."

"열어 보셨군요."

우철이 끄덕였다.

"일주일쯤 지나서요. 하필 봉투 색깔도 파란색이라 제가 쓰는 거랑 달라서 자꾸 눈에 띄잖아요? 하하. 물론 그것도 핑계라면 핑계지만요. 그러니까 솔직히…… 궁금하기는 했죠. 저 변호사는 왜 이렇게까지 하는지. 피고인은 대체 어떤 사연인지."

봉투를 열었다.

나중에 선우가 오면 서류를 돌려주면서 어차피 한 번 더 거절의 의사를 밝혀야 할 테니, 그때 건넬 거절의 가장 적확한 이유라도 찾아보자는 내적 합의였다. 이 사건에 양우철은 어울리지 않는다는 더욱 구체적인 이유를 발견이나 해 보자고.

선우가 별도로 자세하게 정리한 사건 개요를 시작으로 첫 페이지를 넘겼다.

그때까지만 해도 전부 읽을 작정은 아니었다. 그러나 날이 밝는 것도 모르고 우철은 모든 페이지를 샅샅이 읽게 되었다. 상당히 집요한 조사 기록에도 감탄했다.

마지막 페이지를 덮는 순간에는 하지 않을 분명한 이유를 찾겠다는 초심은 오간 데 없었다.

"기자님도 이해하실 거라고 생각해요."

한숨을 지으면서도 우철은 엷은 미소를 머금고 있었다.

"알고 나면 모르는 때로는 돌아갈 수 없는 일이 있어요. 세상은 결국 그렇게 돌아가는 법이겠지만요."

그리고 선우에게 전화를 걸었다. 이야기를 좀 더 들어 보고 싶다고.

그날 저녁 다시 나타난 선우에게 우철은 물었다. 그사이 또 다른 변호사를 찾아갔거나, 아니면 그간 들렀던 곳 중 협조 의사를 밝힌 데가 없느냐고.

선우는 고개를 저었다. 그리고 사실은 우철이 다섯 번째가 아닌 첫 번째였다고 실토했다.

"정말 뻔뻔했네요. 김선우 씨."

재은의 반응에 우철은 제 말이요, 맞장구치면서도 결국 선우의 입장을 감쌌다. 선우가 왜 이 사람을 찾아갔는지 재은도 조금은 알 것 같았다.

재조사에 착수한 이야기로 이어졌다. 찬찬히 들어 보니 선우는 재은의 특별한 힘에 관한 부분은 절묘하게 덜어 낸 나머지만을 우철과 공유하고 있었다.

"김 변호사님은 기자님에 대해서는 말을 아끼셨어요. 위험한 순간에 휘말리게도 했고, 더는 부담을 주고 싶지 않다면서요. 뭐, 이제는 누구신지 알게 됐지만요."

그러고 보니 지난 2년 가까이 선우는 야근은 물론 주말에도 부쩍 일이 많았다. 특히 공부를 시작하자 1년 차 때와는 업무량이 다르다며 당분간은 배우는 셈 치고 저녁도 주말도 반납이라고는 했는데, 이제야 재은도 그 진짜 사정을 알았다. 선우는 그 바쁜 틈에서도 이 사람과 달빛수사를 해 온 것이었다.

"그럼 미지의 동료분은 그렇다 치고, 지금 저랑 같이 일하는 김 변호사님까지 이름을 지울 필요는 없지 않으냐고 했더니 이대로가 좋다면서 그냥 웃고 마시더라고요. 프리랜서 사무장으로 생각하라면서요. 몇 번을 물어도 매번 그러시니까 더 묻기도 그래서 알겠습니다 했지만요. 그래도 어쩐지 죄송하기는 하죠."

우철은 멋쩍게 웃어 보였다.

"그래도 박기환 씨를 설득해 주신 건, 양 변호사님이시겠죠?"

재은이 물었다.

"네, 그것만은 제 과업이었으니까요."

처음에 기환은 그만 자신을 좀 내버려 두라고 했으나 결국 다시 마음을 정했다. 커 가는 조카에게 부끄럽지 않은 어른이 되고 싶어서였다.

"하지만 반대편에서 권강우 씨의 공식적인 자백을 설득한 건 김 변호사님이에요."

접견을 통해 선우는 그간 권강우를 만나 왔다고 했다.

"권강우 씨는 어쨌든 한 번은 자백을 했던 사람 아닙니까. 그래서 이걸 바로잡고 싶은 마음이 분명 그 안에는 남아 있었을 거라면서, 김 변호사님은 그저 시간문제였을 뿐이라고 대수롭지 않게 얘기하시긴 했는데요, 글쎄요. 시간문제라……."

그 말엔 동의할 수 없었다는 듯이 우철은 고개를 기울였다.

"물론 그 말씀도 맞을 거예요. 하지만 상대방의 그 시간을 고스란히 마주하는 일을 누구나 자처하는 건 또 아니잖아요? 심지어 권강우 씨와는 그런 일도 있었는데요."

그 시간이 쌓여 결국 지난달, 재심 개시 결정으로 이어졌다.

"김 변호사님은 신기할 정도로 느긋한 사람인데요, 가끔은 속을 알 수 없을 정도로요."

그 말에 재은은 속으로 웃고 말았다.

사람은 변하지 않으면서도 변한다. 변하면서도 변하지 않고.

"덕분에 성격 급하고 일희일비하는 제가 더 의지하고 있다는 것이 결론입니다. 하하."

재은은 다시 감사를 표했다.

"아닙니다. 제가 감사하죠. 사실 수고는 두 분이 하셨는데 인터뷰는 저만 하고 있는 게 아직도 좀 이상하지만요."

우철은 머리를 긁적이며 말했다.

"아무튼 이제부터 시작될 재판으로 보답해야겠지요. 물론 박기환 씨의 무죄 확정이 무엇보다 최우선이고요. 그러니 멀리서라도 계속 응원해 주십시오. 자, 오프 더 레코드는 여기까지입니다."

인터뷰를 마친 후 재은은 예정대로 기사 작업을 바로 시작했다.

먼저 일어나며 우철은 포말을 떠나기 전에 한 가지를 더 알려 주었다. 그에게 여기를 알려 준 사람이 다름 아닌 선우라는 사실이었다.

우철의 연락을 받고 선우가 다시 사무소에 찾아온 날이었다. 선우의 손에는 포말에서 포장해 온 커피 두 잔이 들려 있었는데, 그날 처음으로 마셔 본 이 집 커피에 우철은 곧장 반해 버렸다고 했다. 그렇게 이제 다른 곳은 못 가는 단골이 되었다면서.

어쩐지 조금 으쓱해진 어깨로 재은은 혼자만의 작업을 시작했다.

오늘 인터뷰의 절반 이상은 비록 기사로 써 내려갈 수 없는 이야기였지만, 그만큼 오래도록 재은의 마음속에서 쉬이 흐려지지 않을 것 같았다.

마치 이 시간의 아주 선명한 표지처럼.

사흘 뒤 같은 테이블에서 선우와 만났다.

12월 25일은 특별한 언급이 없는 이상 선우와 오후 5시 포말에서 만나기로 되어 있었다. 재회했던 3년 전부터 정해서 지켜 오는 연례 약속이었다.

선우는 먼저 와 자리를 지키고 있었다. 해가 질 무렵부터 눈이 쏟아지기 시작한 바람에 도착한 재은의 어깨와 정수리도 반짝반짝했다.

눈을 가볍게 털며 마주 앉아 오늘 하루만 맛볼 수 있는 와인이 페어링된 크리스마스 코스를 주문했다.

"세영이한테 들렀다 오면 좀 늦을 줄 알았는데. 일찍 도착했네?"

"응. 친구들 만나러 가야 한다고 바쁘니까 빨리 가래."

야간 개장하는 놀이공원에 다 같이 갔다고 했다. 세영은 어느덧 고등학교 1학년이었다. 이 겨울이 지나면 2학년이 된다. 만일 다른 계획이 없었다면 여기로 초대하려 했는데 선우는 물어볼 기회조차 없었다고 했다.

선우는 3년 전부터 이맘때쯤 세영에게 에이엠에스티 베타 클럽 1년 회원 카드를 선물하고 있다. 오늘도 그걸 건네주러 다녀온 길이었다.

3년 전 하나를 찾아 달라는 의뢰를 마무리한 후로 특별한 연락은 없던 가연이 선우에게 전화를 걸어 온 날은 그해 겨울, 크리스마스 이브였다. 조금 늦었지만 대리님께 크리스마스 핑계로 선물을 드리고 싶은데 뭐든지 말씀하시라는 용건이었다. 아빠에게도 이야기해 둔 거니까 회사를 넘기라는 것 정도만 아니면 정말로 뭐든지 괜찮다고 말했다.

그 무렵은 김연주의 건강이 비교적 호전되고 하나도 그전보다는 마음의 안정을 찾았을 때였다. 그러나 그 집은 안팎으로 풀어야 할 숙제가 여전히 많았다.

선우는 선물이라면 이하나에게 양보하겠다고 대답했다. 그러자 가연은 하나 것은 이미 준비했으니 대리님도 딱 한 가지만 말씀해 주시라고 재촉했다. 그때 생각난 게 베타 클럽이었다.

베타 클럽이 얻기 힘든 자격이라는 건 알지만 그래도 정말로 그걸로 괜찮으냐고 가연은 몇 번이나 확인했다. 그리고 바로 다음 날 아침에 퀵서비스로 회원 카드를 보내 왔다.

올해로 그렇게 네 번째, 선우가 그걸 받아 세영에게 배달했다.

재은에게는 오늘 아침 좋은 휴일 보내라는 하나의 크리스마스 메시지가 왔다. 청영의 겨울 바다 사진과 함께였다.

3년 전 가연은 유학을 미루고 하나의 곁에 남았다. 김연주가 다시 자신을 추슬러 시젠 어패럴의 회생 절차를 진행하는 동안, 가연은 교실에서 하나를 위한 우산이 되기를 자처했다. 그게 당시 하나를 위한 가연의 크리스마스 선물이었다.

그 후에도 둘은 때마다 시시콜콜 다투면서도 항상 함께였다. 졸업할 때까지 하나와 매일 함께 통학한 것도, 회생에 실패한 연주가 파산 절차에 들어갔을 때도 학교는 사치라며 그만두겠다던 하나의 손을 끝까지 놓지 않은 것도 가연이었다. 하나의 하루하루를 바로 곁에서 지지했다.

제아무리 잘난 어른이라고 해도 그런 끈질김은 갖기 어렵다. 어느 날 과감히 선우에게 사건을 의뢰했던 것처럼 그건 가연이라서 할 수 있는 일이었다.

가연은 올해야 비로소 미국으로 떠났다. 교환 학생으로 남은 학기를 그곳에서 보낸 후 바로 대학원을 준비할 거라고 했다.

하나는 고등학교를 졸업한 뒤 청영에 머무르며 그쪽 학교에 진학해 진선을 도우면서 함께 지내는 중이다. 연주는 처음부터 다시 시작하자는 각오로 오래전 동료 아래에서 새로운 일을 배우고 있으며, 시간이 날 때마다 두 사람을 보러 청영에 내려가는 듯했다.

세 사람은 느리지만 조금씩 부서졌던 조각을 천천히 이어 붙여 가는 중이었다.

"아, 세영이가 내년부터는 회원 카드 그만 줘도 된대."

다시 세영의 이야기로 돌아왔다.

"왜? 약속은 아직 1년 더 남았잖아?"

"그때부턴 고3이라고 이해해 달라나."

그러고는 지금 친구들과의 약속 시간이 아슬아슬하니 선생님은 빨리 가라고 했다는 것이다. 그렇게 말할 세영의 얼굴을 상상하자 재은은 웃음이 났지만 선우는 시큰둥한 표정이었다.

"변했어. 최세영."

그러나 지금 선우의 저 시큰둥함은 훌쩍 성장해 버린 세영의 일방적 통보가 섭섭한 탓만은 아니었다. 다른 이유가 또 있을 것이라고 재은은 생각했다. 예를 들면, 사흘 전 이 테이블에서 있었던 회동 때문이라든지.

아마 그사이 우철은 선우에게 그 인터뷰에 관하여 이야기했을 것이다.

재은이 먼저 입을 열기로 했다.

"양 변호사님에게 이야기……."

"미안. 계속 말 안 하려던 건……."

그러나 그때 선우도 동시에 말하는 바람에 두 사람의 목소리가 엉켰다.

마침 요리를 가져와 준 카페 주인 덕분에 어색한 침묵이 그리 길어지지는 않았다.

"양 변호사님은 표정에 다 드러나서 뭔가 안절부절못하는 게 보이거든."

카페 주인이 물러난 후 선우가 고백하듯 말했다.

"나 신경 안 쓰이게 하려고 말은 안 하고 있는데, 뭔가 혼자 앓는 건 분명해서 뭐냐고 했더니. 그제야 '죄송합니다. 한재은 씨를 만나 버렸습니다.'라고 하잖아."

어제였다고 했다. 선우는 재심 관련해 혹시 어떤 문제라도 생긴 걸까 내심 조마조마했기에 그 말에는 일단 안도의 한숨을 쉬었다고 했다.

만나 버렸다고 고백하는 우철의 표정이 순간 상상돼서 재은은 다시 웃고 말았다. 어쩐지 조금 미안한 마음도 들었다.

"그래서 언제 이야기할 작정이었는데?"

"뭐, 우연한 탐색으로 네가 어쩔 수 없이 알았다면…… 그건 할 수 없다고 생각하고는 있었지만, 그렇지 않다면 희망 사항은 최소한 판결 한 번은 나오고."

조급함으로 그르친 역사가 있기에 이번에는 한 보 한 보 신중하게 진행하고 싶었다고 했다. 그리고 이왕이면 좋은 결과로 말해 주고 싶었다고.

"사실 너는, 그만 포기했다고 생각했어."

"어쩌면."

재은의 말에 선우는 일부 긍정했다.

"그런데 영원한 미결은 없더라고."

"박기환 씨 동생이 다시 찾아오기라도 했던 거야?"

선우는 고개를 저었다.

"아니, 류영모 소장하고 거래한 게 있어. 기억하지, 27센터?"

"뭐?"

잊은 지 오래인 과거가 등장했다.

"소장의 요구였어. 박상수가 석고대죄하게 하든 아니면 서울에 발도 못 붙이게 개망신을 주든, 그 둘 중에 하나는 자기가 봐야 이 거래가 공평하겠다고."

재은은 이해할 수 없었다.

"잠시만. 그때 27센터에서 널 만나 준 건 네가 박연 출신이라서 아니었어?"

"아, 그건 또 말하자면 긴데…… 그냥 읽어도 돼."

구구절절 설명할 엄두가 안 난다는 듯 선우가 왼손을 내밀었다. 재은은 농담하지 말라며 도로 밀어냈다. 결국 접시를 천천히 비우는 동안 선우는 그때 있었던 일을 다시 이야기해야 했다.

다짜고짜 27센터에 찾아갔을 때 조금도 환영받지 못했다는 사실과 함께 선우 본인도 나중에야 알게 된 센터와 법무법인 박연의 관계. 그리고 재은을 풀어주는 조건으로 선우가 내밀었던 다소 무모한 제안까지.

재은은 믿을 수 없었다. 겨우 그걸 위해 결과를 장담도 못 할 약속을 해 버렸다니.

"……진심이었어?"

선우는 어깨를 으쓱였다.

"그 정도 조건이 아니었으면 듣는 시늉도 안 했을 거야. 묘비랑 대화하는 게 차라리 희망적이지. 너도 그 사람 만나 본다면 알텐…… 아니, 만날 일 같은 거 없는 게 좋아."

"아무리 그래도 넌……."

"어쨌든 그것 말고 달리 방법이 없었던 거야."

선우는 그렇게 일단락했다.

그러나 재은은 이제 선우를 조금은 안다.

달리 방법이 없었다고 하지만 하필 그 방법인 것은, 그것을 잊은 적이 없다는 뜻이기도 했다. 내내 그 부채감을 마음에 두고 있다가 다시 부딪힌 흐름을 겸허히 인정하고 받아들였을 것이다.

더 이상 미결로 두지 않겠다고. 이번에는 자신이 아닌 의뢰인을 위해서.

"너 정말…… 대책 없다."

그래도 이렇게 나와 버린 말은 어쩔 수 없었다.

"어디서 많이 듣던 말입니다만."

선우가 능청을 부리는 사이 어느덧 디저트 차례였다. 작은 도자기 그릇에 담긴 크렘브륄레였다.

캐러멜라이징된 딱딱한 설탕 표면을 두드려 깨뜨려 기분 좋은 파열음을 듣고, 달콤한 커스터드 크림을 한입 머금은 다음에야 휴일이라는 실감이 찾아왔다. 그렇게 오늘 저녁만이라도 일 이야기는 잠시 미뤄 두기로 했다.

포말을 나왔을 때 길은 반짝이는 눈으로 소복했다.

재은은 조금 걷고 싶다고 말했다.

충동적으로 아직 발자국이 찍히지 않은 길을 일부러 찾아 걷다 보니, 큰 도로로부터 어쩐지 점점 멀어지는 중이었는데도 잡은 손을 놓지 않고 서로의 온기에 의지해 앞으로 느릿느릿 걸어 나갔다.

발자국이 남는 소리가 기분 좋았다. 몇 번은 미끄러질 뻔했고, 몇 번은 입김이 크게 터질 만큼 신나게 웃기도 했다.

지난 몇 개의 겨울은 무척 차가웠다.

그러나 그리 차갑지만은 않은 겨울도 몇 개쯤은 분명히 있다고 재은은 생각했다.

지금처럼.

〈끝〉

감사의 글

소설의 시작은 로맨스릴러 공모전을 위해서였지만 결국 성장 이야기로 맺게 되었습니다. 삶의 일부를 기꺼이 떼어 준 어른들의 친절을 기억하며 아이는 자라 어른이 되고, 이제야 그것을 조금은 나눌 수 있게 되었는지도 모르겠습니다. 먼저 나의 두 어머니와 그 어른들에게 감사를 전합니다.

초고를 뒤엎어 처음부터 다시 쓰고 여러 번 고치는 동안 방향키가 되어주신 정미리 편집자님, 법률 자문으로 도움을 주신 동료 작가 이성탄 선생님. 출간작 없는 신인을 믿고 원안 정도에 그쳤던 이야기의 장편화를 제안해 주신 최고운 편집자님, 이 세 분의 친절로 이 소설도 한 뼘 한 뼘 자랐습니다. 마음 깊이 감사드립니다. 물론 완성된 소설에 대한 책임은 오롯이 제게 있습니다.

마지막으로 이 페이지를 읽고 계신 독자님들께 감사드립니다. 덕분에 또 한 문장 한 문장 써 나갈 힘을 얻습니다. 다른 이야기로 또 찾아뵐 수 있다면 좋겠습니다.

2023년 11월, 연여름 드림

달빛수사

1판 1쇄 펴냄 2023년 11월 10일
1판 2쇄 펴냄 2025년 1월 29일

지은이 | 연여름
발행인 | 박근섭
편집인 | 김준혁
책임편집 | 정미리
펴낸곳 | 황금가지

출판등록 | 2009. 10. 8 (제2009-000273호)
주소 | 06027 서울 강남구 도산대로 1길 62 강남출판문화센터 5층
전화 | **영업부** 515-2000 **편집부** 3446-8774 **팩시밀리** 515-2007
홈페이지 | www.goldenbough.co.kr

도서 파본 등의 이유로 반송이 필요할 경우에는 구매처에서 교환하시고
출판사 교환이 필요할 경우에는 아래 주소로 반송 사유를 적어 도서와 함께 보내주세요.
06027 서울 강남구 도산대로 1길 62 강남출판문화센터 6층 민음인 마케팅부

ISBN 979-11-7052-238-6 03810

㈜민음인은 민음사 출판 그룹의 자회사입니다.
황금가지는 ㈜민음인의 픽션 전문 출간 브랜드입니다.